KB058253

구하는 조사관

구하는
조사관

송시우

지음

시공사

차례 ―――――――――

국가인권기구 National Human Rights Institution

1993년 국제연합(UN)은 국가기관의 인권침해를 감시하고 국민의 인권을 증진시키며 국제인권기구와 국가를 연계하는 역할을 하는 독립기관인 국가인권기구를 각 회원국에 설치하도록 권장했다.

우리나라의 국가인권기구로는 2001년 설립된 국가인권위원회가 있다. 이 작품에서는 '인권증진위원회'라는 가상의 조직을 설정했다. 책임과 권한은 실제 기관인 국가인권위원회와 유사하나 완전히 일치하지는 않으며, 인물과 사건은 모두 허구이다.

일러두기 ───

하나, 모든 표기는 출판사 편집매뉴얼의 교정 규칙에 따르되, 작가의 의도에 따라 필요하다 판단될 경우 절충하여 표기하였습니다.

둘, 책 제목은《 》로, 그 외 저작물과 영화, 그림 등은〈 〉로 표기하였습니다.

셋, 본문 속 인용문으로 쓰이는 경우 서체나 크기를 구분하여 표기하였습니다.

넷, 전화통화나 TV 송출 장면 등 통신매체를 통한 대화는 줄표(‐)로 구분하여 표기하였습니다.

✳

프롬
제네바

1.

스위스 제네바와 대한민국 인천 사이에는 직항 항공 노선이 없다. 국제연합 사무소가 있는 인권의 도시, 제네바로 가기 위한 여정은 그만큼 길고 피로하다. 스위스 취리히를 거치거나 인접 국가의 도시를 한 번은 경유해야 한다. 인권 증진위원회 부지훈 사무관과 한윤서 조사관은 독일 프랑크푸르트 경유 노선을 택했다. 독일 땅은 한 번 밟아보지도 못하고 프랑크푸르트 공항 내부에만 머물다 비행기를 갈아탔다. 장장 열네 시간의 여행 끝에 제네바에 떨어진 시각이 토요일 밤 10시 37분. 둘 다 호텔에 도착하자마자 시차 따위를 느끼는 것은 사치라는 듯 침대에 고꾸라졌다.

다음 날인 일요일 오후, 한윤서 조사관은 유엔 건물 앞 광장에서 부지훈 사무관의 사진을 찍어주고 있었다.

"됐어요?"

지훈은 다리와 양팔을 동그랗게 벌려 8자 모양을 만들고 서서 물었다. 양 손바닥은 무언가를 떠받치는 것처럼 위를 향했다.

11월의 유럽 날씨는 쌀쌀했다. 흐린 하늘에 먼지같이 부서지는 비가 내렸다. 테이크아웃 커피잔을 손에 든 백인 관광객이 우스꽝스러운 포즈를 취한 지훈을 보고 웃으며 지나갔다.

"조금만…… 조금만 앞으로 오세요. 네. 딱 거기에요!"

몇 발짝 떨어진 자리에서 윤서가 손을 까딱거리며 지시를 내렸다. 정확한 자리를 잡은 지훈이 활짝 웃으며 눈을 크게 떴다.

윤서가 휴대전화 화면의 버튼을 눌렀다.

찰칵 소리와 함께 제네바 유엔 사무소 앞에 설치된 대형 조형물인 '부서진 의자'의 부러진 다리 한쪽을 지훈이 온몸으로 받쳐 올리고 있는 설정 사진이 완성되었다. 많은 관광객이 전쟁의 상흔을 상징하는 이 조형물 앞에서 매일 비슷한 사진을 찍어 페이스북이나 인스타그램에 올리고 있으므로 신선한 발상이라고는 할 수 없었다. 하지만 인권위에 채용된 때부터 오매불망 유엔 출장을 고대해온 지훈은 내일부터 시작될 국제회의의 사전 등록을 마치자마자 윤서를 끌다시피 해서 이곳으로 왔다. 부서진 의자를 들어 올리는 부지훈. 몸은 작지만 두뇌는 명석하고, 생각은 정의로우며 꿈은 드넓은 대한민국의 인권 전문가 부지훈이 국제인권 무대에 진출했다는 것을 보여주는 상징적 이미지가 완성됐다.

"한 조사관님도 찍어드릴게요. 가서 서보세요."

지훈이 윤서에게서 휴대전화를 받아 들고 들뜬 얼굴로 말했다. 윤서는 흥미 없다는 듯 고개를 저었다. 지훈은 더 권하지 않고 유엔 사무소 정문으로 종종거리며 다가가 진입로에 도열한 회원국 깃발 사진을 찍었다. 드디어 내일 첫 국제인권회의에 참석한다는 생각에 모든 것이 예사롭게 보이지 않았다. 내일부터 사흘간 열리는 유엔 기업과 인권 포럼에 전 세계 정부 관계자, 기업인, 인권단체 활동가 수천 명이 모여들 것이다. 지훈과 윤서는 대한민국 국가인권기구를 대표하여 이곳에 왔다.

사진 찍기를 마치고 둘은 노상 전차인 트램을 타고 제네바 시내로 갔다. 레스토랑을 찾아 들어가 퐁뒤를 시켜놓고 회의 프로그램을 펼쳤다.

"내일 오전은 개회식 보고, 아시아 세션에 들어가는 게 좋겠어요."

지훈이 꼬치에 꿴 빵을 치즈 항아리에 담그며 말했다.

"오성전자 이사가 스피커로 나온다는 그 회의요?"

윤서가 손가락으로 목을 긁적이며 대꾸했다. 사시사철 윤서를 괴롭히는 아토피 발진은 스위스까지 따라왔다.

"네. 리스너들도 엄청 관심 많을걸요? 아까 몽블랑 거리에서 오성전자 휴대폰 광고 봤죠? 한국을 모르는 사람은 있어도 오성전자를 모르는 사람은 없다고요. 그게 바로 기업의 영향력이죠."

윤서는 꼬치를 뱅뱅 돌려 치즈를 빵에 두텁게 감았다. 지훈이 말을 이었다.

"제가 알아봤더니요, 스피커로 나올 이국재 이사가 오성전자에서 입지전적인 인물이더라고요. 말단 무역직 직원으로 시작해서 임원까지 오른 완전 진골 출신이에요. 한국 기업으로는 최초로 참석하는 거라는데, 놀랍지 않아요? 오성의 발 빠른 대응이? 이제 인권 경영을 하지 않으면 세계 시장에서 경쟁력을 가질 수 없다는 걸 안 거죠."

"오성전자……."

윤서는 오성그룹 계열사인 오성자동차 노동조합 내 성희롱 사건을 조사했던 경험을 떠올리며 중얼거렸다. 세간의 관심이 집중됐던 그 사건의 뒤에는 엄청난 권력의 움직임이 숨어 있었고, 윤서는 당시 조사관으로서 양심을 건 일생일대의 결정을 내려야 했다. 또 오성이라니. 하긴 대한민국에 사는 한 오성의 영향력을 피할 수는 없을 것이다.

"한 조사관님은 관심 있는 세션 있으면 다른 데 들어가도 돼요. 여러 세션이 동시에 진행되니까 나눠서 들으면 좋죠."

"됐어요. 어디 가든 못 알아듣는 건 똑같은데요."

말투에 담긴 책망의 기색을 눈치채고 지훈은 대꾸 없이 와인을 한 모금 입에 물었다. 윤서는 시무룩한 표정으로 빵을 씹었다.

사건 조사 외에는 못 하는 일이 대부분이지만 그중에서도 영어를 정말 못하는 윤서의 머릿속에는 지금도 알파벳이 폭풍 속 세간살이처럼 날아다니고 있었다. 알파벳으로 만든 몹쓸 음식을 먹고 종일 체한 기분이었다.

윤서는 인권위에 들어온 이래 죽 진정사건을 조사하는 조사국에만 있었다. 지훈은 변호사 자격증 소지자로 정책국에 특별 채용된 인권정책 담당 사무관이다. 둘은 경찰 수사

과정에서의 인권침해와 관련된 사건에서 조사국과 정책국 합동팀을 이뤄 일했던 경험이 있었다.

한 달 전 지훈은 여느 때보다 유난히 생글거리며 조사국으로 내려왔다.

"한 조사관님?"

자리에서 사건기록을 넘겨보던 윤서는 파티션 위로 솟아오른 커다란 머리를 보고 깜짝 놀랐다.

"아, 안녕하세요······. 부 사무관님이 저에게 무슨 볼일이라도?"

윤서는 비슷한 상황이 이전에도 한 번 있었던 것 같은 기시감을 느끼며 물었다.

"저랑 같이 제네바 안 갈래요?"

지훈이 좁은 어깨에 비해 큰 머리를 한쪽으로 까딱거리며 말했다. 순간 주위에 앉은 직원들이 바쁘게 사내 메신저로 메시지를 주고받기 시작했다. 야, 면봉 내려왔다. 저거 봐라. 한윤서 꼬인다. 이번엔 무슨 일이래? 제일 먼저 말을 건 직원이 던진 메시지였다. 아마 제네바 출장 때문일걸. 다른 사람이 답했다. 제네바? 또 다른 직원이 끼어들었다. 11월에 유엔 기업과 인권 포럼 말이야. 두 명 출장 예산 잡혀 있는데 아직 파트너를 못 구했다나 봐. 아무도 면봉하고 같이 안 가려고 해서. 메신저 대화에 참여한 직원들이 동시에 작게 낄낄거렸다.

"기업과 인권 포럼이요? 그게 뭐예요?"

지훈이 출장 목적을 밝히자 윤서가 대뜸 물었다.

"아, 그게 그러니까 말이죠. 으흠."

설명에 앞서 지훈이 목을 가다듬었다.

"일단 기업과 인권, The Business and Human Rights의 개념부터 말씀드려야 할 것 같네요. 그러니까, 에…… 인권을 보호할 책임은 국가에 있다는 것이 인권에 대한 전통적인 관점이었다면 말이죠. 날로 커지는 초국적 기업의 영향력을 고려할 때 이제 기업도 인권을 존중할 책임이 있다, 뭐 그런 가치체계인 거죠. 기업이 이윤만 추구해서는 안 되고 기업 활동으로 인해 발생하는 인권침해에 책임을 져야 한다는 말이에요."

"그래요?"

윤서가 고개를 갸웃했다.

"사회적 기업이랄까 지속 가능 경영이랄까, 뭐 그런 것과 비슷한 개념으로 들리는데요?"

"뭐, 쉽게 말하자면 그렇죠. 나이키 사건 아세요? 90년대에 한 파키스탄 소년이 눈이 멀도록 나이키 축구공을 꿰매고 있는 사진이 잡지에 실리면서요, 대대적인 나이키 불매 운동이 일어났죠. 나이키는 경영에 엄청난 타격을 입었어요. 기업이 인권이라는 가치를 훼손하면 이윤도 추구할 수 없다는 걸 일깨운 상징적 사건이 됐죠."

"아, 알죠. 어린애들이 손바느질로 축구공 하나 꿰매면 1달러인가 받았다던 그거요."

윤서는 한때 세계인의 양심을 자극하며 널리 퍼졌던 이미지를 떠올렸다. 지훈이 흐뭇한 표정으로 고개를 끄덕였다.

"이 분야가 말이죠, 국경을 넘나드는 초국적 기업에 대한 인권적 제재를 논의하는 분야다 보니까 아무래도 국제협력이 중요하죠. 그래서 유엔은 매년 11월에 기업과 인권 포럼이란 것을 열어서 논의를 해요. 우리 인권위도 매년 참석하고요. 그러니까 올해에는……."

"그런데 거길 제가 왜 가요?"

지훈이 목소리를 은근하게 깔았다.

"한 조사관님. 한 조사관님 같은 인재가 언제까지 국내에만 갇혀 계실 거예요? 네? 앞으로 인권 업무 하려면 유엔 회의도 다녀보고 국제감각을 익히셔야 한다고요. 이 글로벌한 시대에 큰일 하실 분이 어떡하시려고 그래요?"

"저는……."

윤서는 조금 겁을 먹은 표정이었다.

"네? 저는 뭐요? 말씀하세요."

"저는요. 부 사무관님. 영어를 졸라…… 아니, 진짜 못하는데요. 중2 수준이에요. 아니, 잘하는 중2보다 못해요."

지훈이 파티션을 쿵 내리쳤다. 윤서는 놀라서 의자에 앉은 채 흠칫 상체를 뒤로 물렸다.

"에잇! 겨우 그런 문제로 천하의 한 조사관님이 제네바를 못 갑니까? 영어는 제가 합니다! 한 조사관님은 그냥 따라오시기만 하면 돼요! 제가 다 한다니까요? 아무렴!"

지훈의 적극적인 설득과 그동안의 공로에 대한 포상 겸 국외 출장 한 번 다녀오라는 상사의 권유가 합쳐져 윤서의 기업과 인권 포럼 출장이 결정되었다. 그러나 제네바에 도착하자마자 닥쳐오는 영어 울렁증에 윤서는 인권위 베테랑 조사관이라는 자부심을 잃고 겁에 질린 아기가 되어버렸다.

식사 후 지훈은 일찌감치 지친 윤서를 먼저 호텔로 들여보내고 유유히 레만 호수 주변을 거닐었다.

비 섞인 바람이 불었다. 거리의 간판과 사람들의 대화에 프랑스어와 영어가 사이좋게 공존했다. 간혹 독일어가 끼어드는 것도 이상한 일이 아니었다. 공식적으로만 네 개의 국어를 사용하는 스위스 거리의 언어는 다양하고 유연했다. 제네바는 프랑스어권이었지만 어디서든 누구에게든 영어가 통했다. 건물 전광판마다 명품 시계 광고가 번쩍거렸다. 손목시계의 바늘이 하나같이 10시 10분 35초를 가리키며 문자판에 새겨진 로고를 숭배하듯 떠받치고 있었다. 칼날을 차르륵 펼친 스위스 아미 나이프가 가게 진열대에서 눈길을 끌었다.

지훈은 다리 난간에 손을 올리고 서서 레만 호수를 굽어보았다. 롤렉스 시계를 차고 국제기구 사무실에 앉아 법률 서류를 검토하는 자신의 모습을 상상했다. 자신이 가진 전문지식을 인류를 좀 더 낫게 만드는 일에 사용하는 건 분명 멋진 일일 터였다. 그에 합당한 부와 명예도 자연스레 따라올 것이다. 국경을 넘어 보다 많은 사람에게 영향력을 미칠 수 있는 자리에서 자신의 능력을 시험해보고 싶었다.

넓은 세계 무대에서 더 큰 사람이 되리라. 지훈은 각오를 다졌다.

2.

호텔 르 로제의 부지배인 샬럿은 저녁 9시에 교대를 마치고 퇴근을 서둘렀다. 옷을 갈아입고 나와 동료들과 인사를 나눈 뒤 10여 미터 떨어진 직원주차장으로 발을 옮겼다. 연일 흐린 날씨가 이어지고 있었다. 구름 낀 하늘은 별빛 하나 없이 어두웠다.

샬럿은 우아하고 가벼운 걸음걸이로 익숙한 길을 밟아 자신의 폭스바겐으로 다가갔다. 그녀는 차 열쇠의 잠금 해제 버튼을 누르려다 말고 손을 멈췄다. 건너편 숲속에서 사람 말소리가 들려온 것 같았다.

호텔 르 로제는 스위스 로잔에 위치한 작은 호텔이었다. 숙박객들은 주로 가까운 스키장에서 스키를 타거나 호텔 뒤로 펼쳐진 산의 경치를 즐기며 휴양하려는 사람이 대부분이었다. 스키 여행 시즌이 막 시작되어 호텔은 거의 만실이었다. 만실이라고 해도 스위트룸까지 합쳐 총 서른여덟 개의 객실이 다였다.

직원주차장 뒤쪽 으슥한 숲속에서 두 사람이 대화를 나누고 있었다. 샬럿 쪽을 바라보고 선 중년의 동양 남자는 호텔 르 로제의 숙박객이었다. 어제 낮에 샬럿이 직접 체크인을 접수한 사람이니 틀림없었다. 중년 남자는 그보다 젊어 보이는 남자 두 명과 같이 왔다. 국제회의 참가자인 것 같았다. 대규모 국제회의가 열리는 때에 제네바 호텔을 잡는 데 실패하고 제네바와 한 시간 이내로 통근이 가능한 로잔의 호텔을 예약하는 사람들이 왕왕 있었다. 남자는 잘 관리된 몸에 정장을 깔끔하게 차려입었고 영어 발음도 능숙했다. 지금은 노타이셔츠에 고급스러운 캐시미어 코트를 걸치고 있었다.

샬럿 쪽에 등을 지고 서서 중년 남자와 이야기를 나누고 있는 사람은 주차장에 정차한 승합차에 가려져 뒷머리만 설핏 보였다. 털이 풍성한 모자가 달린 다운재킷을 입고 있었다. 중년 남자와 같이 온 젊은 남자 중 한 명일까? 확신할 수 없었다. 남자인지 여자인지도 짐작하기 어려웠다.

두 사람은 샬럿의 존재를 눈치채지 못한 것 같았다. 둘이 나누는 나직한 대화 소리가 어둠과 정적을 타고 들렸다. 샬럿은 알지 못하는 나라의 언어였다. 무슨 뜻인지는 몰라도 비밀스럽고 심각한 분위기가 느껴졌다. 몇 미터 떨어진 곳에 선 가로등의 불빛이 둘의 모습을 흐릿하게 비췄다. 짙은 음영 아래 드러난 중년 숙박객의 표정이 무거워 보였다.

샬럿은 조심스레 폭스바겐의 잠금 해제 버튼을 눌렀다.

두 사람이 대화를 멈추고 소리가 난 쪽을 향해 고개를 돌렸다.

샬럿은 그들의 시선을 피하며 차에 올라타 시동을 걸었다. 본의 아니게 남의 은밀한 대화를 엿들은 꼴이 된 것 같아 기분이 머쓱했다.

같이 온 두 사람 사이에 문제가 생긴 걸까?

아니면 근처 호텔에 머무는 지인일까?

무슨 일 때문에 저렇게 분위기가 심각한 걸까?

머릿속에 몇 가지 의문이 떠올랐다. 주차장을 빠져나가며 샬럿은 사이드미러를 보았다. 중년 남자와 다운재킷을 입은 상대가 숲 안쪽으로 발을 옮기고 있었다. 직원주차장이 남몰래 대화를 나누기에 적절하지 않다는 생각을 한 모양이었다. 숲으로 몸을 돌릴 때 다운재킷의 옆얼굴이 살짝 보였다. 가로등 불빛에 어렴풋이 드러난 얼굴을 보니 동양인 같았다.

집에 가는 도로에 들어서면서부터 샬럿은 두 사람을 잊었다.

로잔의 숲에는 며칠 전까지 내린 눈이 소복이 쌓여 있었다. 나무 덤불을 헤치고 나가니 둔덕에 하얀 눈밭이 쫙 펼쳐졌다.

밤바람에 나뭇가지에 쌓인 눈덩이가 톡 떨어졌다. 밤에 활동하는 산짐승들이 별안간 들리는 인기척을 피해 작은 발자국을 콕콕 남기며 깊은 숲속으로 사라졌다.

눈밭에 두 사람이 섰다.

중년 남자는 코트를 입었고 다른 한 사람은 다운재킷을 입었다. 둘은 서로의 입김이 닿을 듯 가까이 서서 말을 주고받았다.

어느 순간 코트를 입은 남자가 신음과 함께 배를 싸안으며 다운재킷을 향해 쓰러졌다. 멀리서 보면 코트를 입은 남자가 갑자기 다운재킷을 끌어안기라도 하려는 것처럼 보였다. 다운재킷이 코트 남자의 몸을 힘껏 떠밀며 오른손을 휘둘렀다.

다운재킷의 오른손이 쉬지 않고 코트 남자의 몸을 몇 차례 내리찍었다.

하얀 눈에 붉은 핏자국이 사선으로 내리그어 번졌다.

코트를 입은 남자가 좌우로 비틀거리다 끝내 눈 위에 쓰러졌다. 남자는 자신의 가슴에 꽂힌 폴딩 나이프의 강철 손잡이를 잡고 몸을 부르르 떨었다.

코트 남자의 몸 아래로 붉은 피 웅덩이가 퍼져 눈과 함께 얼었다. 잠에서 깬 산새 몇 마리가 푸드덕거리며 날았다.

3.

기업과 인권 포럼의 1일 차 일정이 시작됐다. 지훈과 윤서는 유엔 사무소 안으로 들어오기 위해 공항 입국 수준의 보안 검색을 받아야 했다. 재킷을 벗고 허리띠를 풀어 엑스레이 벨트 위에 올린 뒤 금속 검색대 밑을 지난 다음 얼굴 사진과 영문 이름이 적힌 유엔 패스를 가슴에 찼다. 그나마 지훈과 윤서는 어제 사전 등록을 해놓았기에 망정이지 당일 등록을 기다리는 줄은 후문에서부터 꼬불꼬불 이어져 끝이 보이지 않았다. BTS의 해외 공연을 기다리는 팬들처럼 다양한 인종의 사람들이 줄줄이 쌀쌀한 바람을 맞고 서서 차례를 기다렸다.

"방금 누구예요?"

윤서가 지훈에게 고개를 바짝 들이밀고 물었다. 건물 로비에 들어서자마자 지훈이 헤어진 형제라도 만난 듯 쫓아가 짧지만 열렬한 대화를 나누고 헤어진 인도 남자의 정체를 묻는 것이었다.

"기업과 인권 실무그룹 아시아 위원이에요. 대륙별로 위원이 있거든요."

둘은 개회식이 진행될 회의실로 들어섰다. 본관 건물에서 제일 큰 2층 구조의 강당식 회의실이었다.

"아는 사이예요?"

회의실은 전 세계에서 온 참가자들로 이미 2층까지 가득 차 있었다.

"아뇨. 설마요."

지훈은 면봉 솜뭉치 같은 머리를 움직이며 부지런히 빈자리를 찾았다. 윤서는 그런 지훈의 뒷모습을 새삼스럽게 바라보았다. 유창한 영어 실력으로 국제 인사들에게 먼저 다가가 교류하는 모습을 보니 한국에 있을 때와는 사람이 한층 달라 보였다. 사법시험 출신이라는 간판 하나 믿고 입으로만 일한다고 다들 하찮게 여기는 그 부지훈이 맞나 싶었다.

"한국 항공이 어쩌고 한 건 뭐예요?"

윤서가 그나마 알아들은 단어 하나를 입에 올리며 물었다.

"저기다!"

2층 구석에 자리 두 개가 나란히 비어 있는 것을 발견한 지훈이 몸을 낮추고 전력으로 뛰었다. 결국 지훈은 히잡을 쓴 아랍계 여자와 지훈보다 키가 배는 큰 은발의 백인 남자를 지나쳐 빈 의자 하나에 서류 가방을 던져넣는 데 성공했다.

"한 조사관님! 여기 앉으세요!"

지훈이 서류 가방이 놓인 옆자리를 손바닥으로 짚으며 윤서에게 소리쳤다. 윤서는 부끄러워 얼른 다가가 앉았다.

"땅콩 회항 사건 말하는 거예요. 그 재벌 항공사 모녀가 고함지르고 사람 때리고 하는 거 유튜브에서 봤다던데요. 우리나라 재벌가 갑질이 오너 리스크 사례로 국제 사회에서도 종종 오르내리고 있는지라…….

자리에 앉지 못한 참가자들이 회의장 구석구석에 서서 웅성거리는 가운데 개회식이 진행됐다. 기업과 인권 실무그룹 의장이라는 덴마크 남자가 개회를 선언했고, 몇 명의 국제 인사가 연이어 연설을 했다. 지훈은 노트북을 펼치고 부지런히 자판을 쳤다. 윤서는 영어로 진행되는 회의를 조금이라도 알아들으려고 애썼다. 자리에 언어별로 채널을 맞춰 들을 수 있는 동시통역 수신기가 있었으나 유엔 공식 언어인 독일어, 프랑스어, 스페인어, 아랍어 통역만이 제공됐으므로 윤서에겐 아무 소용이 없었다.

개회식이 미처 끝나기도 전에 지훈의 재촉으로 지훈과 윤서는 아시아 기업과 관련한 세션이 열리는 회의실로 이동했다. 오성전자 이국재 이사가 스피커로 나오는 세션이었다.

"멋지죠?"

앞서 회의실로 들어선 지훈이 천장을 가리키며 빙그레 웃었다.

"와!"

지훈의 뒤를 부지런히 쫓아오던 윤서는 감탄하며 회의실

천장을 둘러보았다. 밝은 파란색을 중심으로 강렬한 색색의 물감이 천장에서 떨어지는 듯한 조형을 한 조각과 그림이 돔형 천장을 채우고 있었다. 엄숙한 회의장을 몽환적인 분위기로 만드는 아름다운 이미지였다.

"여기가 매년 유엔인권이사회가 열리는 유명한 회의실이에요. 저기, 시작하기 전에 사진 한 번?"

"아, 아니요. 전 됐어요……."

"아니, 저 찍어달라고요."

지훈이 자기 휴대전화를 윤서에게 쑥 내밀었다.

윤서는 배경에 천장 그림이 잘 담기도록 뒤로 물러서 손가락으로 V자를 하고 선 지훈의 사진을 찍었다.

정해진 시간에 회의가 시작됐다. 한국 기업이 발언하는 만큼 한국어 동시통역이 이루어질지도 모른다고 기대했던 윤서의 바람은 보기 좋게 어긋났다.

기업과 인권 실무그룹 아시아 위원이라는 인도 남자의 사회로 기업 대표 네 명이 돌아가면서 아시아에서의 인권경영 정책을 발표했다. 독일, 프랑스, 미국, 한국 기업 관계자들이 스피커로 나왔다. 회의실을 가득 채운 청중은 절반가량이 동양인이었다. 자연스럽게 아시아 기업인 오성전자의 발표가 가장 많은 관심을 받는 분위기였다.

"코발트 때문에 오성전자가 콩고랑 뭘 한다는 거예요?"

윤서는 오성전자 이국재 이사의 유창한 영어 발음 사이에서 아는 단어 몇 개를 주워듣고 지훈에게 물었다.

"에, 그게 말이죠. 스마트폰 배터리를 만들려면 코발트라는 원료가 필요한데요, 콩고가 세계 코발트 1위 생산국이죠."

지훈이 윤서에게 몸을 기울이고 속삭였다.

"기업은 콩고에서 수입하는 코발트가 아동노동의 결과로 얻어진 건지 아닌지 정확한 생산 루트를 알아내는 데 한계가 있다고 해요. 그래서 오성전자가 지금 독일 전기차 회사하고 미국 스마트폰 제조회사와 연합해서 콩고 광산에 생산 루트를 투명하게 밝히라고 요구하고 있다는 말이에요. 아동노동과 관련이 없다는 확실한 증명이 없는 광산의 코발트는 수입하지 않는다는 거죠."

윤서는 발언 중인 이국재 이사를 보았다. 광대가 튀어나온 갸름한 얼굴이 강단 있는 성격을 드러내고 있었다. 커다란 조직의 밑바닥부터 자신을 갈고닦으며 성장해온 중년 남자에게서 자신의 분야에 대한 능숙함과 세상에 대한 자신감이 느껴졌다.

"대형 초국적 기업끼리 연합해서 공급자 책임을 지겠다는 건데……."

지훈이 살짝 코웃음을 쳤다.

"결국 제 자랑이에요, 제 자랑. 회사 자랑. 여기에 기업 관계자 나오면 자기 회사 자랑밖에 안 하죠. 윤리를 방패 삼은 회사 홍보랄까. 어쩌면 그게 기업과 인권의 본질이긴 하지만요."

네 군데 글로벌 기업의 발표가 끝났다. 사회자가 각 발언 내용을 요약한 뒤 이제부터 객석의 질문을 받겠다고 했다. 발표자들이 앉아 있는 연단을 중심으로 부채꼴 모양으로 펼쳐진 청중석에서 몇 명이 동시에 손을 들었다.

첫 번째 질문자는 회색 치마 정장 차림에 검은 머리를 짧게 자른 필리핀 여자였다. 여자의 질문은 이국재 이사를 향했다. 여자는 자리에 있는 마이크에 입을 가까이 가져다 대고 흥분한 목소리로 필리핀 억양의 영어를 쏟아냈다.

"……14년 전 오성전자의 부품을 생산하던 공장에서 내보낸 폐수로 필리핀의 한 마을 전체가 오염됐고, 암 발병률이 급격히 증가했다는 말이에요. 저 사람 아들도 소아암에 걸렸대요."

이제 지훈은 윤서가 묻기 전에 알아서 통역을 했다.

필리핀 여자의 말투가 점점 공격적으로 변했다. 윤서는 동요하지 않고 침착하게 질문이 끝나기를 기다리는 이국재 이사의 얼굴을 바라보았다. 아들이 암에 걸린 후 환경운동가가 된 필리핀 여자는 환경오염에 대한 오성전자의 합당한 조치가 지금까지 이루어지지 않고 있다며 거센 비난을 퍼부었다.

긴장된 분위기가 흐르며 청중들은 오히려 집중했다.

"당신의 가족과 마을이 겪은 고통은 참으로 안타깝습니다. 위로를 보냅니다."

이국재 이사는 당황하지 않았다.

"그러나 언급하신 그 사건은 오성전자와는 무관한 것으로 이미 필리핀 법원의 판단이 끝났습니다. '아직까지' 그 사건에 대해 답해야 한다니요. 우리가 지금 이 자리에서 이야기해야 할 것, 집중해야 할 것은 무엇인가요? 우리는 왜

모였습니까?"

오성전자 이사는 현재 추진 중인 계획과 미래의 전망을 이야기했다. 힘 있는 목소리였다. 필리핀 여자의 문제 제기는 케케묵은 과거에서 끄집어낸 트집 잡기처럼 느껴졌다. 지훈은 이국재의 언변에 감탄하며 청중을 둘러보았다. 질문을 던진 필리핀 여자가 입술을 굳게 닫고 연단을 쏘아보았다. 여자가 서 있는 곳을 중심으로 적대적인 분위기가 흘렀다.

다음 질문 기회는 관료 분위기를 물씬 풍기는 태국 남자에게 돌아갔다. 태국 법무성 차관이라고 했다. 남자는 기후변화와 기업의 환경 보호 책임을 언급하며 추상적인 질문을 던졌다. 네 명의 발표자가 고루 답했다. 이어서 몽골 시민단체 대표가 각 기업의 아시아 지사에 인권침해를 구제할 수 있는 시스템이 마련되어 있는지를 물었다. 독일 기업 관계자가 자랑스러운 듯 자기네 시스템을 먼저 소개했다. 이국재 이사도 오성전자는 다양한 통로로 아시아 현지에서 발생하는 인권침해를 구제하고 있다고 답했다.

"알아듣고 있어요?"

지훈이 잠시 잊고 있던 윤서를 챙겼다.

"대충은요. 제가 알아듣는 게 맞는 건지 모르는 게 문제죠. 저기……."

윤서는 눈살을 찌푸리며 방금 객석에서 일어난 동양 남자를 가리켰다. 회색 재킷에 검은 터틀넥을 받쳐 입은 젊은 남자가 모국어의 성조가 묻어나는 영어로 질문하고 있었다.

"베트남…… 오성 일렉트로닉스…… 휴먼 라이츠 바이얼

레이션…… 레메디 시스템…… 그러니까, 베트남 인권침해? 그거를 오성전자에서 구제하느냐…… 그런 말이죠?"

"정확하게는 오성전자에서 동아시아에 파견한 직원이 현지 주민에게 가하는 인권침해에 대해 조사하고 구제하는 시스템이 있느냐는 질문이죠. 국제앰네스티 동아시아 사무소 직원이라고 하네요. 저 사람이. 베트남 출신이고."

윤서는 깜짝 놀라 입을 동그랗게 벌렸다.

"그렇게 많은 말을 했어요? 이 짧은 시간에?"

지훈은 히죽 웃고는 이어지는 이국재 이사의 답변도 통역해주었다. 업무와 관련된 인권침해에 대해서는 회사 자체적으로 조사하는 시스템이 있고, 이외 사적 영역에서 일어나는 분쟁은 각 나라의 법에 맡긴다는 내용이었다.

베트남 청년은 손을 번쩍 들고 다시 발언 기회를 청했으나 사회자는 다른 사람을 지목했다. 정해진 회의 시간이 끝나가고 있었다. 점심시간을 맞아 복도가 웅성거렸다.

마지막 질문에 대한 답변이 마무리된 뒤 사회자가 서둘러 발언을 정리하고 폐회를 선언했다. 출입구로 사람들이 몰렸다. 줄을 서서 회의장을 빠져나오며 지훈은 뒤를 돌아보았다. 한 무리의 사람들이 연단에 다가가 발표자들에게 명함을 건네며 경쟁적으로 인사를 나누고 있었다. 이국재 이사에게 접근하려고 줄 선 사람들 중에는 태국 법무성 차관도 보였다.

복도에도 거대한 네트워크의 장이 펼쳐졌다. 잠깐의 이동 시간을 틈타 회의 참석자들은 서로에게 명함을 건네고 자기소개를 했다. 다양한 국가의 사람들이 삼삼오오 모여서 활기 있게 와글거렸다. 국제회의의 진정한 네트워킹은 쉬는 시간 복도에서 이루어진다는 말이 있다. 유엔 회의장 복도에서 나눈 잠깐의 대화가 각자 본국에 돌아가 얼마든지 대단한 일을 도모하는 관계의 시초가 될 수 있기 때문이다. 각 나라에서 기업과 인권 분야에 영향력을 가진 사람들이 한 공간에 모이는 일이 흔치 않으므로 네트워킹에 대한 참가자들의 열의는 뜨거웠다.

하지만 이 와중에 윤서는 코트를 찾느라 바빴다.

"어디에 걸어놓은 거예요, 진짜?"

사람들이 복도에 즐비한 옷걸이에서 자기 외투를 잘도 찾아 꺼내 입고 있었다. 미처 옷걸이에 걸지 못한 외투를 둘둘 말아 계단 밑이나 캐비닛 위에 쑤셔 둔 사람도 있었다. 각 나라에서 어느 정도 공식적 지위가 있는 사람들만이 확실한 검증을 거쳐 유엔 회의장에 접근할 수 있다는 것을 알고 있으므로 누구도 도난을 염려하지는 않았다. 윤서와 지훈도 아침 첫 회의실에 들어가기 전 비어 있는 복도 옷걸이에 코트를 걸었다. 주머니에 지갑도 넣어둔 채였다.

지훈도 코트를 걸어둔 곳이 도통 기억나지 않았다. 윤서와 지훈은 참가자들 사이를 헤치며 넓은 복도를 이곳저곳 기웃거렸다.

"저 오늘은 이만 호텔로 들어가서 쉴래요."

겨우 코트를 찾아 걸친 윤서가 깊은 한숨을 쉬었다.

"밥은 먹고 가야죠? 이쪽으로 가면 구내식당이 있나 본데, 점심은 먹고 들어가요."

지훈이 말했다.

"밥 먹을 힘도 없네요. 호텔에서 빵 쪼가리나 씹을래요. 오늘은 좀 봐주세요."

다크서클이 진하게 드리워진 윤서의 얼굴을 보고 지훈은 더 권하지 못했다. 터덜터덜 건물을 빠져나가는 윤서의 뒷모습을 눈으로 배웅하고 지훈은 혼자 구내식당으로 향했다.

오후 회의를 앞두고 빠르게 점심을 해결하려는 참가자들로 식당은 붐볐다. 푸드코트 식으로 원하는 음식을 쟁반에 담아 와 공동 계산대에서 계산하고 먹는 시스템이었다. 치킨 오븐구이나 수제버거같이 인기 있어 보이는 메뉴는 줄이 너무 길었다. 지훈은 개중 줄이 짧은 연어 스테이크 코너에 섰다. 바로 앞에 선 두 사람을 건너뛰고 세 번째 사람이 눈에 익었다. 인사를 나누려는 사람들에게 한동안 잡혀 있었을 텐데 구내식당에 빨리도 왔다 싶었다.

"이국재 이사님?"

지훈이 고개를 쑥 빼고 한국어로 말을 걸었다.

"아, 네. 안녕하세요. 한국에서 오셨습니까?"

이국재가 지훈과 눈을 마주치며 말했다. 녹색이 은은하게 감도는 고급스러운 캐시미어 코트 깃에 달린 오성 기업의 로고 배지가 빛났다. 은색 광택이 번쩍이는 커다란 배지는 강렬했고 눈에 쉽게 띄었다.

뼛속까지 오성맨이군. 지훈은 이국재의 외양에서 뿜어져

나오는 자부심을 느꼈다.

"네, 이사님. 인사드리겠습니다. 저는 인권증진위원회 정책국에서 일하는 부지훈 사무관이라고 합니다. 아까 발표 잘 들었습니다. 말씀 아주 잘하시던데요."

"아하. 들으셨습니까. 그나저나 인권위에서도 기업과 인권에 관심을 가지시나 보군요. 반가운 일입니다."

이국재는 능숙하게 연어 스테이크의 굽기 정도를 주문하고 원하는 소스 통을 집어 들었다. 지훈은 이국재와 같은 굽기 정도를 선택하고 이국재와 같은 소스를 뿌리며 대화를 이어갔다. 혼자라는 지훈의 말에 이국재는 같이 식사하자고 제안했다. 이국재의 부하 직원 두 명이 테이블을 맡아놓고 있었다. 지훈은 기꺼이 세 명의 오성맨 사이에 끼었다. 빈 테이블을 찾기 어려운 상황이라 하마터면 쟁반을 들고 서성일 뻔했다.

"부 사무관님 같은 전문가가 공직에 계시다니 정말 좋은 일입니다. 이런 자리에서 저희가 만난 게 큰 인연 아니겠습니까? 어떻게, 저희 오성과 앞으로 지속적으로 교류하고 도움 주시기를 기대해도 되겠습니까?"

스테이크를 썰며 이국재가 자연스레 대화를 이끌었다.

"전문가라니요. 에헤이, 무슨 그런 말씀을. 사실 전 기업보다는 법률 전문가죠. 제가 사법시험 52기인데요, 이사님. 아, 제가 군대 가기 전에 시험 합격을 해서 나이는 많지 않습니다만."

지훈은 대학 재학 중에 사법시험에 합격했다는 사실을

은근슬쩍 흘렸다.

"사법시험? 그럼 변호사면서 국가에서 일하신다고요? 오, 사무관님 같은 인재가 우리 기업에 들어와야 하는데 말입니다. 안 그런가?"

이국재가 부하 직원들에게 번갈아 시선을 던지며 물었다. 직원 두 명이 앞다투어 그렇다고 답하며 지훈을 치켜세우는 말을 보탰다. 지훈은 어깨가 으쓱해지며 배시시 웃음이 번져 나오는 것을 참기 어려웠다. 괜한 열등감을 가진 인권위 직원들이나 나를 무시하지 내가 인권위 밖에 나오면 이런 대접을 받는 사람이야. 그런 생각을 하며, 지훈은 이 자리에 윤서가 없는 것을 아쉬워했다.

화제는 인권증진위원회의 업무와 오전에 진행된 아시아 세션에 관한 이야기를 거쳐 제네바 관광에까지 이르렀다.

"저는 로잔에 묵고 있습니다."

이국재가 코트 속주머니에서 가죽으로 된 명함 지갑을 꺼냈다. 이미 이곳저곳에서 받은 명함으로 한 칸이 가득 차 있었다. 이국재는 지갑의 다른 면에서 곤돌라와 스키가 그려진 입장표를 꺼내 지훈에게 건넸다.

"제가 스키를 좀 즐깁니다. 포럼 끝나고 로잔에 있는 스키장을 이용할 겸 호텔을 거기로 잡았는데요, 부 사무관님도 혹시 하루 이틀 여유가 있으면 같이 가시지 않겠습니까? 한 장 정도는 여유가 있으니 부담 가지시지 말고요."

"아이고, 말씀 감사합니다만 공무원 출장이란 게 그런 여유가 없습니다. 끝나면 바로 비행기 타야 합니다."

지훈은 고개를 절레절레 저으며 스키 입장표를 다시 이국재에게 주었다. 실제 출장 일자에 여유가 없기도 했지만, 공무원이 기업인에게 대접을 받다니 안 될 일이었다.

이야기를 나누다 보니 식사가 거의 끝나갔다. 사람들이 구내식당 중간중간에 비치된 에스프레소 기계에 동전을 넣고 커피를 뽑아 왔다. 지훈의 대각선 방향에 앉은 오성전자 직원이 커피를 뽑아오겠다며 일어섰다. 지훈이 따라붙었다.

"전 커피 취향이 복잡해서요. 제가 직접 타야 합니다."

한 발짝 앞서 도착한 지훈이 에스프레소 기계에 스위스 프랑 동전을 철컥철컥 넣었다. 오성 직원이 황감한 표정으로 쟁반을 들고 지훈이 뽑아 건네는 커피잔을 받았다. 커피 네 잔이 나오기를 기다리는 동안 지훈과 오성 직원은 유엔에 온 소감을 몇 마디 주고받았다.

쟁반을 든 직원을 따라 자리로 돌아오는데, 이국재와 다른 오성전자 직원이 서 있는 게 보였다. 둘은 어떤 동양 여자 한 명과 대화를 주고받고 있었다.

"'아직까지'라고 하셨나요? 미스터 리에게는 이 문제가 이미 끝난 일이고 '아직까지' 이 문제를 이야기하는 건 말이 안 된다고 생각하는 모양이지요?"

오전 회의에서 이국재 이사에게 첫 번째로 질문을 던진 필리핀 여자였다. 여자는 이국재가 여자의 질문에 대해 답변할 때 사용한 '아직까지'라는 단어를 비꼬듯 강조했다. 분위기가 험악했다. 오성전자 직원이 적당한 거리에 서서 여자와 이국재의 사이를 반쯤 가로막았다.

"저희는 필리핀에 돌아가 오성전자를 상대로 국제소송을 제기할 거예요. 오성전자는 책임 있는 대응을 하셔야 할 거라고요."

여자가 도전적으로 이국재의 눈앞에 명함을 꺼내 들었다.

이국재가 명함을 대신 받으려는 직원을 저지하며 손수 여자의 명함을 받았다.

"알겠습니다. 돌아가 회사에 보고하겠습니다."

여자가 돌아섰다. 또각또각 걸어가는 여자의 짧고 검은 머리가 찰랑거렸다.

껄끄러운 상황이 마무리된 것에 안심하며 이국재 일행이 자리에 앉으려던 참이었다.

"미스터 리, 한 가지 질문이 있습니다."

젊은 동양 남자가 불쑥 모습을 드러냈다. 가까이에서 상황을 지켜보고 있었던 모양이다. 이번에도 오전 회의에서 이국재에게 질문을 던졌던 베트남 청년이었다.

이국재가 다시 몸을 세우고 청년을 응시했다.

"좋아요. 뭡니까?"

청년이 가까이 다가왔다. 진하게 갈라진 쌍꺼풀이 인상적인 얼굴이었다.

"안녕하세요. 저는 베트남에서 온 응우옌 반 러이라고 합니다. 국제앰네스티 동아시아 사무소 직원입니다. 아까 회의에서 당신께 질문도 했습니다. 저는 앰네스티에 들어가기 전 하노이에 있는 오성전자 생산직 직원 채용에 응시한 적이 있습니다. 저는 대학을 나오긴 했지만 오성전자는 생산직이라도 베트남에서 매우 인기가 있습니다."

"그렇습니까."

이국재는 경청하는 자세로 청년의 말을 들었다.

"네, 미스터 리. 그런데 자격이 맞지 않는다고 불합격되었습니다. 제가 색맹이라고 말입니다. 이건 차별이 아닙니까?"

옛날에는 국내에서도 전자회사의 생산직 직원을 뽑을 때 색맹을 제외했던 적이 있었다. 전기선과 부품의 색깔을 구분할 수 있어야 한다는 이유였는데, 요즘에는 차별 논란 때문에 아주 불가피한 경우 말고는 색맹을 결격사유로 두지 않는다.

지훈은 인권위 직원으로서 차별이 맞는 것 같다고 답하며 나설 뻔했다. 그 전에 이국재가 대응했다.

"유감입니다. 당신 말이 맞다면 차별의 소지가 있으니 베트남 지부에 확인해보겠습니다."

"적록색맹으로 태어난 것은 제가 선택한 것이 아닙니다. 당신도 아시다시피, 절대로 피할 수 없는 운명이란 게 있지 않습니까? 세계적인 기업인 오성전자가 아직까지도 이래서는 안 되지 않겠습니까? 그렇지 않습니까, 미스터 스틸?"

청년은 조롱하듯 이국재를 '미스터 스틸'이라고 부르며 회색 재킷 주머니에서 제 명함을 꺼내 건넸다.

이국재의 표정이 굳었다. 국제회의 자리에서 만난 다른 나라 기업 임원에게 별명을 지어 부르다니 무례한 일이었다.

"앉으시지요, 이사님. 커피 식겠습니다. 이제 질문은 더

받지 말자고요. 허허허.”

청년이 사라진 뒤 지훈이 불편해진 분위기를 수습하기 위해 괜히 너스레를 떨었다.

이국재는 코트 속주머니에서 명함 지갑을 꺼내 느릿한 동작으로 필리핀 여자와 베트남 청년이 건넨 명함을 끼워 넣었다. 불쾌감이 쉽게 진정되지 않는 듯했다. 오성전자 직원 두 명이 어쩔 줄 모르고 상사의 눈치를 봤다.

“가장 큰 돌이 정을 맞기 마련이지요.”

이국재가 미소를 지었다.

“우리 오성은 저들 나라에서 가장 크고, 앞서가는 돌이니까요. 이 또한 우리 오성이 견뎌야 할 숙명입니다.”

4.

지훈은 오전 7시에 호텔 조식을 먹으러 내려왔다. 윤서가 크루아상에 햄과 치즈를 올려 막 한 입 베어 물고 있었다. 지훈은 뷔페식으로 진열된 음식을 접시에 가득 골라 담아 윤서의 맞은편에 앉았다.

“잘 잤어요?”

지훈이 인사를 건넸다.

“네, 어제 낮부터 실컷 잤어요.”

지훈이 빙글빙글 웃으며 소시지를 잘라 오믈렛과 함께 입에 욱여넣었다.

“제가 어제 누구랑 점심을 먹은 줄 아십니까?”

접시를 야무지게 비우며 지훈은 이국재 이사와 함께한 점심식사에 대해 수다를 늘어놓았다.

"……그러더니 글쎄 저보고 포럼 끝나고 스키장에 같이 가자고 하질 않나, 제가 변호사인 걸 알고는 저를 오성에 영입하고 싶다고 하질 않나. 허허."

"네에."

윤서는 언제부터인가 테이블 구석에 시선을 꽂은 채 지훈의 말을 건성으로 들었다.

"그래서 말인데요. 오성이 욕은 많이 먹지만요. 그래도 인권에 그만한 관심 있는 기업 없습니다. 우리 인권위도 기업과 파트너십을 가져야 해요……."

"저기, 부 사무관님."

"식사하다가 졸지에 불쾌한 민원을 들었는데도 말이죠. 역시 글로벌 기업의 임원은 아무나 하는 게 아니……"

"부 사무관님!"

"네?"

지훈이 재잘거림을 멈췄다.

"전화 왔어요."

테이블에 올려둔 지훈의 휴대전화가 진동하고 있었다. 액정에 뜬 번호를 보니 스위스 휴대전화 번호였다. 현지인이 내게 전화를? 지훈은 의아한 마음으로 통화 버튼을 눌렀다.

윤서는 영어로 통화를 이어가는 지훈의 모습을 지켜보았다. "폴리스", "미스터 이국재", "유엔"이라는 단어가 오갔고 지훈이 크게 당황했다. 윤서는 달그락거리는 소리 하나 내지 않고 지훈이 통화를 끝낼 때까지 숨죽여 기다렸다.

"무슨 일이에요?"

지훈은 얼이 빠진 얼굴이었다.

"……제네바 주 경찰인데요, 지금 여기로 오겠다네요?"

"엥? 왜요?"

윤서는 그리 크지 않은 눈을 동그랗게 떴다.

"잘은 몰라요. 이국재 이사에게 무슨 일이 생긴 것 같은데요."

경찰은 정말 빨리 왔다. 백발에 가까운 밝은 금발에 몸집이 우람한 백인 남자와 갈색 머리를 하나로 묶은 중키의 백인 여자가 호텔로 들이닥쳤다. 호텔 측에서 작은 세미나룸을 내어주었다. 윤서도 같이 자리했다.

피에르라는 이름의 우람한 남자가 주로 질문했다. 프랑스어 억양이 강해서 언뜻 들어서는 영어로 말하는 건지 프랑스어로 말하는 건지 혼동됐다.

"저는 어제 이국재가 연사로 나온 유엔 포럼 회의를 듣고 구내식당에서 우연히 이국재 일행을 만나 점심식사를 같이 했습니다. 여기 계신 동료 한윤서 씨는 점심식사 전에 먼저 호텔로 돌아가셨고요. 식사 후에는 이국재 일행과는 각자 참석하는 회의가 달라 헤어졌습니다. 그뿐입니다. 한국에서는 이국재라는 사람을 몰랐고 만난 적도 없습니다."

피에르는 지훈에게 이국재와의 관계에 대해 여러 번에 걸쳐 질문했고 지훈은 반복해서 답했다. 피에르는 지훈의 어제저녁 일정에 대해서도 물었다. 지훈은 제네바에 오기 전부터 약속되어 있었던 저녁 모임에 참석했다고 말했다. 포럼에 참석하는 각국 국가인권기구 직원들끼리 시내 레스토랑에서 비공식적인 만남을 가졌던 것이다.

피에르가 동료 형사에게 몸을 굽히고 짧게 그들만의 대화를 주고받았다. 지훈과 윤서가 한국 국가인권기구의 직원이고 공무원이라는 것, 이국재와는 지훈이 어제 같이 점심을 먹은 것 외에는 별다른 접점이 없다는 것, 지훈에게 쉽게 확인 가능한 알리바이가 있다는 것을 알고는 태도가 훨씬 부드러워진 것 같았다.

다시 고개를 든 피에르는 다소 난처한 표정이었다.

"어제 이국재 씨가 로잔의 호텔 주변 산속에서 시체로 발견됐습니다. 살해된 것으로 보입니다."

"네에?"

지훈이 소리쳤다.

"진짜로? 살인사건? 이국재 이사가? 살해되었다고? 여기서요?"

윤서가 한국말로 외쳤다. 유엔 회의에 참석한 한국 기업인이 스위스 현지에서 살해당하다니, 국제적으로 초유의 사건일 듯했다. 윤서는 이 사건이 지닌 파장을 가늠해보았다. 범인이 누구고 살해 동기가 무엇이냐에 따라 의미가 크게 달라질 듯했다. 아침부터 지훈을 찾아와 이국재와의 관계를 묻는 것으로 보아하니 경찰은 아직 살해 동기나 용의자를 파악하지 못하고 있다고 봐야 할 것 같았다.

"맙소사! 저 지금 의심받고 있는 겁니까?"

지훈이 불쾌한 말투로 따졌다.

피에르가 머리를 급히 내저으며 달래듯 손을 뻗었다.

"아닙니다, 절대로요. 오히려 저희는 미스터 부와 미즈 한에게 도움을 받아야 할 입장입니다. 이건 아주 민감한 사건입니다. 아주 아주 아주 민감합니다. 우리는 한국 정부와 공조가 필요합니다. 주 제네바 대한민국 대표부와 대한민국 대사관도 이 사건을 알고 있습니다. 가능하시다면 그들과 함께 수사에 협조해주시지 않겠습니까?"

지훈은 자신이 무슨 도움이 될 수 있느냐고 물었지만 피에르는 계속 국제적으로 민감한 사건이라는 말만 되풀이했다. 사건이 해결될 때까지 스위스에 남아 있어 달라는 말을 에둘러 표현하는 것 같다고 윤서는 생각했다. 한국 정부와 소통하는 데 현지 인력으로 활동하며 도움을 줄지 모른다는 기대도 없지 않은 것 같았다.

같은 편이 되기 위해 지훈과 윤서를 안심시키고 싶었는지 피에르가 사건의 개요를 설명하기 시작했다. 이국재의 시체는 오늘 오전 4시 25분경 새벽 등산을 즐기는 로잔 주민에게 발견됐다. 이국재가 묵고 있는 호텔 르 로제에서 300미터 정도 떨어진 산속이었다. 시체에는 목과 가슴 등 상체에 아홉 군데의 자상이 있었고, 마지막 일격을 맞은 것으로 보이는 왼쪽 가슴에는 캠핑용 폴딩 나이프가 깊숙이 꽂혀 있었다.

이국재와 같이 출장을 온 부하 직원 두 명은 전날 저녁 8시경 로잔 시내에서 이국재와 저녁식사를 마쳤고, 이국재

쪽에서 먼저 이후 시간은 각자 보내자고 제안하여 식당 앞에서 헤어졌다고 진술했다. 이국재가 따로 할 일이 있었다기보다는 수행하는 직원들이 자유롭게 시간을 보내도록 배려한 것 같았다고 두 직원은 말했다. 두 직원은 시내에 있는 펍에서 같이 맥주를 마시다가 밤 10시경 호텔로 돌아왔다.

로잔 경찰은 시체의 코트 주머니에서 유엔 패스와 호텔 르 로제의 객실카드를 발견하고 즉시 제네바 주 경찰에 연락을 취한 뒤 호텔 르 로제 직원들을 상대로 탐문을 했다. 전날 9시에 근무를 마치고 퇴근하던 호텔 부지배인 샬럿이 직원주차장에서 이국재를 목격했다고 진술했다. 이국재는 어떤 사람과 둘이 주차장에서 대화를 주고받다가 샬럿이 근처에 있는 것을 눈치채고 자리를 옮겼다. 같이 있던 사람은 얼핏 동양인 같기는 했는데, 털이 풍성한 후드가 달린 다운재킷을 입고 있어 얼굴을 제대로 보지는 못했다. 남자인지 여자인지도 구분이 안 갔다. 샬럿은 두 사람이 그들 나라의 언어로 얘기하는지 말뜻은 알아들을 수 없었으나 무언가 심각한 얘기를 나누는 분위기는 느껴졌다고도 덧붙였다.

이외 호텔 르 로제 관계자에게서 다른 유의미한 목격 증언은 들을 수 없었다. 경찰은 샬럿이 본 사람을 용의자로 추정하고 있다고 했다.

"저는 어떻게 알고 찾아왔습니까? 이렇게 이른 시간에?"

지훈이 물었다.

"이국재 씨의 코트 속주머니에 명함 지갑이 있었습니다. 로잔 경찰이 샬럿 부지배인의 진술에 따라 용의자가 아마도 한국 사람일 것으로 추정하고, 한국 사람으로 보이는 명함을 찾아 우리에게 만나달라고 요청했습니다."

"아니, 결국 저를 의심했다는 말이지 않습니까? 모르실 테니까 말씀드리는데 저는 변호사입니다!"

피에르의 대답에 지훈이 발끈했다.

"이 사람들로서는 당연히 해야 할 일이죠. 저기, 우리 말고 다른 한국인이나 동양인도 조사하고 있냐고 물어봐요."

중간중간 지훈의 통역에 도움을 받아 대화를 어찌어찌 따라가고 있는 윤서가 지훈의 옆구리를 툭 치며 말했다.

지훈은 불만을 억누르는 게 역력한 표정으로 질문했고 피에르가 답했다.

"로잔 경찰이 한국 사람으로 보이는 명함은 더 없다고 했습니다. 그래서 우리 동료가 명함이 있던 태국인, 일본인, 인도네시아인을 차례로 만나보고 있습니다."

5.

경찰이 떠나고 난 뒤 지훈과 윤서의 시간은 바쁘게 돌아갔다. 윤서는 한국 인권위에 상황을 알리는 전화를 했다. 공공기관의 업무가 끝난 시간이었으나 당직자와 연락이 닿아 윗선에 보고를 전할 수 있었다. 귀국을 미루고 현지 경찰이 요청하는 날까지 남아 있어도 좋다는 허락이 내려졌다.

스위스 언론에 이국재 사건에 관한 뉴스가 보도되기 시작했다. 언론도 사건의 중요성과 민감성에 주목하고 크게 다뤘다. 주 제네바 대한민국 대표부 서기관과 한국대사관 영사가 지훈과 윤서에게 유선으로 연락을 취해왔다. 주 제네바 대한민국 대표부가 이국재 사건과 관련해서 스위스 수사기관과의 소통창구 역할을 맡기로 했다. 제네바에 밀집된 국제기구와 본국 간의 연락을 담당하는 주 제네바 대한민국 대표부가 베른에 있는 한국대사관보다 사건 현장과 가깝고 현지 수사기관과의 소통도 더 원활하기 때문이었다. 지훈과 윤서도 대표부 서기관과 수시로 연락하며 정보와 의견을 주고받기로 했다. 오성전자 제네바 지사도 지훈과 윤서에게 경찰과 접촉한 내용을 묻는 연락을 하는 등 조직적인 대응을 시작했다.

참가자 한 명이 살해되었다고 유엔 기업과 인권 포럼 일정이 중단될 리는 없었다. 그러나 지훈과 윤서는 수시로 연락을 받아야 하기도 했고 감정이 동요되어 포럼에 참여할 수가 없었다.

"강도는 아닌 것 같다고 해요. 신용카드와 금품이 그대로 남아 있었다고 하니까."

윤서가 메뉴판을 뚫어질 듯 보며 중얼거렸다. 윤서와 지훈은 점심을 먹으러 제네바 코르나뱅역 인근 레스토랑에 들어왔다. 식사 후에는 주 제네바 대한민국 대표부에 들어가서 현지에 있는 한국 관계자들끼리 상황 점검 회의 비슷한 걸 하기로 했다.

"딱히 스위스에 아는 사람도 없었던 것 같은데요, 아까 통화한 오성전자 직원 말로는. 원한 관계라는 게 있고 말고 할 게 없다고. 묻지마 살인인 건가? 그런데 그렇게 보기에는 호텔 주차장에서 대화를 나눴다는 그 사람이 의심되고 말이죠. 아, 한국 인터넷에도 올라왔다. 봐요."

지훈이 스마트폰 화면을 윤서에게 들이밀었다. 한국은 지금 밤으로 접어들고 있을 텐데, 인터넷 신문에서 잽싸게 보도를 시작한 것이다.

"곤니찌와."

식당 종업원이 윤서의 앞에 김이 모락모락 나는 닭 오븐 구이 접시를 내려놓았다. 스마트폰 화면을 스크롤하던 윤서가 멀뚱거리며 종업원을 올려다보았다. 턱수염을 멋들어지게 다듬은 남자 종업원이 친절한 미소를 띠고 화답을 기다리고 있었다.

"우리는 아직 주문 안 했습니다. 착각하신 것 같은데요."

지훈이 종업원을 향해 말했다.

종업원이 허리춤에 매단 주문표를 확인하더니 "오! 쥬 시데졸레!"라고 말하며 접시를 다시 집어 들었다. 종업원은 한 테이블 건너 남녀 동양인이 자리한 곳으로 접시를 가져가 "곤니찌와"라고 말을 붙이며 여자 손님 앞에 내려놓았다. 여자 손님이 싱긋 웃으며 "아리가또 고자이마스"라고 답했다.

"어이가 없어서! 이 사람들은 동양인이면 다 같은 사람인 줄 아나! 뭐, 곤니찌와? 고온니찌와아아?"

윤서가 흥분했다.

지훈이 문제의 테이블 쪽을 돌아보며 피식 웃었다. 조그만 역삼각형 얼굴에 뽀글거리는 파마를 한 50대쯤의 일본 여자가 나이프를 들고 닭 오븐구이를 썰고 있었다. 동양 여자라는 것 이외에는 윤서와 어디 하나 닮은 부분이 없었다.

"우리도 다른 인종은 잘 구분 못하잖아요. 그래도 이건 좀 심했다. 히히. 전 송아지 스테이크 먹을래요. 미디엄 레어로!"

"전 볼로네제 시킬까 봐요!"

윤서는 주문을 받고 음식을 나르는 턱수염 종업원을 지속적으로 노려보았다. 종업원은 동양인에 대해서는 표정도 잘 읽지 못하는 건지 원래 능청스러운 성격인 건지 줄곧 웃는 얼굴이었다.

"아직도 분이 안 풀려요?"

잘게 썬 스테이크 조각에 으깬 감자를 듬뿍 묻혀 입으로 가져가며 지훈이 말을 걸었다.

"용의자는 동양인. 스위스 경찰은 이국재 이사가 유엔 포럼 과정에서 만난 동양인들을 조사하고 있어요."

윤서는 멍한 눈빛으로 포크에 파스타 면발을 돌돌 말았다.

"그렇죠. 호텔 직원의 목격 진술이 있으니까요. 이국재 이사가 여기 달리 아는 사람이 있었던 것도 아니고, 무차별 살인이 아니라면 여기 와서 만났던 사람에게 혐의를 둘 수밖에 없겠죠."

"그렇다고 이국재와 접점이 있는 동양인들을 다 조사할 필요가 있을까요?"

윤서가 고개를 갸웃하고는 말을 이었다.

"목격자가 호텔 직원이라고 했죠? 스위스 호텔리어라면 영어는 물론이고 프랑스어, 독일어, 이탈리아어를 다 쓸 수 있을 거예요. 유창하지는 못해도 알아듣는 건 문제 없을 거라고요."

"그렇겠죠. 여기 사람들이 3개 국어, 4개 국어 하는 건 특별한 일이 아니거든요."

"동양 사람들도 다 자기들 같은 줄 아는 거 아닐까요? 실상은 나처럼 10년 넘게 배운 영어도 못하고 허우적대는 사람이 태반인데."

윤서는 손바닥과 팔뚝을 이용하여 한꺼번에 접시 세 개를 나르고 있는 턱수염 종업원을 힐끗 보았다.

"저 사람들 눈에는 50대 일본인이나 30대 한국인이나 다 똑같은 사람으로 보이는 거예요. 저 여자분 나이가 제 이모뻘은 될 테고 얼굴 크기는 내 반밖에 안 되는데 말이죠. 자기들이 주변 국가의 언어를 쉽게 익히고 사용하듯이 동양 국가도 언어가 다 고만고만하고 서로 대충 알아듣겠거니 생각할지도 모르죠. 그러니까 저에게 '곤니찌와'라고 인사했어도 저렇게 죄책감이 없는 거예요."

"와, 화 많이 나셨네."

지훈은 껄껄 웃다가 돌연 진지해졌다.

"흠…… 그러니까 이국재 이사가 언어를 구사할 수 있는 나라의 사람만 조사하면 된다는 말이네요. 그런데 지금 경찰은 쓸데없이 동양권 나라 사람들을 다 조사하고 있다는?"

윤서가 고개를 끄덕이고 파스타 면을 후루룩거리며 크게 한 입 먹었다.

"과대평가하는 게 아니라 잘못 생각하고 있는 거죠. 가까이 붙어 있어도, 같은 한자 언어권이라도 동양권 나라의 언어가 서로 얼마나 다른데요."

6.

주 제네바 대한민국 대표부 소속 참사관과 서기관이 회의를 주재했다. 지훈과 어제 점심식사를 같이한 오성전자 직원 두 명이 침통한 표정으로 앉아 있었다. 그 옆에는 오성전자 제네바 지사의 관리부 과장도 나와 있었다.

"제네바 주 경찰은 이국재 이사가 기업과 인권 포럼에서 만난 사람 중 다툼이나 갈등이 있었던 사람이 있는지 궁금해하는 것 같습니다."

대표부 서기관이 현 상황에 대한 브리핑을 마치며 말했다.

"전혀요. 국제회의 참가자들끼리 심각한 다툼이 있고 말고 할 게 없지 않습니까."

오성전자 직원이 지훈에게 동의를 구하는 듯한 눈길을 보냈다. 지훈과 함께 에스프레소 기계에 커피를 뽑으러 갔던 직원이었다.

"그렇죠. 참가자 중에 좀 날 선 질문을 하는 사람도 있긴 했지만…… 그 뭐냐, 우리 점심 먹을 때 말 걸었던 그 필리핀 여자분과 베트남 남자분처럼요."

지훈이 머리를 까딱거리며 말했다.

"네, 그 정도가 다였습니다. 정말, 그게 다였다니까요!"

오성전자 직원이 답답하다는 듯 호소했다. 예의를 살짝

벗어나는 표현이 있긴 했지만, 시민단체 활동가가 초국적 기업을 대표하는 사람에게 항의성으로 할 만한 말이었고, 어쨌거나 죽고 살 문제는 아니었다고 지훈도 생각했다.

"스위스에 개인적으로 아는 사람이 있었던 건 정말 아닙니까? 업무 외 접촉한 사람 중에서 특별히 문제가 있었던 사람이라도?"

좌장을 맡은 대표부 참사관이 물었다. 오성전자 직원 두 명이 동시에 고개를 가로저었다. 이국재 이사의 제네바 출장은 이번이 처음이었고, 같이 다니면서 스위스에 아는 사람이 있다는 얘기도 들은 적 없다는 대답이 돌아왔다. 어제 저녁에도 누군가와 만날 약속이 있는 것 같은 조짐은 전혀 없었다고 했다.

"산책 좀 하시다가 호텔로 들어가시겠다고 했어요. 그래서 저희는 밤에 호텔로 들어와서도, 주무시고 계실지 모른다고 생각하고 연락을 안 드렸는데……."

다른 오성전자 직원이 말하며 입술을 물었다. 새벽에 소식을 듣고 깨어 몹시도 시달린 듯 얼굴이 창백했다.

"영어 외에 어떤 외국어를 구사하실 수 있었나요? 이국재 이사님이요."

모두의 눈길이 뜬금없는 질문을 한 윤서에게 향했다.

"글쎄요. 어느 정도 잘하셨는지는 모르겠지만, 파견 근무했던 나라의 언어는 조금씩 하셨겠죠."

오성전자 제네바 지사 관리부에서 일한다는 윤 과장이 참고하라며 이국재 이사의 약력이 적힌 종이를 돌렸다. 제네바 주 경찰에게도 제출한 자료라고 했다.

알려진 대로 말단 무역직 직원에서 시작하여 임원에 이르기까지 이국재 이사가 거친 직위가 죽 나열되어 있었다. 오성전자 필리핀 지사에서 대리로 2년 근무한 후 한국 본사 해외영업부 과장으로 일했고, 회사 지원으로 미국 유학을 떠나 MBA를 취득했다. 귀국 후에는 라오스 지사에서 1년간 파견 근무를 하다가 한국 본사에 돌아와 차장으로 승진했다. 기획조정실을 거쳐 회장 비서실에서 근무하며 출세 가도를 달렸다.

윤서는 오성전자에서의 화려한 경력보다 참고 표시 아래 짧게 언급된 입사 전 경력에 주목했다.

"오성전자가 첫 회사가 아니었네요?"

"네. 경남제철에서 4년 근무하다가 입사하셨죠. 거기서는 3년간 베트남 파견 근무 경력이 있었습니다."

윤 과장이 답했다.

"경남제철이라면······."

"베트남과 한창 무역이 뚫릴 때 진출한 철강회사죠. 결과적으로는 업계 1위에 밀리긴 했습니다만 당시엔 전망이 좋았습니다. 거기서 무역 경험을 쌓으시고 오성전자로 이직하신 겁니다."

윤서의 표정이 어찌나 심각했던지, 다른 모두가 한동안 말을 멈추고 윤서를 주시했다.

윤서는 지훈이 자랑삼아 늘어놓은 무용담을 하나하나 떠올려보았다.

제가 어제 누구랑 점심을 먹은 줄 아십니까?

바로 그 셀럽이 어젯밤 로잔의 숲속에서 죽었다. 그래서 우리가 여기에 모인 것이다.

제가 변호사인 걸 알고는 저를 오성에 영입하고 싶다고 하질 않나. 허허.

설마 그랬겠어? 스키장 가자는 말도 그냥 접대성 멘트였 겠지. 어쨌든 그게 중요한 게 아니고, 그래, 식사 장소에서 참가자들의 항의를 받았다고 했지. 거기에 대응하는 걸 보 고 역시 글로벌 기업의 임원은 아무나 하는 게 아니라고 칭 찬했더랬다. 참가자들이 뭐라고 항의했다고 했지? 지훈은 그들이 나눈 대화를 낱낱이 재현했고 그것이 윤서의 머릿속 에서 되살아났다.

이국재는 오성전자 입사 전 철강회사에서 일했다.

"서기관님, 제네바 경찰에 한 가지만 확인해주실 수 있을 까요?"

윤서가 입을 뗐다.

7.

유엔 기업과 인권 포럼 마지막 날, 지훈은 오전 세션이 한창 진행되고 있는 E동 건물 회의장을 하나하나 찾아다녔 다. 그러던 중 지하 1층의 작은 회의장 한구석에서 그를 발 견했다. 지훈은 그의 뒷모습이 잘 보이는 줄의 끝에 앉았다.

스위스 식품회사 부사장이라는 사람이 열성적인 목소리

로 주제발표를 하고 있었다. 노동 현장의 차별 금지 정책에 관한 내용이었다. 그는 앞에서 떠드는 말에 큰 관심이 없어 보였다. 멍하니 벽을 응시하던 그는 질의응답이 시작되자 자리에서 일어나 회의장을 빠져나갔다.

지훈은 발소리를 죽이며 그를 뒤따랐다. 그는 잔뜩 풀죽은 아이처럼 어깨를 늘어뜨리고 걸었다. 복도를 오가는 다양한 인종의 사람들을 지나쳐 E동 밖으로 나간 그는 터덜터덜 본관 건물로 향했다.

본관 건물 앞에는 넓은 잔디밭이 펼쳐져 있었다. 잔디밭으로 내려가는 계단에 공작새 두 마리가 배회하고 있는 게 보였다. 생김새를 보니 암수 한 쌍이었다.

응우옌 반 러이는 계단 옆 벤치에 앉아 공작새들을 물끄러미 보았다. 새들은 서로 적당한 간격을 유지하며 느릿느릿 다녔다. 수컷 공작의 긴 꽁지가 바닥에 끌렸다. 수컷의 몸 색깔은 눈이 시릴 정도로 파랬다. 무심히 흙을 쪼던 암컷 공작이 푸드덕거리며 몸을 털었다.

"여기서 키우는 새들 같습니다."

지훈이 등 뒤에서 말을 걸었다. 응우옌 반 러이가 물끄러미 돌아보았다.

"당신은……."

응우옌 반 러이는 지훈이 포럼 첫날 구내식당에서 이국재 이사와 동석했던 사람이라는 걸 알아본 듯했다.

"이틀 전 미스터 이국재가 사망했습니다. 알고 계시지요?"

긍정도 부정도 하지 않은 채 응우옌 반 러이는 지훈의 어깨너머 먼 곳을 응시했다. 단 이틀 사이 매우 수척해진 얼굴에서 견딜 수 없는 피로감이 느껴졌다.

"당신께 물어보고 싶은 게 있습니다."

싸늘한 바람이 불었다. 무슨 변덕이 일었는지 수컷 공작이 꽁지깃을 활짝 펼쳤다. 수십 개의 녹색 눈동자가 달린 듯한 문양의 꽁지깃을 펼쳐놓고 수컷은 의기양양하게 걸었다.

"지금 당신이 보는 것과 제가 보는 것은 다르겠지요. 저 공작의 색깔 말입니다. 전 적록색맹입니다."

응우옌 반 러이는 손가락으로 수컷 공작의 깃털을 가리켰다.

"당신에겐 절대로 피할 수 없는 운명이었겠죠."

지훈은 포럼 첫날 응우옌 반 러이가 이국재 이사에게 했던 말을 떠올리며 말했다.

"그렇죠. 어머니가 색맹이니까요. 정말 드문 경우지요."

색맹 유전자는 성염색체인 X염색체에 존재한다. 여성은 두 개의 X염색체 모두에 색맹 유전자가 있어야 색맹이 되지만, 남성은 하나인 X염색체에 색맹 유전자가 있을 경우 색맹이다. 엄마가 색맹일 경우 아들은 운명적으로 색맹이다. 엄마로부터 색맹 유전자가 있는 X염색체를 물려받을 수밖에 없기 때문이다.

"당신의 아버지도 당신이 색맹일 수밖에 없다는 걸 아셨겠네요. 당신이 태어났을 때부터요."

"아마도요. 어머니가 색맹인 것 정도는 알지 않았을까요. 아무리 하찮게 여겼다고 해도 말입니다."

응우옌 반 러이의 입가에 조소가 번졌다.

"아버지를 만나러 제네바까지 오신 겁니까?"

베트남 청년은 고개를 저었다.

"아닙니다. 전 제 아버지의 이름도 몰랐는걸요. 어머니도 아버지가 이씨라는 것만 알았습니다. 같이 살 때도요. 그때도 리라는 성보다는 다른 호칭으로 더 많이 불렀다고 합니다."

"미스터 스틸."

청년이 힘없이 웃었다.

"네. 그 남자가 스스로를 자랑스럽게 칭하는 말이었죠. 철강회사를 세우려고 베트남에 온 사람이었다고 합니다. 제가 태어나고 1년 후 간다는 말도 없이 떠나버렸습니다. 어머니에게 남은 건 같이 찍은 사진 몇 장뿐이었습니다."

"포럼 첫날 당신은 사진 속 남자를 알아본 거군요."

신(新)라이따이한. 1990년대 동남아시아에 진출한 한국 남자들의 저열한 성 의식이 만들어낸 버려진 아이들. 귀국과 동시에 현지처와 자녀를 버리는 데 조금의 죄책감도 없었던 무역 전사가 성공한 기업인이 되어 국제회의에서 기업의 윤리를 부르짖었다.

"어떻게 모든 걸 알고 있으신지 물어봐도 됩니까? 당신은 누구입니까?"

응우옌 반 러이가 물었다. 그는 지훈을 오성전자에서 온 이국재 이사의 일행으로 생각한 모양이었다. 지훈이 소속과 이름을 밝혔다.

"호텔 직원이 당신을 봤습니다. 당신이 호텔 주차장에서 이국재 이사와 베트남어로 대화를 나누고 있을 때요. 호텔 직원은 자신이 모르는 나라의 언어를 쓰는 동양인으로만 당신을 기억했습니다. 그래서 경찰은 이국재 이사의 명함 지갑에 남아 있던 명함 중 동양인을 골라 알리바이 조사를 했습니다."

응우옌 반 러이는 이해했다는 듯 고개를 끄덕였다.

"제 명함이 없어서 저를 의심하게 된 거군요. 명함을 가져가지 말 걸 그랬습니다."

"제가 처음 경찰 조사를 받을 때 저 이외에 어떤 나라 사람들을 조사하고 있는지 물었습니다. 경찰은 태국, 일본, 인도네시아인을 조사하고 있다고 했습니다. 베트남인은 없었죠. 제가 분명 포럼 첫날 구내식당에서 이국재 이사가 필리핀 여자의 명함과 당신의 명함을 지갑에 챙겨 넣는 것을 봤는데 말입니다."

경찰은 필리핀에서는 영어를 쓴다는 걸 알았으므로 필리핀인은 조사대상으로 언급하지 않았다. 하지만 베트남인은 조사대상에 있어야 했다. 어제 윤서의 제안에 의해 대표부 서기관이 제네바 주 경찰에 다시 한번 확인했다. 경찰은 이국재 이사의 명함 지갑에 필리핀인의 명함은 있었으나 베트남인 '응우옌 반 러이'의 명함은 없었다고 답했다.

"그날 오후, 복도에 걸려 있는 그 남자의 외투 주머니를 뒤져서 묵고 있는 호텔이 어딘지 알아냈습니다. 그 남자의 외투는 오성 기업의 로고 배지가 크게 달려 있어서 쉽게 찾을 수 있었습니다."

"찾아가서 뭘 하려고 했던 겁니까?"

"글쎄요……. 일단 저를 기억하는지 묻고 싶었습니다. 어머니와 저는 매우 가난했습니다. 그래도 저는 하노이 대학에 갔고, 영어를 배웠고, 앰네스티에 들어갔고, 유엔 회의에 참가하기 위해 제네바를 방문하는 사람이 되었습니다. 그게…… 그 남자에게 어떤 느낌인지 물어보고 싶었습니다."

"단지 그것뿐이었습니까?"

"호텔 앞에서 기다리고 있는 저를 보고 그 남자는 무척 놀라더군요."

응우옌 반 러이는 이미 그날 점심시간에 이국재 이사를 '미스터 스틸'이라고 부르며 자신의 존재를 드러냈다. 베트남에서 불렸던 호칭을 듣고 순간 이국재의 얼굴빛이 변했다. 눈앞의 청년이 누군지 눈치챘던 것이다. 호텔 앞에서 청년을 마주친 이국재가 얼마나 놀랐을지 지훈은 상상할 수 있었다.

"저는 베트남어로 말을 걸었습니다. 그 남자는 베트남어를 기억하고 있었습니다. 그 남자는……."

지훈의 휴대전화가 진동했다. 윤서가 건 전화였다. 지훈은 눈짓으로 응우옌 반 러이에게 양해를 구한 뒤 전화를 받았다.

─후문에서 기다리고 있어요. 그 사람을 찾았나요?

윤서의 물음에 조금만 시간을 달라고 답하고 지훈은 짧게 통화를 끝냈다.

라이따이한 청년이 말을 이었다.

"그 남자는 자기에게 무엇을 원하느냐고 했습니다. 자기에게 얼마를 바라느냐고 내게 물었습니다. 나를 무서워하는 것 같았습니다. 마치 살모사를 보는 눈빛으로 나를 바라봤습니다."

"아마도…… 많이 당황스러웠겠죠."

"저는 그냥 당신께 묻고 싶은 게 있다고 했습니다. 어른이 된 저를 유엔에서 만난 기분이 어떠냐고. 그래도 미스터 스틸이라고 불리자마자 제가 누군지 알아봤다는 것은 제 존재를 잊지 않았다는 거니까, 그게 궁금했습니다. 그 남자는 되려 자기 기분이 어떨 것 같냐고 소리치더군요. '나에겐 한국에 아내가 있고 아이비리그에 다니는 훌륭한 아들과 딸이 있다'고 했습니다. '나는 내 가족을 매우 아끼고 자랑스러워한다'라고도 했습니다. 그러더니 저에게 '나를 만나려고 제네바까지 온 거냐'고 묻더군요. 베트남에서부터 자기 뒤를 캐왔던 거냐고요. 저는 화가 났습니다."

그날 둘의 대화가 어떤 분위기로 진행됐는지 지훈은 듣기만 해도 알 것 같았다.

응우옌 반 러이의 말은 계속됐다.

"저는 욕을 했습니다. 엄마와 나를 버리고 도망친 주제에 조금도 미안해하지 않고 오히려 당신이 화를 내느냐고 따졌습니다. 저는…… 그냥 그 남자에게 인간적인 반응을 원했습니다. 저를 아들로 인정할 수 없고 다시는 만나고 싶지 않다고 말할 수도 있을 거라 생각했습니다. 그럼 저는 화가 나거나 슬펐겠지요. 분노를 퍼붓고 소리를 질렀을 겁니다. 그런

다음 어쩔 수 없다고 생각했을 겁니다. 세월이 많이 지났고 그 남자도 사정이 있다는 걸 아니까요…… 어쨌든 제가 뭔가를 바라고 호텔까지 남자를 만나러 간 건 아니었습니다."

"원망스러웠습니까? 그래서 그를 칼로 찌른 겁니까?"

"더 이상 그 남자를 상대하고 싶지 않았습니다. 저는 돌아서려고 했습니다……."

응우옌 반 러이는 양 주먹을 꽉 쥐며 고개를 떨궜다. 베트남 청년의 무릎 위로 후회와 고통의 눈물이 뚝 떨어졌다.

"그런데요? 돌아서려 했는데, 왜요? 미스터 응우옌!"

"'나는 네 애미를 버린 적이 없다'고 그가 말했습니다. 차가운 눈빛, 비웃는 표정으로요. '나는 아무것도 약속한 적이 없다'고 했습니다. 그냥 베트남 여자들이 한국 남자만 보면 달려들어 팬티를 내린 거라고요. 베트남 여자들이 한국 남자에게 시집가고 싶어서 피임을 하는 척 남자를 속이고 아이를 가졌다고요. 저도 그렇게 생겨난 아이일 뿐이라고요. '한 남자가 떠나면 또 다른 남자에게 달려드는데 내가 책임질 이유가 뭐가 있느냐'고 했습니다. 그때였습니다. 저는 전날 스위스에 온 기념으로 산 폴딩 나이프를 꺼내 그 남자를 찌르고 또 찔렀습니다."

"미스터 응우옌……."

"그리고 그 남자가 가지고 있는 제 명함을 가지고 도망쳤습니다. 잡히지 않으려고 그런 게 아닙니다. 저는 경찰이 저를 잡으러 오거나 아니면 스스로 목숨을 끊을 용기가 생기기를 기다리며 스위스를 떠나지 않고 있었는걸요. 저는 그저…… 그 남자와 제가 만났다는 사실 자체를 없애고 싶었습니다. 우리의 인연을 지우고 싶었습니다. 그 남자가 원했듯이 말입니다."

응우옌 반 러이가 괴로운 한숨을 토하며 양손에 얼굴을 묻었다.

"그런데……."

수컷 공작이 꽁지깃을 접고 멀어져갔다. 암컷도 구구거리며 수컷을 따랐다. 비가 오려는지 하늘이 흐렸다.

지훈은 잠시 적요가 흘러갈 시간을 주었다.

"미스터 응우옌. 제 동료가 밖에서 경찰과 함께 당신을 기다리고 있습니다."

지훈은 응우옌 반 러이의 어깨에 손을 얹었다.

"경찰에게 제가 당신을 데리고 나올 기회를 달라고 부탁했습니다. 경찰은 당신의 와이파이 위치추적 기록을 확보했고 당신이 폴딩 나이프를 구입했다는 증거도 찾았다고 합니다. 이국재의 몸에 박혀 있던 그 나이프 말입니다."

지훈은 기다렸다. 그의 아버지와 같은 나라 사람으로서 대신 속으로 사죄하며 평화와 인권을 상징하는 장소의 너른 잔디밭을 바라보았다.

응우옌 반 러이가 얼굴을 감싼 손을 내렸다. 베트남 청년은 벤치에서 일어나 지훈을 향해 고개를 끄덕였다. 모든 것을 포기한 응우옌 반 러이의 표정이 한결 편안해 보였다.

유엔 기업과 인권 포럼 마지막 일정이 끝나가고 있었다.

✳

버릴 수 없는
여자

1.

"자, 들어가서 보시죠. 조사관님."

김태구 경위가 백조원룸 201호의 문을 열어젖혔다. 비켜
서는 김 경위의 강퍅한 얼굴에 비웃음이 걸린 것을 느낀 것
도 잠시, 문설주 양옆으로 천장까지 쌓아 올린 종이 더미가
눈앞을 덮쳤다. 종이 쓰레기와 음식물이 한데 뒤섞여 썩어
가는 냄새가 났다. 인권증진위원회 한윤서 조사관은 순간적
으로 한 대 맞은 듯 움찔했다.

"뭐 볼 게 있다고 그러시는지는 모르겠지만⋯⋯."

김태구 경위는 이마를 덮은 수북한 앞머리를 쓸어 넘기
고 한쪽 귀를 긁었다. 한윤서 조사관은 오른쪽 소매를 길게
빼서 코를 막고 마음을 다잡았다. 피해자의 집을 군이 들여
다볼 필요는 없었는데, 윤서가 고집해서 여기까지 온 것이
니 동요하는 모습을 보이는 건 좋지 않았다.

집 안으로 진입하기 위해서는 문 앞에 무릎 높이까지 쌓
인 종이 더미를 뛰어넘은 다음 종이의 벽이 만든 동굴 같은
통로를 지나야 했다. 오래된 신문, 잡지, 과자 포장지, 광고

전단지, 종이 박스 따위가 거의 천장까지 쌓여 있었다. 몸을 옆으로 틀어야 지날 수 있는 비좁은 통로에도 바닥은 보이지 않았다. 고대 유물을 탐사하듯 조금씩 전진하며 윤서는 신음을 흘렸다. 손주아가 여기서 어떻게 먹고 자고 생활했는지 상상도 되지 않았다.

"처음 여기 들어왔을 때 경찰들 중 누가 그러더라고요. 현장보다 집이 더 더럽다고……."

김태구 경위가 열린 현관문을 잡고 선 채 중얼거렸다. 현장이란 손주아가 시체로 발견된 폐가를 말하는 것일 터였다. 윤서도 수사기록에 첨부된 현장 사진을 봤다. 여기서 4킬로미터 떨어진 폐건물이었다. 무슨 이유인지 반쯤 허물다 말고 방치된 주택이었는데, 건축 자재와 자질구레한 쓰레기가 굴러다녔고 철거 과정에서 생긴 돌먼지가 자욱했으며 벽과 바닥은 빗물이 스며들어 축축했다. 다리가 많은 벌레와 쥐들의 소굴이었는데, 그들이 시신의 일부를 뜯어먹었다.

윤서는 머리를 흔들며 사건 현장의 이미지를 털어냈다. 죽음의 잔혹함과는 또 다른 끔찍한 현실이 앞에 있었다. 삶이 죽음보다 많이 나은 것 같지는 않았다.

누구 책임일까.

사람들이 말하듯이 우리 책임일까.

윤서는 부엌으로 짐작되는 곳에서 냉장고를 발견했다. 냉장고 문이 겨우 열릴 만큼의 공간이 비어 있었다. 통로는 싱크대 개수대와 어찌어찌 연결되었다. 식탁과 조리대 위로 씻지 않은 배달음식 용기와 인스턴트식품 봉지가 가득했다.

음식 찌꺼기 주위에 시꺼멓게 모여 있던 바퀴벌레가 사각사각 발소리를 내며 흩어졌다. 소름이 오도독 돋았다. 목 뒤를 긁으며 윤서는 고질병인 아토피 피부염이 도질까 걱정했다.

"도대체 어디서 잔 걸까요? 손주아요."

어깨를 옹송그리고 선 채 윤서가 물었다. 지나가다 잘못 건드렸다가는 종이 탑이 와르르 무너져내릴 것만 같아 절로 몸이 움츠러들었다.

"난들 압니까, 조사관님. 저희도 피해자가 여기 살았다니까 산 줄 아는 거죠."

김태구 경위의 빈정거리는 말투를 흘려보내고 윤서는 주위를 둘러보았다. 사람이 누울 만한 공간이 없었다. 군데군데 쓰러진 종이 더미가 붕괴된 댐처럼 통로를 막고 있었다. 누군가의 집이 아니라 쓰레기 처리장 같았다.

손주아는 밤마다 종이 탑을 옮기며 잠자리를 마련했을까? 자다가 탑이 무너져 깔려 죽지 않은 게 다행이다 싶었다. 저장강박증이 있는 정신질환자의 집을 실제로 본 것은 처음이었고 벌어진 풍경은 상상 이상이었다. 누울 자리도 자리지만 이 냄새를 어떻게 견디고 살았을까. 공기 중에 쓰레기가 썩을 때 생기는 가스가 차 있는 듯 눈이 매웠다. 정신병은 냄새를 맡는 기능도 왜곡시키는 걸까.

'경찰, 조현병 살해 피해자 112 구조 요청 묵살'

지난주 기사가 뜨고 이 지역 경찰은 쑥대밭이 되었다. 손주아가 죽기 전 마지막으로 전화한 곳이 112 신고센터였던 것이다. 녹음된 112 통화내역이 언론에 공개됐다. 손주아는 다급하고 괴로운 목소리로 맞아서 죽어가고 있다고 소리쳤다. 신고를 접수하는 경찰이 장소를 물었지만 손주아는 알아듣기 힘든 울부짖음과 함께 살려달라는 말만 반복했다. 22초 후 전화는 불쑥 끊겼다. 경찰은 발신번호 휴대전화 위치를 추적했고, 마지막 통신 신호가 잡힌 장소로 순찰 중이던 경찰관에게 출동 지령을 내렸다. 평소 손주아의 허위 신고 전화에 이골이 난 지구대 경찰은 순찰차로 주변만 둘러보고 이상이 없다는 보고를 했다. 문제의 폐건물은 창문 구멍으로 슬쩍 들여다보고 말았다. 몇 발짝만 안으로 진입해서 살펴봤다면 손주아를 발견할 수 있었던 상황이었다.

3일 후 폐건물 앞을 지나다가 이상한 냄새를 맡은 주민의 신고로 손주아의 시신이 발견됐다. 12월이었지만 날이 많이 춥지 않아 부패가 진행된 상태였다. 시신의 손끝에 반파된 휴대전화가 놓여 있었다. 손주아는 범인에게 폭행당한 후 약간의 의식이 남아 있을 때 112 신고를 한 것으로 보였다. 공격당할 때 파손된 휴대전화는 22초 후 더 이상 작동하지 못하고 끊겼다. 부검 결과 손주아는 의식을 잃은 뒤 그자리에서 뇌출혈로 사망한 것으로 추정됐다.

피해자의 마지막 구조 요청을 묵살한 경찰에 대해 비난여론이 들끓었다. 한편 손주아가 피해망상에 시달리는 조현병 환자였다는 게 알려지며 정신질환과 범죄의 상관관계를 보는 시선이 일시에 뒤바뀌었다.

그동안은 정신질환자가 범죄를 일으키는 것이 문제였다. 임대아파트에 살던 조현병 환자가 새벽에 자신의 집에 불을

지르고 화재를 피해 달아나는 이웃 주민 다섯 명을 칼로 찔러 죽인 사건이 대표적이었다. 불친절하다는 이유로 피시방 아르바이트생의 얼굴에 마구 칼을 휘둘러 죽인 청년은 우울증으로 인한 심신미약을 주장했다. 조현병을 앓는 남성이 지하철 여자 화장실에 숨어 있다가 화장실에 들어온 젊은 여성을 칼로 찔러 죽인 사건은 여성혐오를 극단적으로 드러낸 사회적 징후로 해석되었다. 사람들은 정신질환자를 잠재적 범죄자로 간주하고 무서워했다. 지역사회에 숨어 있는 정신질환자를 색출하여 가두어야 한다는 주장이 득세했다. 정신질환자의 범죄율은 일반인보다 오히려 낮다, 잠재적 범죄자 취급은 치료에 도움이 되지 않는다는 교과서 같은 주장은 실제로 벌어진 범죄의 공포 앞에서 쉽게 설득력을 잃었다.

손주아 사건은 정신질환자의 위치를 범죄 가해자에서 피해자로 바꿔놓았다. 가족과 지역사회의 관리로부터 방치되어 외롭게 살았던 손주아에 대한 동정론이 일었다. 지금까지 정신질환자를 범죄 가해자로만 취급했던 게 미안했다는 듯이 여론은 정신질환자의 범죄 피해에 대한 대책을 마련해야 한다는 쪽으로 흘러갔다. 정신질환자가 범죄에 가담하는 경우보다는 범죄 피해를 입는 경우가 더 많은 것이 사실이었다. 단지 그전에는 아무도 주목하지 않았을 뿐이다.

인권증진위원회는 경찰의 손주아 구조 묵살에 대해 직권조사를 하겠다고 발표했다. 더불어 손주아 사례를 바탕으로 지역사회의 정신질환자 관리와 치료에 관한 문제점도 조사해서 개선책을 찾겠다고 밝혔다. 베테랑 한윤서 조사관이 사건을 맡았고 같은 부서의 배홍태 조사관이 보조하기로 했다. 국가기관의 인권침해를 감시하고 개선점을 권고하는 인권위의 책무에 맞게 경찰에 대한 대중의 공분을 공정하게 처리하면 되겠다 싶었는데, 독립적인 조사기구로서 인권위에 대한 대중의 신뢰는 딱 하루밖에 가지 않았다. 피해자 손주아가 2년 전 정신병원에 강제 입원당했다가 인권위의 권고로 퇴원한 뒤 죽 혼자 살았다는 게 드러난 것이다. 비난의 화살은 치료가 필요한 정신질환자를 무턱대고 사회로 내보낸 인권위로 돌아갔다. 윤서는 경찰과 함께 쌍으로 욕을 먹으며 경찰을 조사해야 하는 상황에 부닥쳤다.

손주아의 가족도 비난을 피하지 못했다. 인권위 권고로 퇴원한 손주아는 노모가 사는 집으로 돌아갔다가 이틀 만에 가출했다. 가족들은 가출한 손주아를 찾지 않았다. 노모와 오빠, 여동생은 손주아에게 치료가 필요한 상태라는 걸 뻔히 알면서도 나 몰라라 했고 이것이 비극을 낳았다는 식의 기사가 나오자 정신질환자 가족 모임에서 성명을 내고 반발했다. 정신질환자의 가족으로 사는 것이 얼마나 고통스러운지 아느냐, 왜 정신질환자를 강제 입원시킬 책임을 가족에게만 떠밀어놓고 같이 지옥을 헤매라고 하느냐, 지역사회는 왜 아무것도 하지 않느냐.

죽은 사람만 빼고 주변과 사회가 모두 시끄러워졌다. 손주아의 죽음은 영향력이 컸다.

"어떠십니까? 감회가?"

쓰레기로 가득 찬 집을 나오는 윤서를 향해 김태구 경위가 물었다.

"감회요?"

윤서가 눈을 흡떴다.

"피해자 말이에요. 하루 종일 카트 끌고 다니며 동네 배회하고, 마주치는 사람마다 자기를 감시한다고 시비 걸고, 툭하면 누가 자기 욕을 하네 도청을 하네 신고해서 지구대 경찰 괴롭히고, 해 지면 카트 가득 쓰레기 담고 들어와 집에 쌓아놓는 게 일이었다죠."

김태구 경위는 백조원룸 201호의 문을 닫았다. 문고리를 잡은 손등에 굵고 푸른 정맥이 돋아 있었다.

윤서는 살인 현장 감식 사진을 떠올렸다. 손주아는 살해되기 전 얼굴과 머리를 집중적으로 폭행당한 듯 보였다. 피 묻은 각목이 현장에 떨어져 있었다. 본래 폐건물에 버려져 있던 물건이었다. 범인의 지문이나 DNA는 발견되지 않았다. 시신에 성폭행의 흔적은 없었다. 돈이나 금품을 빼앗긴 것도 아니었다. 손주아에게는 돈이 없었다. 한도가 아슬아슬하게 남은 모친 명의의 마이너스 통장과 집 안 가득 쌓아놓은 쓰레기가 손주아가 가진 전부였다. 월세로 살고 있는 원룸도 집주인이 명도소송을 제기해놓은 상태라 판결이 나면 조만간 쫓겨날 처지였다.

"직무유기라. 경찰한테 무슨 권한이나 있습니까?"

김태구 경위의 표정이 딱딱하게 굳었다. 김 경위는 손주아 살인사건의 담당 수사관이었다. 동시에 이 지역 경찰로서 지금 경찰이 받는 비난으로부터도 자유롭지 않았다.

"정신질환자가 허위신고로 괴롭혀도 당하기만 하지 입원시킬 권한이 있습니까 뭐가 있습니까. 경찰이 뒤치다꺼리할 때는 그런 일은 알지도 못했던 사람들이. 네? 언제부터 정신질환자 문제에 그렇게 관심이 있었답니까?"

"위원회에서 판단할 겁니다."

원론적인 답변이었다. 조사관이 조사해서 밝혀낸 사실관계를 바탕으로 위원회 회의에서 인권침해 여부를 결정할 것이라는.

김 경위는 코웃음을 쳤다.

"정작 피해자를 사회에 내놓고 뒷짐 진 건 인권위 아닙니까?"

"안내 감사했습니다, 경위님."

"인권위가 경찰을 조사할 자격이 있는지 전 의문입니다."

"저는 집주인 면담하러 가야 하니까 경위님하고는 여기서 헤어져야 할 것 같습니다."

"피해자를 정신병원에서 턱 꺼내놓고, 인권위는 뭘 하셨느냐고요."

김태구 경위는 작정한 듯 집요하게 따지고 들었다.

"경위님, 인권위의 퇴원 권고에는 문제가 없었습니다. 위법한 절차에 의한 입원이었으니까요. 우리는 그 당시 해야 할 일을 한 것뿐입니다. 인권위가 피해자의 치료를 막은 건 아닙니다."

"참, 말이 좋아 인권입니다."

윤서는 김태구 경위와 마주 서서 눈빛으로 대치했다. 냉랭한 분위기가 좁은 복도를 가득 채웠다. 윤서는 뒷머리가 당기고 겨드랑이 아래가 찌르르 가려웠다. 적대감을 버티며 서 있기가 쉽지 않았다.

사람들의 말처럼 우리에게도 책임이 있는 건 아닐까.

우리는 그냥 옳기만 했을까.

자신감이 흔들렸다. 그러나 흔들리는 모습을 들키고 싶지는 않았다.

"집주인은 이 건물 5층에 삽니다. 연락해뒀으니까 아마 집에 있을 겁니다. 그럼 수고하십시오, 조사관님."

김 경위는 바지 주머니에 양손을 찔러넣고 팔자걸음으로 터덜터덜 계단을 내려갔다. 경찰의 커다란 몸집이 사라지자 윤서는 그제야 한숨을 쉬고 복도 벽에 몸을 기댔다. 한 손으로 지끈거리는 이마를 짚고 다른 손으로는 가방에서 휴대 전화를 꺼내 쥐었다. 수신자 목록에서 배홍태 조사관을 찾아 문자 메시지를 입력했다.

— 언제 끝나요? 백조원룸으로 오세요. 집주인 면담 같이 해요.

윤서는 계단을 타고 건물을 빠져나갔다. 배홍태 조사관이 합류할 때까지 좀 쉬고 싶었다. 온몸에 악취가 따라붙는 느낌이었다. 바깥 공기가 필요했다.

2.

배홍태 조사관은 지구대 소파에 다리를 꼬고 앉아 지구

대장이 내민 서류뭉치를 뒤적였다. 맞은편에서 지구대장이 쩍 벌린 양 무릎 위에 손을 올리고 하소연했다.

"21개월 동안 총 417건입니다. 우리 지구대에서 처리한 112 신고 건수가."

"많은 건가요?"

"이거 좀 보시라고요, 조사관님."

지구대장은 홍태가 보고 있는 지구대 업무일지 복사본을 제 앞으로 끌어가 펄럭펄럭 넘겼다.

"길에서 어떤 남자가 따라오며 통화내용을 엿듣는다…… 배달시킨 치킨에 독이 들어 있다…… 위층에서 천장을 쿵쿵 거리고 벽에 무슨 장치를 해서 욕을 한다…… 편의점 사장이 자기 나체 사진을 찍고 협박한다…… 대학교수에게 감시당하고 있다…… 교수의 사주를 받은 사람에게 주차장에서 맞았다……."

손주아의 112 신고는 하루에도 대여섯 번씩, 거의 매일 접수됐다.

"이런 신고 들어오면 어떻게들 처리합니까?"

홍태가 개구리같이 불룩한 눈을 굴리며 물었다. 손주아가 직접 써서 제출했다는 신고서라는 제목을 단 문서가 업무일지에 편철되어 있었다. 신고서의 내용을 해독하기 위해 집중하다 보니 평소에도 그다지 곱지 않은 홍태의 인상이 심술궂게 변했다.

모함으로 피살 위기. 나＝백조원룸＝29호 화장터. 276년간
이 소문은 음해 아님. 301호 무단습격 침입으로 구타. 괴롭
히고 정 교수(프로페서) 모함하여 새벽에 만나고 전자파 방해.
나＝피해자＝고문 세뇌 벽으로 통신하고 오점 남기고(살인,
강도) 아무것도 허용하지 않으며(관리 소홀) 꼭 201호도 있다.
니네 집에서 떠들어라. 조작하고 전기 고문. 칩 삽입. 경찰에
증거 있으나 기록자가 믿을 수 없어 후회할 일 만들지 말라!
새벽 3시에 죽인다고 협박하고 죄가 늘면 뉘우쳤다고 할 수
가 없다…….

　지구대장은 끙, 소리와 함께 몸을 뒤로 물렸다. 허리에 손
을 올리고 서서 지구대장과 홍태의 대화를 지켜보던 젊은
경찰이 대신 답했다.
　"출동해야죠. 신고 들어오면 출동을 안 할 수 없으니까
가긴 가는데, 가면 늘 같은 상황이고. 정 문제 되면 따로 고
소장 제출하시라고 하고 달래고 오는 수밖에요."
　실제로 손주아가 정식으로 고소를 제기한 건도 있었다. 손
주아는 배달음식에 독을 탔다며 배달업체 라이더를 살인미
수로, 자신이 아르바이트했던 편의점의 사장을 성추행으로
고소했다. 사건은 관할 경찰서에서 모두 무혐의로 처리됐다.
　홍태는 손가락으로 신고서를 톡톡 두드리며 그만하면
알 만하다는 표정을 지었다. 분열된 사고를 보여주는, 앞뒤

가 연결되지 않는 지리멸렬한 문장. 신고서의 문장은 전형적인 조현병 환자의 문장이었다. 누구라도 조금만 겪어보면 손주아가 정신에 문제가 있는 사람이라는 것을 짐작할 수 있었을 것이다.

손주아는 이 동네에 사는 사람들에게는 일찍부터 유명인사였다. 주민들은 멀리서라도 손주아가 나타나면 알아서 피해 다녔다. 폐지를 담은 카트를 끌고 광기를 품은 눈으로 주변을 쏘아보며 동네를 배회하는 손주아 때문에 이웃 사람들은 노이로제에 걸릴 지경이었다고 했다.

"아시잖아요? 누굴 때리거나 죽겠다고 칼 들고 설치거나 하지 않는 한 경찰이 뭘 어떻게 합니까."

지구대장이 슬픈 목소리로 말했다.

다행이라 해야 할지 손주아의 마지막 112 신고를 받은 날 출동 지령을 받은 지구대는 이곳이 아니라 옆 동네 지구대였다. 범죄현장이 여기서부터 약 4킬로미터 떨어진, 관할 밖 장소였기 때문이었다. 하지만 결코 남 일이 아니었다. 지구대장은 본인 소속 지구대에서 출동했어도 과연 꼼꼼히 순찰했으리라는 장담을 할 수 없었다. 손주아로부터 워낙 당할 만큼 당해왔으니까.

"응급 입원시킬 상황은 아니었다, 그런 말씀이신데……."

홍태가 말하며 혀를 끌끌 찼다.

인권증진위원회 조사관인 홍태는 정신질환자 강제 입원 절차에 대해 물론 잘 알고 있었다. 눈앞에서 당장 자기 자신이나 남을 해칠 만한 위험한 상황이 발생하지 않는 한 경찰에게는 정신질환자로 보이는 사람을 강제 입원시킬 수 있는 권한이 없다. 환자의 평소 행동에서 병증을 느끼고 정신병원 강제 입원에 동의할 수 있는 사람은 환자의 가족뿐이다. 가족과 유리되어 떨어져 사는 정신질환자는 본인이 치료를 받겠다고 하지 않는 한 제삼자가 어찌할 방법이 없었다. 문제는 망상에 빠져 있는 조현병 환자는 자기가 병에 걸렸다는 걸 인정하지 않는다는 것이다. 그게 그 병의 특징이다. 그들은 실제로 들리지 않는 소리를 듣고, 존재하지 않는 것을 본다. 환청과 환시가 그들에겐 진짜 경험이다.

"피시네. 피시. 우리 고객 중에도 많습니다."

경찰들은 뜨악한 표정으로 홍태를 쳐다보았다. 홍태가 익살스러운 얼굴로 웃었다. 돌출된 눈에 불룩한 뺨이 영락없는 개구리 상(像)이었다.

피시는 피해망상 진정인이라는 뜻의 파라노이아 컴플레이너(paranoia complainer)의 줄임말로 인권위 조사관들끼리 통하는 은어다. 누구보다 홍태가 자주 사용했다. 홍태는 인권위에 들어와 조사관 훈련을 받을 때 진정을 접수하는 상담업무에 투입됐는데, 이 세상에 망상장애가 이렇게나 많은지 그때 처음 알았다. 첫 내담자였던 중년 여성이 너무나 진지한 얼굴로 9시 뉴스 진행자가 뉴스 시간 내내 자기를 향해서 저주를 퍼붓는다는 말을 했을 때는 거침없는 성격의 홍태도 뭐라 답해야 할지 몰라 꾸물거렸다. 외계인이 자기 머릿속에 칩을 심어놓고 생각을 조종하고 있으니 구해달라는 내담자도 있었다. 어떤 남성은 전화를 걸어 30년 동안 국정원에서 자기를 따라다니고 있는데, 지금도 건너편에서 국정원 직원이 자신을 쳐다보며 자기 동태를 누군가에게 보고하고 있다고 했다. 전직 대통령을 비롯한 168명의 정치인에게 강간을 당했다고 주장하는 여성, 엄마로 가장하고 있지만 진짜 엄마는 아닌 여자가 음식에 독을 넣었다며 썩은 음식물을 봉투에 넣어 가지고 온 대학생, 군 제대 이후로 계속되는 기무사의 도청을 막기 위해 온몸에 은박지를 칭칭 감고 나타난 남성 등 끝도 없었다.

"우리가 자석이야? 전국의 피시들이 다 모이네."

새로운 망상장애 민원인과 상담을 마치고 나면 홍태는 자리에서 큰 소리로 말하며 조소했다. 망상에 빠진 고소광들이 국가기관을 들락거리며 현실이 아닌 문제를 해결해달라고 떼를 쓰는 건 너무나 소모적인 일이었다. 한둘이라면 모를까 고정적인 피시와 새로 유입되는 피시가 합쳐져 전체 민원인 중 결코 적지 않은 비율을 차지했다. 그들은 인권위가 아니라 정신병원에 가서 치료를 받아야 했다. 인권 보호를 내세우며 정신질환자에 대한 강제 입원 요건을 마냥 까다롭게 만드는 것이 과연 능사일지는 다시 한번 생각해봐야 할 문제였다.

"우리 경찰이 잘한 건 없습니다. 아무렴. 신고를 받았으면 피해자를 끝까지 찾아서 구조했어야죠. 하지만 당시 순찰하는 인력이 매정한 사람이라서가 아니고요. 이걸 보십시오. 경찰에게도 이런 사정이 있다는 걸 조사관님이 잘 좀 감안하고 돌아가서 보고해주셔야……."

"어허, 누가 죽었을까요? 손주아 같은 사람을?"

홍태가 지구대장의 읍소를 끊고 중얼거렸다. 지구대 업무일지 자료를 확보해놓고 보니 범죄사건의 진상에 호기심이 쏠렸다. 한윤서 조사관이 옆에 있다면 경찰의 인권침해 사실에만 집중하라고, 수사에 쓸데없이 관심 가지지 말라고 쏘아붙이겠지만 윤서는 지금 옆에 없었고 홍태의 호기심은 홍태의 자유였다.

사건 발생 이후 경찰이 강도 높은 수사를 진행하고 있었으나 아직 용의자가 특정되지 못한 상태였다. 경찰범죄분석관은 범인이 살인의 의도는 뚜렷하지 않고 피해자에 대한 분노나 처벌의 감정이 앞선 것으로 보인다고 분석했다. 피해자를 불편하게 생각한 사람은 많았지만 밀폐된 공간에 몰아넣어 잔인하게 구타할 만큼 악감정을 가진 사람을 찾기는 쉽지 않았다.

손주아의 어떤 점이 범인을 화나게 만든 걸까?

범인은 손주아를 평소 아는 사람이었을까? 계획된 범죄일까?

홍태가 골똘히 생각하고 있는데, 지구대 현관문이 열리고 갈색 파마머리를 하나로 묶은 중년 여자가 고개를 들이밀었다.

"요 앞에 사료 놓아둔 거 치웠어요? 치우지 말지 좀."

여자는 민원 접수대 쪽으로 성큼성큼 걸어 들어왔다. 불룩한 천 가방을 한쪽 어깨에 메고 손에는 커다란 생수병을 든 채였다.

"우리 안 치웠습니다."

접수대에 앉아 있던 경찰이 여자에게 말했다. 여자는 지구대 방문이 꽤 익숙한 듯 보였다. 무거워 보이는 천 가방을 접수대에 올려놓고 한숨 돌리며 경찰과 대화를 이어갔다. 누군가 고양이 사료를 자꾸 치운다는 말과 동네 길고양이 동향에 관한 잡담이었다. 이 동네에서 활약하는 열성적인 캣맘 같았다.

"참, 선생님. 고양이 누가 죽였는지 그거 수사 안 해도 되죠, 이제?"

지구대장이 여자를 향해 몸을 돌리고 물었다. 그간 많이 재촉당한 듯 이 기회에 매듭짓기를 원하는 말투였다.

"왜요?"

여자는 손에 든 생수병까지 마저 접수대 위에 올려놓고 눈을 치떴다.

"허이구 참. 안 그래도 백조원룸 사건 때문에 여기 인권증진위원회 조사관님도 나와 계시는데……."

지구대장이 손바닥을 펴서 홍태를 가리켰다.

"선생님이 범인이라고 말한 사람이 죽었지 않습니까. 진짜 그 사람이 한 일이라도 죽은 사람에 대한 수사는 안 하는 게 원칙입니다."

"아니, 지구대장님. 근데 그 여자가 맞아요. 맞다니까. 저기, 인권위에서 나오셨다고요?"

여자가 홍태를 보고 눈을 반짝이며 다가왔다.

"저기, 권 여사님. 나중에 얘기합시다."

지구대장이 여자를 말리려고 엉거주춤 일어섰다.

"손주아 씨 말하는 겁니까?"

홍태가 호기심 어린 표정으로 응수했다.

여자가 화제를 덥석 물었다.

"그래요. 죽은 여자. 백조원룸 201호. 그 여자가 바둑이랑 연탄이를 죽였다니까요!"

"어허. 그 얘기 조사관님께 할 거 없고."

지구대장이 홍태와 여자 사이에 서서 손을 내저었다.

"뭔데요? 손주아 씨 관련된 얘기면 뭐, 들어나 봅시다."

홍태가 서류뭉치를 가방에 챙겨 넣으며 선심 쓰듯 말했다. 여자가 기회를 놓치지 않고 맞은편 소파에 털썩 앉았다.

"네, 제 말 좀 들어주세요. 저는 이 동네에서 7년째 살고 있고요. 권연미라고 해요."

짐작대로 길고양이를 돌보는 캣맘이었다.

권연미는 매일 밥을 챙겨주는 길고양이들에게 모두 이름을 붙여주었다. 바둑이는 등에 삼색 털이 바둑판 모양으로 배열된 삼색 고양이였고, 연탄이는 호박색 눈 빼고는 몸 전체가 연탄같이 새까만 고양이였다. 바둑이가 먼저 백조원룸 주변을 제 구역으로 삼고 살다가 어미 고양이에게서 막 독립한 연탄이가 들어오는 걸 허락했다. 둘은 같은 구역을 쓰면서 서열 다툼 없이 밥도 사이좋게 같이 먹었다. 기특한 마음에 권연미는 둘에게 자주 캔 간식과 말린 닭가슴살을 챙겨주곤 했다.

작년 겨울, 한참 날이 추워서 애들이 얼어 죽지 않을까 걱정되던 때였다. 권연미가 백조원룸 앞에 사료와 따뜻한 물을 놓고 막 발을 뗐는데, 누군가 후다닥 뛰어와 사료 그릇을 발로 차서 엎었다. 발목까지 내려오는 검은 롱패딩을 입고 빨간 비니를 눈썹까지 내려쓴 여자였다.

"너 뭐야? 박 교수가 보냈어?"

빨간 비니 여자가 표독스럽게 소리치며 달려들었다. 작은 세모꼴 얼굴에 일그러진 눈, 코, 입에는 귀기가 서려 있었다.

"어머! 애들 밥을 왜 뒤집어요?"

권연미가 소리쳤다. 그동안 길고양이에게 밥 주는 활동을 못마땅해하는 사람들에게 많이 당해왔지만 이렇게까지 노골적인 공격을 받은 건 처음이었다.

"아하. 그러니까 기관에서 보냈구나. 누구야? 너 누구한테 지시받았어? 이번엔 어디서 왔어? 아주 웃기고들 있어!"

"이 여자가 무슨 말을 하는 거야?"

빨간 비니의 위협적인 태도에 평소 드세다는 소리를 듣는 권연미도 목소리를 떨었다. 상대의 광기 어린 표정이 무서워 권연미는 도망쳤다. 자리를 뜨고 생각해보니 폐지를 실은 카트를 끌고 동네를 자주 돌아다니던 바로 그 여자였다.

그 뒤 권연미는 백조원룸에 다가갈 때면 빨간 비니가 나타나지 않을까 겁먹으며 눈치를 보게 되었다. 가뜩이나 먹이 활동이 어려운 겨울에 바둑이와 연탄이의 밥 챙기는 걸 건너뛸 수는 없었다. 행여 또 시비에 걸릴까 황급히 놓고 온 다음 날이면 사료 그릇과 물그릇은 어김없이 뒤집혀 있었다.

올해 봄, 바둑이와 연탄이가 백조원룸 인근 화단에서 죽은 채로 발견됐다. 머리가 깨져 죽은 두 고양이를 보았을 때 권연미는 비명을 질렀고 울며 지구대로 뛰어갔다. 사체의 상태를 살펴본 경찰은 누군가 고양이를 약 섞인 간식으로 유혹한 다음 망치 같은 둔기를 휘두른 것 같다고 했다. 권연미는 즉각 빨간 비니의 짓이라고 소리쳤다.

경찰은 좀처럼 고양이 살해 장면이 담긴 CCTV 영상을 확보하지 못했다. 백조원룸 201호가 범인이 틀림없다고 권연미가 아무리 떠들어도 경찰은 증거가 없다는 말만 되풀이했다. 미친 사람이 아니고서야 아무에게도 해를 끼치지 않는 예쁜 생명체를 그렇게 끔찍하게 죽일 수는 없는 일이라고 따져도 속수무책이었다.

"그러니까 내가 말할 때 잡았어야죠, 그 여자를!"

권연미는 꾸짖듯 소리쳤다.

지구대장이 이마에 굵게 자리 잡은 주름을 꿈틀거렸다.

"그 여자 소행이라는 것이 다 선생님 짐작인 거지, 증거가 없……."

"뿐이에요? 저기 저 할머니 보이시죠?"

권연미가 지구대장의 말을 잘라먹고 지구대 앞 도로를 가리켰다. 모두의 시선이 그쪽으로 향했다. 빼빼 마른 몸에 남루한 옷을 대충 걸쳐 입은 할머니가 폐지를 실은 리어카를 끌고 지구대 앞을 힘겹게 지나고 있었다.

"박스 주워서 할아버지랑 둘이 겨우 입에 풀칠하고 사는 할머니예요. 그 미친 여자가 저 할머니가 종이 훔쳐갔다고 얼마나 난리 쳤는지 알아요? 아니, 버리려고 내다 놓은 종이에 뭐 이름 쓰여 있답니까?"

"어허, 그래요? 폐지 줍는 할머니와 폐지 쟁탈전을 했다?"

홍태는 재밌다는 듯 추임새를 넣었다. 홍태의 반응에 힘을 얻었는지 권연미가 목소리를 높였다.

"지지난 주였나? 맞다! 내가 선거운동 하다가 지나면서 봤으니까…… 그래, 선거 전 주였으니까 3주 전이었네."

권연미는 2주 전 치러진 지방 선거에서 야당 선거운동원으로 활동했다고 했다. 정당을 상징하는 색깔의 점퍼를 입고 후보자 이름을 크게 외치며 골목을 돌아다니는 모습이 눈에 선히 보이는 듯했다. 괄괄하고 활동적인 성격에 잘 맞는 일거리였을 것이다.

"우리가 피켓 들고 지나가는데 백조원룸 주차장에 누가 이사를 가는지 버리는 짐을 잔뜩 내놨더라고요. 저 할머니가 폐지 골라 주워가려고 하니까 말이죠, 그 여자가 내 거라고 건드리지 말라고 아주 그냥 손톱을 세우고 달려드는 거 있죠? 저 할머니가 아주 학을 뗐어요. 그 여자 있는 쪽으로는 오줌도 안 눈다고 그랬다니까요."

손주아의 끔찍한 죽음도 캣맘의 분노를 잠재우지는 못한 모양이었다. 이어서 권연미는 살해당한 길고양이 얘기를 되풀이하며 눈물을 찔끔거렸다. 홍태는 조금 지겨워졌지만 잘 참았다. 저는 인권위원회 조사관이지 묘권위원회 조사관이 아니거든요. 이런 말이 목 끝까지 차올랐다.

한참을 하소연하고 나서야 권연미는 천 가방과 생수병을 들고 지구대를 나섰다. 지구대장이 살살 어르며 문 앞까지 권연미를 배웅했다.

저 캣맘 아줌마가 손주아를 죽인 것 아닐까.

홍태는 저 혼자 피식 웃었다. 바둑이와 연탄이에 대한 복수로 손주아에게 각목을 휘두르는 권연미의 모습을 상상했다. 각목을 든 손의 주인은 방금 전에 봤던 폐지 할머니로 바뀌었다. 홍태의 머릿속에서 허리도 제대로 펴지 못하는 빼빼 마른 노인이 무협지에 나오는 숨은 고수처럼 검술을 부렸다. 이 동네 폐지 소유권을 뺏긴 분풀이로 죽였다고 하면 말이 되려나.

자리를 정리하고 지구대를 나오는데 휴대전화가 드르륵 몸을 떨었다. 언제 끝나느냐고 묻는 한윤서 조사관의 문자메시지였다. 끝나면 손주아가 살았던 백조원룸의 집주인을 같이 면담하자는 거였다.

홍태는 30분 후에 만나자는 답신을 보냈다.

"잠시 어디 좀 들렀다 가겠습니다."

혼잣말로 중얼거리고 홍태는 양팔을 휘적거리며 걸었다.

"기다리세요. 심심하면 커피나 한잔하시든가."

3.

윤서는 백조원룸에서 한 골목 떨어진 동네 커피숍에 자리를 잡았다. 아이스 아메리카노를 단숨에 반쯤 들이켜고 나니 정신이 드는 것 같았다.

커피숍 전면에 난 창문으로 한가롭게 거리를 오가는 사

람들의 모습이 보였다. 장바구니를 들거나 반려견을 산책시키는 사람들이 서로를 알아보고 거리에 서서 대화를 나눴다. 오래된 단독주택이 많은 동네라서 그런지 이웃 간의 교류가 많은 것 같았다.

저들에게 손주아는 얼마나 달갑지 않은 존재였을까.

윤서의 눈에는 그들이 마치 손주아의 죽음으로 평온을 되찾아 기뻐하는 것처럼 보였다. 비난은 멈추지 않고 자기 자신을 향해 나아갔다.

나라고 해서 뭐가 달랐을까. 정신질환자 주변을 둥그렇게 피해 가는 것 말고 무엇을 할 수 있었을까. 손주아 같은 사람이 내 옆집에 살지 않아서 다행이라는 생각을 오늘 몇 번이나 했던가. 지역사회가 중증 장애인이나 알코올중독자나 전과자나 결혼 이주자나 난민 같은 소수자들을 포용하고 그들이 제 능력에 맞는 역할을 하며 살아가도록 지원해 줘야 한다고는 하지만, 지역사회라는 곳에 과연 그런 여유나 능력이 있을까. 우리는 정신장애인을 시설에 방치하는 대신 지역사회에 방치하는 것으로 더 나은 일을 했다는 만족감을 느끼고 있는 건 아닐까. 나는 그들의 인권을 침해하지 않았다는 안도감.

현장조사를 나오기 전 윤서는 손주아의 정신병원 강제 입원 사건을 담당했던 조사관을 만나 경위를 들었다. 지금은 조사국을 떠나 행정업무를 하고 있는 정 사무관이었다. 정 사무관은 2년 전 담당했던 사건이 문제가 되어 책임을 추궁당하는 상황이 매우 거북한 듯했다.

"사건 자체는 간단했어. 한 조사관. 오빠와 여동생 동의로 강제 입원 했는데 오빠나 여동생 모두 손주아랑 같이 살고 있지 않았던 거야. 부적격 보호자에 의한 입원이었지."

정년이 얼마 남지 않은 정 사무관은 윤서에게 편하게 말을 놓았다.

"손주아는 혼자 살고 있던 건가요? 그때도?"

"아니. 모친하고 둘이. 근데 모친은 입원 동의를 꺼린 거야. 그래서 오빠가 나선 거지."

종종 있는 일이었다. 손주아는 스물네 살에 어머니의 동의로 정신병원에 첫 강제 입원을 했다가 6개월 후 어머니가 있는 집으로 돌아갔다. 얼마 지나지 않아 약을 끊고 재발했다. 폐쇄 병동에 강제로 갇혀 행동을 제약받고, 자기 자신을 부정당한 첫 입원의 트라우마는 어머니를 향한 지독한 원망으로 나아갔고 몇 년간 어머니를 무수히 괴롭혔다. 어머니는 퇴원하고 돌아오면 또 무슨 원망을 들을까 무서워 손주아를 다시 정신병원에 보내는 걸 겁냈다. 보다 못한 오빠가 막내 여동생까지 끌어들여 두 형제자매의 동의로 손주아를 강제 입원시켰다는 그림이 그려졌다.

하지만 정신보건법상 강제 입원 동의를 할 수 있는 가족은 원칙적으로 직계가족이나 배우자다. 형제자매는 환자에게 직계가족 또는 배우자가 없거나, 있어도 입원 동의를 할 수 없는 특별한 사정이 있을 때, 그것도 환자와 생계를 같이하는 경우에만 강제 입원 동의를 할 수 있다.

손주아의 두 번째 입원은 명백하게 절차를 어긴 불법 입원이었다. 인권위가 정신병원에 퇴원 권고를 한 것은 당연한 조치였다. 손주아가 살해당하면서 이전의 일이 소환되지 않았다면 아무 문제 없이 지나갔을 사건이다.

"병원에 가서 진정인 면담도 했었어. 손주아 말이야. 입원해서 약물치료가 어느 정도 진행돼서 그런지는 몰라도 얌전하더라고. 알잖아? 망상은 있었지. 뭐라더라? 대학 다닐 때 담당 교수가 자기 생각을 훔쳐서 논문 발표하고 하다가 들키니까 자기를 죽이려고 했대. 그 뒤로 가족이고 경찰이고 뭐고 다 그 교수가 손을 써서 호시탐탐 자기를 감시하고 죽이려고 한다나. 사랑하는 남자가 생기면 교수가 그 남자에게 '손주아가 얼마나 더러운 여자인지 아느냐'고 음해를 해서 떠나가게 만들었다고 하고. 퇴원하면 프랑스인가 네덜란드에 망명 신청을 할 거라고도 했던 것 같고. 아, 그리고 날 보자마자, '전화 받고 왔죠?' 이러는 거야. '뭔 전화요?' 하니까 무슨 '교수에게 전화 받고 왔죠?' 자긴 '다 들린다'고 '느껴진다'고 하고. 그래도 말하는 태도나 행동하는 건 비교적 괜찮았어. 병식이 없어서 그렇지."

조현병은 대부분 10대 후반이나 20대 초반에 첫 발병을 한다. 손주아는 대학에 다닐 때 첫 발병을 했고, 무슨 이유인지 당시 지도교수에게 망상이 집중되었다.

망상을 늘어놓는 것 자체는 크게 해롭지 않다. 문제는 치료를 받지 않아 현실감각이 점차 희미해지고, 망상이 그 사람의 세계를 잡아먹어 매분 매초 공포에 쫓기게 만들 때부터다. 손주아는 두 번째 퇴원을 하고 백조원룸에서 혼자 살면서 그런 단계로 나아갔다.

"퇴원 권고하면서요……, 정 사무관님."

윤서는 돌아올 답이 무엇인지 알면서도 뻔한 질문을 했다.

"퇴원 이후의 치료나 재활시설 연계 같은 건 혹시?"

정 사무관은 단번에 불쾌한 표정을 지었다.

"아니, 안 했지. 한 조사관은 사건 처리할 때 그런 거 알아봐 주나? 요새는 그래?"

"아닙니다. 혹시나 해서요."

정신질환자가 사회에서 기능을 유지하며 살아나가기 위해서는 퇴원 이후가 더 중요하다. 꾸준히 약을 먹고, 외부세계와 소통하고, 직업을 가지고 일상을 꾸려나갈 수 있도록 지원해야 하지만, 그러기에는 시스템도 인력도 정신질환자에게 열려 있는 일자리도 턱없이 부족하다. 사람들은 여전히 정신질환자를 가두는 데만 관심이 있다. 인권에 대한 논의 역시 그들을 함부로 가두지 못하게 하는 것에 집중되어 있고 그 이상으로 나아가지 못한다. 윤서 또한 그동안 진정사건을 처리하면서 불법 입원인지 아닌지 정신병원에서의 처우가 인권적인지 아닌지만 따져왔다.

정작 피해자를 사회에 내놓고 뒷짐 진 건 인권위 아닙니까?

김태구 경위의 말이 아프게 와닿았다.

방금 전, 윤서는 손주아가 만들어놓은 쓰레기 방을 탐험하고 왔다. 습기에 눅눅해진 종이상자와 광고 전단지와 식품 포장지의 탑, 지독한 악취와 득실거리는 벌레들 사이를 누비고 다니는 건 괴로운 일이었다. 하지만 왜였을까. 윤서는 보고 싶었다. 손주아의 삶이 무엇이었는지 궁금했다. 어째서 손주아는 죽어가면서 마지막으로 보낸 구조요청조차 무시당해야 했을까.

윤서는 조사관들이 흔히 피시라고 부르는 망상장애 진정인들을 떠올렸다. 자기가 대한제국의 황손이라고 주장하며 경복궁에 입주하게 해달라고 진정을 냈던 노인이 있었다. 노인의 세계에서는 대한민국이 여전히 황궁의 질서가 살아 있는 나라였고 자기가 그 나라의 주인이었다. 업무보고를 받아야겠다며 무시로 위원장실에 들어가려고 시도했고 인권위 직원들을 신하처럼 대했다. 웃겼다. 정신병은 한 발짝 떨어져서 보면 웃음거리였고 가까이서 보면 끝날 기약이 없는 슬픔과 고통이었다.

윤서는 아메리카노 한 잔을 다 비우고 시계를 봤다. 지구대에서 자료를 확보해오는 것이 이렇게 시간이 오래 걸릴 일이 아닌데, 홍태가 무엇을 하고 있을지 불안해졌다. 또 탐정 노릇을 하며 이리저리 찔러보고 다니는 건 아닐까. 이미 그런 전력이 있으니 충분히 의심할 만했다. 왜 또 홍태와 한 조가 되게 만들었는지 조직이 원망스러웠다. 아무튼 같이 일하기 쉽지 않은 사람이었다.

4.

편의점엔 손님이 없었다. 하늘색 조끼를 입은 50대 즈음의 남자가 냉동식품을 정리하고 있었다. 남자는 홍태가 들어오는 걸 보고 서둘러 계산대 안쪽으로 들어갔다. 홍태는 음료수를 고르며 남자의 얼굴을 힐끔거렸다.

홍태는 지구대를 나오기 전 경찰들에게 손주아가 고소를 했다는 배달업체 라이더와 편의점 사장에 대해 물었다. 배달업체 라이더에 관해서는 지구대 경찰들은 별로 아는 게 없었다. 다만 손주아 살인사건 수사 초기에 그 라이더가 다소 곤욕을 치렀다는 말은 들었다고 했다. 수사관들은 왜 손주아가 집에서 4킬로미터나 떨어진 폐건물에서 발견되었는지 궁금하게 여겼는데, 탐문 과정에서 손주아가 종종 그 폐건물이 있는 곳까지 폐지를 주우러 배회하고 다니는 걸 보았다는 진술이 나온 것이다. 진술을 한 사람이 하필 손주아에게 고소 당한 적 있는 배달업체 라이더였다.

"그 양반은 그냥 자기가 배달하는 구역에서 손주아가 카트 끌고 돌아다니는 걸 몇 번 본 것뿐이죠. 악연이 있으니까 대번에 딱 알아본 거 아니겠어요? 근데 잠깐이나마 살인한 거 아니냐고 의심을 받았으니 얼마나 억울했겠습니까. 이해는 되죠."

지구대장 뒤에 서 있던 젊은 경찰이 말했다. 어쨌든 지금은 라이더에 대한 혐의는 풀린 모양이었다.

편의점 사장이 누군지는 지구대 경찰들도 잘 알고 있었다. 지구대에서 걸어서 2, 3분밖에 걸리지 않는다고 하며 경찰들은 편의점 위치와 상호를 알려주었다.

"사장님이시죠?"

홍태가 담배와 음료수를 계산대에 올려놓고 물었다. 바

코드를 찍으려던 손을 멈추고 남자가 홍태를 쳐다보았다.

"네. 제가 사장입니다만."

홍태가 명함을 건넸다. 인권증진위원회 조사관 배홍태. 남자는 미심쩍은 얼굴로 명함과 홍태의 얼굴을 번갈아 바라보았다. 남자는 마른 체격에 배만 불룩 튀어나왔고 누적된 피로 때문인지 얼굴빛이 좋지 않았다.

"이 편의점에서 아르바이트했던 손주아 말입니다. 그분 살해된 사건과 관련해서 여기 지구대에 조사 나왔다가…… 뭐 참고가 될 만한 말을 들을 수 있을까 하고 들렀습니다. 겸사겸사. 경찰이 사장님 얘기를 하길래."

손주아라는 이름이 나오자마자 편의점 사장은 얼굴을 찌푸렸다.

"우리 가게에서 두 달도 일 안 했는데요. 그것도 거의 1년 전에."

"알아요. 당시 성추행으로 고소당하셨죠?"

사장은 진절머리가 난다는 표정으로 홍태를 쏘아보았다.

"성추행은 무슨! 정신 이상한 여자인 거 아시잖아요? 성추행은 무혐의 됐고요, 가족은 풍비박산이 났죠."

홍태가 계산을 마친 캔 커피 마개를 따서 편의점 사장에게 내밀었다.

"알죠. 다 알죠. 제가 처음 뵙지만 사장님 마음 알 것 같습니다. 저기, 잠깐 쉬면서 얘기 좀 나누시겠습니까?"

"아씨. 내가 그때 생각만 하면 열불이 터져서……."

"담배 태우십니까?"

홍태가 담배 포장지를 까며 밖에 나가자는 의미로 턱짓을 했다. 편의점 사장은 투덜거리면서도 순순히 앞장서 나갔다. 그는 인권증진위원회가 정확히 뭘 하는 곳인지, 홍태가 손주아 사건 관련해서 무슨 자격으로 자기를 찾아왔는지는 잘 모르는 것 같았고 알 생각도 없어 보였다. 하지만 손주아와 관련해서는 할 말이 잔뜩 있는 듯했다. 이야기를 얻어듣기에는 좋은 상황이었다.

사장의 이름은 이승수였다. 이승수는 편의점 앞 파라솔 탁자에 앉아 홍태가 권하는 캔 커피를 마시고 담배를 피웠다.

이승수는 이혼 위기를 겨우 넘겼지만 부부 사이는 아직까지도 서먹서먹한 상태였다. 성추행을 했다 안 했다 말이 나올 당시에 아내가 조금이나마 이승수를 의심하는 기색을 보였고, 이승수는 그런 아내에게 서운함을 느꼈다. 신뢰는 깨졌고 가족은 좀처럼 이전으로 돌아가지 못했다.

"그 여자, 일을 잘 못했어요. 자꾸 계산이 틀리고, 물건 정리도 못하고. 실수하면 자기가 오히려 손님에게 화를 내고. 혼잣말로 자꾸 뭘 중얼거리고…… 처음엔 좋게좋게 말했지만 일이 안 되는 걸 어떡합니까. 과자 한 봉지 진열하는 것도 수십 번을 들었다 놨다 하고. 가게 안에 CCTV 있잖아요? 어느 편의점이나 다 있는 거 아닙니까? 거기 찍히는 게 싫다고 알바가 수건으로 얼굴을 꽁꽁 가리고 있질 않나. 그래서야 손님이 오겠어요? 왔던 손님도 나가지."

이승수는 담배를 세 대째 꺼내 피웠다. 사연의 요지는 아르바이트로 채용한 손주아가 일한 지 한 달이 넘도록 주의

가 산만하고 실수를 거듭해서 작정하고 싫은 소리를 했더니 그날 이후 자기를 성추행범으로 몰았다는 것이었다. 추행했다는 내용도 어이가 없었다. 상품을 정리하고 있는 손주아를 뒤에서 껴안고, 음탕한 농담을 하고, 가슴을 주물렀다는 주장이었다. 둘만 있을 때도 그랬고 가게에 손님이 있을 때도 그랬다고 했다.

"제가 미쳤습니까? 조카뻘인 알바에게 남들 보는 데서도 그러게? 손님이 있을 때도 그랬다는데 그 손님이 대체 누구냐고요?"

이승수는 말을 하면 할수록 열이 치솟아 올랐다. 중간에 두 번 손님이 와서 가게로 들어가 계산을 하고 나와서도 흥분이 식지 않았다. 정말 기가 막혔던 것은 새빨간 거짓말을 마치 진짜 있었던 일인 양 얘기하던 손주아의 태도였다. 처음에 항의를 받았을 때는 이승수조차 자기가 조금이라도 오해받을 만한 행동을 했던 것 아닐까 생각했을 정도였다. 상대가 정신병이 있는 여자라는 정황이 드러나서 억울함을 풀었지만, 초기에는 손주아의 진술에 이승수도 속았고 이승수의 아내도 속았고 남도 속았다.

"그 여자 말 들으면 제가 거의 발정난 개예요. 갈수록 말이 보태지고 보태지는데 한도 끝도 없습니다. 제가 볼에 뽀뽀를 했다고 하지를 않나 엉덩이를 주물렀다고 하지를 않나. 자기한테만 그런 게 아니라 자기 옆집 여자도 가게에 불러들여 뽀뽀하고 껴안았다고 하지를 않나……."

"옆집 여자 얘기는 거기서 왜 나옵니까?"

홍태가 테이블에 놓인 재떨이에 담배를 비벼 끄며 물었다.

"내 말이요."

"손주아 씨 옆집 사는 여자를 아십니까?"

"아뇨. 처음엔 그게 뭔 소리인가 했어요. 나중에 안 건데…… 어떤 여자가 뭐 사러 왔다가 저한테 자기 가게 놀러 오라고 명함 주고 간 일이 있었단 말이죠. 왜 그런 데 나가는 아가씨들이 자기 술집 홍보하는 거 있잖아요. 그걸 보고는 혼자 뭘 상상한 건지. 아무튼 그 술집 여자가 옆집에 사는가 봅디다."

손주아가 경험하는 현실에서는 이승수가 자신을 대놓고 추행하고, 이승수와 옆집 여자가 눈앞에서 애정 행각을 했을 것이라고 홍태는 짐작했다. 자기가 듣고 보는 게 환청이나 환시인지를 인식하지 못하는 정신병 환자는 나름엔 절박한 마음으로 수사기관의 문을 두드린다. 그러다가 무고죄로 역고소당해 교도소에 들어가고 교도소에서 비로소 정신과 치료를 받게 되는 경우도 흔하다.

"무고로 고소할 생각은 안 하셨습니까?"

이승수는 남은 커피를 입에 털어 넣고 씁쓸한 미소를 지었다.

"왜 없었겠어요. 그런데 막상 아픈 여자라 그런다는 얘기를 들으니까 불쌍하기도 하더라고요. 괜히 나중에 더 해코지당할 것 같기도 하고. 그냥 미친개에게 물렸거니 생각하고 잊고 살자 했죠."

"아유. 사장님 대인배시네."

홍태가 이승수를 치켜세웠다. 그리고 한편으로 이승수가 손주아를 죽이진 않은 것 같다는 생각을 했다. 하긴 이승수에게 혐의점이 있었다면 경찰이 먼저 알아챘을 것이고 홍태가 이렇게 이승수와 마주 앉아 얘기를 나누지도 못했을 것이다.

"웃긴 게 말이죠. 조사하는 형사님들도, 저도, 와이프도 그 여자가 정신 이상한 여자라는 건 다 알았어요. 새빨간 거짓말로 고소장 내서 사람들 괴롭히고 하는 거 다 알았다고요. 형사님들이 먼저 저한테 그랬다니까요. 아이고 사장님 잘못 걸려서 고생이 많다고. 그래도 정신병원에는 못 보낸다고 하더라고요? 왜 그런 거예요, 법이?"

이승수가 도무지 이해하지 못하겠다는 표정으로 말했다. 담배 한 대를 더 피워물며 홍태는 쓴웃음을 지었다.

5.

백조원룸 건물주 김태언은 반쯤 벗어진 머리에 두꺼운 안경을 쓰고, 베이지색 카디건을 걸친 차림으로 인권증진위원회 조사관을 맞았다. 건물 5층을 터서 지은 큰 집에 네 식구가 살고 있는 것 같았다. 거실 벽에 걸린 가족사진 속에서 중년 부부와 두 남매가 흔한 구도로 앉아 웃고 있었다.

김태언은 윤서와 홍태를 거실 가죽 소파로 안내하고, 방에서 가지고 나올 것이 있다며 잠시 자리를 떴다. 윤서는 가족의 생활감이 묻어나는 가구와 장식품을 둘러보았다. 세입자들이 자기 한 몸 대충 구겨 넣고 사는 아래층 원룸에 비하면 이곳은 타워팰리스 같았다. 각자의 방과 거실이 분리되어 있는 곳, 가족이 함께 모여 사는 집다운 집이었다.

"사람이 죽었다는데 이런 말 하면 안 되지만, 정말 재수옴 붙었다 싶어요."

김태언이 방에서 나와 소파에 앉았고, 윤서와 홍태 앞에 내용증명과 소장 꾸러미를 펼쳐 보였다. 손주아는 살해당할 당시까지 21개월째 월세를 내지 않은 상태였다. 보증금은 진작 까먹었고 밀린 월세가 440만 원이었다.

"그 돈 안 받아도 좋다고, 이사비도 줄 테니 제발 나가만 달라고 해도 안 나가고. 오죽하면 제가 이랬겠어요?"

윤서는 김태언이 내민 명도소송 소장을 넘겨보았다. 지난달에 제기한 거였다. 다른 세입자들과 집주인에게 금전적으로나 정신적으로 막대한 피해를 주는 손주아 같은 세입자를 내보낼 방법이 소송밖에 없는 게 말이 되는 거냐고 김태언은 따졌다. 조물주 밑에 건물주라느니 건물주 갑질이 어쩌고 운운하는 사람이 있으면 쫓아가 자리를 엎어버리고 싶은 심정이라고도 했다.

"구체적으로 어떤 문제들이 있었습니까?"

윤서가 물었다.

김태언은 한쪽 손바닥으로 이마를 짚고 길게 한숨을 내쉬었다.

"처음 원룸 계약하러 왔을 때는 멀쩡했어요. 첫인상은 오히려 똑 부러지는 여자 같더라고요."

김태언은 원래 대학생 자취방으로 임대할 용도로 백조원룸을 지었다. 근처 대학에 다니는 학생들이 주로 입주했지만 혼자 사는 젊은 직장인도 제법 들어왔다. 2년 전 20대 후반의 손주아가 들어올 때도 그저 미혼의 직장인이거나 대학시간강사 정도 되겠거니 했다. 어려운 말도 몇 개 섞어가면서 또랑또랑한 말투로 월세 계약을 하는 모습을 보고 대학물 좀 먹은 똑똑한 여자 같다는 인상을 받았다.

문제는 손주아가 들어오고 2개월쯤 뒤부터 생겼다. 김태언은 어느 날 아침을 먹다 말고 손주아가 건 전화를 받았다. 손주아는 다급한 목소리로 새벽 내내 위층에서 바닥을 쿵쿵거려서 한잠도 자지 못했다고 소리쳤다. 알아보니 301호에 사는 남학생은 그런 적이 없다고 했고 오히려 201호 여자가 시시때때로 찾아와 조용히 하라고 하는 통에 미칠 지경이라고 토로했다. 손주아의 전화는 하루걸러 한 번 걸려왔다. 옆집에서 벽에 대고 자기 욕을 한다고 하는가 하면 집안 어딘가에 도청기가 숨겨져 있는 것 같다고도 했다. 민원내용은 점점 이상하게 변해갔다. 말하는 목소리도, 어쩌다만나서 얘기할 때 보이는 눈빛도 정상이 아니었다. 어느 날은 301호 학생이 새벽에 바닥에 귀를 대고 자기가 화장실에 가는 소리를 엿들었다며 난리를 쳤다. 위층 학생이 바닥에 귀를 대고 있었다는 걸 어떻게 알았는지는 차치하고라도 그날 301호 학생은 엠티를 가느라 집에 들어오지도 않았다고 김태언이 아무리 설명해도 이해하려 하지 않고 화만 냈다. 김태언은 시간을 가리지 않고 걸려오는 손주아의 전화를 더는 받지 않았다. 손주아는 직접 이웃을 찾아가 말도 안 되는 항의를 하며 시비를 걸었고, 급기야 경찰도 불렀다. 견디다 못한 세입자들이 떠나갔다. 2층 세입자는 전세 입주를 한 202호 말고는 모두 나갔다. 301호는 1년 넘게 비어 있는 상태다.

"집에 쓰레기 쌓아놓고 있는 건 아셨습니까?"

윤서가 방금 전 보고 온 201호의 처참한 상태를 떠올리며 물었다.

"아이고, 말도 마세요."

김태언은 진저리를 치며 말을 이었다.

"얼마 전부터는 복도에까지 쓰레기 냄새가 나는데, 2층에 하나 남아 있는 202호까지 냄새 때문에 못 살겠다고 해서 달래느라 혼났다고요."

"202호면 손주아 씨 바로 옆집?"

홍태가 끼어들었다.

김태언이 고개를 끄덕였다.

"아직도 안 나가고 있는 게 용하네요. 여기 한윤서 조사관님이 아까 201호에 들어가 보셨다고 해서 상황이 어떤지 들었습니다만, 완전 쓰레기 방이라면서요."

"아, 202호요……."

김태언이 뒷말을 끌며 의미심장한 표정을 지었다.

분명히 더 이어질 말이 있고 거기엔 보통 이상의 의미가 있을 것 같았다. 윤서와 홍태가 기다리는 눈빛으로 김태언을 바라보았다. 중년의 건물주는 어깨를 한 번 으쓱하고는 목소리를 은밀하게 깔았다.

"물장사하는 여자 같아요. 듣기에 어디 역전에 있는 룸싸롱 다닌다고 하더구먼. 아침에 들어오고 저녁에 나가니까 201호랑 그동안은 별로 부딪힐 일이 없었던 거죠. 어쨌든 저에게 민원 넣은 건 없어요."

"아까 전엔 202호가 냄새 때문에 못 살겠다 했다면서요?"

홍태가 물었다.

"아, 그게 그러니까. 남자를 들였더라고. 지난 겨울인가부터."

김태언이 한쪽 입꼬리를 올리며 피식 웃었다.

"2주 전이었나. 아, 그날이 아마 선거날이었을 거예요. 투표하고 집에 들어오는 길에 2층에 갔죠. 재판 결과 나오기전에 알아서 좀 나가달라고, 마지막으로 말해두려고요. 재판해서 강제로 끌어내는 것보다는 그게 낫지 않습니까. 근데 202호 얹혀사는 남자놈이 201호 문짝을 막 발로 차고 있는 거야. 남의 집 문짝을. 왜 그러냐고 하니까 201호에서 냄새가 자기 집까지 넘어오고 바퀴벌레도 넘어와서 못 살겠다고 따지러 왔다면서. 여자가 안에 있는 거 아는데 없는 척하고 안 나온다고 성질을 내는데 나 참⋯⋯."

윤서는 201호 부엌에서 사각사각 흩어지던 바퀴벌레의 검고 윤기 나는 몸뚱이를 떠올리며 소름을 참았다.

"곧 명도소송 결과 나오면 내보낼 테니까 그때까지만 참으라고 달랬죠. 안에 있으면 들으라고 일부러 크게 말했어요. 남자놈이 저보고 문 따고 들어가서 같이 따지자고 하는

데, 아무리 주인이라도 세 준 집에 허락 없이 들어가면 불법 침입이라고 했죠. 당신도 괜히 해코지당하지 말고 참아라, 요 앞에 편의점 사장 고소당한 소문 못 들었느냐고 했어요. 뭣도 모르고 알바로 써줬다가 성폭행했다고 뒤집어썼다 잖아요. 집주인이 세입자 기둥서방까지 그렇게 달래야 합니다. 원 참."

김태언이 심히 불쾌한 표정으로 투덜거렸다. 자기 소유 원룸에 업소 여자와 그 기둥서방까지 산다는 게 마음에 들지 않는 눈치였다.

"어느 나라나 일단 살림 들여놓고 살고 있는 세입자 내보내기는 어렵습니다."

홍태가 김태언의 입장에 동조하고 나섰다.

"주거권이라는 게 있으니까요. 오갈 데 없는 사람 함부로 길거리로 내쫓았다가는 아무리 합법적으로 내쫓았다고 해도 반인도적인 처사라고 욕먹죠."

"어쨌든 202호 그놈은 지금은 나간 모양이에요. 요즘 안 보이더라고요."

김태언이 말했다.

"둘이 뭔가 마음이 안 맞았는지 요란하게 싸우더구먼. 나도 낮에 집을 비워서 나중에 듣기만 했는데. 낮에 202호 여자가 남자 짐을 죄다 꺼내서 주차장에 부려놨대요. 그놈 그렇게 쫓겨난 것 같던데요. 덩치만 컸지 뺀질뺀질해 보이더니 그놈."

손주아의 죽음이 불쌍하기는 하지만 김태언으로서는 드

디어 201호를 돌려받을 수 있게 된 셈이었다. 민원의 근원
도 없어졌다. 솔직히 속 시원하게 됐다는 걸 김태언은 굳이
숨기지 않았다.

"집주인이 죽인 거 아닐까요?"

백조원룸을 나와 사무실로 돌아가는 관용차에서 홍태가
이죽거렸다.

"무슨 말이죠?"

운전석에서 핸들을 돌리며 윤서가 물었다.

"손주아에게 제일 피해 본 사람이 어쩌면 집주인이니까.
그나저나 건물 가지고 있어도 임대사업하고 살기 쉽지 않네
요. 그죠? 참, 한 조사관님, 아까 지구대 갔을 때 제가 무슨
얘길 들은 줄 아십니까?"

홍태는 지구대에서 캣맘 권연미를 만나 들은 얘기와 지
구대를 나와 편의점까지 찾아가 사장 이승수에게 전해 들
은 얘기를 신나게 늘어놓았다.

윤서는 얼굴을 찡그렸다. 역시나 살인사건에 대한 호기
심에 선을 넘고 쏘다니느라 늦게 합류한 거였다.

"배 조사관님, 왜 오바하는 거예요, 또?"

윤서가 정색하고 지적했지만 홍태는 아랑곳하지 않았다.
강제력을 쓴 것도 아니고 그냥 좀 물어보고 다녔을 뿐인데
뭐가 문제냐는 식이었다.

도대체 이놈이랑 나는 무슨 인연일까.

윤서는 쉴 틈 없이 떠드는 홍태의 옆얼굴을 체념한 표정
으로 바라보았다. 활활 타는 정의감을 내세워 생각보다 몸

이 먼저 나가고, 위아래 가릴 것 없이 거침없고 예의 없게 나불거리는 마초. 올해 초 인사발령에서 윤서가 정신장애인 인권침해 조사부서에 가게 됐을 때 드디어 홍태와 떨어지는구나 싶었다. 하지만 인력조정이 필요해서 바로 이어진 추가 인사발령에 배홍태라는 이름이 올라온 걸 보고 윤서는 책상에서 이면지를 북북 찢었다. 하필이면 같은 부서에 또 따라붙다니. 미워하는 사람은 부서 옮길 때 세트로 따라간다는 우스갯소리가 현실이 됐다. 그러니까 너무 싫어해도 안 되나 보다.

"이럴 거면 배 조사관은 경찰이 되지 그랬어요? 인권위 조사관이 아니라."

윤서가 냉소를 섞어 말했다.

"경찰 싫습니다."

홍태가 구시렁거렸다.

"왜요?"

"허구한 날 취객들, 피시들 상대해야 하지, 대형 사건 터지면 덮어놓고 수사 부실하다고 욕먹지, 나쁜 놈들 열심히 잡아넣으면 인권위 조사관이란 것들이 사사건건 인권침해라고 시비 걸잖아요?"

말하고는 홍태가 배를 잡고 껄껄 웃었다.

재밌자고 한 말 같은데 대꾸할 말이 없었다. 윤서는 아직 자신은 많은 수련이 필요하다고 느끼며 액셀러레이터를 밟았다. 금요일 저녁이었다. 사무실에 관용차를 갖다 놓고 얼른 도망치듯 퇴근하고 싶었다.

6.

토요일 오후, 화려한 장미 덩굴이 수 놓인 아쿠아 블루색 치파오를 입고 은갈치 비늘을 벗겨 만든 듯한 반짝이는 은색 핸드백을 둘러멘 키 큰 사람이 윤서의 집 차임벨을 눌렀다. 윤서는 목이 늘어난 커다란 핑크색 박스 티셔츠 안으로 손을 넣어 배를 북북 긁으며 문을 열었다.

까만 턱수염이 숭숭 난 얼굴에 곱게 화장을 한 치파오 인간이 한 손에 들고 있던 커다란 스티로폼 박스를 윤서 앞에 내밀었다.

"내가 뭘 들고 왔는지 볼래?"

"세리……."

윤서는 박스를 받아 들고 우아한 몸짓으로 힐을 벗는 친구를 바라보았다.

"좀 평범하게 입는 날도 있으면 안 될까?"

"오늘 나 진짜 자제한 거야. 화장도 기초만 했다고. 천하의 세리 장이! 맥주 있니?"

윤서의 절친한 십년지기 세리 장은 제집처럼 주방에 들어가 냉장고 문을 열었다. 윤서는 코를 킁킁거리며 스티로폼 박스의 냄새를 맡았다. 박스 밑바닥이 뜨끈뜨끈했다.

두 친구는 세리가 수산시장에서 방금 쪄온 킹크랩 다리를 하나씩 잡고 맥주를 마셨다. 세리는 윤서가 내주는 편한 옷을 모두 거부하고 치파오 치마에 얇은 담요 한 장만 덮었다. 윤서가 하릴없이 틀어놓은 TV가 한구석에서 저 혼자 떠들었다.

"저장강박증이고 뭐고. 남 일이 아니다 한윤서야. 너 이러다 병나."

손주아의 집에 간 무용담을 늘어놓는 윤서를 향해 세리가 혀를 찼다. 세리는 각종 책들과 벗어놓은 옷가지와 빈 생수병과 전자기기 케이블 선이 뒤섞여 굴러다니는 윤서의 방을 찝찝한 시선으로 둘러보았다.

"이건 아직까지 여기 있는 거냐?"

세리는 봉투도 뜯지 않은 선거 홍보물을 엄지와 검지만으로 집어 들었다. 윤서는 못 본 척 킹크랩 살을 쭉 발라내어 세리의 접시에 놓았다.

"먹어."

"뜯지도 않았네? 선거 끝난 지가 언제냐? 인권위 조사관이 이렇게 정치에 관심이 없어서 쓰나."

"투표는 했어. 그럼 됐지."

TV에서는 서너 명의 남녀가 유리관에 든 도자기를 둘러싸고 진지한 눈빛으로 품평을 하고 있었다. 도자기의 주인인 대머리 노인이 뒷짐을 지고 서서 조상 대대로 내려온 가보의 가치를 뽐냈다.

세리가 리모컨을 집어 들었다.

"너 그거 봤냐? 저 프로그램에 어떤 할아버지가 고문서를 들고나온 거야. 300년 넘게 집안 장손에게만 전해진 거래. 부르는 게 값이라고 생각하던데. 정기적으로 통풍시키고 말리면서 금이야 옥이야 간직해온 거라고 얼마나 뻐겼

게? 귀한 손님 올 때마다 꺼내서 자랑하면서도 절대 만지지는 못하게 했다더라. 유세가 말도 못 하더라고. 근데 그게 뭐였는지 아냐?"

"뭐였는데?"

맘에 드는 프로그램을 찾아 채널을 돌리며 세리가 히죽거렸다.

"노비 문서였어. 누군 얼마고 그 자식은 얼마며 양반네 어느 집안 누구 소유인지 조목조목 적힌 문서였지 뭐야. 그 할아버지는 TV에 나와 우리 조상은 노비였다고 온 세상에 알린 꼴이지 뭐."

킹크랩 다리를 분지르던 윤서가 풋, 하고 웃었다.

"웃프네."

"이거 한번 가지고 나가봐라, 너."

세리가 침대 옆 탁자에서 언제부터 그곳에 있었는지 모를 '한때 귤이었던 물체'를 집어 들었다. 쪼글쪼글 말라붙어 대추 알 만한 크기로 수축한 상태였다. 윤서가 세리의 손에서 한때 귤이었던 그것을 낚아채 옆에 있던 비닐봉지에 던져넣었다.

"반대의 경우도 있었어. 정약용이 유배지에서 쓴 서첩이 말이다. 마누라 낡은 치맛자락 잘라서 자식에게 뭐라 뭐라 당부하는 글 쓴 거래. 그게 수원에서 폐지 줍고 다니는 할머니 수레에서 발견된 거야. 어떤 사람이 TV에 제보해서 나중에 보물로까지 지정됐고 경매에서 세상에 깍. 7억인가 8억에 팔렸대. 뿐이냐. 골동품상에서 깨진 사발을 헐값에 샀는

데 그게 조선백자였던 경우도 있었다 하고. 그러니까 뭐든 잘 보관해봐라. 응원한다!"

세리는 뉴스 프로그램에 채널을 멈추고 리모컨을 놓았다. 윤서는 빈 잔에 스스로 맥주를 따라 꿀꺽 마셨다. 고달픈 한 주를 보낸 탓일까 낮술이 달았다. 뉴스 앵커가 창백한 얼굴로 각종 범죄 소식을 전했다.

몇 주간 경찰과 인권위를 뒤흔들어놓았던 손주아 사건이 다시 두 친구의 화제에 올랐다.

"핸드폰 위치추적까지 하고도 경찰은 왜 못 찾은 거야? 너무한 거 아냐?"

세리가 물티슈로 주홍색 매니큐어를 칠한 손톱을 닦으며 말했다.

"위치추적이라는 게 수신된 기지국이 어딘지 나오는 거니까. 피해자 위치가 정확히 잡히는 게 아니라 어디 근방 몇 미터 안이라는 식으로 나오는 거거든."

"그렇더라도."

"그래. 다 핑계지. 위험한 상황이라고 생각 안 한 거야."

"그러니까 제2의 오원춘 사건인 거지, 이게?"

세리 장이 2012년에 발생한 악명 높은 살해사건을 언급했다. 오원춘이라는 중국인이 귀가하고 있는 여성을 골목에서 납치해 집 안으로 끌고 들어가 성폭행 후 살해한 사건이었다. 납치 직후 오 씨는 피해 여성을 집 안에 둔 채 잠시 밖으로 나왔고 그 틈에 피해자가 휴대전화로 112에 신고했다. 1초가 급박한 절체절명의 상황에서 신고를 접수하는 경찰은 불필요한 질문으로 시간을 낭비했고 부부싸움인 것 같다는 한가한 소리를 혼잣말로 중얼거렸다. 조금 지나서야 경찰은 이것이 비상상황임을 깨닫고 출동 지령을 내렸으나 피해자가 집 안에 있다는 중요한 정보를 누락시켜 적극적인 주택 내부 수색이 이루어지지 않았다. 그사이 오 씨는 피해자를 살해하고 사체를 끔찍하게 훼손했다.

사건 후 112 녹음 파일이 공개되면서 전 국민의 피가 거꾸로 솟았다. 경찰이 급박한 상황을 재빨리 인식하고 일사천리의 대응을 했다면 피해자를 살릴 수 있었을지도 몰랐다. 적어도 시신이 그토록 잔혹하게 훼손되는 것은 막을 수 있었을 것이다.

"글쎄. 결이 좀 다르긴 한데……."

"피해자의 신고를 진지하게 듣지 않았다는 건 같잖아."

세리가 손으로 한쪽 머리를 받치고 옆으로 길게 누웠다. 180센티미터가 넘는 몸이 펼쳐지니 발끝이 문지방에 닿았다.

"물론 이해할 부분은 있지. 허위신고, 장난신고가 얼마나 많을 것이며 온갖 사소하고 잡스러운 전화가 하루에도 얼마나 많겠어. 그래도 말이야. 범죄 신고를 받는 사람이라면 백 번이고 천 번이고 양치기 소년에게 속아주는 자세가 필요한 거 아니냐? 나중에 양치기를 잡아다가 구워 먹든 삶아먹든 하더라도. 내가 지금 받는 전화가 진짜 절박한 구조요청일 수도 있다는 생각을 하고. 응? 가장 최악의 상황을 상정하면서 일을 했어야지."

"언제나 그렇듯이 세리 네 말은 옳아."

딱지까지 발라먹고 난 뒤 윤서도 방바닥에 길게 누웠다. 포만감과 낮술의 취기가 무겁게 몸을 내리눌렀다. 살짝 졸음에 빠져들려는 찰나였다.

－간암 투병 중으로 알려진 연쇄살인범 최철수가 오늘 오전에 사망했습니다.

TV에서 흘러나오는 소리에 윤서는 머리를 까딱 들었다. 세리도 TV 화면에 흘깃 눈길을 주었다.

7년 전 열한 명의 가출 소녀를 유인해 살해하고 토막 내서 자택 정원에 묻은 희대의 연쇄살인마 최철수의 범죄 사실이 나열됐다. 재판에서 사형이 확정될 때까지 최철수의 피해자 중 한 명은 시신은 있으나 신원이 밝혀지지 않았고 또 한 명의 피해자는 이하선이라는 이름의 열여섯 살 소녀라는 게 알려졌으나 시신이 발견되지 않은 상태였다. 그러다 재작년 최철수를 면담한 한 인권위 조사관의 제보로 신원이 밝혀지지 않은 시신 쪽의 신원은 밝혀졌다. 하지만 결국 이하선의 시신은 발견되지 않은 채 연쇄살인범이 죽음을 맞았다고 뉴스 앵커는 전했다.

"야. 걔지? 배 조사관이라는 그 또라이."

세리가 발로 윤서를 툭 쳤다.

"그래. 맞아. 배홍태."

윤서는 다시 머리를 방바닥에 털썩 내려놓았다.

"최철수 면전진정 접수받으라고 구치소 보내놨더니 뜬금없이 살인 피해자 칫솔 들고 올라왔어. 신원 안 밝혀진 피해자 칫솔 말이야. 어디 어디 사는 모 할머니의 실종된 손녀

칫솔이라고. 면담할 때 최철수가 말해줘서 그 할머니 집까지 찾아가 봤다나. 그걸로 유전자 감식해서 신원 확인했지. 한동안 난리였어."

윤서는 당시의 상황을 떠올렸다. 최철수 피해자의 신원 발견 뉴스로 사무실을 발칵 뒤집어놓은 다음 날 홍태는 삭발을 하고 출근해 사무실 분위기를 이상하게 만들었다. 무엇 때문인지 잔뜩 화가 난 얼굴로 앉아 있는 통에 며칠간 아무도 홍태에게 말을 붙이지 못했다.

"그때 구치소에서 배 조사관이 최철수와 구체적으로 무슨 말을 나눴는지는 미스터리야. 평소에는 말이 너무 많아 탈인데, 그 얘기는 절대로 안 해."

"내가 언젠가 그 오빠를 한번 만나봐야겠다. 우리 한 조사관 그만 좀 괴롭히라고, 내가 손 좀 봐줄게."

윤서가 턱을 당겨 세리의 착장을 훑어보고는 웃음을 터뜨렸다.

"궁금하네. 그 마초 자식이 세리 만나면 어떤 반응을 보일지."

"자리 한 번 마련해."

"그래, 봐서."

"그 전에 집 좀 치우고. 너 이 상태로 돌연사하면 진짜 TV에 나온다. '혼자 살던 30대 인권위 조사관, 쓰레기 집에서 변사체로 발견돼'. 죽은 뒤에 유명해질래? 안 좋은 쪽으로?"

"그래, 알았다고."

뉴스가 끝났다. 날도 어렴풋이 저물었다.

윤서는 친구와 나란히 잠이 들었고 꿈을 꾸었다.

꿈에서 윤서는 쓰레기 더미에 구멍을 낸 이글루 같은 집에서 살았다. 이글루가 무너져 몸이 깔렸다. 윤서는 건물 잔해에 깔린 머리와 팔을 버둥거리며 살려달라고 소리를 질렀다. 아무도 윤서를 구해주지 않았다. 장바구니를 들거나, 반려견을 끌거나, 자전거를 타고 지나는 동네 사람들이 모두 옷자락으로 코를 막고 윤서를 지나쳐갔다. 울부짖는 윤서가 마치 눈에 보이지 않는다는 듯 사람들이 윤서를 외면했다.

윤서는 꿈속에서 죽었다. 쓰레기 더미에서 살 자유를 누린 대가였다.

그러니까 진작 집을 좀 치우라고 했잖아. 꿈속에서인지 현실에서인지 세리가 혀를 끌끌 찼다.

7.

월요일 오전, 손주아의 오빠 손민수가 인권증진위원회에 왔다. 수차례 전화로 설득하고 일정을 조정해서 이루어진 면담이었다. 손민수는 다소 살집이 있는 체형에 도수 높은 안경을 썼다. 지방에 있는 금융회사에서 일하고 있다고 했다. 좋지 않은 일로 왔기 때문인지 표정이 어두웠다. 손주아의 시신이 발견된 뒤 손주아를 돌보지 않았다며 알지도 못하는 사람들에게 비난을 받아왔으니 이 자리가 편할 리가 없었다.

"대학 들어가서부터예요. 주아가 이상해진 게……."

손민수는 윤서가 권하는 음료수 잔을 만지작거리며 회상했다.

손주아는 1남 2녀 중 둘째로 태어났다. 3남매 중 가장 성적이 뛰어났다. 고향에 있는 국립대학에 진학한 오빠나 막내 여동생과 달리 서울 명문 사립대에 합격해서 혼자 서울 유학을 했다. 머리가 좋고 이해가 빨라서인지 말도 빠르고 논리적이었다. 작은 논쟁이라도 벌어질라치면 오빠인 손민수도 손주아가 단숨에 늘어놓는 말의 속도를 따라잡지 못했다. 성격이 직설적이었으며 자기주장이 강한 편이었으나, 언제까지나 평범함의 테두리를 벗어나지는 않았다.

"그냥 저나 막내 여동생처럼 주아가 고향에서 대학을 다녔다면 가족들이 일찍 알고 대처할 수 있지는 않았을까, 생각도 해봤지만 모르겠습니다. 서울 올라가서 스트레스를 많이 받은 모양이에요. 공부 잘한다고 집에서도 많이 떠받들어줬고 주아도 거기에 자부심을 많이 느꼈거든요. 그런데 명문대에 진학하고 보니 다들 자기만큼은 공부 잘하고 똑똑하고……. 많이 힘들어했다나 봐요."

손주아가 대학 졸업반이 되던 해, 아버지가 간암으로 사망했다. 가족 모두에게 힘든 시기였다. 장례식장에서 손민수는 오랜만에 만난 손주아에게서 이상한 말을 들었다.

"초조한 얼굴로 장례식장 입구를 계속 왔다 갔다 하길래 왜 그러냐고 물었더니, 방금 박 교수를 본 것 같다는 거예요. 자기 지도교수요. 그래서 제가 그럼 뵙고 인사드려야 하지 않겠냐고 빨리 연락드려보라고 했죠. 그랬더니 제 팔을 꽉 잡으면서 안 된다고 하는 겁니다."

손주아는 전혀 장난 같지 않은 표정으로 장난 같은 말을 했다. 박 교수가 손주아의 학부 졸업 논문을 접수하지 않고 빼돌리려고 하고 있는데, 이유인즉슨 손주아의 논문이 박 교수의 학설을 완전히 무효로 만들어버리는 획기적인 내용인 데다가 교수로서 제자가 자기보다 뛰어난 논문을 발표하는 것을 용납할 수 없기 때문이라는 것이었다. 실은 박 교수가 작년에 손주아의 생각을 훔쳐 학회에 발표한 적이 있어서 그 사실이 들통날까 봐 지금 몇 사람을 장례식장에 심어놓고 감시하는 것 같다고도 했다. 손주아는 여느 때와 같이 또렷한 말투로 빠르게 말했지만 불안하게 흔들리는 눈빛과 굳은 표정은 그녀의 심상치 않은 정신상태를 보여주고 있었다.

"황당무계했죠. 그런데 자리가 자리인 만큼, 아버지 돌아가신 충격이 너무 커서 얘가 이러는가 보다 했어요. 하지만…… 그때 이미 증상이 한창 진행되고 있던 거였죠. 학교에서는 진작부터 문제가 되고 있었고요."

학교 친구들 말에 따르면 2학년 때 박 교수가 전공수업 시간에 손주아의 발표 내용을 질타하고 망신을 준 적이 있다고 했다. 자기 머리가 남다를 것 없고 대단치 않은 건지도 모른다는 초조함에 시달리던 손주아는 충격을 많이 받았다. 이후로 손주아는 박 교수의 언행에 집착하기 시작했다. 손주아는 박 교수가 자신을 음해하고 주변인 모두를 포섭해서 주변인들이 다 자기 욕을 하며 수군거린다는 망상을 가졌다. 좀처럼 잠을 자지 않고 해쓱한 얼굴로 학교에 나타나 쫓기는 사람처럼 두리번거렸다. 친구들에게 왜 자기 욕을 하느냐며 소리치고 시비를 걸었다. 계절에 맞지 않는 옷차림을 하고 다녔고 복도 구석에 앉아 비닐봉지에 싸 온 상한 것 같은 밥을 먹었다. 그즈음엔 누구도 손주아와 말을 섞으려 하지 않았고 다가가려 하지 않았다.

1년 사이 손주아의 행동은 극단으로 치달았다. 손주아는 박 교수에 대한 자신의 망상을 사실로 믿고 박 교수를 수십 가지 혐의로 고소했다. 연구실에서 책을 집어 던지며 행패를 부리기도 했고, 수백 차례 전화와 우편물을 통해 괴롭히다가 급기야 박 교수의 집까지 찾아가 난동을 부렸다. 제자에게 법적 조치를 취하는 것을 마지막까지 참았던 박 교수가 끝내 손주아를 폭행, 모욕, 무고죄로 고소했다.

"쫓아 올라가 보니 상황이 엉망이었어요. 형사처분 받기 전에 어머니가 동의서 써서 정신병원에 입원시키고 고소 취하받았죠. 그때 주아가 스물네 살. 결국 대학은 졸업 못 했습니다. 퇴원하고도 안 가려고 했어요. 박 교수가 자기를 죽이려고 한다면서요."

손주아의 망상 대상은 지도교수에만 그치지 않았다. 정신병의 어둡고 질긴 그림자는 마지막까지 가까운 곳에 남아 있을 수밖에 없는 가족을 향했다. 병 때문에 그런다는 걸 안다고 해서 가족이 받는 고통이 줄어드는 건 아니었다. 손주아는 엄마와 오빠, 여동생이 박 교수의 사주를 받은 영혼 파괴자라고 생각했다. 오빠에게 어릴 때부터 성폭행을 당했다고 주장했고, 가족에 의해 집에 감금되어 있다고 경찰에 신고 전화를 해서 경찰이 출동하기도 했다. 막내 여동생의 약혼자 집안에서는 손주아의 상태를 알고 파혼을 요청했다. 손주아는 그때부터 밖에서 온갖 잡스러운 쓰레기를 주워와 집을 채웠고 절대 치우지 못하게 했다. 자신을 구원할 비밀 문서라도 되는 것처럼 눈에 보이는 모든 쓰레기를 모으고 또 모았다. 보이지 않는 사람과 대화하고 울고 웃으면서 쓰레기 사이에서 잤다. 뭐든지 못 하게 하면 폭력적이고 적대적인 모습으로 변했다. 집 안에 먼지가 쌓이고 악취가 진동했고 방에서 방으로 오가기도 힘들게 되었다.

"만약에 말입니다. 동생이 사고로 장애인이 되었거나 식물인간이 되었거나 한다면…… 적어도 의료적으로 무슨 조치를 해야 하고 가족이 뭘 해야 하는지는 알 수 있었을 겁니다. 하지만 밥 먹다가도 갑자기 악마야 저리 가라 소리 지르며 상을 뒤엎고, 새벽에 일어나 울부짖으며 집 안의 모든 전기선을 잡아 뜯는 동생을 어떻게 해야 하는 건지는 모르겠더군요. 약을 먹어야 나아지는데 억지로 입을 벌려 먹일 수도 없고. 진짜 귀신이라도 들린 것 같았어요. 예전의 그 동생이 아니었다니까요."

"어머니가 누구보다 괴로우셨을 텐데요. 입원에는 왜 동의를 안 하신 겁니까?"

손민수가 자리를 고쳐앉으며 끙, 소리를 내었다.

"우리 어머니 많이 못 배운 사람입니다……."

손주아의 어머니는 멀쩡했던 딸이 환각에 시달리며 극단

적인 행동을 하는 것을 이해하지 못했다. 딸의 기괴한 모습을 밖에 알리는 것도 두려워했다. 다른 자녀들에게는 괜찮다, 점점 나아져 간다고 둘러대면서 귀신 들림을 고쳐준다는 무당과 퇴마사를 찾아다녔다. 조현병을 귀신에 씐 것으로 치부하고 영적인 능력으로 고쳐주겠다는 사이비 종교인들이 막막한 조현병 환자의 가족들에게 접근하여 돈을 요구하는 경우는 너무나 많다. 손민수는 그런 어머니에게 손주아를 맡겨놓고 한동안 신경을 끄고 살았다. 괜찮다고 하니 괜찮은 걸로 치부하고 제 삶을 살았다. 그러다 어느 날 손주아에게 맞아 피멍이 든 어머니의 얼굴을 보고 눈이 뒤집혔다. 정신병이 있는 동생을 어머니에게 맡겨두고 애써 모른 척하고 살았던 죄책감이 분노를 한층 부채질했다. 손민수는 손주아가 스물여덟 살 되던 해, 앞장서서 손주아를 정신병원에 두 번째로 입원시켰다. 위법한 입원이었다. 인권위의 권고로 손주아는 4개월 만에 병원을 나왔다.

가족들은 더 이상 손주아가 앓고 있는 병과 손주아를 구분할 수 없게 됐다. 두 번째 퇴원을 하고 돌아와 이틀 만에 손주아가 가출했을 때 가족들은 안도했다. 자기 삶을 지키기 위해 손민수를 비롯한 가족들은 손주아와의 절연을 택했다. 이미 성인이 된 손주아가 어디서 어떻게 살든지 상관하지 않기로 한 것이다. 손주아는 어머니 명의의 마이너스 통장과 현금카드를 가지고 나갔다. 계좌에서 매달 돈이 빠져나갔으므로 손주아가 어딘가에 살아서 생활하고 있다는 건 알 수 있었다. 손주아의 어머니는 계좌에 돈이 떨어지면 당신 능력으로 메꿀 수 있을 만큼 돈을 메꿨다. 손민수는 그 사실을 알았지만 아무 말 하지 않았고 가끔씩 손주아에게 보내는 용도로 쓰도록 어머니에게 돈을 건넸다. 그것이 손주아에게 오빠로서 해줄 수 있는 마지막 남은 배려라면 배려였을 터였다.

"도대체 가족은 무슨 죄입니까? 인권이요? 가족은 인권이 없습니까?"

손민수는 벌컥 화를 냈다.

"주아는 유독 가족들에게만 폭력적이었어요. 남에게는 그렇게까지 안 하니까 어떤 방식으로든 저 원하는 대로 그럭저럭 살아가겠거니 했습니다."

정신질환자의 가족을 만날 때면 윤서는 늘 마음이 편치 않았다. 아픈 것과 나쁜 것은 다르지만 정신질환은 그 둘 사이의 경계를 쉽게 무너뜨린다.

가족은 지쳤다. 손주아는 어떤 정신의학적인 개입이나 관심에서도 멀어져 완전히 혼자가 되었다. 지역사회는 무엇을 하고 있었을까. 지역마다 나라에서 운영하는 정신건강증진센터가 있어 지역에 사는 정신질환자의 사례를 관리하지만 어디까지나 신청과 동의에 기초한다. 사건이 터지고 조사해보니 지역 정신건강증진센터에는 손주아의 자료 자체가 없었다. 손주아같이 병식이 없는 정신질환자 1인 생활자에 대해서는 지역사회 관리시스템이 전혀 작동하지 않는다고 봐도 무방하다.

"하지만 동생이…… 사람이 그렇게 죽어서는 안 되는 거죠."

손민수의 목소리에서 외면하고 싶은 죄책감과 고통이 느껴졌다.

"불쌍합니다. 불쌍한 애예요. 그래요. 가족이 버린 거 맞습니다. 가족도 버리고 사회도 버리고 경찰도 버리고…… 모두에게 버림받고 한세상 초라하게 끝냈네요."

손민수의 표정이 일그러졌다. 병에 걸리기 전 평범했던 여동생 손주아의 모습을 떠올리고 있을지도 모른다고 윤서는 생각했다.

8.

쓰레기로 가득 찬 손주아의 집과 철거 주택에 방치된 시신. 열성적인 캣맘과 그녀가 돌보던 길고양이의 죽음. 가난한 폐지 할머니의 리어카. 세입자들이 떠나버린 백조원룸 건물주와 명도소송 소장. 옆집에 사는 업소 여자와 불만 많은 기둥서방. 망상 속에서의 일로 고소당한 배달 라이더와 편의점 사장. 함께 지옥을 헤맬 수 없어 절연한 손주아의 가족. 발병 초기 피해망상의 대상이 되었고 그 뒤에도 끈질기게 손주아의 망상에 소환당한 지도교수. 카트를 끌고 거리로 나서는 손주아와 눈길을 피하는 이웃들. 신고 전화에 시달리는 지구대 경찰들. 폐가에서 발견된 시체. 각목으로 구타당해 얼굴 뼈가 다 부서진 손주아. 22초밖에 이어지지 못한 112 신고 전화.

"고문당한 거예요."

윤서가 불쑥 내뱉었다.

맞은편에서 조사기록을 뒤적이던 홍태가 생뚱맞다는 듯한 얼굴로 윤서를 바라보았다.

"죽일 생각은 아니었죠. 쾌락 범죄나 분노 범죄라 하기도 뭔가 부족해요. 범인은 단지…… 손주아에게 원하는 게 있었던 거 아닐까요?"

"저, 한 조사관님. 왠지 제 역할을 뺏긴 것 같은 기분이 드는 건 왜죠?"

홍태가 윤서의 표정을 살폈다. 둘은 방금까지 조사결과 보고서를 쓰기 위한 쟁점을 정리하며 의견을 나누고 있었다. 경찰의 112 구조 묵살에 대해 누구에게 얼마만큼의 책임을 물을 것인지까지 얘기가 끝난 상태였다.

"평소 같으면 제가 할 말인데, 그거? 한 조사관님은 왜 쓸데없이 살인사건에 개입하려고 하냐고 저를 지적하는 역할이고. 왜 갑자기 포지션 바꾸는 겁니까?"

윤서는 주먹 쥔 손으로 턱을 괴었다.

"아무렴 어때요. 이번엔 바꿔보죠."

홍태가 볼에 공기를 물고 불룩하게 부풀렸다. 윤서의 바뀐 태도가 수상했지만 일단 묻어두고 윤서가 방금 전에 던진 질문에 대해 생각해봤다.

손주아에게 원하는 게 있었을 거라고?

"……성폭행 흔적은 없었습니다. 그러니까, 성적인 목적은 아니었다는 말이죠."

홍태가 말했다.

"그렇죠. 돈이나 금품을 뺏긴 것도 아니었고요."

윤서가 응수했다.

생각을 이어나가던 홍태가 돌연 코웃음을 쳤다.

"아니. 손주아에게 뺏을 게 뭐가 있습니까? 네? 자기 몸뚱이 하나랑. 네? 집에 가득 쌓아놓은 쓰레기밖에 없잖아요?"

윤서가 더 잘 아는 사실이었다. 손주아에게 수입이라고는 가출할 때 가지고 나온 어머니 명의의 마이너스 계좌에 가끔씩 어머니가 채워 넣어주는 돈이 전부였다. 상태가 괜찮을 때는 간간이 아르바이트를 하기도 했지만 오래가지 못했다. 가장 최근에 한 편의점 아르바이트는 근무 한 달 만에 사장을 성추행으로 고소하면서 끝이 났다. 원룸 월세는 2년 가까이 밀렸고 곧 쫓겨날 처지였다.

"맞아요……."

윤서는 아는 것만으로는 끝나지 않을 어떤 진실을 향해 다가가고 있는 느낌이 들었다.

"손주아가 가진 건 쓰레기뿐이었죠."

윤서는 눈살을 찌푸리며 필사적으로 생각했다.

"그런데요? 그게 뭐요?"

"쓰레기인 줄 알았는데, 사실은 엄청 가치 있는 물건을 주워왔다고 치면?"

윤서는 불만스럽게 입을 비쭉 내밀고 있는 홍태에게 물었다.

"배 조사관님이 그 물건의 주인이라면? 어땠을 것 같아요?"

"뭘 주워왔다는 건지는 모르겠지만. 달라고 하면 되죠."

"손주아에겐 저장강박증이 있었어요. 그래서 쓰레기를 모은 거고요."

윤서는 저장강박이라는 단어를 강조하며 홍태를 다그쳤다.

저장강박. TV에 간혹 나오는 쓰레기 집들.

우울증 환자도 겉보기에 저장강박 같은 증상을 보일 수 있지만 그것은 물건에 애착이 있다기보다는 무기력증으로 인해 청소를 하지 못해 생기는 결과일 뿐이다. 그와 달리 조현병에서 나타나는 저장강박은 물건에 대한 비정상적인 집착을 보인다. 물건의 쓸모를 결정할 판단능력의 상실, 자기가 모으는 물건과 자기 자신과의 경계 짓기의 실패, 물건을 버림으로써 그 물건에 대한 통제력을 잃어버리는 것에 대한 불안 등 여러 요소로 설명이 가능하다. 중요한 건 저장강박증 환자는 남 보기엔 더러운 쓰레기에 불과한 물건에도 상상 이상의 가치를 부여한다는 것이다. 남이 달라고 한다고 쉽게 줄 수 있는 게 아니다.

윤서는 제 생각에 빠져드느라 바빠 홍태의 표정이 변하는 것을 보지 못했다.

홍태는 기분이 좋지 않았다. 쓰레기를 모았다는 말에 어머니를 떠올린 탓이었다. 홍태는 손에 땀이 차도록 양 주먹을 꽉 쥐고 갑작스레 찾아온 생각을 물리치려 애썼다.

어부였던 아버지가 배와 함께 풍랑에 휩쓸려 시신조차 찾을 수 없게 된 날 이후로 방에 틀어박힌 어머니. 일 년여 간 어머니는 아무것도 치우지 않고 모든 걸 방 안에 쌓아두었다. 어머니가 아버지의 죽음을 인정하고 방에서 나올 때까지 홍태는 아버지의 썩은 시체가 물가로 떠밀려오기를 얼마나 빌었던지.

'아니야. 어머니는 손주아 같은 사람과는 달라. 지금 어머니 얘기를 하는 게 아니잖아.'

묻어둔 오랜 상처가 쿡쿡 쑤셨다.

어제 죽었다는 연쇄살인범의 웃음소리가 홍태의 귓가에 들리는 듯했다. 열한 명의 여자를 죽인 죄로 감옥에 들어온 최철수는 말기 간암을 선고받아 죽을 날만 기다리고 있다며 뻔뻔하게도 형집행정지를 요청했다. 어차피 죽을 거 가족들이 지켜보는 곳에서, 밖에서 죽고 싶다고 했다. 최철수는 사형수였다. 사형이 집행된 적이 없는데 뭘 정지해달라는 거냐고 홍태가 도발하자 최철수는 검고 깡마른 얼굴로 한참을 웃었다. 황달기로 노래진 눈으로 살인범은 홍태의 마음 깊은 곳을 기분 나쁘게 떠보았다.

어디 보자. 감추고 싶은 상처가 있나요.

그리고 이어진 제안. 시신은 있지만 신원이 밝혀지지 않은 피해자의 신원이냐, 신원은 알지만 시신이 발견되지 않은 피해자의 시신이냐. 연쇄살인범은 단 하나만 홍태에게 알려주겠다고 했다.

당시에도 홍태는 물에 빠져 죽은 아버지와 아버지의 죽음을 받아들이지 못하고 쓰레기 가득한 방에 스스로를 가두었던 어머니를 떠올렸다. 아버지를 삼킨 무심한 바다의 파도 소리가 귓가를 울리는 것 같았다.

홍태는 선택을 했고 최철수는 홍태를 속였다. 분노하는

홍태를 비웃으며 연쇄살인범은 말했다.

죽기 전에 당신께 편지를 보내지. 인권증진위원회, 배홍태, 조사관.

편지는 오지 않았고 최철수는 어제 죽었다. 그때 본 몰골로는 당장이라도 죽을 것 같더니 벌레 같은 게 꽤 오래 연명했다. 그때로부터 1년도 더 넘게 살다가 이제야 죽었다.

살인범의 죽음과 함께 하선의 시신은 영원히 알 수 없는 곳에 묻혔다.

"그렇다고 죽을 때까지 때립니까? 고문을 해요? 정 안 돌려주면 점유이탈물횡령죄로 고소하든가 하면 되겠죠."

홍태는 가까스로 평정을 찾고 눈앞의 문제로 돌아왔다.

"점유이탈물횡령죄?"

윤서는 오랜만에 듣는 생소한 단어에 고개를 갸웃했다.

"길에 떨어진 남의 물건을 주인 없는 물건이라고 맘대로 가져가도 죄가 성립되지 않습니까? 점유이탈물횡령죄. 저 여자가 내가 길에 잠깐 놓아둔 물건을 가져가서 돌려주지 않는다고, 점유이탈물횡령죄로 고소해서 법의 판단을 받아보든가 일단 그렇게 해보겠죠, 저 같으면."

윤서는 진지한 표정으로 홍태를 주시했다. 홍태는 윤서의 시선이 부담스러워 눈을 껌뻑거렸다.

"왜요? 제가 뭐 잘못 말했습니까?"

"아, 아니요. 뭘 좀 생각하는 거예요."

"꼭 저를 그렇게 보면서 생각하셔야 됩니까?"

홍태는 윤서를 향해 얼굴을 가까이 들이밀고 간족거렸다.

"······보통 사람이라면 배 조사관님 말씀하신 대로 하겠죠."

윤서는 홍태가 지구대 조사를 나갔을 때 오지랖을 부리며 물어온 정보들을 머릿속에서 다시금 뒤적여보았다.

"당사자에게 달라고 요구하거나, 정 안 되면 고소를 하거나."

"그런데요?"

"······못 하는 이유가 있었던 거죠!"

윤서가 자리에서 벌떡 일어섰다. 황당한 표정을 짓고 있는 홍태를 남겨두고 윤서는 밖으로 나갔다.

뭐지?

홍태는 윤서가 사라진 문을 어이없이 보았다.

복도에서 윤서는 창가 주변을 오가며 휴대전화 끝으로 입술을 톡톡 두드렸다. 머릿속으로 생각이 빠르게 전개되어 정신이 없었다.

몇 가지 확인할 게 있었다. 여기서 조금 더 나아가기 위해서는 김태구 경위의 도움이 필요하다. 피해자를 사회로 꺼내놓기만 하고 인권위가 한 일이 도대체 무엇이냐고 묻던 적대적인 태도를 생각하니 망설여졌다.

한 일이 뭐가 있냐고.

한 일이 없으니 할 수 있는 일이 생겼다면 해야 하지 않을까.

내가 지금 알고 있는 정보를 경찰은 모를 수도 있다는 생각에 윤서는 용기를 냈다. 입력된 전화번호를 확인하고 조심스럽게 통화 버튼을 눌렀다.

－백조원룸 세입자들 참고인 조사를 했냐고요? 인권위에서 그걸 왜 묻는 겁니까? 별 참견을 다 하시네?

김태구 경위의 반응은 예상한 대로 퉁명스러웠다.

"제보할 게 있어서요."

－제보?

김태구 경위의 찡그린 얼굴이 눈에 보이는 듯했다.

"그런데 제보할 만한 건지 판단을 못 하겠어서요. 일단 좀 말해주시면 안 돼요?"

윤서는 애원하는 투로 자세를 낮췄다. 상대가 답변을 이어간 걸로 보아 효과는 있었다.

－당연히 했지 안 했겠습니까? 살고 있는 사람 다 찾아가 얘기 들어봤죠. 도대체 왜 묻는 건데요?

"손주아 씨 옆집 사는 여자의 동거남도 만나보셨나요?"

－동거남?

"202호 여자와 같이 사는 남자요."

－허 참…… 인권위에서 그걸 왜…….

"안 만나보셨나 봐요."

－뭐, 동거남이 있긴 있었나 본데. 사건 나기 전에 헤어지고 나갔다고 합니다. 지금 안 살고 있다니까요. 이제 무슨 꿍꿍이인지 말해주면 안 되겠습니까? 조사관님?

통화가 길어질 것 같았다. 윤서는 복도 구석에 쪼그리고 앉아 조곤조곤 말을 이어갔다. 역시 윤서가 알고 있는 정보 중 경찰이 모르고 있는 부분이 있었다. 정보를 결합해봤을 때 세울 수 있는 가설에도 경찰은 미처 다다르지 못했다. 상대의 태도가 조금씩 수그러들었다. 김 경위는 윤서가 세운 가설이 아예 말이 안 되는 건 아닌 것 같다고 소극적으로나마 인정하며 한번 알아보겠다는 말을 흘렸다.

윤서는 앞으로의 수사 방향에 대한 몇 가지 의견까지 전달하고 전화를 끊었다. 오랫동안 쪼그려 앉아 있던 무릎을 펴며 일어서는 순간 윤서는 소스라치게 놀랐다.

몇 발자국 앞에서 복도 벽에 몸을 기댄 자세로 홍태가 윤서를 바라보고 있었다.

"앗! 언제부터 거기 있었어요?"

홍태는 못마땅한 표정으로 고개를 설레설레 저었다. 윤서는 한 줄기 땀이 등을 타고 내리는 것을 느꼈다. 뭔가를 들킨 기분, 약점을 잡힌 듯한 기분이 들었다.

홍태가 천천히 등을 돌리고 복도 끝으로 걸어 나가 계단이 있는 지점에서 사라졌다. 홍태의 생각을 알 수 없어 윤서는 불안했다.

확실히 이번엔 포지션이 바뀌었다.

9.

김태구 경위는 박유정을 책상 앞에 앉게 했다. 괜히 꾸물거리며 참고인 조사를 받으러 온 박유정의 얼굴을 요리조리 살폈다. 박유정은 단순한 디자인의 파란색 원피스를 입었고 눈화장을 짙게 했다. 손주아 살인사건이 접수된 다음 날 백조원룸 202호를 직접 찾아가 탐문했을 때와 비슷한 차림이었다. 서른한 살이라는 실제 나이보다 더 노숙해 보였다. 다소 짜증스러운 표정을 짓고 있는 것이 긴장감을 숨기려고 하는 것인지 정말 짜증이 난 것인지 구별하기 모호했다.

"시작 안 해요?"

박유정이 다리를 꼬고 말을 툭 던졌다.

"시작? 해야죠. 시간이 금인데."

김태구 경위가 의자 등받이에 한껏 몸을 기댔다.

"저기, 빌라에서 같이 살았던 남자 있죠?"

"걔는 왜요? 쫓낸 지가 언젠데."

박유정이 한쪽 눈꼬리를 추켜세우며 신경질적으로 대답했다.

"그때도 그렇게 말했지? 사건 나고 찾아갔을 때도."

김태구 경위가 슬쩍 말을 놓았다. 탐문 과정에서 김 경위는 집주인 김태언에게 몇 호에 어떤 세입자가 사는지 먼저 알아봤다. 김태언은 202호에 사는 박유정이 혼자 살다가 몇 개월 전부터 남자와 동거하고 있다고 했다. 그래서 박유정을 찾아갔을 때 동거남에 대해 물었는데, 그때도 같은 답을 했던 게 기억났다.

"그랬겠죠. 옆집 여자 죽기 전에 진작 쫓냈으니까. 이제 나랑 상관없는 놈이에요."

"박호철. 맞지? 남자 이름."

"참나. 어떻게 아셨는지 몰라도 맞아요. 박호철이. 지금은 어디서 뭐 하는지 살았는지 죽었는지도 모르니까 더는 묻지 마요. 저 왜 불렀어요?"

박유정은 지긋지긋하다는 표정을 지으며 반쯤 돌아앉았다.

"뭐 하는 놈이야?"

"몰라요. 양아치지 뭐. 건달도 아니고 양아치. 일하다 손님으로 만났어요."

김태구 경위는 대꾸 없이 잠시 입을 닫았다.

박유정은 룸살롱에서 일하는 여자였다. 탐문 과정에서 옆집에 살던 손주아에 대해 물었을 때 다른 세입자들과는 다소 다른 식으로 말했었다. 손주아에게 그다지 괴롭힘을 당하지 않았다는 것이다.

박유정과 손수아와의 만남은 약 2년 전 손주아가 백조원룸에 이사 와 얼마 지나지 않은 때 일어났다. 박유정이 낮에 집에서 자고 있는데 누가 현관문을 마구 두드려댔다고 했다. 겨우 잠자리에서 일어나 나가보니 201호에 산다는 손주아가 서 있었다. 손주아는 박유정에게 왜 자기 목소리를 녹음했느냐, 누구의 사주를 받았느냐며 따지고 들었다. 딱 보니 미친 여자라는 감이 온 박유정은 간밤에 손님에게 시달려 쌓인 분노를 합쳐 악다구니를 써서 손주아를 쫓아 보냈다. 상식이 통하지 않는 사람에게 초반에 약하게 보였다가는 두고두고 무시당한다는 것을 박유정은 경험으로 알고 있었다. 한 번 더 이런 식으로 잠을 깨우고 헛소리를 하면 주거침입으로 경찰에 신고하겠다느니 허위사실유포로 고소하겠다느니 하는 말을 나오는 대로 쏘아붙였다. 그 뒤로는 손주아를 만날 일이 없었다. 밤에 일하고 낮에 집에 있을 때는 잠자는 게 일이니 별반 마주칠 기회가 없었던 것이다.

다른 세입자나 동네 사람들은 손주아를 두고 같은 동네에서 못 살겠다며 수군거리는 것 같긴 했지만 박유정은 자기에게 더 이상 피해를 주지 않으면 그만이었다.

"박유정 씨는 처음 만난 날 말고는 옆집 여자랑 뭐 별일 없었다고 그랬고…… 박호철이는? 옆집 여자 관련해서 무슨 말 안 하던가?"

김태구 경위가 물었다.

"옆집 여자가 쓰레기를 집에 쌓아놓아서 냄새가 난다느니 보는 사람마다 시비를 걸어서 원룸 사람들이 다 나가고 있다느니 뭐 그런 말은 하더라고요. 완전 미친년이라고. 정신병원에 처넣어야 한다고."

박유정은 한쪽 무릎에 포갠 다리를 까딱거렸다.

"그런데 웃긴 게 그 여자가 그렇게 난리를 치고 사람들이 나가니까 집주인이 전세를 안 올리더라고요? 여기 작년부터 막 몇천씩 올랐는데. 형사님도 알다시피 나 같은 여자가 전세 살기 쉽나요? 어쩌면 뭐, 나는 혜택 본 건가."

"박호철이 연락처 적어봐요."

김태구 경위가 박유정에게 종이를 들이밀었다. 박유정이 더러운 물건을 본 것처럼 손을 내저었다.

"몰라요! 쫓냈다니까. 연락처고 뭐고 싹 다 지웠어요. 술집 년 등골 빨고 사는 양아치 새끼. 근데 왜 자꾸 걔 얘기를 물어요?"

"그게 언제요?"

"뭐가요?"

"박호철이랑 끝낸 거."

"그게……."

김태구 경위는 순간 박유정이 입술을 꽉 물며 불안한 표정을 짓는 것을 놓치지 않았다.

"그땝니까? 낮에 원룸 주차장에 박호철이 짐을 다 내다 쌓아놓았다던 날? 쫓아냈다면서요? 동네 소문 다 났던데."

김 경위는 실제로 소문을 접하지는 못했다. 엊그제 한윤서 조사관과 통화하면서 알게 되었다. 하지만 워낙 요란한 사건이었던 데다 동네에 소문이 파다하게 난 건 사실이었으므로 이런 식으로 말하는 게 이상할 건 없었다.

박유정이 앙칼지게 소리쳤다.

"하! 그래요. 나가라고 해도 제 발로 안 나가잖아. 짐 다 빼버리고 쫓아냈어요. 그날 이후 딱 끝냈다니까."

"순순히 나가던가?"

김 경위는 요령껏 반말과 존댓말을 섞었다.

"그럼요. 내 집인데 나가라면 자기가 나가야지. 안 나가고 배겨요?"

"그 뒤로는 만난 적 없고?"

"그렇다니까요!"

아니에요.

김 경위는 전화기 너머로 들리던 한윤서 조사관의 목소리를 떠올렸다.

동거남은 그렇게 순순히 나가지 않았어요. 그날 202호 여자가 자기 짐을 모조리 밖에 내놓는 바람에 소중한 물건을 잃어버렸거든요.

한윤서 조사관은 백조원룸에 조사를 나온 날 우연히 알게 되었다는 정보를 조합하여 대담하게 가설을 전개했다.

그러다 동거남은 옆집에 사는 미친 여자가 자기 물건을 가지고 갔다는 걸 알게 됐어요. 매일 쓰레기를 들고 들어가 쌓아놓듯 집에 쌓아놓기 위해서 말이죠. 동네에서 폐지를 줍는 할머니가 가져갔을 수도 있겠지만, 그날 백조원룸 주차장에 쌓인 물건을 차지하기 위해 폐지 할머니와 201호 손주아 씨 간에 싸움이 붙었거든요. 폐지 할머니가 졌죠. 물건은 손주아 씨의 차지가 됐고요. 당시는 선거운동 기간이었고, 선거 유세 아르바이트를 하던 동네 캣맘 활동가가 그 장면을 봤어요. 소문이 났겠죠. 소문은 동거남의 귀에까지 들어갔을 거예요.

"어허. 거짓말하면 안 됩니다, 박유정 씨."

김태구 경위가 타이르듯이, 그러나 힘을 주어 말했다. 오랫동안 거친 범죄자들을 다루면서 익힌 무게가 실린 말투였다.

"주차장 사건 이후로도 박호철이 계속 살고 있었다는 증거가 있어. 손주아 집으로 들어가려고 용을 쓰는 걸 본 사람도 있고. 우리는 뭐 노는 줄 아나."

이마에 드리운 앞머리를 쓸어 넘기며 김 경위는 앞에 앉은 여자를 노려보았다.

동거남은 202호 여자가 주차장에 자기 짐을 내다 버린 날 이후에도 백조원룸에 남아 있었어요. 물건을 찾으려고 손주아 씨 집 안으로 들어가려는 시도를 했고요.

김 경위의 머릿속에서 한윤서 조사관의 가설이 계속됐다. 동거남은 문을 열어달라고 소리치며 손주아 씨 집 현관을 걷어찼어요. 마침 명도소송 판결이 나오기 전에 손주아 씨에게 자진 퇴거해달라는 말을 하려고 찾아온 집주인이 그 모습을 봤고요. 그날은 선거 날이었고 집주인은 막 투표를 마치고 집으로 들어오는 길이었어요. 202호 여자가 동거남의 짐을 주차장에 버린 날 이후인 거죠.

"그놈이, 그러니까 저 없을 때 집에 들어왔을 수는 있는데……"

김 경위는 상대에게 둘러댈 틈을 주지 않고 앞에 놓인 서류를 소리 내 넘겼다.

"이름 박호철. 29세. 절도 3범. 골동품 장물 전문."

박유정이 당황하여 입을 닫았다.

"알았어, 몰랐어?"

범인이 손주아에게 뭔가를 빼앗으려고 고문을 하다 그만 죽이고 만 거라는 가정에서 출발했죠.

한윤서 조사관의 말이었다.

저장강박증이 있는 손주아는 자신의 손에 한 번 들어온 물건은 절대 내놓지 않으려 했을 거예요. 그리고 범인은, 201호 여자의 동거남은 손주아에게 자기 물건을 내놓으라고 공개적으로 요구하기 곤란했어요. 집주인에게 조치를 해달라고 하거나 정 안 되면 점유이탈물횡령죄로 손주아를 고소하거나 할 수 있었겠지만, 안 했어요.

손주아에게 빼긴 물건이 떳떳한 물건이 아니라서 그런

것 아닐까요?

이를테면, 장물이요.

"박호철이 훔친 물건 손주아가 가져가서 안 돌려주니까, 내놓으라고 때리다가 박호철이하고 같이 손주아 죽인 거지?"

"네?"

"그래서 거짓말한 거잖아. 아무리 학을 떼고 헤어졌어도 말이야. 좋냈다고 몇 번을 말하는 거야? 한때 같이 살았던 남자 연락처를 싹 지워서 모른다는 게 말이 돼? 말이 안 되는 걸 왜 강조하냐고. 그렇게 말하면 그러려니 하고 알아먹을 줄 알았나 본데. 어이, 박유정 씨! 형사가 바보야?"

김 경위가 언성을 높였다.

"아니에요! 아니에요! 형사님! 저는…….."

공범으로 모는 낌새를 보이자 박유정의 심리적 저항선이 순간적으로 무너지는 게 눈에 보였다.

"주차장 사건 때부터 백조원룸 CCTV 다 확보해놨어. 박호철이 언제까지 오갔는지 시간이랑 다 나와. 둘이 뭐 하고 다녔는지도 다 나온다고. 할 말 있으면 지금 말해. 내가 늘어놓기 시작하면 그땐 늦어. 자수도 인정 안 돼."

"아니, 난 진짜 몰랐어요. 그놈이 그런 줄! 진짜예요! 형사님!"

박유정이 필사적으로 결백을 주장하기 시작했다. 박호철의 절도 전과는 알았지만 절대 같이 하지는 않았다, 그래서 박호철의 물건이 훔친 골동품인지도 모르고 싹 다 주차장에 내놓은 거 아니겠느냐, 정말 헤어지고 싶어서 그런 거였다, 그거 내놓고 잃어버렸다고 내가 그놈에게 얼마나 두드려 맞았는지 아느냐.

가설을 전해준 인권위 한윤서 조사관도 김태구 경위도 박유정이 공범이라고 생각하지는 않았다. 절도는 물론 살인에 연루되었다고 보기도 어려웠다. 범인은 폐가 근처에서 손주아를 우연히 만났다고 보는 게 자연스럽다. 자신의 물건을 찾으려 손주아의 집에 진입하는 데 실패한 박호철이 애가 타서 호시탐탐 기회를 노리다 폐가 주변을 배회하는 손주아를 보고 안으로 끌고 들어가 폭행한 것이다. 집 도어락 번호와 물건의 위치를 알아내기 위해서였다. 마침 그때 박호철이 박유정과 같이 있었다거나 현장으로 박유정을 불러 범행을 함께 했다고 보는 건 무리가 있다.

박유정은 박호철이 사라지고 난 뒤 옆집 여자의 시신이 발견되자 무슨 일이 일어난 것인지 짐작했을 것이다. 박호철이 무서운 짓을 했다는 걸 알고 그 사실에서 도망치려 했다. 그러다 보니 살인사건이 나기 전에 박호철과 완전히 연을 끊었다고 필요 이상 강조해서 도리어 의심을 샀다.

"글쎄…… 조사해보면 알겠지. 뭐야? 물건이?"

자신이 사건에 무관하다는 것을 정신없이 주장하다 보니 옛 동거남의 범행을 모두 인정해버린 박유정에게 김태구 경위가 물었다.

"한자로 쓰인 옛날 책인데…… 여기요. 사진 있어요."

박유정이 울먹이며 휴대전화 사진첩을 뒤졌다.

김태구 경위는 박유정이 기꺼이 제공하는 사진을 받아 골동품 절도 사건 전문인 지능수사팀 형사에게 넘겼다. 박호철은 기절한 손주아를 폐가에 방치하고 현장을 떠난 뒤 손주아의 집에 들어가 문제의 물건을 찾는 데 성공했을까. 천장까지 쓰레기가 쌓인 손주아의 집을 생각하니 정신이 아득해지는 것 같았다. 종이 탑이 중간중간 무너져 댐처럼 통로를 막고 있었던 게 떠올랐다. 박호철이 물건을 찾기 위해 어지럽힌 것인지 원래 그런 상태였는지는 판단이 불가능했다.

어쨌든 박호철이 물건을 찾아갔다면 장물의 흐름을 잡아 박호철을 검거할 수 있을 것이다. 물건 회수에 실패했다고 하더라도 그를 용의자로 점찍고 다각도로 소재를 추적하고 있으니 체포하는 거야 시간문제다.

겁을 잔뜩 집어먹은 박유정을 보내고 김태구 경위는 몇 번 망설이다가 한윤서 조사관에게 전화를 걸었다.

– 살인사건 수사는 경찰 일이니까요. 저는 그냥…… 오지랖 한번 부려봤어요. 잘 들어주셔서 감사하죠.

에둘러 감사를 전하는 김 경위에게 윤서가 말했다.

"하긴 인권위가 오지랖이 좀 심하긴 하죠."

김태구 경위가 작게 웃었다. 마침 부하 형사가 박호철을 막 지방의 한 모텔에서 검거했다는 쪽지를 전했다. 바로 서울로 호송한다는 전갈이었다.

– 그게 저희 일이니까요.

"황진이 시첩이랍니다."

– ……뭐가요?

"박호철이 훔친 장물이요. 몇 달 전 개인 소장자가 도난

당한 황진이 시첩이라고요. 우리 골동품 전문 형사가 그러더라고요."

수화기 너머로 허무함을 품은 한숨이 흘렀다.

ー뭐, 그것도 찾을 수 있으면 좋긴 하겠네요.

만났을 때에 비하면 무척이나 부드러운 분위기에서 통화가 끝났다.

김태구 경위는 자리에서 일어나 찌뿌드드한 몸을 쭉 폈다. 박호철이 과연 손주아의 쓰레기 집에서 황진이의 시첩을 찾아냈을지 궁금하게 여기며, 김태구는 다가올 피의자 신문을 대비해 이리저리 몸을 풀었다.

10.

홍태는 콧노래를 흥얼거리며 자리에 앉았다. 점심을 먹고 건물 1층 흡연 공간에서 담배를 피우고 들어오는 길이었다.

"배 조사관, 기분 좋아 보이네?"

한창 키보드를 두드리며 일하던 이달숙 조사관이 파티션 너머 홍태에게 말을 걸었다.

"나쁠 거 없죠."

홍태가 껄껄 웃었다.

"일이 잘되나 봐?"

"그럼요. 우리 훌륭하신 한 조사관님과 같은 팀인데 어련하겠습니까요. 저는 그냥 한 조사관님이 하라는 대로만 딴짓 안 하고 내 할 일만 하면 되는 것이죠. 괜히 경찰 수사에 관심 가져서 오지랖 부리지 말고 하라는 대에에로만. 그래야 일 잘한다고 인정받고 국외 출장도 가고 앞으로 승진도 하고 뭐 그런 거 아니겠습니까. 허허."

비어 있는 윤서의 자리를 흘깃거리며 홍태가 말했다. 윤서는 방금 전 휴대전화를 귀에 대고 복도로 나갔다. 김태구 경위로부터 전화가 온 눈치였다. 오지랖 부리며 정보를 모은 건 홍태였는데 공은 윤서가 가져가고 잘했다는 소리도 윤서가 듣는다. 돌이켜보면 지금까지 죽 그랬다.

"뭔 소리야? 편지 왔길래 자리에 뒀어."

"편지요? 저한테요?"

홍태는 그제야 책상에 놓인 흰 봉투를 보았다.

"개인적인 거 같던데. 요새도 편지를 보내는 사람이 있네?"

달숙이 대수롭지 않다는 듯 말하고 윗선에 보고할 게 있는지 서류를 챙겨 자리를 떴다.

홍태는 콧노래를 이어가며 편지봉투를 집어 들었다. 흰색 규격 봉투였고 소인 찍힌 걸 보니 보통우편이었다. 보내는 사람과 받는 사람 자리에는 출력한 작은 글씨가 채워진 스티커가 붙어 있었다. 보내는 사람 자리에 붙어 있는 것은 생소한 주소와 모르는 이름이었다. 받는 사람은 분명히 인권증진위원회 배홍태 조사관이었다.

"뭐야. 신종 스팸이야?"

중얼거리며 홍태는 봉투 위쪽을 북 찢었다. 두 번 접힌 에이포용지 한 장만이 달랑 들어 있었다.

콧노래가 뚝 멈췄다.

종이를 펼쳐 든 채 홍태는 그 자세로 얼어붙었다.

죽은 사람이 보낸 편지였다.

　배홍태 조사관. 안녕하신가.

　아직도 하선의 시체를 찾고 싶어?

　그렇다면 희망을 가지라고. 희망은 좋은 거야.

　혹시 알아?

　어쩌면 하선은 살아 있을지도 모르지.

　하선의 쌍둥이 언니와 목소리들을 어떻게 했는지 물어봐.

　그것들을 어떻게 대했는지 알아보라고.

　또 편지하지.

　지옥에서,

　최철수

✳

감사변태
변신재

1.

"글쎄요. 두 개 먹었나 세 개 먹었나 모르겠네. 그냥 두 개 반쯤 먹었다고 하든가요."

이달숙 조사관은 삐뚜름하게 앉아 손가락으로 속눈썹을 쓸어올렸다. 자타공인 인권증진위원회 최고의 공감 전문가 이달숙이건만, 두 손을 모아쥐고 진정인의 말에 일일이 공감할 때와는 사뭇 다른 태도였다. 성의 없이 반쯤 뜬 눈과 말할 때 한쪽으로 비틀려 올라가는 입꼬리가 상대를 업신여기고 있다는 신호를 역력히 드러냈다.

변신재 사무관은 굴하지 않았다.

"아무 의심 없이 박스에 있는 귤을 꺼내서 먹고, 직원들 자리에 돌리기까지 했다?"

불가해한 밀실 살인을 추적하는 명탐정처럼 변신재는 투덕투덕한 얼굴 살에 파묻힌 눈을 반짝였다. 상대가 삐뚤게 나오면 나올수록 감사 담당자는 더욱 투지에 불타기 마련이다. 이곳은 변신재의 공간, 성역 없는 인권증진위원회 감사조사실이다.

"무슨 의심?"

"민원인이 제공한 귤을 먹으면 되겠습니까?"

달숙은 공들여 메이크업한 얼굴을 잔뜩 찌푸렸다.

"몰랐다니까요? 조사 끝나고 자리에 오니까 회의 탁자에 귤 상자가 열린 채로 놓여 있었고요, 맛있게 나눠 먹으라는 포스트잇 붙어 있었고요, 보니까 상품으로 나온 귤이 아니고 일반 종이 박스에 담긴 거였다고요. 제주도 사시는 최 조사관 어머님이 또 보내주셨나 보다 생각했다니깐요. 원래 자주 보내주세요, 그렇게."

"이 조사관님. 자꾸 본질에서 벗어나는 말씀을 하시는데……."

변신재는 탁자에 놓인 청탁금지법 해설서를 두드렸다.

"나중에 민원인이 귤 잘 받았냐고 전화해서 아셨다면서요? 그럼 그때라도 수수 금품으로 감사관실에 신고하셨어야죠."

달숙은 놀라서 토끼 눈을 떴다.

"……귤 두 개 먹고요?"

"두 개든, 하나든, 한쪽이든! 직무 관련자가 제공하는 음식물은 가격 여부 상관없이 청탁금지법 위반 금품입니다."

"아이고 억울해라. 누가 봐도 대가성 없고요, 따지고 보면 민원인도 아니라니까요?"

"진정사건 담당해놓고 무슨 말씀입니까?"

"아니, 6개월 전에 진정 들어오긴 했는데 우리가 뭐 조사하고 말 것도 없이 당사자끼리 잘 해결돼서 취하한 건이고.

진정인 혼자 그때 친절하게 대해줘서 고맙다고 생각하고 계시다가, 네? 서울 올라오는 김에 앞마당에서 키운 귤 따가지고 와서 슬쩍 놓고 간 걸 가지고 그게 무슨 청탁이니 금품이니…… 아유 진짜 귤 까먹는 소리다."

비아냥거리는 말에 흔들리지 않고 변신재는 문답서를 작성하기 시작했다. 평소에는 굵직굵직한 법집행기관의 인권침해를 조사하며 문답서를 작성하는 입장에 있는 인권위 조사관들이라 해도 여기 감사조사실에 들어오면 얄짤없다. 변신재 사무관은 두툼한 손으로 경쾌하게 노트북 자판을 두드렸다. 몸무게 세 자릿수를 가볍게 넘기는 고도비만이지만 순발력 하나는 누구에게도 뒤지지 않았다. 오죽하면 학창시절 때 별명이 '쾌속 돼지'였겠는가.

"그나저나 어디서 들었어요? 귤 얘기는?"

달숙이 물었다. 기세가 한풀 꺾인 것도 같았다.

"어디서 들었는지가 뭐가 중요합니까."

변신재는 씨익 웃었다.

복도와 엘리베이터에서 잠깐씩 무방비하게 벌어지는 수다, 상사와 동료들을 고루고루 깎아내리며 직장생활의 시름을 푸는 퇴근 후 술자리, 여러 부서 직원들을 접하는 관용차 운전원이나 청소용역 아줌마가 흘리는 한마디에서 직원들의 비위 사실을 잡아채는 것이 변신재 사무관의 고유 능력이었다. 인권증진위원회 감사담당 사무관으로 특별채용되고 8개월 동안 무려 열일곱 건의 직원 비위 사실을 밝혀내 징계위원회에 회부한 실적이 거저 얻어진 게 아니었다.

물론 변신재의 수법은 금방 미움을 샀다. 이제 인권위 직원 누구도 변신재를 술자리에 끼워주려 하지 않았고 밥도 같이 먹으려 하지 않았다. 사무실이든 회의실이든 엘리베이터든 휴게실이든 어디든지 간에 변신재가 나타나면 즉시 수다가 끊어졌고 어색한 공기가 흘렀다. 인트라넷 게시판에는 변신재의 행태를 질타하는 글이 연일 올라와 시끄러웠고 글쓴이에게 동조하는 댓글이 수두룩하게 달렸다.

변신재는 속상하지 않았다. 단지 불편할 따름이었다. 징계를 내릴 만한 은밀한 정보를 구하기가 점점 어려워졌기 때문이었다. 이달숙 조사관이 사무실에 있던 귤을 민원인이 놓고 간 것인지 모르고 부서 직원들과 나누어 먹었다는 정보도 3차까지 이어진 조사관들의 술자리에 끼어들어 어렵게 들은 것이었다.

"변 사무관님."

달숙은 애처로운 표정을 지으며 변신재 쪽으로 몸을 기울였다.

"왜요?"

"이러니까 직원들이 변 사무관님을 감사변태라고 부르는 거예요. 알아요?"

변신재는 커다란 몸을 들썩이며 웃었다. 감찰 업무를 너무나 사랑하고 이 일이 자신의 숙명이라고 생각하는 변신재는 피감대상자들로부터 미움받는 걸 신경 쓰지 않았다. 조롱하는 별명 따위 자신의 탁월한 업무수행능력을 칭찬하는 말로 듣고 넘기면 그만이었다.

변신재는 뻔한 징계는 싫었다. 감찰에도 상상력과 기획력이 필요하다고 믿었다. 자신의 힘으로 새롭고 독창적인 징계 사실을 발굴하는 것에 최우선의 가치를 두고 늘 연구를 게을리하지 않았다. 공무원이 범죄로 입건되면 수사기관이 그 공무원의 소속 기관에 수사 진행 사실을 통보하게 되는데, 그렇게 통보받은 사실에 의해 징계를 때리는 건 너무 수동적이라 별반 흥미를 느끼지 못했다. 음주운전이든 쌍방폭행이든 경찰이 다 수사해놓은 걸 가져다가 징계를 하는 것에 무슨 감흥이 있겠는가? 그건 경찰이 한 일의 뒤치다꺼리밖에 안 된다고 생각했다.

그리하여 지난 8개월간 변신재는 일에서 독창성과 능동성을 부단히 발휘해왔다. 금지되어 있지만 직관적으로는 알기 힘든 규정을 찾아 공무원 윤리규정과 감사 사례집을 뒤졌다. 공무원이 맡은 업무 외에 겸직을 할 때에는 신고를 하고 기관장의 허가를 받아야 한다는 것은 다 아는 사실이다. 그러나 어떤 업무가 겸직 신고 대상인지는 모두 알지 못할 수 있다는 점에 우선 착안했다.

입사 초기에 인사를 드린답시고 이곳저곳 메뚜기처럼 술자리를 옮겨가며 정보를 모은 결과, 변신재는 겸직 신고를 하지 않고 초등학교 동창회장을 맡고 있는 직원과 아파트 주민회의 동 대표 자리에 있는 직원을 찾아냈다. 그들은 이런 것도 겸직 신고 대상인지 미처 몰랐다고 하며 난처해했지만, 공무원에게 법에 대한 무지가 변명이 될 수는 없으므로 선처는 없었다.

뿐인가. 승진을 하거나 모범공무원상을 받은 직원이 과에서 한턱 쐈다는 소문이 들리면 부서장도 자리에 함께했는지를 꼭 확인했다. 단돈 오천 원짜리 밥이라도 부하 직원에게 얻어먹은 부서장과 돈을 낸 직원은 청탁금지법 위반으로 감사를 받는 걸 피할 수 없었다.

악명이라 해도 그 명성에 걸맞게 변신재는 부지런했다. 변신재는 가끔씩 사람들이 가장 깊이 잠들어 있을 시간인 새벽 3시나 4시쯤 일어나 당직 번호로 전화를 거는 수고를 마다하지 않았다. 무슨 이유에서건 전화를 받지 않은 당직자는 다음 날 감사관실로 불렸다. 사이버 수사에도 능했다. 장기 병가를 쓰는 직원이 있으면 해당 직원은 물론이요, 그와 친한 직원의 사회관계망서비스를 샅샅이 뒤져 병가 기간에 여행을 가거나 술자리를 가진 증거를 찾았다. 관광지에 며칠씩 출장을 가는 직원에 대해서는 출장지에서 실제 업무를 수행한 시간이 몇 시부터 몇 시까지인지를 현지까지 가서 샅샅이 조사해 그야말로 탈탈 털었다. 눈물겨운 성실함과 집요함이 뒷받침되지 않으면 불가능한 일이었다.

창창한 과거의 실적과 더불어 흉흉한 민심의 세례를 한 몸에 받고 있는 요즘, 변신재는 걱정이 컸다. 변신재의 욕망은 더 크고 새로운 자극을 원하고 있는데, 욕망을 채우기는 요원해진 것이다. 승부수를 던질 시기였다.

"이 조사관님. 배홍태 조사관님하고 친하시죠?"

이름만 불러도 입가에 고이는 침을 꿀꺽 삼키며 변신재가 물었다.

"배홍태? 계속 같은 과에서 일하니까 친하다면 친하죠."

"오늘 자리에 없는 것 같던데요."

변신재는 지나가는 말인 척 무심하게 말했다.

"으응. 아마 출장 갔을 거예요."

"어디서 슬쩍 들었는데 경북B교도소 갔다면서요? 자기 일도 아닌데 자원해서……."

무심코 입을 떼려다 말고 달숙은 변신재를 보았다. 감사 조사 중에 뜬금없이 배홍태 조사관의 근황을 묻는 것이 무슨 꿍꿍이인가 싶었다.

감사변태가 새로운 먹잇감을 쫓고 있구나.

하긴 배홍태같이 모난 돌을 왜 여태까지 가만 놔뒀나 했다. 배고플 때 한꺼번에 먹으려고 아껴둔 거네. 달숙은 무관심을 가장하고 있는 변신재의 속내를 꿰뚫어 보았다. 아울러 변신재의 별명에 관한 소문이 진실이라는 걸 알게 됐다. 열성으로 밀어붙인 직원 징계 건이 확정되었다는 소식을 들은 순간 다리에 힘이 풀려 제대로 서 있지 못하고 복도 벽에 몸을 기댄 채 흥분에 달떠 거친 숨을 내쉬는 변신재를 누군가 봤다는 소문이었다.

달숙은 변신재의 정신 상태를 걱정하는 한편 공직윤리를 도구 삼아 인권 업무를 사사건건 방해하는 이 감사변태에게 제동을 걸 방법은 없을지 생각하며 빠르게 머리를 굴렸다.

"뭐 어때요. 관심 있으면 다른 부서 일이라도 자원해서 갈 수도 있죠."

달숙은 느슨하게 미끼를 물었다.

"왜 하필 경북B교도소일까…… 해서 말이죠. 안 그렇습니까?"

변신재가 투실한 얼굴 위에 얹어놓은 금테 안경을 고쳐쓰며 의미심장한 시선을 보냈다. 지난 일을 이미 알고 있다는 말투였다. 홍태가 재작년 경북B교도소에 연쇄살인범 최철수를 면담하러 가서 최철수의 손에 죽은 피해자에 대한 정보를 얻어온 사건. 당시 최철수는 열한 명의 가출 소녀를 집으로 유인해 살해한 죄로 사형 선고를 받고 6년째 수감 중이었다. 그때까지 최철수에게 당한 피해자 중 한 명은 시신은 있으나 신원이 밝혀지지 않았고, 이하선이라는 이름의 피해자는 시신이 발견되지 않은 상황이었다. 홍태는 시신은 있으나 신원이 밝혀지지 않은 피해자의 신원을 알아왔다.

문제의 최철수는 작년 12월 경북B교도소에서 간암으로 죽었다.

"최철수 관련된 그거 말씀하시나 본데요. 그거랑 배 조사관이 오늘 경북B교도소 간 거랑 무슨 상관이에요? 최철수도 이미 죽고 없는데."

달숙은 입술을 삐죽 내밀었다.

"상관이 있다는 게 아니라요. 그냥 어쩌다 옛날에 있었던 일을 들었는데 순수하게 궁금해서 그럽니다. 저는 그때 인권위 없었으니까 모르잖아요. 어땠습니까? 그때 상황이?"

변신재가 몸을 옹송그리고 속삭였다. 호기심 이는 가십거리를 같이 음미해보자는 초대의 말투였다.

"알려진 게 다예요."

달숙은 뭔가 있는 척하며 상대의 의도를 떠보고 싶었지만 특별하게 더 아는 게 없었다. 간암에 걸려 죽어가는 최철수가 인권위에 면전진정을 신청했다. 대부분의 조사관들은 희대의 연쇄살인범을 만나는 것에 부담을 느끼고 꺼렸는데, 홍태가 뭐가 무서워서 그러느냐고 두둑한 배짱을 뽐내며 자원해서 갔다. 경북B교도소에 내려가 최철수를 면담한 뒤 홍태는 오래된 칫솔을 하나 들고 올라왔다. 신원이 밝혀지지 않은 피해자의 칫솔이었다. 인권위 조사관이 최철수를 면담하고 와서 이름이 없었던 피해자에게 이름을 찾아준 소식은 한동안 전국적인 뉴스에 오르며 화제가 되었다.

그런데 홍태는 최철수와 구체적으로 무슨 대화를 나누었고 어떻게 피해자의 칫솔을 손에 넣었는지 자세한 이야기는 함구했다. 홀라당 삭발을 하고 출근해서 잔뜩 화가 난 얼굴로 앉아 입을 굳게 닫았다. 호기심 어린 질문들이 자동으로 차단되었다.

"좀 묘하긴 했죠. 평소 같으면 허풍 떨면서 바늘로 몽둥이도 만드는 떠버리가 말이죠. 유독 그 문제에 대해서는 입을 꾹 닫았으니까."

재작년 상황을 떠올리며 말을 이어가던 달숙은 변신재의 얼굴을 보고 깜짝 놀랐다. 변신재가 금테 안경 너머 두 눈을 영롱하게 반짝이며 헤벌쭉 미소를 짓고 있었다. 광대한 환희가 피어오르는 표정이었다.

뭐야, 어느 부분에서 흥분한 거야?

달숙은 혼란스러웠다.

2.

"뭔가 있어! 뭔가!"

변신재는 자리에 앉아 초콜릿을 한 움큼 집어 입에 넣었다. 흥분하면 단것을 씹어먹는 버릇 때문에 그토록 살이 찐 것인지도 몰랐다. 변신재의 책상에는 손이 닿는 곳마다 초콜릿과 사탕, 약과, 젤리가 즐비했다. 마음이 들뜰 때 단것을 입에 한가득 넣고 씹으면 도파민이 치솟아 뇌 속에서 폭죽이 터지는 듯한 희열을 느낄 수 있었다.

감사관 모병오 과장이 결재판과 업무수첩을 옆구리에 끼고 사무실에 들어섰다. 모병오 과장은 변신재가 초콜릿을 우적거리고 있는 모습을 보고 눈길을 피했다. 변신재는 쾌속으로 내달려 모 과장이 미처 자리에 앉기도 전에 과장의 책상에 도착했다.

"과장님! 경북B교도소에 출장 가야겠습니다! 직원 비위 조사 건입니다!"

모병오 과장은 인상을 찌푸렸다.

"뭐야 또?"

"배홍태 조사관, 아시죠? 과장님 이전 부서에서 같이 일한 적 있으시다면서요. 문제 많지 않습니까? 재작년에 최철수 면전진정 가서 있었던 일도 잘 아시죠? 오늘 자기 업무도 아닌데 자원해서 또 경북B교도소에 출장을 갔단 말입니다."

변신재는 모병오 과장의 책상에 양팔을 얹고 몸을 숙였다.

"그게 뭐?"

모병오 과장은 변신재의 열성을 이번엔 또 어떤 말로 죽여버릴까 고민하며 미지근한 반응을 보였다. 조사과장 자리에 있을 때부터 모병오는 있는 듯 없는 듯 존재감 없고 능력 없는 과장으로 통했다. 모병오 본인도 자신에 대한 평판을 잘 알고 있었으나 관리자로서 자리보전에 영향이 없는 한 그럭저럭 만족하며 지냈다. 그런데 9개월 전 감사관으로 옮겨와서는 약간의 위기감을 느꼈다. 슬슬 승진할 연차가 찼는데 동료나 후배 과장들에게 눈에 띄게 밀리지 않으려면 윗선에 능력을 보여야 할 필요가 있었다.

그런 의미에서 변신재 사무관의 존재는 무척 달가웠다. 욕은 혼자 다 먹어가며 직원 비위 사실을 이 잡듯이 잡아 고해 올리는 직원이 있으니 소속 과장의 능력도 빛이 나는 것 같았다. 모병오 과장은 변신재가 벌이는 일을 적극 지지하며 직원 징계 요구 건을 들고 위원장실을 뻔질나게 들락거렸다. 조직의 기강을 살리고 하부 권력을 통제하는 일이니 위원장도 내심 흡족해하는 것 같았다.

그러나 너무 과했다. 감사를 위한 감사를 하는 것에 직원들의 불만은 극에 달했고 윗선도 피로감을 느꼈다. 변신재의 지치지 않는 열정은 이제 모병오 과장의 보신을 위협하는 지경이 되었다.

"뒤가 구려요. 배홍태 조사관 말이죠. 최철수 생전에 피해자에 대한 정보를 대가로 뭔가 부당한 거래를 한 게 틀림없다고요. 오죽하면 최철수 면담할 적에 무슨 말이 오갔는지 직원들 아무에게도 얘기를 안 했다고 합니다. 평소에는 있는 말에 없는 말도 보태서 떠벌리는 수다쟁이로 유명한데 말이죠. 교도소에 부당 거래 흔적을 없애거나 입단속을 하러 간 것 아닐까요? 아무튼 캐오겠습니다!"

모병오 과장은 반백의 머리를 가로저었다.

"그냥 추측이잖아. 안 돼."

변신재는 육중한 몸을 공격적으로 들이밀며 열변을 토했다.

"신빙성이 있다고요! 생각해보세요, 과장님! 최철수가 수사받고 재판받고 복역할 동안 수백 수천 번 물어도 절대로 말하지 않았던 것을 처음 본 배홍태에게 왜 말했겠습니까? 배홍태가 뭐라고?"

"아무튼 안 돼! 특정 직원 개인을 찍어서 표적 감사하는 건 당분간 금지야. 위원장님 지시사항이니까 더 말하지 마!"

손바닥으로 책상을 한 번 쿵 내리치고 모병오 과장은 장신의 몸을 휘청거리며 자리를 떴다.

저게 이제 말을 안 듣네?

변신재는 화가 나서 빨개진 얼굴로 모 과장이 나간 방향을 노려보았다. 무능한 과장 실적 채워주며 지금까지 뒷받침해줬더니 여기저기서 싫은 소리 조금 듣고는 태도를 바꾼다 이거지. 제까짓 게 과장이라고 아주 직급이 깡패구나.

변신재는 의자가 부서져라 풀썩 주저앉아 화를 삭였다.

그러나 약 30여 분 후 변신재는 입가에 비웃음을 걸고 우렁찬 자판 소리를 내며 문서를 기안했다. 방법을 찾아낸 것이었다.

직원 개인에 대한 감사는 하지 말라고 했겠다? 그럼 특정 업무에 대해 전수 조사하겠다고 하면 되지.

변신재는 흥, 하고 콧김을 뿜었다.

구금시설 면전진정 업무 관련 특정감사 계획안이 변신재 사무관의 두툼한 손에 의해 빠르게 만들어졌다. 과장이든 국장이든 위원장이든 하지 말라고 할 명분이 없는 계획안을 작성하기 위해 변신재는 총력을 다했다. 노다지를 캐기 위해 때로는 땅 전체를 갈아엎을 필요도 있는 것이다.

3.

변신재는 경북B교도소 고충처리반 사무실의 회의 탁자에 앉아 교도관이 가져온 서류를 팔랑팔랑 넘겼다. 맞은편에 앉은 교도관은 불편한 기색이 역력했다. 교도소 내 인권 침해를 조사하겠다고 인권위 조사관이 들락거리는 것도 불편한 일인데, 그런 조사관의 업무 감사를 하겠다고 인권위 감사실에서 사람이 오는 건 또 무슨 일인가 싶었던 것이다.

"배홍태 조사관 말이죠. 이틀 전 칭호번호 1467번 수용자를 오전에 만나고, 점심시간 지나고 와서 오후에 또 만났네요?"

변신재는 인권위 조사관의 교도소 방문 기록을 보며 물었다.

"네."

"결과적으로는 진정 접수도 안 했던데 무슨 상담을 그렇게 오래 했을까요?"

변신재는 가늘게 뜬 눈으로 교도관을 쏘아보았다.

"모르죠, 저야. 조사관님이 상담하시는 걸 들을 수가 없지 않습니까. 무슨 말씀을 나눴는지 물어봐서도 안 되는 거고요."

책상 위 다른 서류를 집어 들고 변신재는 교도관의 표정을 살폈다. 정모 아래 구레나룻이 희끗희끗한 중년의 교도관이었다. 재작년 배홍태 조사관이 최철수를 면담할 때 안내를 했던 교도관이라고 했다.

"배홍태 조사관이 재작년에 최철수 씨 면담했을 때도요. 면담 마치고 갔다가 다음 날 오전에 또 찾아와 최철수를 만났더라고요?"

"네? 아, 네⋯⋯ 그랬죠."

갑자기 최철수가 언급되어 뜬금없었지만 교도관은 이내 고개를 끄덕였다. 잊지 못할 기억이었다. 전날엔 재잘재잘 말도 잘하고 잘 까불던 젊은 조사관이 다음 날 후줄근하게 흙물이 든 입성에 심각한 표정을 하고 나타나 최철수를 다시 만나야겠다고 했던 것이다.

"면담 중에 최철수를 폭행하는 걸 교도관님이 뜯어말리기까지 하고⋯⋯. 이런 소란을 피웠는데 그냥 넘어갔습니까?"

흥미로운 표정으로 변신재는 수용자 동태시찰사항을 뜯어보았다. 인권위 조사관 배홍태가 최철수와 면담을 진행하는 중 탁자를 타고 넘어가 최철수의 멱살을 잡고 고함을 질렀고, 이에 면담실 밖에서 대기하던 교도관 두 명이 들어가 배홍태를 제지했다는 내용이었다.

"당시 소장님까지 상황 보고 드렸습니다. 최철수에게 원한다면 인권위 조사관을 폭행으로 고소할 수 있다, 어떻게 할 거냐고 물어보기도 했습니다. 최철수가 웃으면서 별일도 아닌데 무슨 고소냐, 문제 삼지 않겠다고 분명히 의사 표현을 했습니다."

"왜 그런 일이 발생한 겁니까? 배홍태 조사관이 뭐라고 하면서 최철수 멱살을 잡던가요?"

변신재가 눈을 번뜩이며 물었다.

"글쎄요……."

교도관은 시선을 피하며 대답을 주저했다.

"들어가서 뜯어말리셨다면서요? 그럼 뭔가 들으셨을 것 아닙니까?"

변신재는 간략하게 작성된 동태시찰사항에는 들어가 있지 않은 생생한 정보를 요구했다. 중년의 교도관은 자기가 하는 말이 배홍태 조사관에게 어떤 영향을 미치는 건지 알 수 없는 데다가, 애당초 인권위가 제 식구끼리 왜 이런 뒷조사를 하는 건지 이해할 수 없어 불안했다. 하지만 변신재의 집요함을 당해내지 못하고 입을 열었다.

"……이하선의 시체가 어디 있냐고 조사관님이 최철수에게 고함을 쳤던 것 같습니다."

"이하선?"

변신재가 놀라 목소리를 높였다. 최철수에게 당한 피해자 중 끝내 시신을 찾아내지 못한 피해자의 이름을 변신재도 익히 알고 있었다. 피해자 이하선의 부모는 최철수가 검거된 이후부터 꾸준히 최철수에게 하선을 죽인 죄를 용서할 테니 하선의 시신이 있는 곳을 알려달라고 요청해왔다. 언론에서는 딸의 시신이라도 찾고 싶은 부모의 간절한 바람조차 들어주지 않고 살인범이 편하게 죽음을 맞았다고 논평했다.

"네. 그러니까 최철수가 조사관님에게 이하선 시신 못 찾은 건 너 때문이라고 하면서 막 웃었고……."

"이하선의, 시신을, 못 찾은 건, 배홍태 조사관 때문이다?"

문장을 끊어 말하며 하나하나 곱씹는 변신재의 태도에 교도관은 다소 질린 표정으로 말을 이었다.

"네. 무슨 뜻인지는 모르겠습니다. 경황이 없어서 앞뒤 말은 잘 못 들었고요……. 나가기 전에 최철수가 조사관님께 이렇게 말하는 건 들었습니다. 이하선의 시체를 찾고 싶냐고. 죽기 전에 당신께 편지를 보내겠다고."

"시체를 찾고 싶냐고! 편지를 보내겠다고!"

변신재가 외쳤다. 입안에 침이 고였다. 눈앞에 교도관이 없었다면 단것을 한가득 입에 욱여넣고 씹고 싶은 기분이었다. 아하, 배홍태. 행동 거칠고 싸가지 없다고 싫어하는 사람 많은 건 알았지만 이 친구 노다지구나. 지금껏 해온 감찰 조사와는 비교할 수 없는 엄청난 사안을 맞닥뜨리고 말았다.

죽은 연쇄살인범과 발견되지 않은 피해자의 시체.

가슴이 뛰었다. 뒤를 캐내면 분명 세상을 발칵 뒤집을 만한 비밀이 숨어 있을 것만 같았다. 변신재는 이제 이 문제 말고는 아무것도 눈에 들어오지 않는 상태가 되었다.

"그런데 편지 안 보냈습니다, 최철수."

교도관이 말했다.

"엥? 배홍태 조사관에게 편지를 안 보냈다고요?"

"그날 이후 죽을 때까지 어디에도 편지 한 장 보내지 않았습니다."

변신재는 신음을 흘리며 골똘했다.

"엊그제 왔을 때 말이죠. 배홍태 조사관이 최철수와 관련해서 뭔가 얘기한 거 없습니까?"

"엊그제요?"

교도관은 이틀 전 상황을 돌이켜보았다. 면전진정 접수를 받으러 배홍태 조사관이 내려왔길래 서로 안부도 묻고 최철수 얘기도 좀 했다. 최철수가 죽은 지 두 달 정도 지난 시점이었다. 최철수의 사망 당시 상황에 대해 대화를 나눴던 것 같다. 또 무슨 얘기를 했더라?

"……죽을 무렵에 최철수가 특별히 가깝게 지낸 수용자가 있었는지 물으시더라고요."

당시에도 엉뚱한 질문이라 생각해서 기억이 났다. 변신재가 귀를 쫑긋하며 질문에 뭐라고 대답했는지 물었다.

"가깝게 지내고 말고 할 게 있습니까. 마지막 몇 달은 병사동에서 자리보전하다 갔는데요. 같은 병사동 환자들 아니면 간병하는 수용자밖에 못 만났겠죠. 병사동 일이라서 저는 잘 모르겠다고 말했습니다."

교도관에게 들을 수 있는 얘기는 다 들은 것 같았다. 변신재는 마지막으로 배홍태 조사관이 엊그제 오전 오후 두 번에 걸쳐 만나고 간 칭호번호 1467번 수용자를 만나고 싶다고 청했다.

　내부적으로 약간의 절차를 거친 후 변신재는 변호사 접견실에서 1467번 수용자와 독대했다. 40대 후반으로 보이는 덩치 큰 남자였다. 수용복 아래 화려한 무늬의 터틀넥을 받쳐입고 있었다. 그런 사소한 것이 교도소 내에서 힘깨나 쓰는 수용자라는 분위기를 풍겼다. 조직폭력 사범이고 살인죄로 무기징역을 선고받았으며 경북B교도소에서만 11년째 복역 중인 수용자였다.

　"인권위에 면전진정을 신청하셨는데 조사관 만나고 진정접수는 안 하셨더라고요. 무슨 문제라도 있었던 건 아닌가 확인하러 왔습니다."

　만만치 않은 상대라는 직감을 하고 변신재는 단도직입적으로 용건을 말했다.

　"아, 그거요. 조사관님과 잘 얘기해서 해결됐습니다."

　1467번은 서글서글하게 웃었다.

　"면담했던 조사관이…… 누구였죠?"

　변신재는 서류를 찾는 시늉을 했다.

　"배 무슨 조사관님이라고 했던 것 같은데요."

　1467번이 말했다.

　"배홍태?"

　"그런 이름인 것 같네요. 그런데 왜요? 아무 문제 없었습니다."

　변신재는 눈을 치켜뜨고 상대의 표정을 빠르게 살폈다. 1467번은 여전히 호남처럼 웃었다. 너무 여유로워서 오히려 자연스럽지 못하다는 느낌을 받았다. 기분 탓인가?

"원래 진정하려고 했던 문제가 뭐였습니까?"

"아, 별거 아니었습니다."

1467번은 손사래를 쳤다.

"별거 아니었는데 오전에 한 시간 반 면담하고, 점심 먹고 이어서 오후에 40분 면담했습니까?"

"네? 어허……."

1467번의 얼굴에서 웃음기가 반쯤 가셨다.

"저기, 변 사무관님이라고 하셨나?"

"네. 인권증진위원회 감사관실 변신재 사무관입니다."

"상담을 충분히 했으니까 별거 아닌 걸 알게 된 거 아니겠습니까. 배 조사관님 젊고 성실하고 좋은 분 같던데 뭘 조사하려고 이러시는 겁니까? 저는 별로 드릴 말씀이 없는데?"

툴툴거리며 1467번은 그만 대화를 마치고 싶다는 기색을 드러냈다. 방어적인 반응이었다. 변신재는 배홍태와 1467번이 공모해서 그날 나눈 대화 내용을 숨기고 있다는 걸 직감했다.

중범죄자 구금시설에 갇힌 무기수의 협조를 얻으려면 무엇을 해야 할까.

면담을 마치고 변신재는 교도관에게 1467번의 최근 영치금 입금내역을 요청했다. 그리고 이틀 전 배홍태 조사관이 1467번에게 꽤 큰 금액을 입금한 것을 알게 됐다. 면전진정 상담을 마치고 떠나기 전 넣어준 모양이었다.

변신재는 나는 듯이 경북B교도소 부지를 빠져나왔다. 이

것이 바로 인권위 조사관이라는 직위를 이용해서 면전진정을 신청한 수용자와 불법적인 거래를 했다는 증거가 아니고 무엇이겠는가! 일단 이것만으로도 징계 혐의를 엮을 수 있을 것 같았다. 변신재는 교도소 인근에 있는 슈퍼 앞에 차를 세우고 찹쌀떡 열 개들이 한 상자를 샀다.

"있어, 있어! 배홍태 이 새끼! 뭔가 있는 게 틀림없어!"

변신재는 찹쌀떡 열 개를 앉은자리에서 쩍쩍거리며 다 먹어치웠다.

4.

배홍태 조사관을 표적 감사한다는 느낌을 주지 않으려고 전체 구금시설 면전진정 업무에 대한 특정감사 계획을 세워놓은 터라 변신재는 꼼짝없이 다른 교도소에도 출장을 가야 했다. 관용차를 끌고 충남에 있는 교도소를 향해 가면서 변신재는 답답한 마음에 몇 번이고 혼잣말로 욕을 했다. 배홍태에게만 집중하고 싶은데 다른 일에 시간과 에너지를 뺏기고 있는 상황이 짜증스러웠다.

그나저나 배홍태의 목적은 무엇일까.

목적지 도착 전 마지막 휴게소에서 우동과 돈가스로 이른 점심을 해결하며 변신재는 고심했다.

배홍태는 이하선의 시신을 찾길 원하는 것 같았다. 재작년에 최철수를 만났을 때도 기회가 있었던 모양이다. 무슨 잘못인지는 몰라도 배홍태의 잘못으로 그때는 이하선의 시신을 찾을 수 없었고, 최철수는 시신의 소재와 관련하여 죽기 전에 배홍태 조사관에게 편지를 보내겠다고 말했다.

그러나 최철수는 죽을 때까지 누구에게도 편지를 보내지 않았다. 최철수가 죽고 나서 배홍태는 일부러 경북B교도소에 출장을 와서 교도관에게 최철수와 죽기 전 가깝게 지낸 수용자가 있는지 물었다. 최철수가 가까운 수용자에게 뭔가 남긴 건 아닌가 하는 생각을 한 것일까?

그리고 면전진정을 신청한 1467번 수용자에게 영치금을 대가로 줘가면서 장시간 대화를 나눴다. 무슨 얘기가 오갔을까? 1467번은 최철수와 특별히 관련 있는 수용자가 아니라 인권위에 면전진정을 신청하여 그날 우연히 만나게 된 수용자였을 뿐이다. 그런 1467번에게 배홍태는 무엇을 알아내려 했던 것일까?

이 모든 의문점에도 불구하고 가장 큰 의문은 따로 있었다. 배홍태가 왜 이렇게까지 하느냐는 것이었다. 배홍태의 동기는 무엇일까. 연쇄살인범에게 당한 피해자의 시신을 찾아서 배홍태가 얻는 게 뭐지? 명예? 유명세? 혹시 유족이 어떤 보상을 약속하기라도 한 걸까? 이하선의 부모는 딸의 시신을 아직도 간절히 찾기를 원할까?

식사를 마치고 막 차를 출발시킨 참이었다. 자동차 앞 좌석 사이에 놓아둔 휴대전화가 진동했다.

— 여보세요? 변신재 사무관님? 출장 가고 있는 중이죠?

이달숙 조사관이었다.

"네. 어쩐 일이십니까?"

―K5 타고 가죠? 내가 그거 어제 쓰고 반납하면서 뭐를 좀 놓고 내렸는데…….

"그래요?"

변신재는 곁눈으로 차 안을 훑었다. 당장 눈에 띄는 물건은 없었다.

―뭐, 사실 그 얘기 하려고 한 게 아니라…… 배홍태 조사관이 말이죠.

변신재는 눈을 번쩍 떴다.

"네네, 배홍태 조사관이?"

―전에 그랬잖아요. 변 사무관님이. 배 조사관 동향에 특이점 있으면 알려달라고…….

달숙은 난처한 목소리로 말끝을 흐렸다. 동료를 밀고하는 느낌이 들어 마음이 편치 않은 모양이었다. 변신재도 지나가는 말로 부탁해놓기는 했지만 달숙이 진짜로 정보를 찔러줄지는 몰랐다.

"제가 누굽니까, 이 조사관님. 이 조사관님이 말 안 해도 다른 사람에게라도 어차피 다 듣게 되어 있습니다. 뭡니까?"

변신재는 달숙의 죄책감을 덜어주며 말을 재촉했다.

―별거 아닐 수도 있는데. 오늘 갑자기 조퇴를 하고 내일까지 휴가를 냈어요.

"갑자기 휴가를?"

―네. 그런데 표정이 너무 심각한 거 있죠. 꼭 재작년 같아서요, 분위기가.

뒤차가 클랙슨을 울렸다. 휴게소를 빠져나가는 길목에

변신재의 차가 정지 상태로 서 있었던 탓이었다. 변신재는 부랴부랴 차를 빼고 휴게소 출구 근처 안전지대에 세웠다.

"어디로 간다는 말은 없었습니까?"

-그런 말은 없었는데……

달숙이 중간에 말을 끊고 미적거렸다. 변신재는 감질나는 걸 참으며 기다렸다.

-양평 지역을 잘 아는 다른 조사관에게 물었대요. 양평 시내에 사람 조용히 만나기 좋은 카페 아느냐고. 그래서 그 조사관이 추천해줬다는데요…….

달숙은 구체적인 지명과 카페 상호를 댔다.

통화를 마치고 변신재는 잠시 뛰는 가슴을 진정시켰다. 충남 소재 교도소에는 오늘 방문하겠다고 이미 공문으로 통보가 되어 있는 상태였다. 교도소에서는 인권위 감사관실에서 직원이 내려온다니 자신들에게도 무슨 불똥이 튀는 건 아닌가 염려하며 준비하고 있을 것이었다.

변신재는 휴대전화로 교도소 고충처리반에 전화를 걸었다. 전화를 받은 교도관에게 다짜고짜 오늘 출장을 취소한다고 통보했다. 곧바로 차를 출발시켜 가장 가까운 인터체인지로 빠져나왔다.

양평으로 가야 했다.

양평은 피해자 이하선이 살았던 곳이었다. 유족이 아직 살고 있을 거였다.

5.

배홍태 조사관은 약속 시간보다 10여 분 일찍 카페에 도착했다. 1층이 탁 트인 너른 카페였으나 평일 한낮이어서인지 사람은 많지 않았다. 노트북을 펴놓고 홀로 작업 중인 사람이 두 명 있었고, 연인 한 쌍이 2인용 소파에 나란히 앉아 머리를 맞대고 있었다. 안쪽 구석에는 누군가 혼자 종이 신문을 크게 펼쳐 들고 앉아 있는 모습이 보였다.

홍태는 주변 테이블이 비어 있는 한쪽 구석에 자리를 잡았다. 카페 출입구를 시야의 범위에 두고 가방에서 조심스레 종이 한 장을 꺼내 펼쳤다.

죽은 최철수가 보내온 편지였다.

배홍태 조사관. 안녕하신가.

아직도 하선의 시체를 찾고 싶어?

그렇다면 희망을 가지라고. 희망은 좋은 거야.

혹시 알아?

어쩌면 하선은 살아 있을지도 모르지.

하선의 쌍둥이 언니와 목소리들을 어떻게 했는지 물어봐.

그것들을 어떻게 대했는지 알아보라고.

또 편지하지.

지옥에서,

최철수

이미 수백 번 읽고 또 읽은 내용인데도, 읽을 때마다 손이 부르르 떨렸다. 며칠 전에는 죽은 최철수를 도와 이런 장난질을 치고 있는 사람이 누군지 알아내기 위해 면전진정 업무를 자원해서 경북B교도소로 갔다.

최철수의 가족이 편지 심부름을 하고 있을 가능성도 생각해보았으나 이내 접었다. 최철수의 아버지와 새어머니, 배다른 두 동생은 연쇄살인범의 가족이라는 오명을 피해 조용히 살고 있는 것으로 보였다. 혈육인 아버지 정도만 어쩔 수 없다는 듯 띄엄띄엄 면회를 왔을 뿐이라고 들었다. 여느 흉악범의 가족들처럼 그들은 잊히기를 원했다. 이런 장난질에 동조할 리가 없었다.

재작년에 면담했을 때 최철수는 자신이 바깥세계와 소통할 수 있는 루트를 가지고 있다고 으스댔다. 매수한 교도관이 도움을 주고 있다고 보기는 어려웠다. 아무리 부패한 교도관이라 해도 죽어서까지 살인 피해자를 우롱하는 연쇄살인범의 지시를 따를 동기를 가진 사람은 없을 것이다. 그게 가능할 만큼 최철수가 교도관에게 매력적인 대가를 줄 수 있다고 보기도 힘들었다.

그렇다면 수용자 중에 있다. 도덕관념이 흐릿한 범죄자 중 최철수에게 마음을 지배당한 추종자가 바깥세상과 최철수와의 연결고리가 되어준 것이다.

"점심시간 이용해서 딱 하나만 알아봐 주면, 한 몇 달 풍족하게 살게 해줄 수 있는데 말입니다. 개인적인 부탁입니다."

1467번은 스파이로 부리기에 마침 적합한 수용자였다.

조직폭력 사범이고 무기수이며 현재의 교도소에서 오래 복역했으니 수용자들 사이에서는 위세도 있고 발도 넓을 터였다. 체면을 유지하기에 필요한 자금이 늘 모자란 상태기도 했다.

"글쎄…… 들어나 볼까요. 제가 알아볼 수 있을지 없을지."

능청을 떠는 1467번에게 홍태는 말했다.

"병사동에서 최철수의 수발을 들었던 수용자에 대해 가능한 모든 정보."

최철수가 홍태에게 편지를 보내겠다는 말을 했을 무렵 최철수는 병사동에 있었다. 당시도 간암 말기로 위중한 상황이었고 거동도 제대로 못 했다. 예상보다 꽤 오래 살긴 했어도 그때부터 죽을 때까지 병사동에서 자리보전을 했다. 병사동에 누워 있는 최철수와 안정적으로 접촉할 수 있고, 교도소 내에서 비교적 자유로운 행동을 보장받는 모범수. 병사동에서 환자 간병 일을 맡아 하는 수용자가 제1의 연결고리라는 생각이 들었다. 그놈이 바깥에 있는 실행자에게 최철수의 지시를 전달했든 그놈이 출소하여 직접 편지를 보냈든 뭐든지 간에 그놈은 관련되어 있다.

카페 출입문이 열리고 하선의 부모가 들어왔다.

홍태는 한눈에 그들을 알아보고 자리에서 일어섰다. 하선의 부모는 몇 번 TV에 얼굴을 비친 적이 있었다. 둘 다 독실한 천주교 신자였다. TV에서 그들은 성당 바닥에 무릎을 꿇고 참혹하게 죽은 하선의 영혼과 살인자의 병든 영혼을 위해 기도를 올렸다. 최철수에게 모든 죄를 용서할 테니 제발 하느님의 선물, 하선이 있는 곳을 알려달라고 간곡히 호소했다. 그러다 당신들이 뭔데 인면수심의 살인자에 대해 용서를 운운하느냐며 다른 피해자 유족에게 머리채를 잡히기도 했던 하선의 부모.

"배홍태 조사관님이신가요?"

하선의 어머니가 먼저 다가와 말을 걸었다. 벌써부터 눈물이 그렁그렁한 얼굴에 어깨에는 숄을 둘렀다. 숄을 모아 쥐고 있는 손의 손목에 끼운 묵주가 눈에 띄었다.

몹시 마른 몸에 양복을 걸친 하선의 아버지가 옆에서 묵례를 했다. 소박하고 선량해 보이는 인상이었다. 홍태를 포함한 셋은 자리에 앉아 커피를 한 잔씩 시켰다.

하선의 부모는 죽은 하선을 추모하는 인스타그램 계정을 운영하고 있었다. 홍태는 다이렉트 메시지를 보내 자신이 재작년에 최철수를 면담한 인권위 조사관이고, 그때 신원이 알려지지 않은 피해자의 신원에 대한 정보를 알아왔던 사람이라고 밝혔다. 오늘 오전 하선의 어머니와 통화가 연결되었다. 죽은 하선과 관련해 나누고 싶은 얘기가 있다고 하자 하선의 어머니는 동요했고 오늘 당장 만나자고 청했다.

홍태는 피해자의 유족을 마주하는 상황을 정말 피하고 싶었다. 하지만 최철수가 보낸 편지의 뜻을 해석하려면 다른 방법이 없었다.

"최철수가 우리 하선이에 대해서…… 무슨 말을 했습니까? 아무리 작은 거라도 듣고 싶습니다. 우리는 마지막까지 계속 최철수를 만나려고 했지만 그 사람이 만나주질 않았습니다.”

하선의 아버지가 갈급한 표정으로 입을 뗐다.

“죄송합니다만 제가 먼저 여쭙고 싶은 게 있습니다.”

“아, 네. 뭔가요? 조사관님?”

“이하선 양에게 쌍둥이 언니가 있었습니까?”

하선의 부모는 둘 다 눈을 휘둥그레 뜨고 서로를 바라보았다.

“아니요. 하선이는 우리 외동딸이에요. 제가 낳은, 저희 유일한 자식이에요.”

하선의 어머니가 말했다.

“그렇다면…… 쌍둥이 언니라는 말에서 뭐 떠오르는 거 없으십니까? 하선 양과 쌍둥이같이 닮은 친구가 있었다거나 뭐…….”

하선의 어머니가 천천히 고개를 저으며 옆에 앉은 남편을 바라보았다.

하선의 아버지가 괴로운 듯 이마를 찡그렸다.

“모르겠습니다. 그런데 왜 그런 걸 물으시는지…….”

“목소리. 목소리라는 단어에서는 뭐 떠오르는 게 없으신가요? 이하선 양과 관련해서?”

하선의 어머니가 흠칫 놀라 헉, 하고 입을 벌렸다. 하선의 아버지도 순간 움찔했다. 부부가 서로를 보며 불안한 시선을 교환하는 것이 느껴졌다.

“……왜 그런 걸 물으시는 겁니까? 뭐 들으신 게 있으신 겁니까?”

하선의 아버지가 떨리는 목소리로 물었다.

쉽게 털어놓을 수 없는 사연이 있는 듯했다. 홍태가 먼저 자초지종을 말하지 않고서는 들을 수 없는 얘기 같았다. 홍태는 어두운 표정으로 무거운 침묵을 깔았다.

피해자의 유족이 초조한 얼굴로 홍태의 입이 열리기를 기다렸다.

"재작년에 저는 사실 하선이의 시신을 찾으려고 했습니다. 최철수가 저를 속였습니다. 하선이의 시신이 있는 곳을 알려준다고 해서 갔는데 거긴 다른 피해자가 살았던 곳이었습니다. 신원을 몰랐던 그 피해자요."

"오! 하느님!"

하선의 어머니가 묵주를 잡은 양손에 머리를 갖다 댔다.

"최철수는 저를 비웃으며 저에게 죽기 전에 편지를 보내겠다고 했습니다. 하선의 시신이 있는 곳을 알려주겠다고요."

"뭐라고요? 왔습니까? 편지 왔어요?"

하선의 아버지가 외쳤다. 눈빛에 애처로운 기대감이 담겨 있었다.

홍태는 가방에 손을 넣어 편지를 꺼냈다.

"왔습니다. 최철수가 죽은 후에요."

하선의 아버지가 다급히 손을 뻗어 편지를 받아 들었다. 부부는 편지를 사이에 놓고 동시에 읽어 내려갔다. 부부의 얼굴이 고통으로 일그러졌다.

"잠깐만요. 이거, 우리 하선이가 살아 있을 수도 있다고…… 그런 건가요? 조사관님? 이거 우리 하선이가 살아 있다는 거 맞죠, 여보?"

하선의 어머니가 흥분하며 옆에 앉은 남편의 어깨를 잡고 흔들었다.

홍태는 그만 눈을 감아버리고 싶었다. 이래서 피해자의 유족은 만나고 싶지 않았던 것이다. 만나더라도 편지를 보여주는 일은 피하고 싶었다. 유족에게 잔인한 희망을 불어넣는 것. 최철수가 바라는 바다. 최철수는 죽기 전에 이 장면을 상상하며 미소 지었을 것이다.

"여보…… 오, 하느님! 여보……."

부부는 손을 맞잡고 흐느꼈다. 카페에 있는 사람들의 시선이 홍태와 부부가 앉은 테이블로 집중되었다.

"죄송합니다만 저는 회의적입니다. 최철수가 어떤 놈입니까. 죽어서까지 피해자 유족들을 괴롭히려는 농간입니다. 여기에 흔들리지 않는 게 좋습니다."

홍태가 매정하게 들릴 만치 냉정한 목소리로 못을 박았다. 부부가 눈물 젖은 얼굴을 들어 홍태를 보았다. 부부는 홍태의 말에 반박하지 않았다. 하지만 그들의 표정에서 최철수가 드리운 희망의 끈을 놓치고 싶어 하지 않는 마음이 느껴졌다. 그 끈이 썩은 동아줄이라는 걸 알면서도 하선의 시신이 발견되지 않는 한 결코 놓을 수 없는 것이다.

사실일 수도 있잖아요. 우리 하선이가 죽었다는 증거가 어디 있어요.

부부가 속으로 외치고 있는 것 같았다. 최철수는 살인의 전리품으로 자기가 죽인 여자들의 머리카락을 향수병에 담아 간직해두었다. 그중 하나에 하선의 머리카락이 들어 있었다. 최철수는 시신을 둔 곳은 잊어버렸지만 다른 소녀들처럼 하선을 죽였다고 진술했고 하선을 죽인 죄까지 포함해서 벌을 받았다. 하지만 그것이 거짓이라면? 다른 머리카락과는 다른 의미로 하선의 머리카락을 향수병에 담아둔 거라면? 이 질문은 어쩌면 부부에게 한 번도 끝난 적이 없었을지 몰랐다.

"하선의 쌍둥이 언니와 목소리들."

홍태가 편지의 한 부분을 손으로 짚었다.

손수건을 꺼내 눈물을 닦던 부부의 얼굴이 굳었다.

"뭘까요?"

하선의 아버지가 입술을 입안으로 말며 침을 꿀꺽 삼켰다. 머릿속으로 할 말을 고르고 있는 것 같았다. 홍태는 기다렸다.

"하선이가…… 중학교 3학년 올라가면서부터 마음에 좀…… 혼란이 깃들었다고나 할까……. 그래서 우리 모두 성심으로 기도하면서…… 하느님께 답을 구하고 있었습니다……."

"혼란이요?"

홍태가 고개를 갸웃했다.

"자꾸만 자기는 하나가 아닌 것 같다고 했어요."

하선의 어머니가 말을 받았다. 홍태는 고개를 한쪽으로 기울인 채 인상을 찌푸렸다.

"그런…… 목소리들이 들린대요. 이하선 너는 하나가 아니라고. 너는 밖에 있다고. 저에게 다른 내가 자기 행세를 하며 살고 있는 걸 봤다고 그랬어요……. 분명히 자기 눈으로 봤다고요. 자기에게 쌍둥이 언니가 있다고…….

홍태는 잠시 대꾸할 말을 잃었다.

부연설명을 하듯 하선의 아버지가 말을 이었다.

"쌍둥이 언니가 나로 살면서 내 뜻과는 다른 행동을 해서 미치겠다고 하지 뭡니까. 목소리들이 잠을 자지 말라고 하고, 어떤 반찬은 먹지 말라고 하고…… 화를 낸대요. 목소리들이. 명령을 어기면."

홍태에게는 조현병의 증상으로 들렸다. 지시를 내리고 어기면 벌을 주는 목소리들. 환각. 환청. 자아의 독립성을 의심하고 외부에 '쌍둥이 언니'라는 통제되지 않는 또 다른 내가 있다는 기괴한 생각. 분열된 사고. 망상. 홍태가 의아했던 것은 부부가 조현병이라는 말을 쓰지 않고 에둘러 어렵게 설명하고 있다는 점이었다. 열여섯 살이면 다소 이르기는 하지만 조현병의 첫 발병 나이 범위에 속하기는 한다.

"마음의 병이 생겼나 보네요."

가장 최근에 처리했던 사건의 피해자인 손주아의 모습이 이하선과 겹쳐졌다. 혼자 살던 조현병 환자 손주아가 폐건물에서 각목에 맞아 살해당한 채로 발견된 사건. 손주아는 죽기 전 휴대전화로 112에 구조요청을 했지만 평소 손주아의 허위신고에 이골이 난 경찰들은 건성으로 대응했고 폐건물에서 쓰러져 죽어가는 손주아를 찾아 구하지 않았다.

그 사건을 끝냈을 무렵 최철수의 편지를 받았다.

"병원엔 데려가 보셨습니까?"

홍태가 물었다.

"너무 당황스러웠습니다. 그리고…… 이게 그럴 일인가 싶었습니다. 저희는…… 일단 같이 기도하고…… 가족끼리 끊임없이 대화를 나누면서 지켜보던 중이었습니다."

하선의 아버지는 고개를 떨구고 손수건의 한쪽 귀퉁이를 반복적으로 매만졌다.

하선의 쌍둥이 언니와 목소리들을 어떻게 했는지 물어봐.

그것들을 어떻게 대했는지 알아보라고.

"기도를 했다는 게 뭐죠?"

부부는 우물쭈물하며 말을 먹었다. 홍태는 화가 났다. 눈앞의 부부가 살인 피해자의 유족이라는 걸 잠시 잊을 정도였다.

"구마 의식 하셨습니까? 네? 귀신 쫓았습니까?"

"아니, 저. 신부님 주재하에…… 우리 가족 다 같이 기도를 한 거죠. 하선이를 낫게 해달라고. 하선이를 괴롭히는 나쁜 것들 떠나가달라고요……."

하선의 어머니가 변명처럼 둘러댔지만 결국 홍태의 짐작을 다 인정하는 말이었다. 부부는 정신질환 증세를 보이는 딸을 아픈 게 아니라 마귀 들린 것으로 생각하고 싶었다. 병원이나 심리상담소를 찾지 않고 신부에게 데려갔다. 교구의 정식 허가 없이 암암리에 구마 의식을 행해주며 권위를 인정받고 싶어 하는 사제가 있었겠지. 가톨릭의 옷을 입고 영적 치료를 대가로 정신질환자 가족의 돈을 노리는 사이비 집단을 수소문해서 찾아갔을 수도 있다.

"혹시 하선 양이 집을 나간 것도?"

"아닙니다!"

하선의 아버지가 힘차게 고개를 저었다.

"조사관님. 저희는 하선이에게 해가 되는 건 하지 않았어요. 그런 거 아니에요. 단지…… 차도가 있는 줄 알았는데 아니었던 거죠. 하선이의 마음이 우리에게 없었나 봐요. 괜찮아진 줄 알고 주일학교도 보내고 친구랑도 어울리게 하고 그러던 중에…….."

하선의 어머니가 울먹였다.

잠시 먹먹한 침묵이 흐르는 사이로 휴대전화 진동 소리가 들렸다. 다른 테이블에서 나는 소리였다. 홍태의 등 뒤로 누군가 자리를 뜨는 인기척이 느껴졌다.

홍태는 음울한 얼굴로 생각에 잠겼다.

변신재는 휴대전화를 쥐고 소리를 내지 않으려 애쓰며 빠르게 카페 옆문으로 빠져나왔다. 카페가 있는 건물 로비와 연결된 문이었다.

한편 뚱뚱한 남자가 발끝을 세우고 후다닥 지나쳐가는 모습을 보고 카페 종업원이 피식 웃었다. 남자는 구석에서 종이 신문 전면을 펼쳐 들고 두 시간 가까이 한자리에 앉아 있다가 조금 전 지나가는 종업원을 불러세워 자리를 옮기겠다고 속삭였다. 남자는 종업원에게 자기가 먼저 자리를 옮겨 앉을 테니 몇 분 뒤 옮긴 자리에 커피를 새로 갖다 달라고 했다. 남자는 젊은 남자와 중년 부부가 마주 앉아 대화를 나누고 있는 테이블 뒤쪽으로 다가갔고 젊은 남자와 등을 맞댄 방향의 의자에 앉았다. 비밀작전을 수행하는 정보기관 요원이라도 되는 듯한 행동이었으나 종업원의 눈엔 하찮고 우스꽝스러워 보일 뿐이었다.

"아우 씨. 여보세요?"

로비로 나온 변신재는 통화 버튼을 누르며 짜증을 냈다.

– 변 사무관님? 뭐라고요? 아우 씨?

전화를 건 사람이 어이없다는 듯 말꼬리를 물었다. 기획조사과에서 한창 일 열심히 한다는 평을 듣는 윤 조사관이었다.

"저저, 윤 조사관이 잘못 들은 거고. 왜 전화했어요? 저 출장 와서 일하는 중인데."

자리를 비운 시간에 무슨 결정적 얘기가 오갈지 모른다는 초조함에 변신재는 카페 벽창 시트지 너머를 기웃거렸다.

– 저녁 출장 때문이죠. 6시까지 사무실 오실 수 있는 거죠? 위원님 모시고 가는 거라 시간 늦으면 곤란해서요. 확인차 전화드렸습니다.

듣고 보니 저녁 6시까지 사무실에 복귀해서 관용차를 윤 조사관에게 넘겨주기로 되어 있는 게 기억났다. 변신재는 손목시계를 보았다. 벌써 오후 5시 13분이었다. 배홍태 조사관이 오후에 이 카페에서 누군가를 만나기로 했다는 말을 듣고 고속도로에서 차를 돌려 서둘러 도착한 시각이 오후 2시 30분쯤이었다. 신문을 사 들고 들어가 구석에 앉아 펼쳐 들고 기다렸다. 배홍태는 4시 조금 넘어서 왔다. 곧이어 TV에서 본 이하선의 부모가 들어와 배홍태 앞에 앉았을 때 변신재는 속으로 쾌재를 불렀다. 기다림의 지루함이 모두 상쇄되는 짜릿한 기쁨을 느꼈다.

지금 당장 서울로 올라간다고 해도 6시는 못 맞출 시간이었다. 더구나 상황이 언제 끝날지 아직 알 수 없다.

"어쩌나. 여기 비상사태가 생겨서……."

-네?

카페 벽창 너머로 배홍태 조사관이 다시 부부와 대화를 시작하는 게 보였다.

"빨리 다른 차 알아봐요."

변신재의 발걸음은 이미 카페 문으로 향했다. 조급했다. 왠지 지금부터 아주 중요한 대화가 이어질 것만 같아 지체할 수가 없었다.

-변 사무관님! 관용차 배차 다 끝났는데 이 시간에 어디서 차를 구하란 말이에요! 이 사람이 진짜? 경우 없네?

윤 조사관이 휴대전화 너머에서 고래고래 고함을 쳤다. 인권위원을 모시고 출장을 가기로 했는데 직전에 교통수단이 틀어졌으니 화가 나는 게 당연했다. 그러나 변신재는 지금 남의 사정을 생각할 여력이 없었다. 눈앞에서 벌어지고 있는 저 일보다 중요한 건 세상에 하나도 없었다.

"윤 조사관, 미안해요. 어, 저기…… 내가 저번에 그 감사건 그냥 넘어가 줄게. 이번 한 번만 봐줘. 끊어요."

변신재는 일방적으로 통화를 종료하고 재빨리 휴대전화의 전원을 껐다. 쾌속돼지라는 별명에 걸맞게 발꿈치를 들고 걸어 신속하게 원래의 자리로 돌아가 앉은 변신재는 뒤쪽 테이블의 상황에 귀를 쫑긋 세웠다.

"이런 얘기, 다른 데서 한 적 있습니까? 경찰에 말한 적 있어요?"

홍태가 물었다.

부부는 두려운 표정으로 고개를 저었다. 열여섯 살 딸이 조현병 증상을 보이다 가출해서 연쇄살인범에게 살해당한 것으로 드러난 후 세상에 대고 딸의 시신을 찾아달라고 외치면서도 딸이 앓았던 증상에 대해서는 말하지 않은 것이다. 수사기관도 살인 피해자의 가출 전 상태에는 별반 관심을 두지 않았으리라.

솟구치는 분노를 참으려 홍태는 이를 꽉 물었다. 외부에 알려지지 않은 하선의 은밀한 상태를 최철수는 알고 있었다. 하선의 증상은 물론이고 하선의 부모가 그것을 어떻게 대했는지도 알았다. 정신착란을 보이는 가출 소녀에게 최철수는 무슨 짓을 한 것일까. 자신에게 무슨 일이 벌어지고 있는지 소녀는 이해했을까. 연쇄살인범과 정신이 온전치 못한 소녀는 만나서 서로 어떤 대화를 나누었을까.

나는 이하선에 대해서 알고 있어. 너는 모르는 것이지.

죽은 연쇄살인범이 지옥에서조차 자신의 전능함을 뽐내

고 있었다. 입가에 난 애벌레 같은 상처를 꿈틀거리며 웃는 최철수의 모습이 보이는 것 같았다. 홍태는 쓰라린 패배감이 몰려와 정신이 아득해졌다.

"조사관님, 편지는…… 이것 하나입니까? 혹시 이후에 또 오지는 않았습니까?"

하선의 아버지가 물었다.

"아직도 따님을 찾길 원하십니까?"

"그럼요. 그렇다마다요."

홍태는 연거푸 고개를 주억거리는 부부의 얼굴을 물끄러미 보았다. 부부는 그보다 작은 가능성으로 하선이 살아 있을지도 모른다는 기대는 버리진 않으면서도, 시신이나마 찾기를 원하고 있었다. 진심 같았다.

왜죠?

홍태는 속으로 물었다. 자기 자신에게 던지는 질문이기도 했다. 해답을 구하는 건 괴로운 일이었다.

"……하나 더 왔습니다. 3일 전에요. 작년 12월에 첫 편지가 오고 두 달 만에 이게 왔습니다."

홍태는 가방에서 종이를 꺼내 내밀었다. 부부는 떨리는 손으로 받아 들었다.

배홍태 조사관.

지금쯤 궁금한 게 많을 것 같은데 어때?

그런데 어떡하지.

지옥에서 현생을 오가는 교통비가 만만치 않아.

뒷면의 계좌로 300만 원을 입금해주면 봐서 한 번 더 들르도
록 하지.

노파심에서 말하는 건데,
우리 사이에 꼼수는 통하지 않아.

지옥에서,
최철수

부부는 편지 뒷장을 넘겨보았다. 은행 계좌번호가 하나
적혀 있었다. 계좌주의 이름은 없었다.
"대포통장일 겁니다."
고개를 드는 부부에게 홍태가 말했다.
"조사관님. 저, 이럴 때가 아니지 않습니까……. 어서 경
찰에……."
"경찰에 신고하면 편지를 보낸 사람은 잡을 수 있겠죠."
홍태는 다 식어버린 커피를 들이켰다.
"하지만 하선 양은 못 찾습니다."
하선의 부모는 홍태가 한 말의 의미를 생각해보는 듯했
다. 그들은 납득했고 동시에 비통해했다.
하선의 어머니가 홍태 쪽으로 바짝 몸을 숙였다.
"이 돈, 저희가 드릴게요. 저희가 보낼게요, 조사관님. 네?
어떻게든 또 편지가 오도록 해야 돼요. 그래야 해요."
"맞습니다. 저희가 돈을 대겠습니다. 이 계좌로 저희가 당

장 보낼게요. 그렇게 해주십시오. 조사관님!"

하선의 아버지도 나섰다.

홍태는 씁쓸한 표정으로 부부의 손에 있는 편지 두 통을 거둬갔다.

"안 됩니다."

"하지만 조사관님. 하선이는 우리 딸입니다."

"돈 달라고 만나자고 한 거 아닙니다."

홍태의 단호한 목소리에 하선의 부모는 말을 잃었다.

"걱정 마십시오. 어떻게든 편지가 또 오도록 만들겠습니다. 다음 편지가 오면 알려드리고, 여쭤볼 게 있으면 여쭙겠습니다. 제가 할 수 있는 건 다 하겠습니다."

부부의 얼굴에 큰 의문이 떠올랐다.

당신은 왜 이렇게까지 하는 건가요. 우리 하선이를 위해서?

홍태는 의도적으로 그 질문을 무시했다. 오늘 나눈 이야기를 어디에도 공론화시키지 않겠다는 약속을 받고 부부를 보냈다. 꼼수는 통하지 않는다는 최철수의 경고를 단단히 이해시켰다. 이것은 최철수가 홍태에게 걸어온 싸움이다. 중간에 공식적인 조직이나 다른 사람이 끼어드는 순간 대결은 무산되고 말 것이다.

혼자 남은 홍태는 자리를 뜨기 전 뒤를 돌아보았다.

뚱뚱한 남자가 웅크린 자세로 카페 옆문을 빠져나가고 있었다. 뒷모습이 익숙했다.

홍태는 칫, 하고 코웃음을 쳤다.

"배 조사관, 감사변태가 자기 찍은 거 알아?"

귤 두 개를 먹은 혐의로 감사관실에서 조사를 받고 내려온 달숙이 다음 날 홍태를 불러세우고 말했다. 그때도 홍태는 콧방귀를 꼈다.

"아이고, 제 차례가 언제 오나 했네요."

"웃을 일이 아니야."

이어지는 달숙의 말을 듣고 보니 과연 가볍게 지나칠 일이 아니었다. 집요하고 비열하기 짝이 없는 감사변태가 최철수와 관련된 비밀의 냄새를 맡은 모양이었다. 감사변태를 그대로 두면 앞으로 일이 흘러가는 데 두고두고 방해가 될 것이 틀림없었다. 당장 홍태의 뒤를 따라 경북B교도소에 내려가 뭔가를 캐내려 한다는 말도 들렸다.

홍태는 달숙에게 혼자 지고 있는 무거운 짐의 일부를 털어놓았다. 달숙은 공감도 잘 하지만 못지않게 잔머리도 잘 굴렸다. 그날 두 조사관은 감사변태를 처리하는 방법에 대해 짧지만 깊은 대화를 나눴다.

6.

변신재는 관용차로 돌아와 흥분으로 터질 것 같은 가슴을 부여잡고 심호흡을 했다. 마침 차에서 내리기 전 뒷좌석에 초콜릿 한 상자가 놓여 있던 걸 본 기억이 났다. 헐레벌떡 뒤로 손을 뻗었다. 변신재가 환장하는 레오니다스 초콜릿 선물세트였다. 변신재는 포장을 뜯고 상자를 열어 안에 든 초콜릿 서른 개를 모조리 다 먹었다. 도파민이 뇌 속에서 폭죽을 터뜨렸다.

배홍태가 이하선의 부모에게 계좌번호가 적힌 쪽지를 건네며 돈을 요구했다!

대화를 상세히 엿들을 수는 없었다. 큰 소리로 내뱉는 단어만 띄엄띄엄 들릴 뿐이었지만 들리는 단어들의 조합으로 변신재는 대어를 낚았다.

배홍태는 하선의 부모에게 아직도 딸을 찾길 원하는지 물었다. 하선의 부모가 그렇다고 하자 뭔가를 꺼내 그들에게 내밀었다. 계좌번호를 적은 쪽지임이 틀림없었다. 하선의 부모가 계좌로 돈을 보내겠다고 소리쳤다.

서울로 운전하고 돌아오는 차에서 변신재는 모든 스토리를 짜 맞춰보았다.

배홍태는 재작년에 최철수를 면담할 적에 이하선의 시신이 있는 곳에 대하여 언질을 받은 게 있다. 다만 당시에는 어떤 실수를 해서 시신의 소재를 밝히지 못했다. 최철수가 죽은 후 배홍태는 경북B교도소에 내려가 면전진정을 신청한 수용자에게 상당한 액수의 영치금을 대가로 주고 필요한 정보를 얻었다. 그리고 이하선의 부모를 직접 만나 이하선의 시신을 찾아주겠다고 하며 금전을 요구했다.

얼마를 요구했을까? 천만 원? 이천만 원? 에라이 나쁜 놈.

이제 이것을 어떻게 징계 사건으로 만들 수 있을지 작전이 필요했다. 재작년 면담 시 배홍태가 최철수의 멱살을 잡으며 소란을 일으킨 사실이 있고 당시 최철수가 이하선의 시신에 대해 언급했다는 점, 얼마 전 배홍태가 경북B교도소에 일부러 가서 1467번 수용자와 오랜 시간 길고 은밀한 대화를 나눈 후 모종의 대가를 암시하는 영치금을 주고 온 점을 근거로 들자. 이하선의 부모와 만나 돈을 요구한 건 어떻게 알았다고 하지? 몰래 배홍태의 뒤를 밟아 엿들었다고 하기는 곤란하다.

그래, 제보! 익명의 제보가 들어왔다고 하자!

변신재는 한 손을 들어 핸들을 쿵 내리쳤다. 아찔한 속도로 고속도로를 질주하던 관용차가 휘청거렸다. 머릿속에서 계획이 딱딱 들어맞는 것이 아주 신이 났다. 오늘이 금요일이라는 게 안타까울 뿐이었다. 마음 같아서는 당장이라도 사무실로 달려가 배홍태 조사관에 대한 특별 감사 계획서를 올리고 일을 진행하고 싶었다. 역사에 길이 남을 공무원 감찰 사례가 되리라.

기뻐서 히죽거리며 변신재는 고속도로 톨게이트 줄에 대기하는 동안 휴대전화의 전원을 켰다. 윤 조사관으로부터 걸려온 부재중 전화 알림과 문자 메시지가 다다닥 화면에 떴다. 욕설과 다름없는 막말이 얼핏 보였다. 변신재는 김샌 표정으로 다시 전원을 끄고 휴대전화를 조수석 구석에 던졌다. 그리고 가방 앞주머니에서 휴대전화 2호를 꺼내 도착한 메시지와 애플리케이션의 알림을 둘러보았다. 업무 용도 이외 개인 용무로 가지고 다니는 스페어 스마트폰이었다.

주말 내내 설레는 마음을 꾹꾹 가라앉히고 상세하고 완벽한 감사 계획을 세우고 난 월요일 아침, 변신재는 발걸음도 가볍게 출근했다. 사무실에 들어서자마자 자리에 앉을 겨를도 없이 감사관 모병오에게 달려갔다.

"과장님! 큰 건입니다! 잡았습니다!

"변 사무관 왔나?"

모병오 과장의 태도는 시큰둥했다.

"배홍태 조사관이 무슨 일을 꾸미고 있는지 아십니까?
아마 상상도 못 하실 겁니다."

"주말 내내 핸드폰은 왜 꺼놨어?"

이 엄청난 일을 한꺼번에 털어놓지 못해 애가 닳을 지경
인데 모병오 과장은 자꾸 딴소리를 했다. 윤 조사관의 연락
을 피하려고 주말 내내 업무 용도의 전화를 끄고 휴대전화
2호를 사용했다. 스페어 전화가 있다 보니 불편할 것이 없
어 업무용 전화는 지금까지도 켜질 않았다.

"배홍태 조사관이요! 그놈이 최철수의 피해자 시신을 미
끼로 말이죠. 과장님! 잘 들어보세요. 그러니까 재작년에 최
철수를 만났을 때부터 무슨 일이 있었냐면……."

모병오 과장은 손가락을 입에 가져다 댔다.

"쉿! 진정하고. 변 사무관, 자리 앉아서 게시판 좀 들어가
보지."

"아, 자꾸 왜요! 게시판은 왜!"

어린애 달래는 듯한 모병오 과장의 태도에 변신재는 신
경질을 냈다. 모병오 과장은 더 얘기하기 싫다는 듯 등을 돌
리고 제 자리로 걸어갔다.

"아씨. 왜 저러는 거야?"

구시렁거리며 변신재는 컴퓨터를 켜고 인트라넷에 접속

했다. 그리고 인사 게시판에 뜬 자신의 인사발령 공문을 보았다.

감사관실 행정사무관 변신재
직위해제를 명함.

변신재는 금테 안경 안쪽으로 손을 넣어 눈을 비볐다. 몇 번을 보아도 마찬가지였다. 믿어지지 않았다.

"뭡니까!"

변신재는 자리에서 벌떡 일어나 소리쳤다. 감사관실 다른 직원들이 책상 위로 고개를 숙이며 변신재의 눈길을 피했다.

"핸드폰을 꺼놔서 통지를 못 했잖아. 문자도 안 읽은 거야? 변 사무관 징계 요구 들어갔어. 결과 나오기 전까지 직위해제니까 무슨 일이든 할 생각 하지 마. 아니, 하면 안 되지. 못 하는 거지."

모병오 과장이 파티션 위로 봉긋 머리를 내밀고 말했다.

"지, 지, 징계요?"

이해할 수 없었다. 징계를 하는 건 변신재 사무관의 일 아닌가. 징계는 변신재의 것이고 변신재의 세상이었다. 세상이 왜 거꾸로 돌아가는 거지? 너무 충격을 받은 나머지 변신재는 모병오 과장이 징계 혐의를 늘어놓는 동안 아무 대꾸도 하지 못하고 듣기만 했다.

"갑자기 출장을 취소하고 복무 관리자에게 아무런 보고

없이 근무지를 이탈한 점, 배차된 관용차를 사적인 용도로 사용하고 정해진 시간에 다음 사용자에게 인계하지 않아 공무에 지장을 초래한 점, 일방적으로 관용차를 인계하지 않겠다고 통보하고 연락도 받지 않은 점, 뿐만 아니라 관용차 인계 문제로 항의하는 공무원에게 감사 지적 사항을 눈감아줄 테니 넘어가달라고 했어? 이 사람, 이거 심각한데? 하여튼 이렇게 감사 업무 담당자로서 위력을 행사한 점. 여기까지 공무원 복무 규정 위반에 공용 물품 횡령에 업무 방해에 부패방지법 위반. 이해 가지? 아, 또 절도도 있네."

"……저, 저, 절도?"

다른 혐의도 납득할 수 없는 건 마찬가지였지만 절도라는 단어는 그 와중에도 넘어가 지지 않았다.

"변 사무관, 관용차에 있던 초콜릿 먹었어? 그거 이달숙 조사관 거야. 이달숙 조사관이 변 사무관에게 전화해서 자기가 차에 뭐 놓고 내렸다고 말했다며? 그 초콜릿 자기 것인 줄 알면서도 먹었다고 이달숙 조사관이 조금 전에 비위 사실 신고를 해서 징계 혐의가 더 추가됐어. 말도 없이 그걸 왜 먹어? 그것도 지금 귤 사건으로 감찰 조사 중인 직원 초콜릿을. 엄청 비싼 거더구먼. 내로남불이야 뭐야."

변신재는 입을 떡 벌렸다.

어떻게 그 짧은 시간에 자신이 그렇게나 많은 위반 행위를 저지른 건지 이해가 가지 않았다. 놀라운 것은 자신의 위반 행위를 발견한 인권위 직원들이 모두 득달같이 감사관실에 신고했다는 점이었다.

변신재를 둘러싼 세계가 빙글빙글 돌았다. 무언가 보이지 않는 거대한 힘이 변신재를 잡고 마구 휘둘러댔다.

"으아아아아아악!"

변신재는 머리를 부여잡고 사무실이 떠나가라 비명을 질렀다.

7.

공중전화는 인적이 뜸한 길가에 전 세대의 유물처럼 남아 있었다. 홍태는 주변에 CCTV가 없는 것을 확인하고 공중전화 부스에 들어갔다.

홍태는 공중전화의 수화기를 들고 본인의 휴대전화 번호를 눌렀다. 홍태의 양손에 들린 두 전화가 서로 연결되었다.

아무 대화도 없는 시간이 느리게 지났다. 휴대전화 액정화면에 표시되는 통화시간이 14분 23초에 이르렀을 때 홍태는 공중전화 수화기를 내렸다. 홍태는 느린 걸음으로 근처에 세워둔 차로 돌아갔다. 운전석에 앉아 휴대전화의 거래은행 앱을 열었다. 한 손에는 최철수가 보낸 두 번째 편지를 들었다. 계좌이체 화면을 열고 이미 수백 번 봐서 외우고 있는 문제의 계좌번호를 입력했다.

홍태의 계좌에 있던 돈 300만 원이 이체되었다.

홍태는 이글이글 타는 눈으로 송금을 확인하는 메시지를 노려보았다. 홍태의 몸에서 뿜어내는 적의와 열기가 달려드는 수많은 질문들을 튕겨냈다.

어디, 당신이 찾을 수 있는지 볼까?

연쇄살인범의 마지막 미소가 기억 속에 되살아났다. 그 옛날 아버지를 삼킨 파도 소리가 홍태의 귓가에 일렁였다.

✦

**끝까지 구하는
승냥이**

1.

부지훈 사무관은 환란이 닥치기 전 마스크를 충분히 쟁여뒀다. 초미세먼지까지 차단하는 KF94 마스크는 물론이고 값비싼 공업용 방진 마스크까지 넉넉했다. 이게 다 안전에 민감한 세심한 성격과 앞을 내다볼 줄 아는 혜안 덕분이었다. 지난주부터 약국에서 일주일에 한 번 한 사람당 마스크를 딱 두 장씩만 살 수 있었다. 정부가 이런 식으로 일상 용품의 공급을 통제하는 날이 올 거라고 예상한 사람은 아무도 없었을 터였다. 지훈은 전면에 배기 밸브가 달린 방진 마스크를 쓰고 의기양양하게 지하철을 탔다. 주변 승객들이 신기한 듯 지훈을 힐끔거렸다.

붐비는 사람들 틈에 자리를 잡고 서서 지훈은 스마트폰 화면에 눈을 박았다. 포털 사이트를 열자 C 바이러스 확산 뉴스가 쏟아졌다. 어제 하루 사이에만 1,217명의 확진자가 발생했고 네 명이 사망했다. 충청도 지역이 난리였다. 천안에서 정부의 방역 조치를 비판하는 대규모 집회가 강행된 뒤로 확진자가 하루에 천 명씩 쏟아져 나오는 판이었다. 시설 내 감염이 발생한 노인요양병원과 정신병원이 코호트 격리에 들어갔다. 폐쇄 병동 환자 대부분이 감염된 청록병원은 4일째 코호트 격리 중이었다. 청록병원과 같은 건물에 입점한 상가 점포들 모두 영업을 중단하고 건물을 비웠다. 졸지에 장기간 문을 닫게 된 서른여섯 개 점포 상인들이 천안에서 문제의 집회를 주관한 목사를 상대로 손해배상 소송을 걸었다. 바이러스는 농사를 짓고 사는 충북의 시골 마을까지 침투하여 집단감염을 일으켰다. 방역 당국은 문제가 되는 마을 전체를 봉쇄하는 걸 검토하고 있다고 밝혔다.

지하철에서 내려 역사 통로를 걸으며 지훈은 강한 기시감을 느꼈다. SF영화에서나 봤던 장면이 눈앞에 펼쳐졌다. 방역 조치를 강조하는 안내방송이 역사 전체에 울려 퍼졌고 마스크 밖으로 눈만 내민 사람들이 유령처럼 걸었다. 지훈은 생각했다. 이것은 영화 같은 현실일까, 아니면 현실 같은 영화일까.

작년 11월 한윤서 조사관과 함께 제네바 유엔사무소 출장을 갔을 때만 해도 지훈은 불과 몇 개월 사이 이런 상황이 닥치리라고는 상상하지 못했다. 연말에 중국에서 원인 모를 신종 감염병이 발생했다는 뉴스를 보긴 했다. 사스나 메르스처럼 신종 감염병도 진원지에서 귀국한 소수의 사람만 감염되고 한두 달 안에 끝날 줄 알았다. 연일 터지는 감염병 확산 소식을 따라가기 무섭게 팬데믹이 선언됐고 전 세계가 재앙을 맞았다. 학교와 도서관과 스포츠 경기장과 영화관이 문을 닫았다. 회사는 재택근무에 들어갔고 공식 행사가 줄

줄이 취소되었으며 국가 간 이동이 금지됐다. 졸지에 지훈은 이 꼴이 되기 전 거의 마지막 해외 출장을 다녀온 사람이 되었다.

지훈은 비장한 얼굴로 인권증진위원회 건물을 올려다보았다. 출근하는 직원들이 줄을 서서 체온 체크에 응하고 있었다. 바뀐 일상에 사람들은 제법 빠르게 적응했다. 재난의 시대, 대한민국의 인권 전담 기관은 무엇을 해야 할 것인가. 지훈은 마음이 웅장해졌다. 그는 몸을 꼿꼿이 세우고 자신의 직장을 향해 걸었다.

인권증진위원회 조사국 회의실에 정신장애인 인권 담당 조사관들이 모였다. 얼마 전 인권위 지역 사무소장에서 본부 조사과장으로 옮겨온 송 과장을 필두로 한윤서 조사관과 이달숙 조사관이 마스크를 쓴 채 들어와 한 칸씩 띄어 앉았다.

"결국 코호트 격리 끝나기 전에는 인권위 아니라 인권위 할아버지라도 못 들어간다는 거지?"

이달숙 조사관이 눈살을 찌푸리며 말했다. 청록병원 얘기였다.

청록병원은 충남 천안의 한 상가 건물에 들어선 정신병원이었다. 6일 전 처음으로 청록병원 입원 환자 중 C 바이러스 확진자가 나왔다. 입원 환자와 종사자 전원을 상대로 즉각 C 바이러스 검사가 진행됐다. 환자 247명 중 88명이 양성 반응을 보였다. 대부분 폐쇄 병동에 있던 환자들이었다. 무증상 감염자까지 합치면 앞으로 확진자가 얼마나 더 늘어날지 모르는 상황이었다. 병원이 들어선 건물 전체의 출입을 폐쇄하는 코호트 격리가 결정됐다.

청록병원은 258개 병상을 운영하는 제법 큰 규모의 병원이었다. 조현병, 조울병, 우울증, 치매, 알코올중독 환자들이 장기간 폐쇄 병동에서 입원 치료를 받고 있었다. 입원실은 밀집된 환경에 건물 구조상 창문의 수가 적어 환기가 잘 되지 않았다. 바이러스가 퍼질 수밖에 없는 조건이었다.

"환자, 종사자 모두 격리 중이에요. 상황이 엄중해요."

한윤서 조사관이 말했다.

2일 전 청록병원에서 C 바이러스에 의한 첫 사망자가 나왔다. 조현병을 앓고 있던 67세 남성 환자였다. 그는 젊은 시절 발병한 뒤 여러 병원을 거쳐 30여 년을 정신병원에 갇혀 살았다. 장기간 입원 생활을 하면서 신체기능이 전반적으로 약해져 사망 당시 몸무게가 46킬로그램밖에 되지 않았다. 언론과 인권단체는 폐쇄 병동의 밀집된 생활환경과 장기입원으로 인한 면역력 약화가 불러온 비극이라고 지적하며 인권위가 청록병원의 인권실태를 조사해야 한다고 주장했다. 뜨거운 여론의 요구에 밀려 이른 아침부터 조사관 회의가 소집된 것이었다.

"그러니까 지금도 말이야. 확진자랑 환자를 폐쇄된 장소에 같이 가둬놓고 말이 돼? 환자들에게 이 상황이 어떤 상황인지 정보나 제대로 주고 있겠어? 인권침해가 일어나고 있다면 지금 실시간으로 일어나고 있겠지. 정말 답답하다. 답답해."

달숙이 혀를 쯧쯧 찼다.

"방금 뉴스 떴어요. 청록병원 첫 감염이 외부 자원봉사자 때문이라고 하네요. 그 자원봉사자 사는 마을엔 이미 확진자 쫙 퍼졌고요. 마을 전체를 고립한다고 하는 거기에요. 충북 용천이요."

윤서가 휴대전화 화면에 눈길을 주며 말했다. 역학조사 6일 만에 청록병원 첫 감염자의 감염경로가 밝혀졌다. 역시나 충청도 지역감염과 연관이 있었다.

송 과장은 여느 때처럼 누런 눈곱이 달라붙은 눈으로 윤서의 휴대전화를 물끄러미 보았다. 까맣게 마른 얼굴에 아무런 열의도 느껴지지 않는 동태 같은 눈. 인권위에서 무능하기로는 감사관 모병오와 쌍벽을 이루는 과장이다. 일부러 그러는 건지는 모르겠지만 무능한 관리자만 골라서 위에 꽂아놓으니 윤서는 과 내의 경험 많고 능력 있는 다른 조사관들과 합심하여 알아서 일해야만 했다. 이쯤 되니 이제는 정해진 팔자려니 싶었다.

"저기, 부 사무관 오는군."

송 과장이 회의실 창문을 통해 지훈이 다가오는 것을 보고 말했다.

"어쭈. 오늘은 면봉에 숨구멍 달았네."

달숙이 빈정거렸다. 키가 작고 왜소한 체격에 비해 머리가 커서 면봉이란 별명이 있는 지훈이 배기 밸브가 달린 방진 마스크를 쓴 걸 보고 하는 말이었다.

윤서는 쿡, 소리를 내며 웃음을 참았다.

"벌써들 다 모여 계셨네요. 좋은 아침입니다!"

지훈은 활기차게 들어와 자리에 앉으며 윤서에게 찡긋 눈인사를 했다. 몇 달 전 같이 해외 출장을 갔다가 졸지에 살인사건을 마주쳤던 경험과 그 경험에서 쌓은 동료애를 상기시키는 눈짓이었다. 윤서는 웃음을 감추며 살짝 고개를 끄덕였다. 언젠가부터 조사국에서 정책검토가 필요한 사건을 다룰 때는 정책국의 부지훈 사무관을 참여시키는 것이 관행이 되어버렸다.

"감염병 대처 과정에서 벌어지는 인권침해도 문제지만, 시설에 원래부터 문제가 없었는지도 살펴봐야죠. 입원 처리는 적법하게 이루어졌는지, 환자들 처우는 적절한지. 구조상 이미 문제가 많은 병원 같아요. 감염병이 퍼질 수 있는 요인을 기존에 갖고 있었던 거죠."

지훈이 의견을 제시했다.

"네. 우리 계속 같은 얘기 하고 있었죠."

달숙이 중얼거렸다.

"그래도 지금 당장은 코호트 격리 뚫고 들어갈 수 있는 근거는 없어 보입니다, 과장님. 명분도 없고요. 인권위도 국가기관인데, 방역에 협조해야죠."

상황이 진정될 때까지는 기다리는 수밖에 별도리가 없었다. 청록병원에 대해서 일단 직권조사 개시 결정을 받아놓고, 코호트 격리가 해제되면 바로 다음 날이라도 조사에 들어가는 것으로 결론이 났다. 조사관들은 이어서 직권조사를 할 때 어떤 부분을 조사할 것인지에 대한 의견을 나눴다. 진정이라는 피해자의 요청에 따른 것이 아닌, 인권위 직권으로 하는 조사는 무엇을 얼마만큼 조사할 것인지 조사범위를 분명히 설정하고 들어가는 게 중요하기 때문이었다.

직권조사를 수행할 팀을 구성하고 팀 내 역할 분담까지 대략 마치고 나니 회의가 끝났다. 송 과장이 다들 수고했다고 인사치레를 하며 먼저 자리를 떴다.

"그런데…… 우리 오늘 너무 순조롭지 않았어?"

달숙이 고개를 갸웃거렸다.

"뭐가요?"

윤서가 대꾸했다.

"원래 우리 회의 분위기가 이렇지 않았잖아? 이렇게 평화롭다니 기분이 이상해."

"뭐가 이상하다는 건지 모르겠네요."

지훈은 시큰둥한 표정으로 회의 테이블에 있는 손 세정제를 쭉 짜서 손을 비볐다.

"아! 왠지 알았다!"

달숙이 무릎을 쳤다.

"이 자리에 배홍태가 빠졌네. 그래서 그런 거네. 배 조사관 오늘 어디 갔어?"

"연가 냈어요. 아침에 갑자기."

윤서가 얼굴을 찌푸렸다.

"또? 요즘 뭔 일 있대? 연가가 잦네?"

"모르죠."

윤서가 고개를 절레절레 흔들며 회의실을 나갔다. 그게

어때서요, 휴가는 노동자의 권리 아닌가요, 라고 소심하게 중얼거리며 지훈도 뒤를 따랐다.

아직 끝나지 않은 건가?

혼자 남은 달숙은 근심 어린 얼굴로 회의실에서 홍태가 늘 앉는 자리를 바라보았다. 달숙은 일전에 감사변태 변신재 사무관의 횡포에 대응하는 과정에서 홍태가 끌어안고 있는 비밀을 조금 엿어들었다. 홍태를 회심의 먹잇감으로 노리고 있는 변신재 사무관의 마음을 읽고 인권위의 성난 민심과 합심하여 감사변태를 3개월 정직에 처하게 하는 데 성공했다. 약간의 모략은 꾸몄지만 감사변태가 그간 해왔던 짓에 비하면 애교 수준이었다.

뭘 하고 다니는 걸까?

삐뚜름하게 앉은 홍태의 모습이 보이지 않는 게 달숙은 불안했다. 감사변태를 제거한 승리에 취해 홍태로부터 이후의 사정을 자세히 묻지 않은 게 잘못이었다.

홍태는 하선의 부모님을 만나 무슨 이야기를 나누었을까? 앞으로의 계획은 뭘까? 절대 비밀을 지키겠다고 약속했지만 생각할수록 이렇게 넘어갈 일이 아닌 듯했다.

달숙은 홍태에게 전화를 걸었다. 전화기가 꺼져 있다는 안내가 나왔다.

달숙은 흐흠, 소리를 내며 회의실의 빈자리를 노려보았다.

2.

"너무 상심하진 마십시오, 선생님. 전직 경찰 간부도 당해서 여기 온다니까요."

이 경사는 앞에 앉은 인권위 조사관의 눈치를 살피며 위로를 건넸다. 괜히 하는 말은 아니었다. 이 경사는 경찰서 지능범죄수사팀에서 3년째 보이스피싱 범죄를 전문적으로 수사하고 있었다. 법을 다루는 고위 공직자나 전문직 엘리트들이 한순간에 보이스피싱에 낚여 재산을 잃고 망연자실해서 찾아오는 경우를 수차례 봤다. 보이스피싱 피해에는 사각지대가 없었다.

"정말 못 잡습니까?"

홍태는 마스크 밖으로 개구리처럼 돌출된 눈을 뒤룩뒤룩 굴리며 씹어뱉듯 말했다.

이 경사는 한숨을 쉬며 애꿎은 마우스 휠만 달각거렸다. 눈앞의 피해자는 아주 전형적인 수법에 당했다. 소위 '서울중앙지검 김민수 검사' 사건이었다. 검사를 사칭한 전화를 받아 금융범죄에 당신의 계좌가 연루되지 않았다는 걸 증명하려면 계좌의 돈을 빼내 얼른 다른 계좌로 이체해야 한다는 협박을 받은 것이다. 전화를 걸어온 사람이 피해자의 금융정보를 몇몇 알고 있었기에 피해자는 그 말을 철석같이 믿었다. 금융회사로부터 유출되어 불법으로 거래된 개인정보일 줄은 상상하지 못했겠지. 불신처럼 신뢰 역시 한 번 마음속에 들어오면 계속 그 힘을 유지하는 경향이 있다. 불안을 조성하고 회유하는 데

능한 범죄자의 화법에 홀린 피해자는 돈 300만 원을 상대방이 불러주는 임시계좌로 입금했다. 그래도 이만하길 다행이었다. 피해 금액도 적은 편이었다. 요즘은 스마트폰에 악성 코드를 심어놓고 인증 버튼을 누르게 해 계좌에서 직접 돈을 빼내가는 수법이 더 활개를 치고 있었다. 그런 경우 피해 금액도 수백만 원에서 수천만 원대에 이르렀다.

"안타깝지만 보이스피싱은요, 솔직히 범인 잡기 어렵습니다. 문제의 전화는 추적해보니 어느 공중전화에서 건 건데 CCTV 안 찍히는 데고요. 돈 받은 계좌는 진작 폭발시켜버렸습니다. 아, 그러니까 해지했다는 말입니다. 계좌주는 소재지를 알 수 없는 사람이고요. 대포통장인 거죠."

"이런, 제길!"

홍태는 주먹으로 책상을 내리쳤다. 그러고도 분이 풀리지 않는지 머리를 숙이고 거친 숨을 씩씩거렸다.

그래, 속 뒤집힐 만하지.

이 경사는 홍태가 갑자기 책상을 내리치는 통에 놀랐지만 조용히 지켜봐 주었다. 인권위 조사관이라니 자기 자신을 오죽이나 법 집행에 밝고 똑똑한 사람이라고 생각하고 있겠어. 억울하고 창피하겠지. 더구나 인권위는 태생부터 경찰과 사이가 좋지 않았다. 평소 경찰을 인권침해 가해자 집단으로 치부하고 조사대상으로나 여겨왔을 텐데, 이렇게 어이없이 범죄 피해를 당해 경찰을 찾아온 것도 쪽팔릴 테지.

그러나 이 경사의 짐작과는 달리 홍태는 경북B교도소 1467번 수용자가 던져준 말을 떠올리고 있었다. 수용복 안에 화려한 무늬의 터틀넥 스웨터를 받쳐입은 조직폭력범.

점심시간을 보내고 다시 접견실에 들어와 앉은 1467번은 만족스러운 식사를 했는지 기름기 도는 입술로 말을 툭 뱉었다.

"천세종. 개털방 있던 놈이고 병사동 소지. 지난달 출소."

개털방이 절도범이 수용된 방을 가리키는 교도소 은어이고, 소지는 교도소 일을 돕는 모범수를 뜻한다는 것쯤은 홍태가 당연히 알고 있을 거라는 걸 전제한 말이었다.

홍태는 물론 알고 있었다.

"그 사람이 최철수 간병한 사람 맞습니까?"

1467번은 빙그레 웃었다.

"네. 그렇답니다. 미친 새끼. 최철수를 제 아비처럼 모시고 빨아댔답니다. 잔챙이 눈에는 여자 열댓 명 죽여서 파묻은 놈이 멋있어 보였는지 어쨌는지."

"천세종…… 몇 살입니까?"

"핏뎅이던데요? 스물여덟이라나 아홉이라나. 저, 얼마 안 되는 점심시간에 알아보고 다니느라 바빴습니다. 정보 물어다 준 애들도 고생했고."

1467번이 우람한 어깨를 으쓱하며 거드름을 피웠다.

"약속은 지킵니다."

홍태는 상대에 대한 혐오감을 굳이 숨기지 않는 표정으로 말을 이었다.

"이 이상으로 구체적인 정보가 있다면 더 드릴 수도 있습니다."

"아, 뭐 쓸 만한 얘기를 해드릴 수 있을지 모르겠네요."

1467번은 능청을 떨며 반색했다.

"어떻게 생긴 놈입니까?"

"그게, 제가 직접 아는 놈이 아니라서 말이죠. 쬐그맣답니다. 쬐그맣고 흔하게 생겼고, 인물은 뭐 별 볼 일 없나 봅니다."

"병사동에서 소지할 정도면 모범수였나 보군요?"

"그랬겠죠. 짭새에게 쫓기다 다쳐서 무릎이 아작나서 들어왔었대요. 그래서 처음엔 지가 병사동에서 환자로 생활하다가 교도관 눈에 들어서 소지로 뽑혔답니다."

"출소하면 어디로 가서 뭐 하고 살 건지 남긴 말은 없었답니까?"

홍태는 조급했다. 천세종을 추적할 수 있는 아주 조그만 단서라도 얻어야 했다. 기회는 이때뿐이었다. 또다시 이 일로 경북B교도소를 찾아올 수는 없었다.

"또 좀도둑질이나 하며 먹고살겠죠. 약쟁이가 약 못 끊듯이 손버릇 있는 놈들도 그거 못 끊습니다, 조사관님."

"가족은요?"

"부모는 모르겠고, 누나 얘기는 간혹 했다고 하는데……. 누나가 간호사라던가 그러면서. 환자 간병하는 게 남매 내력인 것 같다고. 미친놈. 살인범 똥구멍 닦는 거랑 간호사 하는 일이랑 같나. 안 그렇습니까? 조사관님?"

"간호사? 확실합니까?"

"대충 맞을 겁니다. 보건소에서 일한다고 했답니다."

"누나랑 가까운 사이였나 보죠?"

"글쎄요. 혼자 친한 척하는 거겠죠. 빵쟁이들이 그렇습니다. 아마 나가서도 누나 찾아가지는 못했을 겁니다. 그런 누나가 미쳤다고 전과자 동생 받아주겠습니까?"

1467번이 능글맞게 웃었다.

"어느 보건소인지는 모릅니까? 서울인지? 지방인지? 경상도인지 전라도인지? 뭐 그 정도라도?"

"글쎄요. 거기까지는 모르겠습니다."

"천세종의 고향은요? 생활 근거지가 어디죠?"

"모릅니다. 그런데…… 아마 촌구석 놈은 아닐 겁니다. 사투리 쓰고 그런 거 같지는 않으니까."

홍태가 필사적으로 달라붙었지만 더 이상의 정보는 나오지 않았다.

최철수가 죽어서도 홍태에게 편지를 보낼 수 있었던 이유. 간암으로 죽어가는 최철수의 가장 가까운 곳에 있었던 사람, 연쇄살인범 최철수에게 감화되어 최철수가 남긴 지령을 받아 수행하는 사람이 있었기 때문이다. 최철수의 심부름꾼. 그 사람이 천세종이 맞는지 확인하기 위해 홍태는 보이스피싱 범죄 피해자를 가장하여 휴가까지 내고 경찰서에 달려왔다.

홍태는 고개를 들고 이 경사를 향해 눈을 번뜩였다.

"은행 CCTV 화면, 그거 좀 볼 수 있습니까?"

범인이 홍태가 보낸 돈을 현금인출기에서 빼가는 장면이 녹화된 것을 말하는 거였다.

그걸 봐서 뭐 하려고 하느냐는 질문이 이 경사의 얼굴에 떠올랐다. 하지만 못 보여줄 건 없다는 듯 이 경사는 노트북을 홍태 쪽으로 돌리고 동영상 플레이어를 실행했다.

현금인출기가 단 세 대 설치된 작은 부스였다. CCTV 카메라는 현금인출기를 정면에서 비추는 방향에 설치된 듯했다. 비어 있던 부스에 검은 야구모자를 쓴 남자가 들어와 오른쪽 끝에 있는 현금인출기로 향했다. 상의는 검은 점퍼, 하의는 청바지를 입었다.

홍태는 현금인출기를 조작하여 돈을 찾는 남자의 뒷모습을 뚫어지게 보았다. 남자는 망설임 없는 동작으로 빠르게 돈을 빼내 점퍼 주머니에 쑤셔 넣고 몸을 돌렸다. 모자와 마스크에 가려 얼굴을 알아볼 수 없었다. 감염병 확산으로 마스크 착용이 일상화되다 보니 엉뚱하게 범죄자들이 이익을 누렸다. 마스크로 얼굴 전체를 가리고 다녀도 의심받을 일이 없는 것이다. 남자는 큰 걸음으로 부스를 빠져나갔다.

홍태는 같은 화면을 몇 번이고 돌려보았다. 이 경사에게 아예 마우스까지 건네받아 원하는 장면에서 멈추고 실행하기를 되풀이하면서 족히 10분은 보았다.

"뭘 그렇게 보십니까?"

모니터에 구멍을 낼 듯한 홍태의 눈빛에 이 경사가 의아한 표정으로 물었다.

"키가 작은 놈이네요."

홍태는 말하면서도 화면에서 눈을 떼지 않았다.

이 경사가 자리에서 일어나 홍태가 보고 있는 노트북 모니터를 기웃거렸다. 화면은 현금인출기를 조작하는 남자의 뒷모습을 비추는 장면에서 멈춰 있었다. 현금인출기의 높이와 비교하여 남자의 키를 짐작할 만했다.

"네. 좀 작죠. 164에서 167 사이쯤 될 겁니다. 근데 그것만으로는 용의자 특정은 어렵죠. 얼굴이 보여야 하는데……."

"원회전 보행."

홍태가 중얼거리며 플레이 버튼을 눌렀다. CCTV 영상 속 남자가 몸을 돌려 출입문까지 세 걸음으로 나갔다. 홍태는 다시 앞으로 돌아가 남자의 걸음걸이가 담긴 장면을 느린 속도로 재생했다. 홍태는 화면에 가장 분명히 담긴 남자의 두 번째 걸음에 집중했다. 남자는 오른쪽 발을 바닥에서 떼고 바깥쪽으로 반원을 그리는 방식으로 회전시켜 다음 발짝을 놓았다. 원회전 보행이라고 불리는 특이한 걸음걸이였다. 무릎을 다친 사람이 통증을 피하며 걷는 것이 습관화되다 보면 생길 수 있었다.

짭새에게 쫓기다 다쳐 무릎이 아작 나서 들어왔었대요.

1467번 수용자의 목소리가 홍태의 머릿속에 되살아났다.

"뭐라고요?"

이 경사가 화면 가까이 얼굴을 가져다 대며 눈을 끔뻑거렸다.

"개새끼! 내가 너를 못 찾을 줄 알아?"

홍태는 자리에서 벌떡 일어섰다.

그대로 인사도 없이 걸어나가는 홍태의 뒷모습을 이 경사는 멍한 표정으로 바라보았다.

천세종. 너인 건 알겠는데, 너를 어떻게 찾지.

홍태는 경찰서를 나와 길가에서 눈에 띈 해물탕집에 들어왔다. 대구탕을 시켜놓고 머리를 싸쥐었다. 마음 같아서는 경북B교도소 교도관에게 부탁하여 천세종의 정보를 받고 싶었다. 수용자 신분 카드에는 가족관계와 주소, 출소후 연락처 등 많은 개인정보가 있을 것이다. 하지만 곧 홍태는 고개를 저었다. 교도소를 통해 정보를 얻는 건 이제삼가야 했다.

종업원이 펄펄 끓는 대구탕 뚝배기를 홍태 앞에 놓고 갔다. 홍태는 밥과 국물을 퍼서 입에 날랐다. 맛이 느껴지지않았다. 묵주를 잡은 손을 모으고 하선을 찾아달라고 간청하던 하선 부모의 절박한 얼굴이 떠올랐다. 이어지는 최철수의 얼굴. 검게 마른 입술로 짓던 악마의 미소.

어디, 당신이 찾을 수 있는지 볼까?

경찰이 될 걸 그랬나. 인권위 조사관 따위가 아니라.

자신의 무능력에 화가 난 홍태는 반쯤 먹던 밥에 숟가락을 꽂았다. 벌건 대구탕 국물이 밥알에 묻었다. 답답했다. 매일같이 휴가를 내고 이 일에 매달릴 수도 없는 상황이었다. 내일이면 출근을 해야 한다. 직장에 묶인 몸으로 여기서더 이상 무엇을 할 수 있을까? 해야 하나? 할 수 있나?

내가 이 문제를 싹 잊고 살 수 있을까?

홍태는 경찰서에 들어가며 꺼둔 휴대전화의 전원을 켰다. 이달숙 조사관으로부터 부재중 전화가 와 있었다. 묻고싶은 게 있는 모양이었다. 무엇일지 짐작이 갔다. 홍태는 입을 앙다물었다.

보건당국은 오늘 오전 11시 30분을 기점으로 깃든농장을 격리 조치하기로 결정했습니다. 현재 4일째 코호트 격리 중인 천안 청록병원도 바로 이 깃든농장 주민이 자원봉사 목적으로 방문했다가 시설 내 감염을 일으킨 것으로 알려졌습니다. 충북 용천에 나가 있는 취재 기자를 연결하겠습니다.

해물탕집 벽에 설치된 TV에서 흘러나오는 뉴스가 홍태의 귀에 꽂혔다. 낯익은 단어가 들렸다. 청록병원. 오늘 사무실에서 청록병원 직권조사 관련 회의를 하기로 했던 것이 기억났다. 회의는 경찰서에 가기 위해 아침에 갑자기 휴가를 낸 홍태를 빼고 진행됐을 것이다. 홍태는 TV 화면에 눈길을 주었다.

뉴스 화면은 어느 산길에 세워진 바위를 비췄다. 바위에는 '협업마을 깃든농장'이라는 글귀가 새겨져 있었다. 다음으로 높게 치솟은 담벼락 사이에 낀 검은 철문이 나타났다. 깃든농장으로 진입하는 문이라 했다. 위압적으로 큰 문 앞에는 하얀 구급차와 방호복을 입은 사람 몇몇이 서서 오가는 사람과 차량을 통제하고 있었다.

'깃든농장이란? 1994년 창설된 신흥 종교'
'300여 명의 신도들이 집단생활, 현재 64명 확진'
'천안 청록병원 감염 일으킨 주민은 예배봉사자'
취재 기자의 리포트와 함께 화면 하단에 자막이 떴다.

"사이비네. 사이비들이 저 지랄이여."

홍태의 옆 테이블에서 밥을 먹던 중년 남자가 마주 앉은 일행을 향해 분통을 터뜨렸다. 남자는 페인트가 묻은 작업복 점퍼 차림이었다. 주변 건설 현장에서 일하는 노무자 같았다. 해물탕과 함께 걸친 반주 때문인지 주름진 얼굴이 불콰했다.

"저런 것들을 뭐하러 세금으로 치료를 해주고 난리여? 염병. 다 죽게 놔둬버리지."

전 세계가 감염병의 무서운 확산세를 보이던 팬데믹 초반, 국내에서 제법 잘 통제되었던 C 바이러스가 한 대형교회 목사가 주도하는 반정부 집회를 통해 확산되어 대유행을 불러오고 말았다. 남자는 지금의 사태를 일으킨 건 정통이라고 자부하는 개신교 집단이라는 사실을 잊은 듯했다.

어쨌거나 홍태의 눈에는 그놈이 다 그놈이었다. 정통이니 이단이니 하는 것은 자기들끼리의 분류일 뿐이었다. 모이지 말라는 데도 기어이 모여서 집회를 하며 세력을 유지하려 들고, 툭하면 종교의 자유를 들먹이며 사회에 해악을 끼치는 건 매한가지였다.

"저거, 아가동산 같은 거 아녀? 자네 아가동산 기억하나?"

옆 테이블 남자의 일행이 몸을 돌려 뉴스 화면을 힐끔거리며 말했다. 협업마을 깃든농장이라는 이름에서 90년대 말 아가동산 사건을 떠올린 듯했다.

홍태는 사이비종교를 다룬 다큐멘터리에서 아가동산 사건을 접한 적이 있었다. 김기순이라는 여자 교주가 80년대 신도들의 돈을 모아 협업마을 아가동산을 세우면서 시작되는 얘기다. 김기순은 자신을 아가처럼 때 묻지 않은 영혼이라는 뜻에서 '아가야'라고 호칭하게 하고 신격화했다. 신도들의 노동력을 착취하여 모은 수익금으로 국내 최고 규모의 레코드 회사를 설립하고 재산을 늘려갔다. 신도들은 아가동산에서 금욕적인 생활을 강요받으며 아침부터 밤까지 무임금으로 일했다.

아가동산 신도들이 김기순 교주를 찬양하는 행사 장면이 담긴 비디오테이프가 당시 언론에 공개되었다. 50대의 김기순이 폭 파묻힐 듯 풍성한 하얀 드레스를 입고 군악대 복장을 한 남자 신도들이 운반하는 꽃배를 타고 나타나는 장면이나, 한복을 입은 남녀 신도들이 황홀경에 젖은 표정으로 '아가야, 아가야'를 외치며 교주를 따르는 모습은 한 번 보면 잊기 힘들다.

김기순은 자신에게 순종하지 않거나 배신의 기미를 보이는 신도 세 명을 구타하여 살해하고 시신을 처리하게 했는데, 그 사실이 뒤늦게 아가동산을 이탈한 신도들에 의해 밝혀져 구속됐다. 신도 살해를 지시한 혐의로 사형을 구형받았으나 살인죄는 인정되지 않았고 조세포탈과 횡령죄만 인정되어 징역 4년을 선고받으며 파국을 맞았다.

깃든농장이라.

수상한 냄새가 났다. 깃든농장 주민이 청록병원에 주 1회 예배봉사를 다니다가 C 바이러스를 감염시켰다는 것 같았다. 용천에 있는 깃든농장과 천안 시내에 있는 청록병원은 무슨 관계인 걸까? 청록병원은 깃든농장이 어떤 종교 집단인지 정확히 알고 예배봉사를 허락했던 것일까? 홍태는 문득 오늘의 회의 결과가 궁금해졌다.

그 사이 뉴스는 다음 꼭지로 넘어갔다. 전국 감염병 확산 소식과 함께 선별검사소가 설치된 보건소의 풍경이 나왔다. 의료진이 방호복을 입고 힘겹게 일하고 있는 모습이었다. 방역의 최일선에서 헌신하는 의료인들. 팬데믹 이후 클리셰가 된 장면이었다.

보건소에서 간호사로 일하는 누나가 있다고 했지.

홍태는 고심했다. 교도소 수용자들 사이를 건너서 들은 정보인 만큼 얼마나 믿을 수 있는지가 문제였다. 천세종이 허풍을 떤 걸 수도 있고 1467번이 대충 잘못된 정보를 전한 걸 수도 있었다. 하지만 주어진 정보를 실마리 삼아 추적해 보는 수밖에 다른 방법은 없었다. 그나마 다행인 것은 천이란 성씨가 드문 성씨에 속한다는 거였다.

홍태는 해물탕집을 나와 택시를 탔다. 천세종의 근거지가 먼 지방은 아닌 것 같다고 하니 서울과 경기 지역 보건소를 우선 훑어봐야겠다는 생각이 들었다. 집에 들어서자마자 노트북을 열고 인터넷 창을 켰다.

서울시에는 25개, 경기도에는 44개의 보건소가 있었다. 홍태는 서울시 자치구의 보건소 홈페이지부터 하나하나 들어갔다.

보건소마다 홈페이지 디자인과 메뉴 구성이 제각각이었다. 소속 직원의 이름이 게시되지 않은 세 곳을 빼고 서울 소재 보건소에는 천씨 성을 가진 직원이 일곱 명 있었다. 남자 이름으로 보이는 세 명을 제외했다. 천경혜, 천영미, 천다해, 천지숙. 이중 누구라도 천세종의 누나일 수도 있었고 아닐 수도 있었다. 소속과 전화번호를 적어두고 홍태는 경기도에 있는 보건소 홈페이지를 열기 시작했다.

인천시를 끝내고 수원시로 넘어갔다. 수원시 자치구 보건소 중 첫 번째로 확인한 보건소 직원 소개에 있는 한 이름을 보고 홍태는 멈칫했다.

천세희.

느낌이 왔다. 홍태는 남은 경기도 소재 보건소 홈페이지를 모두 확인했고 천씨 성을 가진 이름 두 개를 더 찾아냈다. 그러나 마음은 이미 천세희라는 이름에 기울었다.

홍태는 휴대전화를 들었다.

연결음이 길게 이어졌다. 끊기겠다 싶을 때쯤 젊은 목소리의 여성이 "네, 보건소입니다"하며 전화를 받았다.

"여보세요? 천세희 선생님이십니까?"

"천세희 선생님은 지금 현장 근무 중이십니다."

동료가 대신 전화를 받은 모양이었다. 홍태는 혹시 천세희의 휴대전화 번호를 알려줄 수 있는지 물었다. 동료는 어렵다고 말하며 메모를 남겨주겠다고 했다. 홍태는 자신의 휴대전화 번호를 불러주고 덧붙였다.

"저는 오성생명 보험설계사 배홍태입니다. 천세희 선생님 남동생의 보험 계약과 관련해서 누나 되시는 분께 확인할 사항이 있으니 전화 달라고 전해주시겠습니까?"

얼마 전 출소한 전과자 남동생을 가진 누나라면 무시하기 어려운 전갈일 터였다.

천세희의 연락을 기다리는 동안 홍태는 목록에 있는 다른 천 씨들에게 전화했다. 자기는 남동생이 없다, 남동생이 있지만 천세종이란 이름은 아니다, 잘못 건 전화 같다는 반응이 이어졌다. 자리에 없는 사람들에게는 같은 방식으로 보험설계사를 가장한 메모를 남겼다. 거짓말을 한다는 가책은 느끼지 않았다. 죽은 연쇄살인범의 청탁을 받아 살인 피해자의 유족을 농락하는 천세종의 악랄함에 비하면 이쯤은 아무것도 아니었다.

그날 밤, 전화가 걸려왔다.

3.

'인권증진위원회 조사 차량'이라는 표식을 단 승합차가 오전 9시경 천안 시내에 들어섰다. 모든 조사를 하루 만에 마치기 위해 조사관들은 이른 아침에 출발했다. 청록병원에 대한 27일간의 코호트 격리가 종료되고 이틀이 지난 시점이었다. 네 명의 직권조사팀은 엊그제 모두 C 바이러스 검사를 받아 음성 판정 결과지를 챙겼다.

윤서는 다른 조사관들과 함께 승합차에서 내려 청록병원이 입주한 건물 앞에 섰다. 뉴스를 통해 숱하게 본 장면이지만 직접 보니 더 믿기지 않았다. 청록병원은 7층 건물 중 5층 전체, 6층과 7층의 일부를 임차해서 쓰고 있었다. 4층까지

분식집, 미용실, 안경집, 부동산중개소, 제과점, 피시방, 치과, 침구 가게 등이 들어찬 평범한 상가건물이었다. 5층 벽면에 면한 창문 전체에 흰색 바탕의 시트지가 붙어 있었다. 청록병원 입원 병동. 초록색으로 창문 하나당 한 글자씩 적혀 있는 글자. 6층의 반쪽에는 고시원과 당구장이 자리했다.

상가병원을 마주할 때마다 윤서는 뭔가 잘못됐다는 느낌을 받았다. 사람들이 물건을 사고팔며 자유롭게 오가는 일상적인 공간 한쪽에서 누군가는 몇 달이나 몇 년씩 강제로 갇혀 있다는 것이 부적절하게 느껴졌다. 정신병원은 꼭 도시에서 멀리 떨어진 시골 오지의 언덕에 있어야만 하느냐고 묻는다면 할 말은 없지만 이건 논리보다는 직감을 건드리는 문제였다.

구겨진 푸른 셔츠를 입은 중년 남자가 1층 부동산중개업소의 도어록 번호를 누르며 조사관들을 흘겨봤다. 남자는 코호트 격리에 응해 가게 문을 닫았다가 엊그제부터 겨우 영업을 재개했을 것이다. 오랜 기간 생업을 놓아야 했던 남자의 눈빛은 적대적이면서도 무기력해 보였다.

"뭐해요? 조지러 갑시다!"

홍태가 한 손에 든 가방을 덜렁거리며 말했다.

"그래! 조져보자구!"

달숙이 앞장섰다. 윤서와 정책국에서 지원 나온 지훈까지 네 명의 조사관은 엘리베이터를 타고 6층으로 올라갔다.

6층에는 청록병원 접수실과 열일곱 개의 개방 병동이 있었다. 접수대에 있던 두 명의 간호사 중 다소 경력이 있어 보이는 단발머리 간호사가 자리에서 일어나 조사관들을 맞았다.

"인권증진위원회에서 왔습니다."

윤서가 조사관증을 내보였다.

"네. 이쪽으로 오세요."

기다리고 있었다는 듯 단발머리 간호사가 곧장 복도로 걸어가 원무과 팻말을 단 문을 열었다. 대여섯 명 정도 일할 수 있는 사무공간이 나왔다. 간호사가 안쪽을 향해 원무과장님, 하고 외쳤다.

빼빼 마르고 파리한 젊은 남자 직원의 보고를 받고 있던 중년 남자가 자리에서 일어나 걸어 나왔다. 키는 작지만 다부져서 땡땡하다는 느낌이 드는 체격의 남자였다. 의료용 마스크 위로 알이 두꺼운 안경을 썼다. 50대 중후반 정도로 보였다.

"청록병원 원무과장 조규석입니다. 허 참, 안 그래도 정신 없는데……."

마스크 안으로 짜증스러운 표정이 느껴졌다.

"네. 저희도요. 정신없죠. 코호트 격리고 뭐고 왜 당장 조사하러 가지 않냐고 위에서 쪼지. 바깥에서 쪼지. 정신이 한 개도 없습니다."

홍태가 건들거렸다. 윤서가 표정을 찡그리며 홍태를 돌아보았다. 어차피 환영받으리라는 생각은 안 하지 않았는가. 여기는 이들의 공간이다. 기선 제압하겠다고 초장에 힘 빼봤자 조사에 도움 될 게 없었다. 아니나 다를까 안경 너머로 홍태를 노려보는 조규석의 눈빛이 싸늘했다.

조규석은 사무실 한쪽에 놓인 응접 소파 상석에 다리를 쩍 벌리고 앉았다. 간호복을 입은 풍채 좋은 남자가 들어와 원무과장의 오른편에 자리했다. 고중섭 간호부장이라고 했다. 간호부장은 병원 측에서 준비한 기초자료를 한 부씩 돌렸다.

"258개 병상 중에 폐쇄 병상이 226개나 되네요?"

달숙이 먼저 입을 뗐다. 전체 입원 병상 대비 폐쇄 병상의 압도적인 비율로 보아 외래는 거의 없고 입원, 그것도 폐쇄 병동 입원 환자 수익으로 먹고사는 병원이라는 게 뻔히 보였다.

"폐쇄 병동은 5층에 있습니다."

고중섭 간호부장이 딴소리 같은 대답을 했다.

"폐쇄 병동 환자 221명 중 216명이 확진…… 어머나, 다 걸렸네."

"저기, 조사관님들."

조규석 원무과장이 발끈했다.

"C 바이러스 감염률 자체가 높은 걸 난들 어떡합니까? 우리 종사자 중에도 네 명이 감염됐어요. 환자들만 갇혀 있었던 거 아닙니다? 의료진하고 직원들 46명도 확진자와 같이 한 달간 격리돼 있었단 말입니다."

천안 광장에서 대유행의 시발점이 된 대규모 집회가 개최되고 3일째 되는 날, 깃든농장 주민인 자원봉사자가 청록병원을 방문했다. 자원봉사자는 예배실에서 환자 42명을 모아놓고 기도와 강의를 했다. 자원봉사자가 잠시 마스크를 벗은 사이 밀접접촉한 환자 한 명이 그때 감염된 것으로 추정됐다.

환자 중에 첫 확진자가 나오고 다음 날엔 17명, 그다음 날에는 31명이 무더기로 확진되었다. 6일째 되는 날에는 88명까지 늘었다. 코호트 격리 중에도 확진자는 계속 늘어 갔으나 확진자의 다른 병원 이송은 9일째 되는 날에야 이루어졌다. 확진자 분리가 늦어진 것이 싹쓸이 감염의 결정적 원인이 됐다.

"병실이 없는데 어쩌겠습니까. 하루에 천 명씩 확진자가 쏟아지는 판에 충청도는 물론이고 경기도까지 음압병실이 꽉 찼습니다. 조사관님들도 뉴스 보셔서 아실 거 아닙니까? 충청도 전체가 아주 난리도 아니었습니다. 병실이 없어서 경증 환자들은 집에서 자가격리하고 입원실 나기만을 기다리는 상황이었습니다. 할 수 없이 6층 개방 병동 환자들을 같은 층에 있는 고시원으로 옮기고, 확진자 일부를 개방 병동에 옮겨 병상 간 거리 유지하고 차단 커튼 치고, 그렇게 9일 버텼습니다."

고중섭 간호부장이 억울하다는 듯 말을 쏟아냈다.

"일단 병실 좀 둘러보겠습니다. 그 뒤에 환자분들 몇 명 만나볼 테니 면담 준비해주시고요. 환자는……."

윤서는 병원 측에서 준비한 환자 명단을 뒤적였다. 입원 병실별로 나뉜 명단에는 환자의 가운데 이름이 익명으로 처리되어 있었다.

"확진되고 다른 병원 이송되었다가 돌아온 환자들, 이분…… 그리고 이분 면담 좀 준비해주시고요."

윤서는 명단 중에 두 명을 손가락으로 짚었다. 두 명 다 남자였고 알코올중독 환자였다. 간호부장이 떨떠름한 표정으로 수첩에 윤서가 지정한 환자의 이름을 적었다.

경험에서 비롯한 의도가 깔린 지명이었다. 정신병원의 실태를 알아보려면 알코올중독 환자부터 만나보는 게 유용했다. 알코올중독 환자는 격리되어 술을 끊으면 보통 멀쩡해지기 때문이다. 현실감각이나 사고능력에 손상을 입은 조현병이나 조울병, 치매 환자들보다 믿을 만한 진술을 얻을 수 있었다.

"같은 병실에 있었던 이분, 또 이분도 만나보겠습니다. 그리고……."

"청록병원에서 총 세 명이 사망했죠?"

홍태가 불쑥 끼어들었다. 딴죽을 거는 말투였다.

"그렇습니다만."

조규석 원무과장이 대꾸했다.

"환자들만. 그것도 폐쇄 병동 환자들만. 그쵸?"

"왜요? 종사자들은 안 죽어서 유감이십니까?"

조규석 원무과장이 홍태를 향해 눈을 부라렸다.

"에헤이. 설마 그런 뜻이겠습니까?"

홍태가 난처한 듯 웃으며 한발 물러나는 몸짓을 했다. 조규석 원무과장이 거칠게 마스크를 벗었다. 한쪽 뺨이 유난히 푹 꺼진 얼굴이 드러났다. 누군가에게 방금 한 대 맞아 주저앉은 듯한 기묘한 느낌을 주는 얼굴이었다. 조규석은 소파 곁탁자에 놓인 물잔을 들어 물을 벌컥벌컥 마셨다. 그러고는 아랫입술에 맺힌 물방울이 턱으로 흐르는 것도 닦지 않고 천천히 마스크를 다시 썼다. 불균형한 얼굴에 화가 차오른 눈빛이 오싹했다. 홍태 옆에 앉은 지훈이 지레 눈길을 피할 정도였다.

"격리 당시부터 지금까지 보호실에 있는 환자가 있네요?"

앞서 날카로운 대화가 오간 상황을 모른 척하며 윤서가 말을 이었다.

"네. 첫 감염 일어났던 날부터 보호실에서 보호 중인 환자라, 안전 차원에서 계속 보호실 수용했습니다. 처음부터 다른 환자 접촉 없이 혼자 있었으니까. 어쩌면 우리 중 가장 안전했다고 할 수 있죠."

고중섭 간호부장이 답했다.

"이 환자도 만나볼게요."

순간 고중섭 간호부장이 조규석 원무과장의 눈치를 보며 뭔가 할 말이 있는 듯 주저했다. 윤서는 병원 관계자들 사이에 오가는 무언의 대화를 읽었다.

"뭔 문제라도 있나요?"

"아니, 저 만나시는 건 문제가 없는데……."

고중섭 간호부장이 풍채 좋은 몸을 으쓱거렸다.

"없는데요?"

"아마 대화가 안 될 겁니다."

윤서는 명단을 다시 내려다보았다. 문제의 보호실 환자는 여성이었고, 병명은 조현병이었다. 대화가 어렵다고 하는 걸 보니 중증이거나 음성 증상이 심한 상태인 듯했다.

"그래도 만나볼게요. 이 환자 격리 강박 지시서랑 일지도 보여주세요."

"뭐 어때. 만나보시도록 해. 말이 통하든 말든."

조규석 원무과장이 간호부장을 향해 말을 툭 내뱉었다.

"병원장님은 자리에 계십니까?"

소파 끄트머리에 앉아 있던 지훈이 슬그머니 몸을 내밀며 물었다. 직권조사를 위해 내려올 때부터 병원장은 지훈이 만나기로 정했다. 지훈의 요청에 따른 계획이었다. 지훈은 깃든농장과 청록병원 간의 관계에 관해 항간에 떠도는 소문에 관심이 있었다. 사이비종교와 지역 정신병원 간의 결탁이라는 뒤숭숭한 소문에 대해 병원장이 뭐라고 답할지 궁금했다.

"자리에 계시는지 환자 보고 계시는지 저야 모르죠. 뭐, 병원 안에는 계십니다."

원무과장이 말했다.

"시간 되실 때 제가 좀 뵙고 싶습니다."

두 과장은 못마땅한 표정이었다.

달숙은 긴장된 분위기를 풀어줄 필요가 있다는 생각이 들어 나섰다.

"겨우 격리 풀리고, 바쁘신 거 알고, 몸도 마음도 힘드신 거 압니다. 그래서 우리도 오늘 하루 만에 끝내고 가려고 스케줄 조금 빡빡하게 가는 거예요. 길어지면 서로 힘들 거 아니겠어요? 협조 좀 부탁드립니다."

초반의 힘겨루기는 그쯤에서 끝났다.

병동을 둘러보러 가는 길에 달숙은 홍태의 옆구리를 쿡 찔렀다.

"배 조사관, 심술부리지 말고 좀 유하게 가자. 응? 우리 다 피곤해. 저 사람들도 피곤해. 한창 예민한 상태라고. 응?"

"제가 뭘 어쨌다고요."

홍태는 잔뜩 부은 얼굴로 투덜거렸다.

조사관들은 고중섭 간호부장을 따라 엘리베이터를 타고 5층에 내렸다. 병동 입구라고 쓰인 철문이 나왔다. 고중섭 간호부장이 도어록을 몸으로 가린 채 비밀번호를 눌렀다. 다소 긴 전자음과 함께 문이 열렸다.

냄새.

폐쇄 병동에 발을 들여놓는 것과 동시에 코를 덮치는 강렬한 체취에 압도당하지 않기 위해 윤서는 마음을 다졌다. 역한 냄새를 참기 위해서는 윤리적인 각성이 필요했다.

흔히들 정신병원 폐쇄 병동이라고 하면 소리를 연상한다. 환자들이 내는 끔찍한 소리가 폐쇄 병동에 들어왔다는 걸 알려주는 징표가 될 거라고들 쉽게 생각하는 것이다. 실상은 그렇지 않다. 소리보다는 냄새가 폐쇄 병동에 발을 들인 사람의 감각을 휘어잡는다. 배설물과 땀, 피, 토사물의 냄새가 겹겹이 쌓여 병동의 벽과 바닥에 눅진하게 스며들어 있다. 인간도 끊임없이 냄새나는 것을 싸고 뱉는 한낱 동물이라는 사실이 여실히 느껴진다.

인간에게서 존엄을 지우면 짐승과 다름없는 악취가 남

는다.

"중간 로비를 두고 안쪽이 여자병실, 바깥쪽이 남자병실입니다."

간호부장이 여행 가이드처럼 손짓을 하며 말했다. 병원 이름이 적힌 환자복을 입은 환자 몇 명이 복도를 걷고 있었다. 초점 없는 눈으로 복도 벽을 몸으로 쓸듯 붙어서 걷는 환자, 우두커니 서서 허공에 대고 무슨 말인가를 중얼거리는 환자, 고개를 한쪽으로 기울이고 끄덕거리며 걷다가 멈춰 서서 조사관들을 무섭게 노려보는 환자.

"여기 오른편으로 10인실 열한 개, 왼편으로는 10인실 여덟 개와 4인실 열일곱 개가 있습니다."

오른편이 건물 외벽 창문에 면한 곳이었다. 바깥에서 볼 때 청록병원 입원 병동이라고 쓰인 하얀색 시트지가 붙은 창문이었다.

"10인실……."

윤서는 실소가 나오려는 걸 참았다. 더 자세히 보지 않아도 어떤 병원인지 실상을 알 만했다. 청록병원 입원 환자의 약 90퍼센트가 의료보호 환자라고 했다. 정신병원 의료보호 환자는 1인당 고정된 입원정액수가가 국가에서 병원으로 지급된다. 환자 1인당 정해진 수가를 받고 한 방에 열 명씩 몰아넣는 것이다. 좀 더 높은 병원비를 지불할 수 있는 경제적 능력이 있고, 관심을 기울이는 보호자가 있는 건강보험 환자는 더 나은 환경을 갖춘 병원으로 간다.

"아직 환자들이 많이 돌아오지 않아서 별로 없긴 하지만,

자극하지 말고 보셔야 할 겁니다. 저희도 항상 긴장하고 조심합니다."

엄포를 놓으며 고중섭 간호부장이 오른편 첫 번째 입원실로 안내했다. 10인실 남자병실이었다. 환자 세 명이 침대에 누워 있었고, 간호사가 그중 한 명과 대화를 나누고 있던 참이었다. 간병인으로 보이는 중년 여자도 한 명 있었다. 병실에 있는 사람들은 다들 지쳐 보였고, 그래서인지 조사관들에게 별반 관심을 보이지 않았다.

"여기 몇 평입니까?"

홍태는 눈살을 찌푸리며 병실을 한 바퀴 둘러보았다.

"10인실은 다 45.4제곱미터입니다."

환자 1명당 공간이 4.5제곱미터인 셈이었다. 병상 사이의 거리는 1미터가 채 될까 싶었다. 복도에서보다 더 짙은 체취가 느껴졌다.

윤서는 병실 창가로 다가갔다. 창문에는 못이 박혀 있었다. 창문을 통해서는 실외 공기가 전혀 들어올 수 없는 구조였다. 바깥 풍경을 보는 것도 시트지 바깥의 좁은 틈새로만 가능했다.

"안전사고 때문에 못 열게 해놨습니다. 환기는 공조기로 다 됩니다. 복도에 공기청정기도 네 대 있고요."

간호부장이 복도에 서서 바쁘게 여기저기를 가리켰다. 병실 한구석에 낡은 공조기가 소리를 내며 돌아가고 있었다. 윤서는 한숨을 쉬었다. 환자 전원이 C 바이러스에 감염되지 않은 게 신기할 정도의 환경이었다.

왼편 병실의 상황은 더 심각했다. 왼편에는 창문이라고 부를만한 게 아예 없었다. 조사관들은 4인실도 들여다보았다. 4인실이라고 10인실보다 나을 것도 없었다. 10인실을 딱 10분의 4로 자른 크기의 비좁은 방이었다.

이렇게 환기도 채광도 잘 되지 않는 5층 폐쇄 병동에 첫 확진자 발생 당시 환자 221명이 생활하고 있었다. 상가병원인지라 하루 한 번이라도 산책을 하거나 햇볕을 쬘 수 있는 별도의 부지도 없었다. 환자들은 보호자가 찾아와 외출을 허락받고 나갈 때 말고는 이곳에 입원하면 퇴원할 때까지 바깥에 한 차례도 나갈 수 없는 것이다.

"코호트 격리 자체가 이 병원 환자들에겐 인권침해였겠습니다. 이런 곳에 확진자와 함께 가둬두는 거 자체가요."

지훈이 윤서의 뒤로 다가와 속삭였다. 홍태와 달숙도 참담한 표정이었고 간신히 험한 말을 참고 있는 것처럼 보였다. 상가에서 폐쇄 병동을 운영하는 정신병원의 환경은 대개 좋지 않았지만 여기는 개중 최악이었다. 교도소보다 조금 나은 수준이었고 어떤 부분은 교도소보다도 못했다. 교도소에서도 하루에 30분 정도는 바깥 운동장에 나가 운동할 수 있게 해준다.

인권위 조사관으로 일하며 윤서는 교도소나 구치소의 수용자 거실까지 몇 번 들어가 봤다. 한여름에 두 평도 안 되는 공간에 10여 명이 들어가 칼잠을 자야 하는 상황을 보며 평생 감옥에 들어갈 짓은 하지 말고 살아야겠다고 생각했다. 만나고 싶은 사람을 만나지 못하는 것이나 먹고 싶은 음식을 먹지 못하는 것, 휴일이면 TV 리모컨을 쥐고 마음껏 채널을 돌려가며 일어날 마음이 들 때까지 늘어지게 누워 있을 수 없는 것 등은 참을 수 있었다. 자유를 뺏기는 건 의외로 그렇게 고통스럽지 않을 것 같았다.

참을 수 없는 건 이를테면 이런 것이다. 방 한구석에 마련된 화장실에서 짧은 차폐막 위로 상반신을 훤히 드러내고 앉아 볼일을 봐야 하는 일, 속옷 한 장 걸치지 못한 알몸으로 서서 생식기에 뭘 숨기지 않았는지 검사를 받아야 하는 일, 정해진 시간에 수십 명이 발가벗고 후다닥 씻고 나오면서 가까스로 옷을 주워입어야 하는 일들. 신체의 부끄러운 부분을 감출 수 없게 되는 것, 은밀히 처리해야 마땅한 생리현상을 감출 수 없게 되는 상황에 처하는 것이다. 앞으로의 삶에서 어떤 문제가 생기더라도 결코 감옥에 갈 만한 범죄는 저지르지 않으리라고 그 시절의 윤서는 다짐했다.

정신장애인 인권침해 조사부서로 와서 윤서의 생각이 바뀌었다.

차라리 감옥에 가는 게 낫지 절대 미치지는 말자.

명절 휴가 때가 오면 조사관들은 가족관계가 좋지 않고 재산 다툼 같은 것이 있거들랑 명절날 가족 두 명 이상 모인 자리에는 가지 말라는 농담을 나누곤 했다. 가족 두 명이 정신과 의사랑 짜면 멀쩡한 사람도 강제로 정신병원에 가둘 수 있으니까. 아예 일어나지 않는 일은 아니었다.

4.

환자 면담을 두 조로 나눠서 하기로 했다. 달숙과 홍태가 한 조가 되어 심리상담실이라고 적힌 작은 방을 조사실로 배정받았다. 평소 임상심리사의 상담과 심리치료가 이루어지는 곳이라고 했다.

"아니, 됐구유. 이보시오들. 술 먹고 내 집 내 방에서 자고 있는 사람을 말이유. 오밤중에. 잉? 속옷 차림으로 봉고차에 실어가지구서는 끌고 와서 병원에 처넣었는디, 대한민국 인권이 이래도 되는 거유?"

알코올중독으로 입원한 오남현 환자는 대뜸 자기 불만부터 늘어놨다. 보호자 동의로 강제 입원당한 알코올중독 환자 백이면 백이 하는 말이었다. 알코올중독 환자는 으레 술에 취해 행패를 부리고 폭력을 휘두르던 자신의 모습은 싹 잊고 입원 당시 제압당했던 억울함만 마음에 새긴다.

"입원 절차에 문제가 있으면 경찰에 고소도 하실 수 있고 인권위에 진정도 하실 수 있고 인신보호법으로 법원에 재판도 걸 수 있고 다 할 수 있는데요. 그건 일단 우리 얘기 끝나고 따로 하시죠. 선생님."

설마 술 먹고 집에서 얌전히 손 모으고 자고 있는 사람을 끌고 왔겠어요, 속으로 빈정거리며 달숙이 말했다. 진정인에게 공감하는 능력이 누구보다 탁월하고 때론 그게 지나쳐서 문제인 달숙이었건만, 알코올중독 가부장에게는 좀처럼 공감을 하지 못했다. 어릴 적 달숙이 자라던 동네에도 술만 마시면 마누라와 자식들을 패고 벌거벗은 채 길거리를 뛰어다니며 고함을 치던 아저씨가 있었다. 동네 사람들은 '술만 안 마시면 사람 좋은 김 씨'라고들 했다.

"뭔 얘기?"

"C 바이러스 터지고 병원 격리되면서요, 어떻게 생활하셨습니까?"

홍태가 물었다.

"아 그러니까유. 전염병이 퍼졌는데 퇴원을 시켜줘야 할 거 아닌가유, 퇴원을! 좋다 이거유. 나야 씨팔 마누라랑 자식새끼가 나 미워서 처넣었다고 쳐유. 자기 발루 들어온 사람이라도 내보내던가 그래야 할 거 아뉴?"

폐쇄 병동에 입원했더라도 본인의 자발적 의사로 입원한 환자는 원할 때 언제든 퇴원을 시켜야 한다. 하지만 감염병 방역을 위한 코호트 격리 상황에서는 평소와는 다른 감염병 예방에 관한 법이 적용된다.

"선생님도 확진됐다가 나으셨던데요."

달숙은 슬쩍 자료를 내려다봤다. 오남현 환자는 첫 확진자가 발생한 다음 날 검사에서 양성 판정을 받았고 다른 병원으로 후송되었다가 완쾌 후 돌아왔다.

"그럼 환자랑 한 병원에 가둬놨는데 안 걸리구 배겨유? 뭐 내가 용쓰는 재주 있슈?"

"선생님도 예배 들으셨어요? 깃든농장에서 나왔다는 그 자원봉사자."

오남현 환자가 고개를 세차게 저었다.

"아, 나 그 사람들 말 안 들어유. 원래 난 예수도 안 믿는 사람이구유. 그것들 안 그려도 찝찝했어."

"찝찝하다니 뭐가요?"

달숙이 귀가 솔깃해서 물었다.

깃든농장 자원봉사자가 청록병원 감염을 일으켰다는 것이 밝혀지고 깃든농장도 봉쇄되면서 이 수상쩍은 집단에 대한 자극적인 보도가 잇따랐다. 교주가 남순남이라는 여자 목사이고, 신도들을 모아 농장을 꾸려 집단생활을 한다는 점에서 아가동산과 많이 비교되기도 했다.

남순남은 80년대 천안 지역에서 잠시 부흥했던 영원교 김 모 목사의 제자였다. 영원교는 믿음과 영생을 강조하고 교주에게 치유 능력이 있다고 주장하는 그렇고 그런 신흥 종교였는데, 교주 김 목사가 신도들을 상대로 사기와 성폭행 사건을 저질러 감옥에 가며 해체 국면을 맞았다. 남순남은 1994년 오갈 데 없어진 영원교 신도 300여 명을 모아 신도들이 헌납한 재산으로 충북 용천에 3만 평 부지를 매입하여 깃든농장을 세웠다. 깃든농장은 논밭과 과수 농사를 지으며 자급자족을 하고 농장 부지에 간장 공장과 두부 공장, 비누 공장을 만들어 운영했다. 깃든농장 공장에서 생산되는 상품은 값싸고 품질도 나쁘지 않아 충청도 지역 곳곳에서 제법 원활히 유통되고 있다고 한다.

깃든농장은 남순남을 살아 있는 신, 재림예수로 받들었다. 깃든농장 밖에도 일명 '깃든교회'를 지어 새로운 신도를 영입한다고 해서 기자가 잠입 취재를 했다. 보도는 선정적으로 팔렸고 높은 조회 수를 기록했다.

깃든교회의 교리에 의하면 남순남은 예수의 알려지지 않은 열세 번째 제자였다. 생전에 예수께서 남순남에게 말씀하시길, 아직 시대가 여자를 노예와 같이 여기는지라 내 녀를 세상에 내놓지 못하지만 훗날 당신은 남순남의 몸을 빌려 동방의 나라에서 부활할 거라고 했다고 한다. 예수는 십자가에 매달려 돌아가시기 전날 남순남에게만 몰래 당신께서 부활할 장소를 말해주셨고 그 성지가 바로 대한민국 충청북도 용천이었다. 남순남은 기적의 날에 온몸으로 예수의 영혼을 받아들였고 성도들을 모아 용천에 깃든농장을 세웠다. 재림예수 남순남을 믿으면 곧 다가올 심판의 날에 구원을 받아 영생을 얻을 수 있다. 구세주라는 걸 증명하기 위해 남순남은 육욕의 벌로 인간에게 내려진 각종 질병을 깨끗이 치유할 능력을 갖췄음을 깃든농장에서 몸소 보여주고 있으니 함께 영생을 얻을 자, 질병으로 고통받는 자는 당장 깃든농장으로 오라는 것이 매주 깃든교회에서 행해지는 설교의 요지였다. 교주 개인을 신격화하며 재산과 노동의 헌납을 종용하는 사이비종교의 특성을 착실히 갖췄다.

청록병원이 사실상 깃든농장에서 운영하는 병원 아니냐는 의문은 대중의 야릇한 호기심을 자극했다. 깃든농장 예배 봉사자가 용천에서 천안까지 매주 청록병원을 방문하여 전도를 했다고 하니 합리적인 의심이었다. 언론에서 은근슬쩍 몇 가지 의혹을 제기했으나 아직 명확히 밝혀진 건 없었다.

"미친 사람들이라고 무시하나. 와서 이상한 소리 해대니까 그렇지유."

오남현 환자가 콧방귀를 뀌며 말했다.

"이상한 소리라면?"

"그 늙은 여자가 하나님이라느니 우리는 죄가 많아서 귀신에 홀린 건데 그 여자가 싹 고쳐준다느니 그게 헛소리가 아니구 뭐유? 그 할망구가 하나님이면 그거 내가 해도 되겠던디."

오남현 환자가 주름 많은 눈살을 찌푸리더니 작은 소리로 덧붙였다.

"……그래서 그랬나. 싹 다 치우더만유."

"치웠다고요? 뭐를요?"

달숙이 물었다.

"인권위에서 온다고 그런 건지는 몰라두유. 어제 방마다 돌아다니면서 싹 치우더란 말유. 그 사람들이 올 때마다 뿌려대던 거."

호기심이 이는 진술이었다. 달숙은 홍태에게 방금 들었느냐는 눈짓을 보냈다.

홍태는 제 휴대전화를 내려다보고 있었다. 정신이 딴 나라에 가 있는 표정이었다. 그러고 보니 언제부터인가 질문도 하지 않고 조사에 관심을 보이지 않았다. 다 조져버리자며 개선장군처럼 먼저 병원에 진입하던 모습은 온데간데없었다.

"배 조사관?"

달숙이 눈치를 줬다. 홍태는 휴대전화 화면을 뚫어지게

바라보았다.

　동생에게 연락 왔어요.

　천세희가 보낸 문자 메시지였다. 문자에서 한숨이 느껴졌다. 동생과는 절연한 지 오래니 다시는 연락하지 말라고 매몰차게 전화를 끊지 않았던가.
　천세희는 홍태가 보험설계사를 사칭하여 보건소에 메모를 남긴 날 밤 전화를 걸어왔다.
　– 세종이가 무슨 보험을 들었다는 거죠? 제 얘기를 듣는 게 왜 필요해요?
　직감대로 역시 천세희는 천세종의 누나가 맞았다. 그리고 동생에 대한 감정이 매우 좋지 않은 듯했다.
　"천세종 고객님께서 저희와 생명보험 계약을 하시면서 보험수익자로 누님을 지정한다고 하셔서요. 이 경우 보험수익자의 동의도 필요합니다."
　홍태는 한 번 더 떠보았다.
　– 필요 없어요.
　"네?"
　– 필요 없다고요. 동생이 또 무슨 일을 꾸미는 건지 모르겠는데 전 필요 없어요. 동생과는 연락도 안 하는 사이고요. 아무튼 그렇게 전해주세요.
　천세희는 전화를 끊으려고 했다. 홍태는 급히 말투를 바꿨다.

"거짓말입니다."

휴대전화 너머로 천세희가 통화종료 버튼을 누르려던 동작을 멈추는 장면이 그려졌다.

- ……뭐라고요?

"거짓말이라고요. 죄송합니다. 저는 인권증진위원회 배홍태 조사관이라고 합니다. 동생분이 얼마 전 경북B교도소에서 출소했죠?"

천세희가 놀라 숨을 크게 들이쉬었다. 홍태는 빠르게 말을 쏟아냈다.

"동생분이 교도소에서 얻은 정보를 이용해서 다른 범죄의 피해자에게 공갈 갈취를 하고 있습니다. 동생의 소재를 알고 계신다면 가르쳐주십시오. 이건 아주 중요한 문제입니다."

천세희는 몇 초 망설이다가 반격했다.

- 제가 댁을 어떻게 믿죠? 사기꾼 아니에요? 왜 보험설계사라고 거짓말을 하죠? 이건 거짓말이 아니라고 제가 어떻게 믿어요? 인권증진위원회 조사관? 그건 맞아요?

"최철수라고 아십니까?"

악명 높은 희대의 연쇄살인범 이름 앞에 천세희는 입을 닫았다.

"동생께서 최철수가 죽기 전 교도소에서 최철수를 간병했습니다. 최철수의 살인 피해자 중 시신이 아직 발견되지 않은 피해자가 있는 거 알고 계십니까? 동생께서 최철수에게 시신이 있는 장소와 관련된 정보를 들은 모양입니다. 그

걸로 금품 갈취를 하고 있습니다."

─설사, 설사 그렇다 한들 왜…….

"제 금품을 갈취하고 있으니까요."

홍태는 가능한 한 간결하게 상황을 설명했다. 홍태는 더이상 거짓말을 하거나 일을 꾸며낼 여유가 없었다.

천세희는 홍태의 말을 믿어야 할지 말지 혼란스러운 듯했다.

─어쨌든 저는 정말로 동생이 있는 곳을 몰라요. 이번에 교도소 들어가기 전부터 연을 끊었고, 나와서 연락한 적도 없어요. 당신 말도 다는 못 믿겠어요.

"천세종 씨에게 연락이 오면 소재를 물어봐서 저에게 알려주실 수 있겠습니까?"

─저와는 관계없는 일이에요. 다시는 전화하지 마세요. 또 전화하면 인권위에 확인하고 민원 넣을 거예요.

그 말을 끝으로 천세희는 전화를 끊었다.

홍태는 천세희에게 다시 연락이 올 거라고는 기대하지 않고 있었다. 천세종으로 짐작되는 편지 전달자에게 300만 원을 보낸 지도 근 한 달이 지났다. 아직 세 번째 편지는 오지 않았다. 이게 끝일까. 아니다. 죽은 최철수도, 천세종도 여기서 멈추지는 않으리라. 뜸을 들이고 있는 것이다. 두 번째 편지도 첫 번째 편지를 보내고 두 달 만에 왔다. 홍태는 매일 사무실 우편함에 들러 자신에게 오는 편지를 두려운 마음으로 확인했다.

"잠시 실례하겠습니다."

홍태는 자리에서 벌떡 일어났다. 달숙이 무슨 일이냐며 불러세웠지만 홍태는 무시하고 상담실을 나가 전화를 걸 곳을 찾아 두리번거렸다.

"인권증진위원회 배홍태입니다. 천세희 선생님?"

통화는 바로 연결되었다. 천세희는 말을 꺼내기 전 얕은 한숨을 쉬었다.

―실은 계속 발신자표시제한으로 전화가 왔었어요. 세종이가 출소했을 무렵부터요. 안 받았었죠.

"그렇습니까……."

―오늘은, 받았어요. 길게 얘기 나누진 않았고요. 잘 지내고 있다고 하더군요. 돈벌이도 하고 있고.

'내 돈이겠지.'

홍태의 이마에 핏줄이 불끈 섰다.

"어디 산다는 말을 하던가요?"

―마포 쪽에…… 고시원에 임시로 살고 있다고 했어요. 자리 잡힐 때까지 임시로. 매형과 조카는 잘 지내냐고 궁금해했고…… 또 연락하겠다고 하면서 자기가 먼저 끊었어요.

거기까지였다. 그 정도나마 알아내기 위해 천세희는 본심을 감추고 괴로운 통화를 이어가야 했을 것이다. 동생이 살인 피해자의 유족을 괴롭히고 있다는 생각에 마음이 움직인 것일까.

윤서와 지훈은 직원 회의실을 조사실로 썼다. 먼저 C 바이러스에 걸렸다가 회복된 환자 두 명을 만났다. 환자들은 집중력이 떨어질 때면 간혹 딴소리를 하기는 했으나 대화를 이어가는 데 큰 어려움은 없었다.

"산책 못 하는 건 좀 짜증 나지만…… 어디든 고만고만해요. 우리 같은 수급자가 가는 병원이란 게. 여기는 그래도 장판 생활은 안 하잖아요? 온돌방에 열 명이 이불 펴고 자는 데도 있는데요. 시내에 있으니까 아무래도 가족이 한 번 더 들여다보기라도 할 거고. 바이러스요? 전 별로 안 아팠어요. 큰 대학병원으로 갔어요. 잘해주던데요? 밥도 맛있게 주고."

43세의 여성 조현병 환자가 말했다. 10대 때 발병해서 병원 생활에 이력이 붙은 듯 이렇다 할 희망도 없고 병원에 별 불만도 없었다. 산책을 할 수 없고 환기가 잘 안 되는 건 불편하지만 산골 오지에 있는 병원보다는 낫다는 말을 계속했다.

"처음에는 하나님 말씀한다고 해서 두어 번 들었어요. 그 사람들? 자꾸 퇴원하면 용천에 있는 자기들 농장으로 오라고 해요. 병 낫는다고. 듣기에 용천에서 여기로 온 사람도 있고 여기 있다 퇴원해서 용천으로 간 사람도 있다고 하더만요."

두 번째로 만난 32세 남성 조울병 환자가 말했다.

"용천에서 여기로 온 사람이 있다고요?"

지훈이 관심을 보이며 물었다.

"네. 근데 대놓고는 말 안 하려고 하죠. 거기서 치료가 안

돼서 온 거니까. 자기들 하는 말이 틀린 거잖아요. 깃든농
장이라던가? 예수가 십자가 매달릴 때 흘린 피가 용천 어
디 땅에 깃들었다나 뭐라나. 그래서 지들끼리는 깃든농장을
'보혈이 깃든 곳'이라고 말하더라고요. 예수가 흘린 피를 보
혈이라고 부른다면서. 아니, 그 피가 왜 용천에 떨어져요?
그게 다 거기랑 이 병원이랑 알음알음 짜고 치면서 환자 장
사 하는 거예요. 그러니까 거기서 매주 안 빼먹고 사람을 보
냈다가 병도 옮기고 그런 거죠."

지훈은 몸에 비해 큰 머리를 까딱거리며 심각한 표정을
지었다. 수백 수천의 가정을 파탄시키고 수많은 사람의 재
산과 자유를 갈취하는 사이비종교가 종교의 자유라는 명목
으로 보호받는 꼴을 보고 있노라면 속이 뒤집혔다. 사이비
종교가 정신병원의 실소유주라고 한다면 그냥 넘어갈 문제
가 아니다. 종교 집단이 기도원이란 이름으로 정신질환자를
감금하는 사설 수용소를 운영하곤 했던 것이 그리 오래전
의 일이 아닌 것이다.

세 번째 면담할 환자를 기다리는 중 문을 두드리는 소리
에 이어 고중섭 간호부장이 문틈으로 머리를 들이밀었다.

"병원장님께서 지금 시간이 괜찮으시다고 합니다. 어쩌
시겠습니까?"

지금이 아니면 기회가 없을 거라는 말로 들렸다. 지훈이
자리에서 일어났다.

"그래요? 그럼 제가 잠시 뵈러 가야죠. 환자는 혼자 면담
해도 괜찮으시겠죠? 한 조사관님?"

윤서는 고개를 끄덕이며 지훈을 보냈다.

다음으로 면담할 환자는 코호트 격리 당시부터 보호실에 혼자 수용되어 있었던 여성 환자였다. 윤서는 상담실에 혼자 남아 마지막 환자를 기다렸다.

몇 분 후 문이 열렸다. 환자복을 입은 거구의 사람이 느린 걸음으로 들어와 모습을 보였다. 윤서는 눈을 휘둥그레 떴다.

윤서는 지금껏 이렇게 몸집이 큰 여성을 본 적이 없는 것 같았다. 100킬로그램은 거뜬히 넘을 것 같고 200킬로그램에 육박하는 건 아닐까 싶을 정도의 체구였다. 마스크를 써서 눈만 드러나 있는 데다가 환자의 까만 머리카락은 밤송이같이 짧았다. 사전 정보가 없었다면 겉모습으로는 성별을 알 수 없었을 것이다.

환자는 죽음에서 방금 깨어난 사람처럼 흐릿한 눈으로 느리게 걸었다. 보다 못한 고중섭 간호부장이 뒤에서 신설희 환자의 한쪽 팔을 잡고 윤서가 앉아 있는 쪽으로 끌었다. 접이식 의자에 환자를 앉히는 데 한참이 걸렸다. 자리를 뜨기 전 간호부장은 신설희 환자와 윤서를 한 번씩 번갈아 보았다. 눈빛에 경멸이 떠올랐다. 윤서는 그것이 누구를 향한 경멸일지 궁금했다.

"신설희 선생님?"

상대는 반응을 보이지 않았다.

28세. 조현병. 의료보호. 청록병원 입원 기간 1년 2개월.

자료에 나타난 신설희 환자의 프로필이었다. 입원 기간

은 가장 최근에 연속된 기간만을 기록한 것일 테니 이 환자가 실제로 정신병원에서 몇 번이나 입원과 퇴원을 반복하며 총 몇 년을 지냈는지는 모를 일이었다.

"저는 인권증진위원회라는 국가기관에서 왔고요, 한윤서 조사관이라고 합니다. 이런 정신병원에서 환자들의 인권이 침해당하는지 아닌지 조사하는 사람이에요."

신설희 환자의 눈길은 무릎에 올려둔 자신의 통통한 손끝을 향했다. 오래 햇빛을 보지 못한 탓인지 살결이 창백했다.

"지난 한 달 동안 병원에서 무슨 일이 일어났는지 아세요?"

윤서는 병원 측에서 제출한 격리 강박 일지를 내려다보았다. 최초 감염원이었던 깃든농장 예배봉사자가 방문하기 전날, 신설희는 보호실에 수용되었다. 동료 환자의 얼굴을 때리고 보호사를 밀치며 고함을 쳤다는 이유였다. 감염이 시작되고 나서는 보호실에 계속 있는 게 안전하다는 병원 측의 판단 아래 격리 기간 내내 보호실에서 혼자 지냈다. 문밖에서 무슨 일이 벌어지고 있는지 잘 몰랐을 수도 있겠다 싶었다.

"C 바이러스라고, 뭔지 아시나요? 들어본 적 있어요?"

묵묵부답.

병원 측에서 왜 인권위 조사관이 신설희 환자와 면담하는 걸 꺼렸는지 알 것 같았다. 신설희는 조현병 음성 증상에 들어선 상태인 듯했다. 의욕과 동기가 없고 감정과 생각의 변화가 둔한 상태다.

"보호실에서 혼자 오래 계셨죠? 왜 그런지 설명은 들으셨어요?"

윤서는 계속 질문을 던졌다. 신설희는 두 번 정도 고개를 들어 윤서를 보았다. 아무런 감정도 담기지 않은 눈빛이었다. 윤서가 하는 말을 알아듣고 있는 건지도 알 수가 없었다.

"어디 아프신 데는 없고요?"

역시 반응이 없었다.

답답해진 윤서는 바닥에 놓아둔 가방에서 텀블러를 꺼냈다. 홍보과에서 기념품으로 만들어 돌린 텀블러였는데 결명자차를 끓여 담아왔다. 감염병 시국이라 아무 데서나 음료를 사 먹기 조심스러워 챙겨온 거였다.

윤서는 텀블러 뚜껑에 결명자차를 따라 신설희에게 내밀었다. 지금 상황에서 윤서가 보여줄 수 있는 유일한 호의였다.

"드세요. 아직 따뜻해요."

순간 강한 힘이 윤서가 뻗은 팔뚝을 잡아 쥐었다.

예상치 못한 빠른 움직임이었다. 신설희 환자는 왼손으로 윤서의 팔뚝을 잡고 탁자에 놓인 텀블러를 쏘아보았다. 별안간 초점이 돌아온 눈빛이 무서웠다. 윤서는 반사적으로 도움의 손길을 찾아 주위를 둘러보았다. 간호부장은 면담 시작과 함께 회의실 밖으로 나갔다. 회의실에는 윤서와 신설희 환자 단둘뿐이었다.

"저, 신설희 선생님? 제 손을 좀 놔주시겠어요?"

윤서는 침착하게 말하려고 애썼다. 누군가에게 이런 식으로 팔을 잡혔던 적이 있었던가. 게다가 상대는 중증의 정신병 환자였다. 당황스러웠다.

다행히 신설희가 윤서의 팔뚝을 잡은 손에 힘을 뺐다. 시선은 여전히 텀블러를 향한 채였다. 윤서는 신설희에게 잡혔던 팔뚝을 매만지며 신설희의 시선을 따라갔다. 은색 금속 재질로 만들어진 텀블러의 표면이 앉아 있는 신설희의 모습을 비추고 있었다.

"……아니야."

신설희가 말했다. 방에 들어오고 신설희가 처음 뱉은 말에 윤서는 귀를 쫑긋 세웠다.

"뭐라고요? 선생님?"

"저건 내가 아니야!"

오랜만에 터져 나온 듯한 목소리는 높고 얇고 날카로웠다. 윤서는 신설희의 변한 눈빛을 보았다. 공포가 스며든 눈빛이었다.

"나 아니야!"

신설희는 벌떡 일어나 텀블러를 손으로 쳤다. 텀블러가 바닥에 떨어지며 결명자차가 바닥 카펫에 쏟아졌다. 신설희는 거친 숨을 몰아쉬며 텀블러가 사라진 자리를 노려보았다. 윤서의 눈앞에서 밤송이 같은 머리가 까딱거렸다.

윤서는 문득 깨달았다. 머리가 너무 짧잖아.

회의실 문이 열리고 고중섭 간호부장이 얼굴을 내밀었다.

"그만하시는 게 낫지 않겠습니까? 조사관님?"

수상한 낌새를 느끼고 문에 달린 창으로 안의 상황을 엿본 모양이었다. 그럼 그렇지, 하는 표정이 간호부장의 얼굴에 걸려 있었다.

간호부장이 한쪽 팔을 잡아끌고 나갈 때까지 신설희는 절규하듯 외쳤다. 이거 나 아니야, 아니야, 나 아니야. 커다란 덩치의 여자가 텀블러에 비친 자신의 모습을 보고 귀신이라도 본 것처럼 반응하는 걸 어떻게 받아들여야 할지 몰라 윤서는 얼이 빠졌다.

"괜찮으십니까?"

고중섭 간호부장은 신설희 환자를 돌려보내고 바로 돌아왔다. 마스크 밖으로 드러난 눈에 엷은 만족감이 서려 있었다.

"방금 그게 무슨 행동이죠? 몇 번을 질문해도 아무 반응 없이 가만히 있다가 갑자기 흥분하던데요. 전 그냥 말을 좀 시켜보려고 차를 권한 건데……."

고중섭은 철제 의자를 끌어당겨 윤서의 맞은편에 털썩 앉았다.

"거울이나 유리창이나… 아무튼 자기 얼굴이 비치는 거 볼 때면 간혹 저런 과민반응을 보입니다. 항상 그런 건 아닌데 예측할 수가 없어요. 세게 발작하면 제압하느라 꽤 애먹을 때가 있습니다. 남자 간호사랑 보호사 두세 명이 달라붙어도 진정시키기 힘들어요. 보시다시피 덩치가 저래 커놔서. 그래서 제가 만나도 소용없을 거라고 하지 않았습니까, 조사관님."

C 바이러스 확산 시점에도 방금 같은 공격적인 행동을 보여 보호실에 보낸 거라는 설명이 이어졌다. 정신병 환자가 발작을 하면 힘이 어찌나 센지 괴력 수준이라는 푸념도

덧붙였다.

"보호실 격리될 때 보인 행동은 구체적으로 뭐죠? 동료 환자는 왜 때린 건가요?"

"아, 그거요. 여자 환자 중에 거 뭐냐, 김경희 씨라고 나이 지긋하신 분인데, 평소 말도 많고 참견도 많은 분이 있습니다. 그분이 신설희 씨 보고 뚱뚱하다고 놀리다가 맞은 거죠."

윤서는 고개를 갸웃했다. 뚱뚱하다는 놀림을 받았다고 바로 주먹이 나갈 정도로 신설희 환자가 외모에 대한 자의식이 있는 건가. 방금 보인 과민반응도 같은 차원의 반응일까.

"김경희 씨가 과거에 입원했을 때 신설희 씨를 만난 적이 있나 봅니다. 우리 병원 환자들이 대부분 만성질환자들이니까 그런 경우는 비일비재하죠. 아무튼 이분이 복도에서 신설희 씨를 딱 마주치고는 너 왜 이렇게 뚱뚱해졌냐고, 옛날보다 너무 뚱뚱해져서 못 알아보겠다고 주책없이 놀려댄 겁니다. 그래도 신설희 씨가 별 반응 없이 지나가려고 하니까, 신설희 씨 마스크를 확 잡아 뜯었다는 거예요. 그러니까 신설희 씨가 폭발해서 김경희 씨 머리며 얼굴이며 마구 때리고 쥐어뜯고 난리가 났습니다. 허 참, 김경희 씨가 잘못한 건 맞죠. 시국이 이런데 마스크 벗기려고 든 것도 그렇고. 감염병 문제 되자마자 우리는 환자들에게 마스크 꼭 쓰라고 했거든요. 복도 나올 때는 물론이고 병실에서도 가급적 쓰고 있으라고 했습니다."

윤서가 의아해하는 걸 눈치채고 고중섭 간호부장이 자세히 말을 이었다. 어디 가나 말 많고 오지랖 넓은 사람이 한 명쯤 있지 않냐며 여기도 마찬가지라고 김경희 환자 흉도 보았다.

"입원 환자들 머리는 누가 깎아줍니까?"

"네?"

간호부장이 뜬금없다는 듯 되물었다.

"머리 미용이요. 어떤 식으로 하시나요?"

"아, 그거요. 지역에서 자원봉사하는 미용사와 이발사분들이 한 달에 한 번씩 오십니다. 간혹 자원봉사 끊기면 우리가 따로 부르고요."

질문의 의도를 탐색하듯 간호부장은 조심스러운 말투로 답했다.

"코호트 격리될 동안, 그럼 최소 27일 동안 미용을 못 했을 텐데 환자 머리를 얼마나 짧게 깎아놓는 겁니까?"

윤서의 어조에는 비난이 실려 있었다.

간호부장은 윤서를 멀뚱히 바라보다가 작게 웃음을 터뜨렸다.

"조사관님. 보시다시피 자기 관리가 안 되는 환자니까요. 아무래도 위생상⋯⋯."

"아무렇게나 박박 깎아놔도 된다?"

윤서는 화가 솟구쳤다. 한 달 동안 머리카락이 밤송이같이 자랄 정도면 코호트 격리 당시에는 거의 삭발 상태였을 것이다. 신설희는 20대 여성이었다. 그 나잇대 여성으로 보일 수 있도록 기본적인 용모는 유지하게 해주어야 할 것 아닌가. 정신병약의 흔한 부작용이기는 하나 초고도비만에 이르는 체중도 환자 관리를 방치한 결과로 느껴졌다.

"나 원 참. 싫다고 하는데 우리가 억지로 깎았겠습니까? 솔직히 박박 깎든 말든 뭐가 뭔지 모르는 환자입니다. 그게 그렇게나 중요합니까? 발작하면 제 머리도 쥐어뜯고 내 머리도 몽땅 쥐어뜯기는 판인데 한가한 말씀이십니다. 뭐, 문제 있으면 고소하시든지요!"

나 참 이제 하다 하다 머리 깎은 거 가지고도 뭐라고 하네, 간호부장이 들으라는 듯 구시렁거리며 회의실을 나갔다. 이러니까 인권충이라는 소리를 듣지.

윤서는 인권충이라는 말에 발끈해 자리에서 일어났다. 간호부장은 사라지고 눈앞에서 문이 거칠게 닫혔다.

윤서는 심리상담실의 닫힌 문을 오래오래 노려보았다.

5.

머리가 벗어진 노인이 진료실 의자에 파묻히듯 앉은 채로 지훈을 맞았다. 노인은 팔뚝 부근에 청록병원 로고가 붙은 흰 가운을 입었다. 병원장 최영배라고 새긴 금색 명찰이 가슴께에서 빛났다. 60세는 훌쩍 넘어 보였다. 70세가 넘었다고 해도 놀랍진 않을 것 같았다.

"격리 기간 내내 고생이 많으셨겠습니다, 병원장님. 언론에서도 주목하고, 여기저기서 조사 나온다고 하고, 이런저런 소문도 돌고. 힘드셨지요?"

"뭐…… 둘러보시니 어떻습니까? 저희한테 큰 문제라도

있습니까?"

지훈이 인사치레로 건넨 말도 받지 않고 병원장은 병원 차트 프로그램이 띄워진 모니터를 보며 마우스를 딸각거렸다. 면담을 빨리 끝내고 싶은 기색을 숨기지도 않았다.

"그건 조사관님들이 조사한 결과에 달렸지요. 아, 저는 사실 조사관은 아니고요. 변호사 자격증 소지자로 인권위에 특별채용 됐고요, 인권 정책 업무를 담당하고 있습니다. 중요한 사건에는 이렇게 조사관님들과 함께 조사에 참여해서 정책 개선 사안을 검토하곤 합니다. 아무래도 법에 밝은 사람이 있으면 좋으니까요. 의사처럼 법조인도 전문직인지라, 에…… 전문직의 역할이라는 게 있지 않습니까?"

지훈은 같은 고학력 전문직 종사자로서 공감대를 끌어내고 싶었지만 실패한 것 같았다. 최영배는 성의 없이 고개만 끄덕거렸다.

지훈은 목소리를 한 번 가다듬고 말을 이었다.

"창문이 없는 병실도 많고, 있어도 열리지 않게 해두셨더라고요? 다인실이 많아 환자들이 밀집된 감이 있고. 환경을 바꿀 필요가 있지 않을까 하는 생각은 들었습니다."

"산업보건협회에서 나와서 측정했는데 공기 질은 양호하다고 했습니다."

"흠…… 그래도 일이 이렇게 되었고 하니, 환자 대부분이 확진되었지 않습니까. 좀 더 나은 환경을 만들면 좋지 않을까요?"

"시설 부분은 관련 규정 다 지켰습니다만."

"네. 그런데 지금까지는 괜찮았을지 몰라도요, 병원장님. 감염병이 터지니까 문제가 드러났지 않습니까? 복지부에서도 정신병원 면적 기준을 손을 좀 볼 모양이던데요."

"복지부에서 공문 내려오면 따라야겠지요."

병원장의 소극적인 답변에 지훈은 살살 약이 올랐다. 서론은 여기까지 하고 진짜 궁금한 걸 물어보기로 했다.

"그런데 병원장님, 깃든농장 예배봉사자는 어떻게 받게 된 건가요?"

지훈은 최영배 병원장이 눈썹을 살짝 움찔하는 것을 보았다.

"어, 그건…… 그쪽에서 봉사를 하겠다고 먼저 요청이 들어온 걸로 알고 있습니다."

병원장은 청록병원 정도 수준의 규모가 되는 정신병원은 지역사회에서 여러 가지 후원을 받게 된다고 하며 예배봉사도 그중 하나라고 말했다. 깃든농장과는 어쩌다 얽힌 것일 뿐 대수로운 관계가 아니라는 투였다.

"깃든농장이 어떤 곳인지는 모르셨습니까?"

"그냥 기독교 교회인 줄 알았을 겁니다. 직원들이요."

청록병원은 깃든농장의 사무장병원이라는 것이 항간에 떠도는 의혹의 핵심이었다. 의혹이 사실이라면 최영배 병원장은 깃든농장 관계자에게 의사 명의를 대여하여 병원을 개설하게 하고 자신은 실제로 고용의사의 역할을 하는 게 된다. 이 노의사가 사이비종교의 허수아비일까.

"듣기에 청록병원하고 깃든농장하고 꽤 밀접한 교류가

있다고 하는 것 같던데……."

지훈은 눈을 짐짓 예리하게 떴다.

"어허, 인권위에서 떠도는 소문 듣고 지금 저에게 그러시면 안 되지 않습니까? 아무 상관 없습니다. 그쪽과는. 어쩌다 잘못 봉사를 받아 가지고 감염병 옮은 죄밖에 없습니다."

병원장이 날카롭게 반응했다.

"하긴 소문이란 게 참……. 그런데 왜 하필 그런 쪽으로 소문이 났을까요? 생각해보신 적 있으십니까?"

지훈은 좁은 어깨를 으쓱하며 머리를 한쪽으로 기울였다.

"말 만들기 좋아하는 사람들이 할 일 없이 수군댔나 보지요. 옛날부터 정신병원 가지고 이상한 얘기 꾸며대기 좋아하지들 않습니까. 정신과 의사들은 고문 기술자고, 정신병원은 귀신 나오는 곳으로 아주 소설들을 써대잖아요."

의료인이 아닌 자가 정체를 숨기고 병원을 운영하는 사무장병원의 수법은 갈수록 교묘해져 발각하기 쉽지 않다고들 했다. 지훈이 여기서 이리저리 질문을 던져본들 밝혀낼 수는 없을 터였다.

그래도 지훈은 조금만 더 찔러보기로 했다.

"병원장님, 제가 청록병원의 건강보험 청구액과 약 처방 내역을 미리 제출해달라고 해서 살펴봤는데요. 환자 1인당 항정신병제와 신경안정제 처방이 꾸준히 증가하는 경향을 보이더라고요."

"그게 왜요? 정신과 전문의가 환자 상태에 따라 처방했는데 뭐 문제가 됩니까. 숫자만 보고 비전문가가 문제 있다고 판단할 일은 아닌 것 같은데요."

"그렇죠. 그런데요, 대부분 1세대 정신병약을 쓰시더라고요? 할로페리돌이나 클로르프로마진 같은 거. 뉴스 보셨는지 모르겠습니다만 요즘 요양병원에서 이게 문제가 돼서 제가 좀 신경이 쓰이더라고요."

값싸고 오래된 약을 과다처방해서 환자들을 잠재우고 있는 것 아니냐는 의심이 내포된 말이었다. 일명 화학적 구속이다.

1세대 정신병약은 1950년대 발명된 초기 정신병 약인데, 졸음이나 입 마름, 운동장애 같은 부작용이 심해 최근엔 잘 처방되지 않는다. 부작용 때문에 약에 대한 수용성이 떨어져 치료 의지를 꺾기 십상이고, 많은 시간 잠을 자거나 멍한 상태로 만들어 환자의 삶의 질을 떨어뜨린다. 그런데 얼마 전 노인요양병원에서 C 바이러스의 확산과 함께 보호자의 면회가 금지되고 관심과 감시의 눈길이 적어진 틈을 타서 노인 환자들에게 1세대 정신병약을 과다처방한 것이 드러나 언론 보도를 탔다. 치매 환자들을 약물로 침대에 묶어두려는 수작이었다. 정신병원 의료보호 입원 환자도 유사한 처지에 있었다.

최영배 병원장이 허, 하고 콧방귀를 뀌었다.

"그게 불만이시면 제가 부 사무관님께 질문 하나 먼저 합시다."

"질문이요?"

"정신과 의료보호 입원 환자에겐 정액수가가 지급되는

거 알고 계십니까?"

"아, 알고 있습니다."

"인권증진위원회에서 왜 그건 개선하라고 안 합니까?"

늙은 의사의 말에 힘이 들어갔다.

"음. 담당 부서에서 충분히 알고 있는 문제일 겁니다. 쉽지 않아서 그렇겠지요."

"정신과 환자들이 같은 병명이라도 증상이 천차만별인데, 정해진 액수 안에서 치료를 해야 하니 신약을 쓸 수 있기를 합니까, 도전적인 치료를 해볼 수 있기를 합니까? 의료보호 환자와 건강보험 환자를 차별한다 어쩐다 말이 많은데 이 나라가 그렇게 만들고 있는 겁니다. 이 나라가. 왜 이건 안 고치고 현장에서 씨름하는 의료인한테만 비전문가들이 이래라저래라 하는 건지 저는 도저히 이해가 안 갑니다."

"어디 가나 돈이 문제죠. 예산이 드는 문제를 정의감만으로 쉽게 고치라 말하긴 어렵더라고요. 백 퍼센트 국가의 건강보험 재정에 의존하는 의료보호 환자의 수가를 풀어주면 바로 과다진료나 과다진단 문제가 생길 수 있고…… 어떤 정책이 인권을 더 잘 보호하는 수단인지는 득실을 잘 따져봐야 하는 문제일 겁니다. 그런데 옛날 약을 쓰지 않으면 수가를 도저히 못 맞출 정도입니까? 그리고 이렇게 매년 처방량을 늘려야 할까요?"

지훈은 청록병원과 비슷한 조건의 다른 정신병원과 약 처방 실태를 비교해보고 싶었다. 그러면 과다처방 문제를 밝힐 수 있지 않을까? 증명하긴 어렵겠지만 분명 문제가 있어 보였다.

"우리 병원에 오는 환자들, 태반이 중증입니다. 중증 만성 질환자들, 가족도 포기하고 오갈 데 없는 환자들 우리가 받고 있는 겁니다. 솔직히 중증 환자들은 평생 안 나아요. 이렇게 그냥 사는 거고, 잠깐 사회에 나갔다가도 다시 돌아옵니다. 초기 급성환자들 입원하는 대학병원하고 비교하면 시설 열악하다고 욕하긴 쉽죠. 하지만 이런 환자들 받아주는 우리 같은 병원도 있긴 있어야 하지 않겠습니까?"

정부 정책을 비판하다가 기세가 올랐는지 최영배 병원장은 속마음을 드러냈다.

"탈시설, 탈시설 하지만 이 사람들 다 밖에 내보내면 누가 돌봅니까? 가족들은 진즉에 다 나가떨어졌어요. 지역사회? 허울 좋은 얘기입니다. 정신질환자들 길거리 돌아다니면 그거 누가 감당합니까? 정신병원 욕하기 좋아하는 사람, 탈시설 하라고 피켓 들고 악쓰는 사람, 인권 외치며 정신과 의료진들 싸잡아 인권침해자라고 하는 사람들이 데리고 살든지요."

직업에 대한 권태와 회의감을 가득 품은 목소리였다.

꽤나 칭얼대는군.

지훈은 사이비종교가 정신병원을 운영하기 위해 명의를 대여해줄 정신과 의사를 찾는다면 최영배 병원장이 제격일 것 같다는 생각을 했다.

천세희와 통화를 마친 홍태는 상담실로 돌아가지 않고

잠시 혼자 있을 곳을 찾았다. 남자병실과 여자병실을 나누는 중간 로비 구석에 운동실이라고 표시된 방이 보였다. 열평 정도 되는 운동실에는 러닝머신 두 대, 사이클링 한 대, 턱걸이 기구와 벤치프레스 정도가 비치되어 있었다. 밖으로 나가지 못하는 폐쇄 병동 환자들이 운동을 할 수 있도록 마련된 공간이었지만 그나마 아무도 없었다. 홍태는 벤치프레스에 걸터앉았다.

마포구에 있는 고시원에 모두 전화를 걸어 천세종이라는 사람이 있냐고 물어봐야 할까. 보건소 홈페이지를 샅샅이 뒤져 천세희를 찾아냈듯이 어렵지만 해볼 수는 있을 것이다. 운이 좋아 천세종을 찾아낸다고 치자. 그다음은?

나는 결과적으로 무엇을 찾고 싶은 걸까, 홍태는 생각해봤다. 물론 이하선의 시신이다. 최철수가 죽이고 숨겨놓은 이하선의 시신을 찾아 유족에게 돌려주려고 하는 것이다. 수사와 재판이 모두 종결되고 연쇄살인범도 죽어버린 마당에 이제는 아무도 찾지 않는 범죄 피해자의 시신을 나라도 어떻게든 찾고 싶은 것이다.

무언가가 홍태의 굳은 결의 안에 숨은 감정을 송곳처럼 쿡쿡 쑤셨다. 홍태는 죽은 최철수의 편지를 처음 받았을 때부터 쿡쿡 쑤시는 감각이 시작된 것을 알아챘지만 무시해왔다.

살아 있을지도 모르지.

지옥까지 따라가 찢어서 죽일 놈.

홍태는 최철수의 비열함에 정신을 잃어버릴 것 같은 분노를 느꼈다. 희대의 사이코패스는 어떻게 하면 상처를 가장 아프게 벌리고 후벼팔 수 있는지를 알았다. 소중한 것을 잃어버려 애통해하는 사람에게 사실은 그것을 잃어버리지 않았을 수도 있다며 실낱같은 희망을 던져주고 흔드는 짓거리. 그런 악마의 농간에 넘어가서는 안 된다고 하선의 부모에게는 단호하게 말했다. 당신의 딸은 죽었다. 희망을 가지면 당신들은 딸을 두 번 세 번 계속해서 잃게 된다. 그게 놈이 바라는 바다.

하지만.

저항해도 소용없었다. 좁쌀만 한 의문의 조각이 홍태의 마음을 파고들고 말았다. 의문은 몸을 웅크리고 마음 한구석 여린 부분에 도사리고 있다가 자꾸만 자신의 존재를 일깨웠다.

혹시라도 하선이 진짜 살아 있는 것은 아닐까?

살아 있기에 최철수의 다른 피해자들과 달리 시신이 발견되지 않은 걸 수도 있지 않을까. 나는 은연중에 살아 있는 하선을 찾기를 기대하고 있는 건가.

홍태는 도리질을 치며 일어섰다. 그 힘에 벤치프레스가 삐걱거리는 소리를 내며 본래의 위치에서 조금 벗어났다.

벤치프레스 다리로 손을 뻗다가 홍태는 바닥에 삐져나온 종이 뭉치를 보았다. 광고용지 같은 것을 여러 번 접어 벤치프레스 다리에 괴어놓았던 것 같았다. '깃든'이라는 글귀가 눈에 들어왔다. 알코올중독 오남현 환자가 했던 말이 떠올랐다. 어제 병원 측에서 방마다 돌아다니며 깃든농장 홍보물을 싹 치웠다는 얘기.

홍태는 종이뭉치를 집어 달라붙은 먼지를 털어내고 펼쳤다.

육신의 고통에서 벗어나고 맑은 정신을 갖기를 원하는 자는 깃든농장으로 오라는 조잡한 문구가 성경 구절과 함께 범벅되어 있었다. 남순남 교주를 소개하는 얼굴 사진 밑에 초점이 잘 맞지 않는 오래된 사진 하나가 크게 박혀 있었다.

"여기 있었어? 배 조사관, 정말 이러기야?"

달숙이 또각또각 구두 소리를 내며 운동실에 걸어들어왔다. 같이 환자를 면담하다가 갑자기 뛰쳐나간 뒤 소식이 없었으니 홍태는 욕을 들어도 할 말이 없었다.

"이 조사관님, 이것 좀 보세요."

홍태는 깃든농장 홍보물을 달숙의 얼굴에 들이밀었다.

"일하러 와서 정신 딴 데 팔고 이러기 있냐고? 내가 진짜…… 응? 이거 뭐야."

홍태의 전략이 성공했다. 달숙은 화내는 것도 잊고 손에 든 종잇장의 내용에 빠져들었다.

"야, 이거 봐라. 어머, 웃긴다."

중앙에 배치된 사진 속에는 긴 머리를 풀어헤친 짧고 통통한 몸매의 중년 여자가 밤하늘을 향해 한 손을 들고 서 있었다. 분홍색 주름치마에 흰색 카디건을 걸친 일상복 차림이다. 엉덩이를 한쪽으로 빼고 엉거주춤한 자세를 취하

248

고 있다. 걷다가 잠시 균형을 잃은 것 같기도 하고 비틀거리
는 깃 같기도 하다. 바닥은 흙바닥이고 주위에 나무가 많이
뻗어 있다. 어두운 배경에 희미하게 산의 능선이 보인다. 사
진의 오른쪽 위 귀퉁이를 벼락 모양의 붉은 광선이 가르고
있다.

"이거 필름에 빛 들어간 거잖아?"

사진에는 '기적의 날, 보혈이 깃든 곳에서 남순남 목사가
예수 그리스도의 성체를 받아들이고 있다'라는 설명이 붙어
있었다.

"어허. 신성 모독을 하시면 어떡합니까, 이 조사관님. 벼
락 맞습니다."

"이걸 진짜 신성한 빛이라고 치고. 근데 이 여자가 지금
빛을 보고 있는 게 맞기는 맞아?"

사진 속 중년 여자는 몸의 각도상 빛을 향해 있다고 보기
애매했다. 거룩한 광선을 몸 바쳐 온전히 받아들이려는 의
도가 느껴지지 않았다. 여자는 그냥 밤에 시골길을 걸으며
체조라도 하고 있었던 거고 붉은 광선은 필름을 현상하다
가 우연히 나타났다고 하는 게 맞을 성싶었다.

90년대 필름 카메라로 어쩌다 찍힌 이 투박한 사진이 정
말로 사진 속 여자가 신이라는 걸 증명하는 사진이란 말인
가? 수백 수천 명이 이 사진이 상징하는 걸 진짜로 믿고 있
단 말인가?

"거룩한 존재라는 아우라는 전혀 느껴지지 않네."

달숙은 상단에 있는 남순남 교주의 얼굴 사진을 뜯어보

았다. 파마머리에 짙은 화장을 하고 눈에 잔뜩 힘을 주고 있는, 이제 노년에 접어든 여자. 눈꼬리가 째져 올라가고 얼굴에 덕지덕지 살이 붙은 것이 영락없는 돼지 상(像)이었다.

"그러게요. 이게 어디 재림예수 얼굴입니까? 하루아침에 부동산으로 벼락부자 된 졸부 아줌마 얼굴이지. 귀걸이 목걸이 주렁주렁 매단 거 하며 시뻘겋게 칠한 입술 하며 아주 세속의 욕심을 잔뜩 붙들고 있네요."

홍태가 히죽거리며 맞장구를 쳤다.

"어쨌든 정신병원에서 말이야. 악귀 치료를 한다고 하는 종교 집단을 안에 들이고, 환자들에게 이런 홍보물을 뿌리게 하다니. 있을 수 없는 일이네. 이거 어디서 찾았어, 배 조사관? 사진 찍고 증거 남겨! 환자들 말이 맞았네. 사이비종교하고 정신병원이 어디까지 결탁하고 있는 거야?"

"환자 면담은 끝났습니까?"

"끝났지. 다 끝났어. 한윤서도 끝났다고 하고 이제 철수하면 돼. 가자고."

달숙은 나가려고 몸을 돌리다가 멈춰 섰다.

"왜요?"

홍태는 움찔했다. 째려보는 달숙의 눈이 무서웠다.

"배 조사관. 자기, 도대체 무슨 생각이야?"

"뭐가요?"

"끝났다고 한 거, 거짓말이지? 최철수 건 말이야."

"아이, 이 조사관님. 다 접었다니까요. 왜 사람 말을 못 믿어요."

홍태가 양손을 들어 올리며 억울하다는 표정을 지었다.

"아까 무슨 전화 받고 나간 거야? 뭔데 그렇게 심각한 얼굴로 나갔어? 아무 말도 없이 왜 다시 들어오지도 않아?"

"백 번 잘못했습니다. 이 조사관님. 밥 한 번 살게요. 이번만 봐주세요. 제발."

달숙은 슬그머니 지나치려고 하는 홍태의 팔뚝을 잡았다.

"그만둔 거 아니면 비밀 더 지켜줄 수 없어, 배 조사관. 아닌 거 같으면 말야, 나 한윤서에게 말할 수밖에 없다고. 배 조사관 그거 싫잖아."

홍태가 고개를 돌려 달숙을 보았다. 두 조사관의 눈빛이 허공에서 몇 초간 맞부딪혔다.

홍태는 휴대전화를 흔들며 배시시 웃었다.

"에헤이. 아니라니까요. 이 조사관님. 친구 놈이 돈 빌려달래요. 마누라 몰래 주식하다 쪽박 찼다고. 한심한 새끼. 싫은 소리 좀 하느라고 그랬습니다. 그 전화 받느라 나갔다가 땡땡이 좀 쳤어요. 죄송합니다. 헤헤."

달숙은 따라 웃지 않았다.

윤서와 지훈이 로비에서 기다리고 있었다. 조규석 원무과장과 고중섭 간호부장이 옆에 마지못한 듯 서서 조사관들을 배웅했다.

직권조사팀은 계획대로 하루 만에 조사를 끝내고 청록병원을 나섰다.

"90년대 도쿄 지하철 사린 가스 테러를 일으킨 일본의 옴진리교. 옴진리교가 결성된 결정적인 계기가 있죠. 교주 아사하라가 공중부양하는 사진이었어요."

서울로 돌아가는 승합차 안에서 깃든농장 홍보물은 조사관들의 손을 돌아 윤서에게 왔다. 윤서는 남순남 목사가 예수의 성체를 받아들이는 장면을 담은 사진을 보며 조소했다.

"팬티 한 장만 입은 아사하라 교주가 앉은 자세로 공중에 떠 있는 사진. 어느 오컬트 잡지에 실린 이 한 장의 사진이요, 교주의 초능력을 증명하는 사진이랍시고 번지면서 신도들이 모였죠. 일본의 그 우수한 인력들. 세계적 수준의 기업가와 공학자들도 그 사진 한 장으로 아사하라 교주에게 홀딱 넘어갔고요. 자신이 가진 재산과 전문지식을 영혼까지 쏟아부어서 화학무기인 사린 가스를 개발했어요."

"맞습니다. 실제로 도쿄 지하철에서 가스를 살포한 실행범들은요. 일본 최고 수준의 공학 엘리트들이었대요. 옴진리교 본부에 자체 연구소를 차리고 신종 생물학 무기를 개발하는 데 성공했을 정도이니 말 다 했죠."

뒷자리에 앉은 지훈이 고개를 주억거리며 끼어들었다.

"그런데요. 공중부양이라고 믿었던 그 사진은 사실 요가를 고도로 수련한 사람이라면 할 수 있는 동작이래요. 허벅지 근육을 튕겨서 몸을 순간적으로 띄우는 거라고 하던데요. 그래서 사진 속에서 아사하라는 순간적으로 온 힘을 극한까지, 최대치로 쓴 사람처럼 얼굴을 잔뜩 찡그리고 있죠. 초능력을 시연하는 거라고 보기엔 너무 힘겨워 보여요."

"도대체 왜 그 똑똑하다는 사람들까지 사이비를 믿는 걸까. 일본이든 한국이든. 이 욕심 많은 시골 계주 아줌마처럼 생긴 여자를 진짜 신이라고 믿는 기야?"

달숙은 붉은 섬광 아래 비틀거리고 있는 남순남 교주의 사진을 턱짓으로 가리키며 고개를 설레설레 저었다.

"1990년대, 세기말의 불안에 휩쓸리고 있는 사람들은 믿었어요. 초능력이라고. 아사하라가 신이라고요. 지금처럼 인터넷이 발달해서 잘못된 정보를 쉽게 검증할 수 있는 환경도 아니었잖아요. 잡지 같은 인쇄 매체가 권위를 누릴 때였어요. 그 시절을 생각해보세요, 이 조사관님. 어떤 소문이건 종이에 찍혀 나오면 그건 그냥 진실이었어요."

"하긴 그랬지. 남순남 목사 이 사진이 퍼질 때도 딱 그 무렵이었겠네. 깃든농장이 1994년인가? 그때 만들어졌다고 하더만. 하! 생각해보면 말이야, 인간은 참 연약해. 그치?"

달숙은 혀를 끌끌 차며 말을 이었다.

"누군가 전능해 보이는 사람이 내가 가진 불안을 몽땅 해결해줄 수 있다고 나서면, 믿고 싶어지나 봐. 불안을 떨칠 수 있다면 인간은 뭐든지 해. 알고 보면 사이비종교 포함 모든 장사는 다 불안 장사야. 그렇잖아? 뭔가 팔려면 사람들이 가진 불안을 자극하면 돼. 이 물건을 가지지 않으면 뒤처지는 사람이다, 남보다 열등한 사람이다, 당신에게 나쁜 일이 일어날 것이다. 이런 사인을 주면 옥장판이며 가짜 약이며 헬스기구며 명품 백이 술술 팔리는 거지."

달숙의 의견에 속으로 동의하며 윤서는 손에 든 홍보물을 뒤집어 보았다. 뒷면에는 순박하게 웃고 있는 신도들 사진 각각에 짧은 간증의 말이 붙어 있었다.

'자살 기도만 서른 번. 남 목사님 만나고 24년 앓던 우울 증에서 벗어났어요.'

'죽으라고, 남을 해치라고 우글대던 환청이 남 목사님 기 도에 앗 뜨거워 물러갔습니다.'

'치매로 뇌 70%가 죽었던 나. 지금은? 목사님 따라 믿음 전파하는 전도사가 됐죠.'

'의사도 포기했던 말기 암, 치유기도로 완쾌됐습니다.'

"죽은 사람 살렸다는 말은 왜 없을까. 어쨌든 이거, 증거 야. 정신병원에서 과학적 치료 방법을 부정하는 이런 미신 을 들인다는 것 자체가 인권침해라고. 안 그래? 한 조사관?"

달숙이 흥분했다.

"청록병원과 깃든농장을 오가는 환자가 있다는 진술도 나왔습니다. 환자를 신도로 끌어들이고, 여차하면 다시 병 원으로 보내고 하는 것 같아요. 이건 더 파봐야 합니다. 환 자 거래로 의료수급을 부정 탈취하거나, 사람을 불법감금 하는 사례가 있을지도 모른다는 의심이 빡 들던데요. 항정 신병 약 처방이 과한 것도 의심됩니다. 값싸고 부작용 많은 옛날 약을 매년 늘려서 처방하고 있다고요. 깃든농장도 한 번 뒤져봐야 합니다."

지훈이 열의에 찬 목소리로 주장했다.

"심각한 문제가 더 있을 수 있다는 것에는 저도 동의해 요. 그런데 여기서 더 파는 건 수사가 필요한 일 같아요. 인 권위의 조사 권한으로 밝혀내기에는 한계가 있어 보여요.

오늘 우리가 알아낸 것 토대로 수사 의뢰하는 쪽으로 가야 하지 않을까 싶은데요. 감염병 확산에 문제가 됐던 시설 상태에 대해 시정 권고가 필요한 부분 권고하고, 깃든농장과의 수상쩍은 관계는 수사 의뢰하는 걸로 정리하는 게 좋을 것 같아요."

윤서는 중요한 조사 자료인 깃든농장 홍보물을 클리어파일에 넣었다. 인권위는 조사 결과 드러난 인권침해 사항에 대해 직접 시정 권고를 하는 것 이외에 수사가 필요한 부분에 대해서는 수사기관에 수사 의뢰를 할 수 있고, 범죄 혐의가 드러난 부분에 대해서는 검찰에 고발도 할 수 있었다. 청록병원과 깃든농장의 문제는 필요하다면 강제력을 동원할 수 있는 수사가 필요한 영역이라고 윤서는 판단했다.

"여기서 끝냅니까? 한 조사관님? 깃든농장도 격리 끝났는데 조사하러 가야죠? 그 사람들도 방역 과정에서 종교의 자유를 침해당했다느니 어쨌다느니 말이 많은 거 같던데, 명분 있지 않습니까?"

지훈이 호소했다. 한창 재밌어지려고 하는데 여기서 조사를 접고 수사기관에 공을 넘긴다니 아까웠다. 집단생활을 하는 신흥 종교의 실상이 어떤지 직접 눈으로 보고 싶은 마음도 있었다.

"부 사무관님, 사이비종교 집단이 어떤 집단입니까? 인권위가 조사한다고 눈 하나 깜짝할 것 같습니까? 강제수사해도 될까 말까일걸요. 아이고, 그 사람들 종교의 자유 침해 명목으로 조사하는 시늉하는 것도 전 반대입니다. 이 건은 여기서 끝내고 딴 거 합시다."

내내 조용히 있던 홍태가 시큰둥하게 말했다.

편들어주는 사람이 없는 지훈은 못내 아쉬운지 깃든농장에 관한 뒷소문을 자기가 더 알아볼 수 있다며 구시렁거렸다. 무슨 수로 알아볼 것이고 알아봤자 뭘 어쩔 거냐고 달숙이 면박을 줬다. 충청 지역에서 활동하는 변호사 선배를 통해 확인할 방법이 있다며 지훈이 불만스럽게 대꾸했다. 홍태는 만사 귀찮은 듯 뒷좌석 의자에 머리를 대고 눈을 감았다.

대화가 끊긴 차 안에 어둠과 침묵이 찾아들었다. 지훈은 아이패드를 꺼내 무언가를 바삐 검색했고, 달숙은 어린 딸에게 전화를 걸어 일상적인 대화를 나눴다. 홍태는 잠이 들었다.

"뭐라고 우리 딸? 슈퍼 마리오 사줘? 닌텐도? 어어, 이경이도 지우도 다 갖고 있다고? 그럼 이경이네랑 지우네에 놀러 가서 같이 하면 되겠다. 그치? 아유. 이 밤에 어디서 사가."

한참 딸의 투정을 달래고 전화를 끊은 달숙이 투정했다.

"징그럽다. 언제 적 슈퍼 마리오야? 우리 어릴 적 전자오락실에서 뿅뿅거리면서 하던 거 아냐 그거? 이 게임은 도대체 몇십 년을 살아남아 부모 등골을 휘게 하는 겨?"

"옴진리교도 잔당이 아직도 남아 사업하며 돈 벌고 있다고 합니다. 일본이나 우리나라나 동양인의 근성은 대단한 거죠."

홍태가 몸을 뒤척이며 대꾸했다.

윤서는 신설희 환자의 짧은 머리를 생각했다. 인권충이

라는 간호부장의 막말도 떠올랐다. 내가 너무 민감했던 것은 아닐까, 하는 생각이 들었다. 많은 만성 정신질환자를 한 공간에 수용해야 하는 시설 입장에서는 나름의 고충이 있긴 하겠지. 그들도 무슨 사정이 있겠지. 나는 뭐 얼마나 인권을 끔찍하게 생각하는 사람이라고, 얼마나 진심으로 인권을 믿고 있다고 그랬을까.

윤서는 씁쓸한 기분을 삼키며 승합차 창문에 머리를 기댔다. 어두워진 하늘 아래 천안 시내의 풍경이 무심하게 스쳐 갔다. 퇴근 시간에 거리로 흘러나온 차들과 마스크를 쓰고 걷는 사람들. 높은 건물과 전광판 광고와 각종 상가 간판과 현수막들. 정지 신호를 받고 차가 멈췄다. 윤서는 현수막 거치대에 줄줄이 걸려 있는 글귀를 하나씩 속으로 읽었다. 마스크 쓰기와 손 씻기를 생활화합시다. MZ 세대의 현명한 선택 천안산업대학교. 우리는 C 바이러스를 이겨낼 수 있습니다. 천안 북구 공공분야 및 공공임대아파트 모집공고. 낳으세요 우리의 행복 키우세요 오늘의 희망.

윤서는 마지막 출산장려 캠페인의 문구에 오래 시선을 두었다.

낳으세요. 키우세요.

불과 30년도 안 지나서 국가가 이렇게 말을 바꾸어도 되는 걸까.

윤서는 어린 시절 자란 도시 중심가에 말뚝처럼 박혀 있던 커다란 사람 모양의 조형물을 기억했다. 조형물은 하얀색이었고 어린 윤서가 보기에 어마어마하게 컸다. 조형물의 가슴에 박힌 전광판에는 그날의 대한민국 인구를 나타내는 숫자가 떠 있었다. 다리 부분에는 산아제한 캠페인의 슬로건이 새겨져 있었다.

아들딸 구별 말고 둘만 낳아 잘 기르자.

어린 윤서는 사람 조형물을 스쳐 지나갈 때마다 주눅이 들었고 죄책감을 느꼈다. 땅덩어리는 좁은데 사람이 너무 많아 문제라고들 했다. 너무 많은 인구가 환경을 파괴하고 자원을 고갈시키고 식량을 먹어치우고 국가 경쟁력을 떨어뜨리고 있었다. 어린 윤서는 자기가 태어나는 바람에 인구에 숫자 하나를 보탠 게 미안했다.

학교 과학 시간에는 자연재해에 대해 배웠다. 어린 윤서는 역사상 가장 큰 화산 폭발과 가장 큰 지진의 이름을 외우고 사망자 수를 외웠다. 수백 수천 명이 죽었다는 기록을 보며 지구를 위해서 그만큼 인구가 줄어든 것이 다행이라고 생각했다. 그렇다 해도 지구에는 사람이 너무 많았다. 윤서 자신을 포함해서 여전히 너무 많았다.

나는, 인간은 과연 한 명 한 명이 다 똑같이 존엄할까. 30대의 윤서는 어린 윤서가 가졌던 죄책감과 공포심을 극복하지 못했다. 모든 인간이 절대적으로 다 소중하다고 생각하기에 인간은 너무 많았고 자연에게도 인간 서로에게도 해를 끼쳤으며 어떤 인간은 너무 나빴고 대부분의 인간은 하찮았다. 인권증진위원회 조사관이라는 직업에 복무하기 위해 매뉴얼을 읽듯 인간의 존엄성을 당연한 명제처럼 떠드는 것뿐이지, 나는 진심으로 그것을 믿고 있는가.

백 번 천 번을 생각해도 답이 나오지 않는 문제였다. 떠올리면 서글프고, 살아간다는 것의 의미가 뿌리째 흔들리는 느낌을 받았다. 윤서는 현수막에서 눈을 돌리고 의자 깊숙이 몸을 묻었다.

6.

송인수 교수는 좁고 긴 차 추출기로 시간을 들여 정성껏 차를 뽑아냈다. 연구실에 찾아온 손님에게 늘 직접 우린 차를 대접하는 듯했다. 홍태는 기다리며 책장에 꽂힌 범죄학 서적의 책등을 눈으로 훑었다.

"저도 뵙고 싶었습니다. 최철수 8번 피해자의 신원을 찾아주신 인권위 조사관님을요."

도자기 찻잔에 차를 따르며 송인수 교수가 말했다. 듬직한 체격에 비해 목소리는 다소 얇았다. 최근 방송이나 범죄 실화 관련 유튜브 채널에서 많이 듣는 목소리였다.

"시간 내주셔서 감사합니다. 많이 바쁘실 텐데요."

홍태가 말했다.

"아닙니다. 방송에 얼굴 좀 비친다고 그렇게들 보시는데. 생각보다 안 바쁩니다. 앉으세요."

우리나라의 대표적인 범죄 시사 프로그램에 고정 출연하며 범죄 심리학계의 스타가 된 송인수 교수가 작은 원탁에 찻잔을 놓으며 자리를 권했다.

한가하다고 겸손하게 말했으나 송인수 교수는 제법 많

은 스케줄을 소화하고 있을 터였다. 대학에서의 강의는 물론, 요즘 유행인 범죄 토크 방송에도 고정 출연하고 있었다. 한국의 연쇄살인범에 관한 책도 집필 중이라고 들었다. 일찍이 미국의 범죄 프로파일링 수사기법을 선도적으로 연구한 송인수 교수는 연쇄살인 사건이 발생할 때마다 경찰의 자문에 응해 여러 연쇄살인범의 검거에 기여했다.

"제가 참여한 마지막 연쇄살인 사건이었습니다. 최철수요. 저에겐 의미 있는 사건일 수밖에요. 아직까지도 깊은 연구 주제입니다."

짐작했던 바였다. 때문에 홍태는 자신을 최철수 8번 피해자의 신원을 찾아준 인권위 조사관으로 소개하면 송인수 교수가 틀림없이 만나주리라고 예상했다. 예상은 맞아떨어졌다.

"정말 궁금해서 혼났습니다. 어떻게 최철수의 입을 열게하신 건가요? 배홍태 조사관님?"

송인수 교수가 먼저 대화를 트며 치고 나왔다. 각진 얼굴에 좁게 자리 잡은 두 눈이 반짝 빛났다.

"최철수가 인권위에 면전진정 신청을 해서, 제가 갔습니다. 경북B교도소예요. 최철수는 당시 간암 말기로 거의 죽어가던 때였죠. 형집행정지를 받게 해달라더군요. 죽을 때는 밖에서 죽고 싶다고요."

홍태는 마스크를 벗어 원탁에 올려두고 뜨거운 차를 한 모금 마셨다.

"사형수 주제에, 형을 집행도 안 했는데 뭘 중지해달라는 거냐고 한 마디 박았습니다. 같잖아서 비아냥거려준 거죠. 그랬더니 최철수가 제가 맘에 든다고 히죽히죽 웃더니 별안간 저에게 선물을 주겠다고 했습니다."

곱씹고 싶지 않은 이야기였지만 홍태는 꾹 참고 늘어놓았다. 시체는 발견됐지만 신원이 밝혀지지 않은 피해자의 신원이냐, 이름은 알지만 시체가 발견되지 않은 피해자의 시신이냐, 둘 중 하나를 선택하면 알려주겠다고 거들먹거리던 최철수의 행태에 대해 얘기했다. 송인수 교수는 고개를 크게 끄덕이며 흥미를 보였다.

"아, 알 만합니다. 알 만해요……. 일단 말씀 계속하시죠."

"제가 선택한 건 이하선의 시신이었습니다."

송인수 교수는 놀라서 눈을 크게 떴다.

"아니, 찾으신 건 8번 피해자…… 김윤정의 신원을 알아내지 않으셨습니까?"

"제가 원했던 건 이하선이었습니다. 최철수의 피해자 중 마지막에서 두 번째, 10번 피해자의 시신."

홍태는 괴로웠지만 계속 말했다. 최철수가 알려준 대로 그날 밤 두골마을이라는 곳을 찾아갔다는 것, 이하선의 시신을 찾게 될 거라고 기대했지만 거기 있었던 건 8번 피해자 김윤정이 생전에 썼던 칫솔이었다는 것. 연쇄살인범에게 조롱당한 사연을 털어놓는 홍태의 얼굴이 딱딱하게 굳었다.

송인수 교수가 혀를 찼다.

"그런 일이 있었군요. 최철수 이 새끼. 악랄한 놈인 건 알았지만…… 정말 인간 악의의 끝은 뭔지 모르겠습니다."

"저기, 아까 알 만하다고 하신 건 뭡니까?"

홍태가 물었다.

"아, 그거요."

송 교수가 짧게 깎은 머리카락 아래 드러난 이마를 긁적였다.

"저는 최철수가 검거되고 경찰의 요청으로 바로 피의자 조사에 투입됐습니다. 경찰이 갖은 노력 끝에 최철수를 검거하긴 했는데, 피해자가 총 몇 명인지도 구체적인 범행 수법도 모르는 상황이었습니다. 모든 걸 최철수의 자백에 의존해야 하는 상황이었죠. 경찰이 다 최철수의 입만 바라보고 있는데, 이놈이 순순히 말할 리가 없죠. 그 상황을 재밌어하면서, 진술을 왔다 갔다 하며 경찰을 가지고 놀더군요. 뱀같이 교묘한 녀석이었습니다."

송 교수는 차를 한 모금 홀짝이며 말에 사이를 두었다.

"그래서 제가 투입된 거죠. 조사실에는 최철수가 먼저 들어가 있었고요."

송 교수는 당시 자신의 역할은 최철수의 심리를 분석해서 경찰에게 자백을 이끌어내기 위한 신문 방법을 조언해주는 거였다고 했다.

"최철수는 제가 자리에 앉자마자 대뜸 그러더군요. '경찰이 되게 급한 모양이네요. 벌써부터 교수님을 부르고 말입니다'라고. 저는 아직 이름도 밝히지 않았는데요. 놈은 제가 누군지 잘 알고 있었고 은근슬쩍 저를 띄워주기도 했습니다. 그뿐만이 아닙니다. 몸을 기울이고 저를 한참 쳐다보더니 뭐라고 했는지 아십니까?"

홍태는 경북B교도소에서 최철수를 처음 만났을 때를 떠올렸다. 꿰뚫어 보는 듯한 눈빛과 웃음. 심연을 들킨 기분이었다.

"뭐라고 했습니까?"

"방금 자기를 조사한 형사과장에게 자기가 거짓말을 하나 했는데, 뭔지 말해줄 테니 나가서 최철수의 거짓말을 밝혀냈다고 말하라더군요. 대신 두 시간만 자길 쉬게 해달라고요. 서로 주고받는 게 하나씩 있으면 그때부터 얘기가 편해지지 않겠느냐고요. 밤샘 조사를 받아 무척 피곤하다며 약간 애원하는 말투였습니다."

송인수 교수는 씁쓸하게 웃으며 부연설명을 했다. 당시 경찰에서는 연쇄살인범 수사에 송인수 교수 같은 민간인 범죄심리학자를 참여시키는 것에 불만을 가진 사람이 많았다. 아직 프로파일링이라는 용어 자체도 생소한 때였다. 현장에는 대놓고 송인수 교수를 경찰을 바보로 만드는 방송쟁이로 취급하는 수사관도 있었다.

"저도 사람인지라, 그런 시선이 싫지 않았겠습니까? 실력으로 인정받아 저를 깔보던 수사관들의 코를 납작하게 만들어주고 싶은 욕구가…… 스스로 생각했던 것보다 컸나 봅니다. 특히 저를 못마땅하게 생각했던 사람이 당시 관할서 형사과장이었죠. 저는 형사과장에게 무슨 거짓말을 했냐고 솔깃해서 물어봤습니다. 최철수의 제안에 응할 듯이요. 순간 깜짝 놀랐습니다. 최철수는 그 짧은 시간에 귀신같이 내 약점을 들여다보고 찔렀고, 저는 저도 모르게 그 말을 수용한 거죠. 당했구나, 싶었습니다."

자기를 분석하는 프로파일러의 마음까지 지배하려고 시도한 것이었다. 홍태는 송인수 교수가 들려주는 일화가 남일 같지 않았다.

"최철수는 남의 마음을 지배하고 통제하는 데 능했죠. 저도 처음 만났을 때 비슷한 걸 느꼈습니다. 그 능력으로 피해자들을 집으로 유인해서 죽였던 거 아닙니까?"

최철수는 범행 초기에는 거주지인 양평 인근에서 밤늦게 귀가하는 여성을 납치해서 살해했다. 네 번째 범행부터는 무리와 떨어져 혼자 있는 가출 여학생을 물색하고 집까지 유인한 뒤 살해하는 방식으로 수법을 바꿨다. 피해자들은 최철수의 차에 동승하여 최철수 혼자 사는 전원주택까지 자발적으로 따라갔다. 서울에서부터 양평까지 따라온 피해자만 해도 다섯 명이나 되었다.

"맞습니다. 최철수는 특히 남이 가진 약점이나 불안을 파악하는 데 천재적인 능력이 있었습니다. 남의 약점과 불안을 짚어내고, 자기가 그 문제를 해결해줄 수 있다는 식으로 다가가 관계에서 우위를 점하는 겁니다. 최철수는 권력 중독자였습니다. 타인의 감정에 공감하지 못하는 사이코패스였지만 어떤 감정이 사람을 움직이는지는 기가 막히게 잘 알았습니다."

"왜 저를 마음에 들어했을까요? 왜 제게 피해자에 대한 정보를 알려준 건지 저도 궁금합니다. 수사나 재판 과정에서 절대 말하지 않았던 걸 말이죠."

"그건요, 배 조사관님이 자기를 도발했으니까요. 최철수는 권력을 가지고 타인을 지배하려고 드는 한편 권력을 가진 사람을 숭배하기도 합니다."

송인수 교수는 자신의 해석이 마음에 드는 듯 미소 지으며 말을 이었다.

"당시 최철수는 연쇄살인으로 나라를 시끌시끌하게 한 유명인이었고, 사형수였는데, 간암 말기로 곧 죽을 상황이었습니다. 사형수는 교도소 안에서도 다른 수용자들에게 대접받습니다. 교도관들도 특별관리대상으로 관심을 두고 잘 대해줬을 겁니다. 최철수에게는 그런 호의가 무료하게 느껴졌을 겁니다."

"그러던 중에 제가 사형수가 무슨 형집행정지냐고 비아냥거리는 게 재밌었다고요?"

"간만에 타인과의 관계에서 긴장을 느꼈던 거고, 그게 반가웠을 겁니다. 의외였을 거예요. 인권위 조사관이라고 하면 일단 진정인 편에서 얘기를 들어줄 줄 알았는데, 예상이 깨진 거죠. 그리고……."

송 교수는 말을 멈추고 빈 찻잔에 남은 차를 따랐다.

"그리고요?"

"아무래도, 죽을 날이 얼마 남지 않아서 그랬겠죠."

죽기 전에 자기가 가진 최후의 패를 이용해서 마지막 놀이를 하고 싶었던 거군. 홍태는 쓴 침을 삼켰다.

최철수는 나에게서 무엇을 본 것일까.

홍태는 궁금했다. 최철수는 나의 어떤 점을 보고 내가 이하선의 시신을 찾는 데 집착할 거라는 걸 알아챈 것일까.

그때였을까. 놈에게 속은 걸 알고 다시 교도소를 찾아가 이하선의 시신이 어디 있는지 말하라며 분노를 터트렸던 그날. 제정신이 아닌 내 모습을 보고 직감했던 걸까. 시신을 볼모로 삼아 두고두고 이 사람의 마음을 조종할 수 있겠다고.

홍태는 원탁 밑으로 주먹을 꽉 쥐었다.

"저는 이하선의 시신을 찾고 싶습니다."

송인수 교수가 고개를 갸웃했다.

"······아직도요?"

"경찰은 더 이상 찾지 않겠죠?"

송 교수는 쓸쓸한 미소로 대답을 대신했다. 최철수 사건은 오래전에 종결되었다. 끝난 것이다. 국가는 현재 벌어지는 범죄를 해결하기에도 바쁘다.

"그래서 최철수에 대해서 뭐라도 많이 알면 알수록 도움이 될 것 같아 뵙자고 했습니다. 언론에 나오지 않은 것도 많이 알고 계실 테니까요. 수사에 참여했던 분들 중에 어쩌면 최철수란 인간에 대해 가장 잘 알고 계신 분이 송 교수님 아닙니까."

홍태는 나직한 목소리로 용건을 밝혔다. 송 교수는 그 뒤에도 수사가 종료될 때까지 최철수와 십여 차례 면담을 한 걸로 알려져 있었다.

"제가 아는 건 최철수의 심리에 대한······ 그것도 추정뿐입니다. 최철수가 저지른 범죄에 대해서는 수사 경찰들보다 더 모를 수 있습니다. 그런데 도움이 될까요?"

송 교수는 의문을 제기했다. 그러나 말투에는 가능하다면 도움을 주고 싶다는 호의가 담겨 있었다.

홍태는 그 무언의 호의를 조용히 받았다.

"어떤 놈입니까? 최철수는? 어떤 삶을 살았습니까?"

송 교수는 자리에서 일어나 안쪽에 놓인 책상으로 다가갔다. 범죄심리학자는 책상 서랍을 뒤져 담배와 라이터를 꺼내 홍태를 향해 들어 보였다. 얼마나 이어왔는지 모를 금연 결심을 깨려는 것 같았다. 홍태는 고개를 한 번 끄덕하고 재킷 주머니에서 자신의 담배를 꺼냈다.

종이컵을 재떨이 삼아 가운데 두고 두 남자가 마주 앉아 담배를 피웠다. 연기가 금세 좁은 연구실을 채웠다.

"프로파일러가 분석 대상 범죄자의 과거를 샅샅이 조사하지는 않습니다. 그럴 권한도 없고요."

바깥을 향해 난 작은 창문을 열며 송 교수가 말을 이었다.

"가족 같은 경우 거의 면담이 어렵다고 봐야 합니다. 신분 관련 각종 공문서나 학교 기록, 보험 납부 기록, 직장을 다녔으면 직장 관련 인사기록을 확인하는 정도죠. 주변인에 대해서는 범인 검거 후 언론에서 취재한 내용이나 주변인스스로 인터넷 같은 데 밝힌 내용을 많이 참고합니다. 그 외에는 범죄자 본인의 진술에 기초해서 생애를 구성해봅니다."

"최철수는 자기 얘기를 거의 안 하는 타입이었다고 들었습니다."

"맞습니다. 그래서 학교 생활이나 성인이 되고 나서의 생활에 대해서는 주변인들의 진술에 많이 의존했습니다. 가령 대학 생활 같은 경우, 동기들과 선후배들 진술이 좀 있었습니다. 최철수가 전문대 호텔경영학과 나온 건 알고 계십니까?"

"네. 들었던 거 같습니다."

최철수는 체포 당시 얼굴이 공개되지 않았다. 흉악범 얼굴 공개에 관한 법이 제정되기 전이었고, 다름 아닌 인권위의 의견에 따라 얼굴이 노출되지 않게 보호받았다. 인권위는 무죄 추정의 원칙, 피의자의 초상권 침해, 피의자 가족이 겪을 2차 피해 등의 이유를 댔다. 분개한 누리꾼들에 의해 최철수의 대학 졸업사진이 인터넷에 잠깐 돌았다가 사라졌다.

"동기들보다 나이가 한두 살 많기도 했고, 과 모임이나 동아리 같은 데 참여하며 어울리는 성격도 아니어서 딱히 친하게 지낸 사람은 없었다고 합니다. 하지만 소식을 접한 학교 동기들은 다 놀랐다더군요. 뭐랄까, '도사다', '별종이다'라고는 생각했지만 특별히 폭력적이거나 잔인한 인성을 느낀 적은 없었다면서요."

"……도사라고요? 도 닦는 도사 말씀입니까?"

뜬금없다는 홍태의 반응에 송 교수는 빙긋 웃었다.

"그런 거 있잖습니까. 수박도, 증산도 같은 동양의 신흥 종교나 아니면 모르몬교, 통일교 같은 기독교계 신흥 종교들이 대학에 종교 연구 동아리로 숨어드는 경우. 그 대학을 졸업한 신도가 선후배 관계를 이용해서 젊은 대학생들을 포교의 대상으로 삼는 거죠. 그런 동아리에 관심을 보이며 조금씩 발을 담근 모양입니다. 어디에도 깊게 빠지지는 않았지만요."

"종교에 관심이 있었다?"

홍태가 중얼거렸다. 동시에 알 듯 말 듯한 일관성을 느꼈다.

권력과 종교. 절대적인 힘에 대한 갈망.

"신비주의. 영적인 힘. 현상 너머에 있는 어떤 초월적이고 전능한 존재에 대한 관심이 있었던 것으로 보입니다. 기존 종교로는 그게 채워지지 않았고, 나름 그 문제에 대해 진지하게 갈증을 느끼고 탐구하고 다닌 모양입니다. 선문답같은 말, 철학적인 말을 잘해서 학생들 사이에서 별명이 '최도사'였다고 합니다. 최철수가 인간의 약점과 불안을 포착하는 데 특별한 능력이 있었던 것도, 그런 종교적인 탐구가 바탕이 된 것은 아닐까 하는 생각은 듭니다."

송 교수가 이어서 설명하는 최철수의 대학 졸업 이후의 행적들은 익히 알려진 사실이었다. 스물네 살에 전문대학을 졸업하고 다음 해 부모의 돈을 받아 양평 시내에 이탈리안 레스토랑을 개업한 것, 같은 해 양평의 외진 장소에 있는 전원주택을 사들여 혼자 살기 시작한 것, 스물여섯 살부터 살인을 시작했고 열한 명을 죽인 뒤 스물여덟 살에 잡힌 것. 군 입대는 갖은 수단을 동원해 계속 미루고 있는 상황이었다. 레스토랑도 고용인에게 운영을 맡기고 가끔씩만 들렀다. 대학 졸업 이후 성인의 삶에서는 평판이 쌓일 만한 인간

관계가 거의 없었다.

"어린 시절은 어땠습니까?"

"부유한 집에서 자랐습니다. 친부가 사업수단이 좋아서 돈을 많이 벌었죠. 최철수가 열두 살 되던 해 부모가 이혼했고, 중고등학교 시절 계모 밑에서 자랐지만 특별한 불화는 없었다고 합니다. 계모도 인품이 괜찮은 사람이었던 것 같고 배다른 두 동생과도 잘 지내는 편이었습니다. 학교 생활 기록에도 특이점은 없었습니다."

최철수가 검거된 뒤 많은 사람들이 연쇄살인범의 성장환경에서 불행의 요소를 찾으려고 달려들었다. 그들의 노력이 별반 성공을 거두지 못했을 만큼 최철수는 평온한 성장기를 보낸 것이다.

"부모는 혹시 만나보셨습니까?"

송인수 교수는 고개를 저었다.

"아니요. 뭐, 나 같아도 숨어들었을 겁니다. 어떻게 보면 그분들도 피해자죠. 내 자식이 연쇄살인범이 될 줄을 그분들이 알았겠습니까, 아니면 그렇게 되길 바랐겠습니까."

문득 생각이 많아지는 지점이었다.

인권위 조사관과 범죄심리학자는 잠시 말없이 담배를 피웠다.

"……조금 특이하다면 특이한 히스토리가 있긴 합니다."

송 교수가 입을 뗐다. 고민 끝에 털어놓는 말 같았다.

"히스토리요?"

"최철수는 어린 시절에 대해서는 거의 어떤 진술도 하지 않았습니다. 그런데 제가 무심코 기록을 살펴보다가…… 최철수가 중학교 입학이 또래보다 한 해 늦었다는 걸 발견한 거죠. 그래서 알아보니 최철수가 부모 이혼 후 열두 살 때부터 열네 살까지 친모랑 살았는데, 무슨 사정인지 친모가 중학교 입학을 시키지 않았고, 뒤늦게 알게 된 친부가 최철수를 찾아 집으로 데리고 왔다고 합니다. 충청도 어느 시골에서 사는 걸 데려왔다던데요. 친부와 어렵게 통화가 한 번 연결됐을 때 들은 정보입니다. 그 뒤 친모랑은 연락을 끊고 지냈다는군요. 최철수도 그렇고 가족 모두."

이건 언론은 물론 누구에게도 좀처럼 전한 적이 없는 정보라고 송 교수는 덧붙였다.

"친모는 혹시?"

"아, 친모와는 접촉한 적 없습니다. 주소지는 나오는데 연락은 되지 않았습니다."

나이에 맞춰 중학교에도 입학하지 못하고 친모와 살았던 2년. 연쇄살인범의 과거에서 가장 알려지지 않은 시간일 터였다.

"그 시절 엄마에게 학대라도 당한 걸까요?"

"글쎄요……."

송인수 교수는 한 손으로 턱을 괴고 고심하는 표정을 지었다.

"그게 아마 최철수와의 마지막 면담이었을 겁니다. 직접 물어봤습니다. 엄마하고 살 때 어땠냐고요. 역시나 말을 빙빙 돌리더라고요. 어땠을 것 같냐는 둥 무슨 스토리를 원하느냐는 둥 기억이 별로 안 나서 드릴 말씀이 없어 아쉽다는 둥. 그런데……."

송 교수가 말을 끊고 고심했다.

"맘에 걸리는 거라도 있으신가요?"

홍태가 재촉했다.

송인수 교수가 턱에서 손을 떼고 검지를 입술 위쪽의 뺨에 가져다 댔다.

"말하면서 이러더라고요."

"네?"

송인수 교수는 검지로 오른쪽 팔자주름 부분을 긁적였다.

"엄마 얘기를 할 때면 여기를 이렇게 긁었습니다. 최철수가 이 부분에 흉터가 있다는 거 아십니까? 크게 찢어졌다가 제대로 치료받지 못하고 아문 듯한, 꽤 눈에 띄는 흉터가 있습니다. 그걸 무의식적으로 만지더라고요."

홍태는 최철수의 얼굴에 난 애벌레 모양의 흉터를 분명히 기억했다.

"흉터를 만진 게 무슨 의미라도?"

"놈도 사람입니다. 이혼한 친모와 단둘이 살았을 때에 대해 갑자기 물으니까 분명히 동요했습니다. 태연한 척 잘 숨기긴 했지만요. 마음속에서 일어나는 갈등을 숨기는 과정에서 무의식적인 움직임을 보인 겁니다. 아마도…… 제 추측입니다만 그 흉터가 친모와 관련이 있는 게 아닐까요? 그도 그럴 것이, 그 흉터가 말입니다. 최철수의 초등학교 졸업앨범에서는 보이지 않고 중학교 졸업앨범부터 확인됩니다⋯⋯."

복잡해진 마음을 안고 홍태는 송인수 교수의 작업실을 나와 인권증진위원회로 향했다. 청록병원 직권조사 사건에 대한 보고서 작성 작업이 남아 있어서 하루를 온전히 쉬기 어려웠다. 요즘 휴가를 자주 사용한다고 윤서가 눈치를 주는 건 무시할 수 있었으나, 달숙의 시선은 신경 쓰였다.

"배 조사관, 자기."

사무실에 들어서 자리에 막 앉으려는데, 대각선 앞자리에 앉은 달숙이 홍태를 불렀다.

"왜 보자마자 부르십니까요."

달숙은 문서 작업을 할 때마다 쓰는 자주색 뿔테 안경 위로 눈을 치켜떴다.

"어디 갔다 와? 청록병원 보고서 다 썼어? 내일 마감인 건 알아?"

"하나씩만 물어보십시오. 외출 달고 나갔다가 그거 쓰려고 다시 들어온 거 아닙니까."

홍태는 컴퓨터의 전원 버튼을 누르며 툴툴거렸다.

"며칠 늦춰졌다나 봐. 천천히 해."

"네? 왜요?"

달숙은 비어 있는 윤서의 자리를 바라보며 어깨를 으쓱했다. 윤서는 조사실에서 조사 중이거나 윗전에 보고라도 하러 올라간 모양이었다.

"면봉이 깃든농장에 대해 조금 더 알아보겠다고 한윤서에게 시간을 달라고 했대. 기어이 그러시겠대. 알아보긴 제까짓 게 뭘 알아본다고. 흥. 한윤서는 그런 말을 왜 들어주는 거야? 하여간 맘에 안 들어."

이달숙 조사관과 정책국 부지훈 사무관이 앙숙 관계라는 걸 모르는 사람은 인권위에 없었다. 둘은 서로를 지치지도 않고 꾸준히 싫어했지만 항상 얽혔고, 얽히면 또 나쁘지 않은 성과를 냈다. 인권위 직원들은 둘이 전생에 원수의 집안에서 태어나 뜨거운 사랑의 결실을 맺지 못한 연인이었을 거라고 놀려댔다.

"그거 빨리 결론 내고 수사 의뢰 넘기는 게 나을 텐데요. 깃든농장에서 자기들이 방역 피해자라고 진정 내기 시작했잖아요. 아무리 인권이 좋다지만 우리가 사이비들 얘기 들어주느라 시간을 버려서야 되겠습니까?"

격리가 풀리고 확진자 치료도 다 마무리되었지만 깃든농장에 대한 대중의 비난과 혐오는 끊이지 않았다. 우습게도 C 바이러스 대유행을 일으킨 주범인 기독교 교회가 주도해서 괴상하고 엽기적인 소문을 퍼트렸다. 이단이라고 칭한 집단에 책임을 돌리고 자기들은 쏙 빠지려는 얄팍한 수작이었다. 깃든농장도 가만히 있을 수는 없었는지 감염병과 관련해서 생겨난 편견 때문에 이러저러한 인권침해를 당했다며 연일 인권위에 진정을 제기하는 판국이었다.

"내 말이! 깃든농장 뒤를 더 캐봤자 지금 뭐가 달라지냐고……. 어머, 그거 내 거야?"

달숙이 반색하며 과 서무가 전해주는 우편물을 받아 들었다. 보내는 이를 확인한 달숙은 환하게 웃으며 봉투를 뜯었다. 뭔지는 모르지만 반가운 우편물인 모양이었다.

홍태는 달숙의 관심이 다른 데로 옮겨간 것에 안심했다. 외출을 달고 어디에 갔다 왔느냐, 또 최철수 건으로 나갔다 온 거 아니냐고 추궁해 들어오면 곤란할 뻔했다. 홍태는 캐비닛을 열고 사건 파일을 한 무더기 꺼냈다. 그 사이 과 서무가 홍태의 책상에 우편물을 놓고 갔다.

사건기록을 뒤적이다가 홍태는 뒤늦게 편지를 발견했다. 이번에도 역시 모르는 이름으로부터 온 일반우편이었다. 두 번째 편지를 받은 지 두 달 만이었다. 첫 번째와 두 번째 사이와 같은 간격이었다.

홍태는 머리카락이 쭈뼛 서는 두려움을 누르며 비어 있는 회의실로 들어갔다.

용돈 잘 받았어.

덕분에 또 편지를 보낼 수 있게 되었지.

내가 과거로부터 말을 걸면, 배홍태 당신은 미래에서 듣는

거야.

그렇게 우리는 서로 대화를 하고 있는 거라고 믿어.

지옥에서 보내는 편지라고 변죽 올리는 건 그만둘게.

그래, 나는 과거에 있어.

과거에서 곰곰이 상상하고 있거든.

배홍태 조사관은 지금쯤 어디까지 갔을까?

궁금해. 미치도록 궁금해서 다시 살고 싶은 기분이야.

배홍태 당신.

궁금하지? 대체 이하선은 어디에 있을까?

나를 믿어.

이하선은 있어.

22년 전 보혈이 깃든 곳에 묻힌 어떤 혼령의 곁에 있지.

그녀의 쌍둥이 언니와 함께.

그곳으로 가. 22년 전 무슨 일이 있었는지 알아보면 재밌을
거야.

이래도 모르겠거든 돈을 좀 더 보내도록 해.

우리들의 우편배달부를 위해, 당신의 의지를 보여달라고.

이번엔 500만 원 정도가 좋겠네. 계좌번호는 뒷면에 있어.

과거로부터,

최철수

"보혈이 깃든 곳⋯⋯."

홍태는 하얗게 질린 얼굴로 중얼거렸다.

22년 전, 22년 전이라.

끓어오르는 분노를 참으며 홍태는 계산해보았다.

22년 전 최철수는 열네 살이었다. 이혼한 친모와 살았다
던 그때. 중학교에도 제때 입학하지 못하고 어디서 무슨 일
을 겪었는지 모를 비어 있는 그 시간.

그 어두운 시간 속에서 최철수가 웃었다. 입술 위 애벌레 같은 흉터를 꿈틀거리며 점점 어린 얼굴이 되어 웃었다. 앳된 얼굴에 흉터만 혼자 살아 있는 듯 선연해졌다. 선명하게 금이 간 흉터가 피를 뿜으며 벌어졌다. 어두운 시간은 핏빛이 되었다.

홍태는 회의실 벽에 등을 대고 스르르 주저앉았다.

7.

"오태문 변호사와 사시 동기시라고요?"

김다빈 변호사는 법무법인 사무실에서 부지훈 사무관을 맞아 붙임성 좋게 말을 걸었다. 풍채 좋고 서글서글한 용모였다. 지훈보다는 연배가 훨씬 위였다.

"네. 태문이하고는 뭐, 연수원에서 같은 조였는데 지금은 할 말 못 할 말 다 하는 친구죠. 오 변의 군대 선임이신 법무관님과 아주 친한 대학 선배님하고 고등학교 동창이시라고 들었습니다. 이거, 인사가 늦었습니다."

지훈은 유들유들하게 웃으며 악수를 청했다. 인맥을 동원해 겨우 관련자를 수소문해서 약속을 잡고 청주까지 내려왔다. 초면이지만 반가웠다.

"하하하. 지방대 출신에 지방에서 활동하다 보니 그 정도 다리를 거쳐야 우리가 이어지는군요. 앉으시죠. 인권위에서 일하신다면서요? 깃든농장 관련 소송 건을 알고 싶으시다고?"

김다빈 변호사가 회의 탁자를 가리키며 자리를 권했다. 탁자에는 미리 준비한 듯한 자료가 올려져 있었다. 시간을 절약하는 성격이었다.

"감사합니다, 변호사님. 그런데…… 이게 뭐죠?"

지훈은 탁자 중앙에 덩그러니 놓인 비누 상자를 집어 들었다.

"아, 그거요. 깃든농장에서 생산하는 비누입니다. 싸고 질도 좋아요. 이곳 청주에서도 많이 팔리고 있죠. 참고삼아 보시라고 놔뒀습니다."

깃든농장이 비누 공장을 운영하고 있다는 얘기는 들은 적이 있었다. 지훈은 상자를 열고 비누 알맹이를 꺼내 킁킁 냄새를 맡았다.

"그냥 평범한 비누인데요? 노동력을 공짜로 쓰니까 싸게 팔 수 있겠죠. 가격 경쟁력에서 먹고 들어가는 것 아닙니까."

"허허. 맞습니다. 비누 외에 간장도 팔고 두부도 팝니다. 자급자족하고 남는 농작물도 팔고요. 나름 성실한 신흥 종교입니다."

김다빈 변호사는 사람 좋게 웃었다.

"여기 준비해주신 게 소송 기록입니까?"

지훈은 자료 더미에 눈길을 주며 물었다. 지훈은 청주에 있는 이 법무법인이 깃든농장 이탈자들이 제기한 소송을 도맡아 처리했다는 정보를 법조계 인맥을 통해 어렵게 들었다. 깃든농장을 빠져나온 사람들이 용천 인근 도시인 청주에서 변호사를 구해 소송을 걸어온 것 같았다.

"네. 사실 오래전 기록들입니다. 마지막 사건이 2013년이니까요. 남순남 교주를 사기죄로 고소하거나, 민사로 임금지급청구소송, 기부금반환소송 진행한 건들입니다."

"10년도 넘은 사건기록을 잘도 보존하고 계셨네요. 좀 봐도 되겠습니까?"

"네. 그럼요."

비서가 차를 내왔다. 지훈은 빠르게 자료를 훑어보았다.

"다 고소취하로 끝났군요. 민사 건은 패소하거나 합의나 조정으로 마무리됐고요."

"종교 집단 상대로 한 사건이 대개 그럴 수밖에 없죠. 그거 아십니까, 부 사무관님? 사이비종교에서 막 빠져나온 사람은요, 억울함과 분노에 꽉 차 있습니다. 자기가 속았다는 걸 인정하고 나오기가 어려워서 그렇지, 그 벽을 넘고 용기 내서 이탈한 사람은 말이지요. 처음에는 교주를 잡아 죽일 듯이 욕합니다. 우리 애도 언젠가 그러더라고요. 가장 무서운 안티는 탈덕한 안티라고. 허허허."

아이를 생각하니 행복해 못 살겠다는 듯 김다빈 변호사는 웃었다. 아이돌 팬인 10대 자녀가 있는 모양이었다.

"그렇겠죠. 사이비종교에 한 번 빠져들면 뭔가 이상하다 싶어도 쉽사리 나가기 어렵게 된다더라고요. 재산도 종교에다 헌납하고, 직업이며 인간관계며 바깥세상의 모든 걸 다 끊고 들어오게 하니 돌아갈 곳이 없을 테니까요."

"맞습니다. 정서적으로도 감히 이탈할 수 없는 분위기를 만들죠. 세뇌하고, 협박하고, 상호 감시하게 하면서 말입니다. 그걸 다 감수하고 이탈에 성공한 사람은 할 말이 오죽 많겠습니까. 이게 정말 사실인지 아닌지, 과장됐다면 얼마나 과장된 건지 모를 전위적인 고발을 막 쏟아냅니다. 이 마지막 2013년도 사건은 제가 담당했었는데요."

김다빈 변호사는 책상에서 별도의 서류를 들고 와 넘겨보았다.

"의뢰인이 하는 말을 들으면 깃든농장은 완전 무법천지입니다. 치유기도를 한다면서 주민들 모아놓고 수시로 매타작 판을 벌이고, 정신질환자들은 귀신이 빠져나갔다고 제입으로 간증할 때까지 때리거나 한겨울에 벌거벗겨서 밖에 내보낸답니다. 무슨 이유이건 간에 교주 눈 밖에 나면 바로 집단폭행 대상이 되고요. 옛날에는 그러다 누가 죽어서 부지 어딘가에 시체를 묻어버린 적도 있다고 했습니다."

"……진짜요?"

"글쎄요. 허허. 공동생활하는 신흥 종교라면 으레 도는 루머라서요. 어쨌든 깃든농장에도 예전부터 그런 소문이 있었던 건 사실입니다. 98년에서 2000년까지가 깃든농장 이탈자가 가장 많았던 시기인데요. 그 무렵 누군가 남순남 교주를 사기죄와 폭행죄로 고소하면서 깃든농장이 얼마나 끔찍한 곳인지 아느냐 그 안에서 무려 살인사건도 있었다고 언급하며 문제가 됐었죠. 그런데 그 사람도 직접 본 건 아니고 소문을 들은 거라고 했고요. 그다지 신빙성 있는 진술은 아니었나 봅니다. 경찰도 사건성이 없다고 본 것 같고요. 어쨌든……."

김다빈 변호사는 지훈이 보고 있는 서류를 손가락으로 짚었다. 이야기를 본론으로 돌리려는 신호였다.

"그렇게 처음에는 지옥에서 살아나온 사람처럼 울분에 차서 고소를 하고 소장을 내고 해도 승산이 없다는 걸 금방 깨닫고 맙니다. 재산을 갖다 바친 것도 제 손으로 갖다 바친 거고, 농장에 들어가 거기서 요구하는 규율에 따라 생활한 것도 자발적으로 한 거니까요. 신앙의 이름으로 말입니다. 피해액을 조금이라도 돌려받는 쪽으로 합의라도 되면 다행인 거죠."

결국 끝까지 시시비비를 가려 승소한 건은 없다는 얘기였다. 교주가 형사처분된 적도 없다. 사이비종교의 미망에서 어렵게 깨어나도 그동안 잃어버린 것을 돌려받을 길은 막막하다. 도박에 빠졌다가 나온 것과 마찬가지다.

"13년 이후로는 고소나 소송 건이 없었습니까? 다른 사무실에 의뢰된 건이라도?"

지훈은 머리를 까딱거리며 물었다.

"글쎄요. 저희가 완벽하게 파악하고 있는 건 아닙니다만, 제가 알기로는 없습니다. 아까도 말했지만요, 깃든농장이 C 바이러스 때문에 최근 문제가 돼서 그렇지 나름 평화롭게 운영되는 곳입니다. 90년대 말에 큰 균열이 있었고, 이후에는 이탈자들이 드문드문 소송을 제기했던 것 외에는 말이죠. 그나마도 최근 10년 동안은 뚝 끊겼습니다. 그거 뭐냐, 2000년대 말에 토지 소유권 때문에 깃든농장과 지자체 간에 분쟁이 있었던 거 말고는 내부에서는 별문제가 없었죠."

"토지 소유권? 그건 뭡니까?"

지훈은 흘러가는 대화 속에 새롭게 등장한 정보를 낚아챘다.

"아, 부 사무관님 내려오시기 전에 저도 찾아본 건데요. 2000년대 말에 충청북도에서 대규모 지적조사를 했다나 봐요. 그 결과 깃든농장이 점유하고 있는 부지 일부가 지자체 땅이라고 나온 겁니다. 깃든농장이 순순히 내놨겠습니까? 절대 인도 못 한다고 난리를 쳤습니다. 지자체에서 법원 판결받아 강제로 퇴거 집행하려고 몇 번이나 시도했는데 깃든농장 주민들이 몸으로 막아내는 바람에 실패했죠. 깃든농장 쪽은 거기가 남순남 교주가 예수의 성체를 받은 장소라고 주장하면서 강경하게 나왔다고 합니다."

"아하. 그 사진 저도 봤습니다. 남순남이 예수의 혼을 받아들이고 있다는 그 장면. 제 눈에는 그냥 달빛 아래 춤추고 있는 거 같던데요. 하필 지자체 땅이라고 밝혀진 곳이 그곳이었습니까?"

지훈은 청록병원 직권조사 과정에서 발견한 홍보물 속 사진을 떠올리고 피식 웃었다.

"뭐, 진짜 거기가 거기인지는 알 게 뭡니까. 아무튼 1년 넘게 못 내놓겠다고 버티다가요. 지형지물을 최대한 보존하는 조건으로 합의하고 넘겨주긴 했습니다. 지금은 거기에 산나물박물관을 지었다고 합니다. 합의한 대로 큰 나무나 바위는 안 건드리고 건물 대지만 조심스럽게 밀어서요."

고작 산나물 때문에 땅을 뺏기다니 재림예수의 면이 서

지 않을 것 같았다. 하지만 이 사회를 위해서는 수상한 신흥 종교의 부지로 활용되는 것보다 산나물박물관이 백 배는 더 이로우리라고 지훈은 생각했다.

김다빈 변호사가 지훈에게 더 궁금한 게 있느냐고 물었다.

"이번에 깃든농장 예배봉사자 통해 감염병 전파된 천안 청록병원이요. 깃든농장에서 운영하는 정신병원이라는 말이 있는데, 어떻게 생각하십니까?"

"그거요. 충분히 의심할 만하죠. 흠……."

김다빈 변호사는 뭔가 짚이는 게 있는 듯한 표정을 지었다.

"혹시 어떤 근거라도?"

"아니요. 근거라고 할 건 없고요. 아시다시피 깃든농장은 영생과 질병 치유를 강조하는 교리를 갖고 있습니다. 특히 정신질환자를 공략하죠. 예전 의뢰인들 말을 들어보면 깃든 농장 안에는 항상 정신질환자가 몇 명씩 살고 있다는 것 같아요. 치료를 해준답시고 가족에게 돈을 받고 맡아놓는 건데, 밖에서 정신병원을 운영하면서 대상을 물색하고 있다고 봐도 저는 놀라지 않을 것 같습니다. 정신병원은 또 돈이되니까요. 사무장병원으로 방만하게 운영하면 말이죠. 수익 창출을 위한 사업체인 거죠. 비누 공장과 다를 바 없습니다. 사이비종교의 가장 큰 목적은 뭐니 뭐니 해도 돈이니까요."

궁극적인 목적은 돈이다.

지훈은 깃든농장 생산품이라는 비누를 다시금 바라보았다.

"부 사무관님."

김다빈 변호사가 재킷 속주머니에서 명함 지갑을 꺼냈다.

"네. 김 변호사님."

"제 생각에 아무래도 문 목사님을 만나보시는 게 좋을 것 같습니다."

김다빈 변호사는 지갑에서 명함을 하나 꺼내 지훈에게 내밀었다.

"충청 이단 문제 연구소 문찬욱 목사."

지훈은 명함 속 이름을 읽었다. 들어본 적이 있는 이름이었다.

"충청 지역 사이비 교주들의 눈엣가시죠. 허허. 이단의 실체를 열심히 조사하시는 분입니다. 연구소는 대전에 있습니다. 원하시면 제가 전화를 드려놓겠습니다."

8.

조사국장실을 나온 윤서는 복도에서 직원들이 건네는 인사도 받지 않고 무서운 표정으로 걸었다. 등에서 연기가 피어오르는 듯한 기세에 나중에는 직원들이 알아서 길을 터줬다. 긴장 어린 눈길이 윤서를 좇았다.

"배홍태 조사관님!"

홍태가 자리에서 고개를 들었다.

"잠깐 저 좀 보시죠."

냉랭하게 말을 던지고 윤서는 먼저 회의실로 들어갔다. 좀처럼 보기 힘든 윤서의 화난 모습에 조사관들이 서로 무슨 일이냐고 수군거렸다. 달숙은 윤서와 홍태를 번갈아 보며 촉을 세웠다.

올 것이 왔군. 홍태는 눈에 힘을 잔뜩 주며 일어났다.

"깃든농장 조사하러 가야 한다고 국장님께 말했어요?"

윤서는 홍태가 들어와 마주 앉기 무섭게 물었다.

"네. 그랬습니다."

윤서가 허, 하고 코웃음을 쳤다.

"저에게 말도 없이요?"

"과장님께도 제 의견 말씀드렸고, 계선 라인 밟아서 국장님께 보고드린 건데, 뭐 문제 있습니까?"

윤서는 너무 기가 막혀 입을 떡 벌리고 홍태의 개구리 같은 면상을 바라보았다.

윤서가 청록병원 직권조사 사건의 대표 조사관일 뿐만 아니라, 무능하고 존재감 흐린 송 과장을 대신하여 사실상 이 과의 과장 역할을 하고 있다는 걸 홍태는 하루아침에 전혀 모르는 사람처럼 굴었다.

"이유가 뭐죠? 빨리 종결하고 수사 의뢰하자는 쪽 아니었어요? 왜 갑자기 생각이 바뀌어서 사람 뒤통수를 치는지 이유나 들어보죠."

"네. 생각이 바뀌더라고요. 생각은 바뀌기도 하고 그러는 거 아닙니까? 바뀌니까 생각이죠. 안 그렇습니까? 수사 의뢰하면 경찰이든 검찰이든 제대로 조사하겠나 싶더라고요. 의지가 있다면 벌써 했겠죠. 압니까? 깃든농장하고 지역 수사 기관하고 결탁해서 서로 봐주고 그렇고 그런 사이인지? 독립기관인 인권위가 하는 데까지는 해봐야 하지 않나 싶고!"

홍태는 회의실 탁자에 놓인 신문을 뒤적이더니 사회면을 펼쳐 윤서 앞에 들이밀었다.

"상황이 이렇고 깃든농장인지 뭐시기인지에서도 자꾸 진정 내서 쌓여 있잖아요. 그것도 조사하러 가는 김에 같이 처리하면 좋지 않습니까!"

홍태가 소리쳤다.

신문에는 피켓을 들고 모인 시위자들이 깃든농장 정문을 향해 달걀을 집어 던지는 사진이 실려 있었다. 지역 시장으로 생필품을 사러 나온 깃든농장 신도를 인근 주민이 폭행해서 경찰이 조사 중이라는 기사도 있었다.

"……미쳤어요?"

윤서는 떨리는 목소리로 말했다. 길을 가다 영문 모르게 한대 맞았어도 이렇게까지 어처구니없진 않을 것 같았다.

"눈에 뵈는 게 없어요? 배 조사관님이 뭘 잘했다고 소리쳐요? 지금 소리칠 사람이 누군데요? 중간 단계 생략하고 자세한 내용 모르는 상위 직급에 직보하는 이런 경우가 무슨 경우예요?"

홍태가 딴청을 부리듯 고개를 외로 꼬았다.

"줴. 생각해보니까요. 깃든농장과 청록병원 간 위법 행위가 너무 심각할 것 같았습니다. 인권위 역사상 전례 없는 사건이고, 심각한 인권침해잖아요. 인권위가 못 할 게 뭡니까."

"왜 한 입 갖고 두말하는 건데요? 강제수사해도 될까 말까라고 배 조사관님 입으로 말하지 않았느냐고요?"

"그러니까 생각이 바뀌었다니까요? 부지훈 사무관이 깃

든농장에 대해 더 알아본다고 시간 달라고 해서 줬다면서요? 그건 되고 이건 왜 안 됩니까?"

"부 사무관님은 저에게 직접 얘기했어요. 네? 누구처럼 대표 조사관 스킵하고 뒤통수 때린 거 아니고요!"

윤서는 목소리를 높였다. 화가 머리끝까지 차올랐다. 그동안 홍태의 거친 언행을 참아내느라 쌓아왔던 인내심이 더 못 견디고 폭발하는 순간이었다.

"허 참. 먼저 말 안 해서 기분 나쁘셨다면 그건 뭐 죄송합니다. 그런데요, 까놓고 말해서 대표 조사관이 정식 결재 라인은 아니잖아요? 어쨌든 국장님이 조사해보라고 허락하셨습니다. 한 조사관님은 동의 못 하시면 그냥 계십시오. 제가 깃든농장 가서 조사하고 오죠, 뭐."

홍태는 수그러들지 않고 오히려 비아냥거렸다.

윤서는 너무 화가 나서 눈물이 날 것 같은 와중에도 홍태가 진짜 정신이 이상해진 건 아닌가 하는 생각을 했다. 성격이 급하고 자기만의 정의감이 지나쳐서 종종 엇나가긴 해도 이렇게까지 논리 없이 막무가내인 사람은 아니었다. 이게 무슨 상황인지 도무지 이해할 수 없었다.

"하! 뭐라고요? 깡패예요?"

"아닌데요? 일을 안 하려고 하는 것도 아니고 적극적으로 해보겠다고 하는 거잖아요. 직원이 이러면 조직에서는 지원해줘야 하는 거 아닙니까? 맘에 안 드시면 저 혼자 알아서 한다니까요?"

"아뇨! 못 가요! 못 갑니다. 국장님에겐 깃든농장 조사는 안 간다고 방금 말씀드리고 나왔고, 한 번 더 말씀드릴 거예요. 청록병원 건은 조사 종료합니다. 배 조사관님이 대체 왜 이러는지 모르겠는데 지금은 말이 안 통할 거 같으니까 나중에 얘기하죠."

홍태의 얼굴이 분노와 낭패감으로 일그러졌다. 윤서는 더는 말을 섞기 싫어 자리에서 일어났다. 윤서가 몸을 돌리고 한 발짝 뗀 순간이었다.

"아이 씨. 그냥 좀 하면 안 됩니까! 더럽게 뭐라고 하네! 씨발!"

홍태가 주먹으로 탁자를 쿵 내리쳤다.

위협감을 주는 행동에 윤서는 놀라서 동작을 멈췄다.

회의실 문이 열리고 달숙이 헐레벌떡 들어왔다.

"배 조사관, 미쳤어? 어디서 욕하고 소리치고 지랄이야?"

달숙이 앉아 있는 홍태의 어깨를 찰싹 때렸다. 윤서를 향해서는 진정하고 앉으라는 듯이 다급하게 손짓했다.

"자기, 우리 진정하고 조용히 얘기하자. 응? 앉아, 한 조사관. 앉고 우리 서로 알아듣게 얘기하자고."

"……지금 뭐라고 했어요? 씨발이라고 했어요?"

윤서는 선 채로 홍태를 내려다보며 물었다. 얼음장 같은 목소리였다. 너무나 말이 안 되는 상황에 직면하니 감정이 묘하게 차분해졌다.

홍태가 이글거리는 눈으로 윤서를 쳐다보았다. 자신을 놓아버린 사람의 눈이었다.

"한 조사관, 일단 앉고 물 한 잔 마시자. 응?"

달숙은 두 조사관 사이에서 생수병의 뚜껑을 따며 저 혼자 바빴다.

"왜 이러는 거예요? 갑자기 깃든농장에 무슨 개인적인 원한이라도 생겼어요? 거기 꼭 가야 할 피치 못할 사정이라도 생긴 거냐고요? 있으면 말을 해요. 억지 부리고 사람 위협하지 말고."

"아유. 그런 게 어딨겠어. 배 조사관! 일단 한 조사관에게 사과해. 어서! 이게 미쳤나 직장에서 쌍욕을 하고……."

"깃든농장 안에! 최철수 이 개새끼가! 이하선을 파묻어놨다고!"

홍태는 경련하듯 몸을 떨며 소리쳤다. 끝내 소리쳐버렸다.

시간이 잠시 정지한 듯한 아득함이 홍태를 덮쳤다.

깃든농장에 가야 하는 이유를 논리적으로 설득할 자신은 없었다. 그것도 한윤서를 상대로 조곤조곤 말해서 제 뜻을 관철하기는 불가능했다. 나 몰라라 억지로 밀고 나갔다. 대놓고 미친놈처럼 밀어붙이면 어떻게든 되겠지. 더 상대하기 싫어서라도 한번 봐줄지도 모르지.

'보혈이 깃든 곳'에 이하선이 있다는 것. 22년 전 그곳에 묻힌 사람에 대해 알아보라는 최철수의 메시지. 홍태는 최철수가 벌인 판에 몇 가지 우연이 겹쳐 마치 운명처럼 얽혀 들어 가는 상황에 전율했다.

최철수는 22년 전 깃든농장에 있었던 것이다.

아빠와 이혼하고 종교에 빠진 엄마 손에 이끌려 깃든농장에 들어가 살았다. 외진 산속에 자리한 신흥 종교의 공동

숙소에서 생활하다 보니 학교를 제대로 다니지 못했으리라.

연쇄살인범이 된 최철수는 어린 시절 생활했던 적이 있는 깃든농장에 이하선의 시신을 묻었다. 정확히 어디에 묻었는지 밝히려면 22년 전 깃든농장에 묻힌 누군가에 대해 알아내야 한다. 이하선의 시신은 그 옆에 있다.

깃든농장으로 들어가 그곳에서 생활하는 사람들을 조사해야 한다.

제아무리 최철수라 해도 자기가 죽은 뒤 C 바이러스가 퍼지고, 깃든농장이 청록병원의 감염과 연관되어 인권위의 조사대상이 될 줄은 몰랐을 것이다. 잔혹하고도 절묘한 우연이 만들어낸 기회를 잡아야 했다. 억지를 써서라도 그곳에 가야 했다.

"……최철수? 이하선?"

얼음장 같은 침묵을 깨고 윤서가 중얼거렸다.

"내 이럴 줄 알았어! 이럴 줄 알았다고! 접었다는 거 거짓말일 줄 알았다고 내가!"

달숙이 흥분하며 씩씩거렸다.

윤서는 어리둥절했다. 갑자기 연쇄살인범과 그 피해자의 이름이 나온 것도 뜬금이 없는데 이것과 관련하여 달숙과 홍태 사이에는 윤서가 모르는 일이 있는 것 같았다.

"뭐죠? 두 분?"

"잠깐!"

달숙은 윤서에게 잠자코 있으라는 뜻으로 손을 척 뻗었다.

"배 조사관 지금 터뜨린 거지? 맞지 지금? 어떻게 된 거야. 그 뒤로 무슨 일이 더 있었냐고? 뭘 더 캐고 다녔어? 일이 어디까지 갔어 지금!"

달숙은 울그락불그락한 얼굴로 홍태를 날카롭게 쏘아붙였다.

"최철수가 또 편지를 보냈어요. 어제 받았습니다. 깃든농장에 묻었대요. 이하선."

홍태는 달숙의 눈길을 피하며 말했다.

"아이고, 이 진상!"

"최철수가 편지를 보내요?"

윤서는 홍태와 달숙이 서로 짜고 무슨 연극을 벌이는 건가 싶었다.

"아, 한 조사관, 그게 말이지……."

"최철수는 작년에 죽었잖아요?"

달숙이 윤서의 손목을 와락 잡았다.

"한 조사관, 나랑 잠깐 나가서 얘기하자. 다른 과 사람이 들을까 무섭다. 응? 일단 나랑 얘기 좀 해."

"최철수 죽지 않았어요? 제가 잘못 알고 있는 건가요?"

"나가자고. 제발!"

달숙이 어안이 벙벙한 상태의 윤서를 질질 끌다시피 해서 나갔다.

혼자 남은 홍태는 으으으, 하는 신음소리를 내며 양 손바닥으로 얼굴을 비볐다. 흥분해서 달뜬 얼굴의 온기가 손에 느껴졌다.

결국 입 밖에 내놓고 말았다. 그것도 한윤서에게. 홍태는 이 사태를 수습할 수 있을지 자신이 없었다.

혼이 나간 윤서의 손목을 잡고 달숙은 방음이 철저하고
제삼자의 갑작스런 침입으로부터 둘을 보호해줄 수 있는
공간을 찾아 인권위 청사를 헤맸다. 두 개 층을 돌아다니다
가 제격인 곳을 발견했다.

"김 선생, 우리 둘 여기 잠깐 가둬줘. 비밀리에 누구 욕 좀
하게. 높은 사람 욕이라 아무도 들어선 안 돼서 그래."

달숙은 기록연구사에게 말하고 문서고로 윤서를 끌고 들
어갔다. 달숙과 친한 기록연구사는 별로 이상하게 생각하지
도 않고 문서고의 두툼한 철문을 밖에서 닫아주었다.

선반마다 진정사건 기록이 가득 들어찬 곳에서 윤서는
달숙이 늘어놓는 그간의 사정을 들었다. 놀랍고 기가 막혀
입이 떡 벌어졌다.

"됐어요. 과장님, 국장님께 보고하고, 감사실에 알려야겠
어요."

"그러지는 말자."

달숙은 불끈 돌아나가려는 윤서를 잡으며 애원했다.

"다들 뭐 잘못 먹었어요? 배홍태 조사관은 그렇다 치고,
이 조사관님까지 왜 이래요?"

윤서는 이해할 수 없었다. 공무 수행 과정에서 만난 살인
범이, 그것도 죽은 살인범이 피해자의 시신이 있는 곳을 두
고 인권위 조사관에게 게임을 걸어오고, 조사관은 그걸 정
식으로 보고하지 않고 혼자 처리하고 있다니. 공무를 처리

하라고 부여된 권한을 다른 목적으로 이용하고 업무에 지장을 초래하면서. 더구나 살인 피해자의 유족까지 개인적으로 접촉했다니 윤서의 상식으로는 도저히 용납할 수 없는 일이었다. 징계를 넘어 형사처분 감이었다.

"그래. 그래. 잘못했어. 나도 할 말은 없어. 근데 자기, 감사실에 알려서 처리하는 건 좀 아니다 싶어."

달숙은 윤서가 당장이라도 뛰쳐나갈까 무서워 윤서의 옷깃을 잡았다.

"왜요? 이 조사관님도 문제 될까 봐 그러세요?"

윤서는 달숙을 싸늘하게 노려보았다.

"응? 나? 나도 문제가 되나? 그런가?"

달숙은 그 점은 한 번도 생각해본 적이 없다는 듯 눈을 굴렸다.

윤서는 달숙의 천진한 모습에 어이가 없었다.

"한 조사관, 내가 알고도 자기에게 말 안 하고 넘어간 건 말이야. 이걸 이용해서 감사변태를 골탕 먹이고 싶어서 그런 것도 있었지만…… 그래, 그런 거 있었어. 근데 그게 다는 아니라고."

윤서는 달숙이 하는 말이 제대로 들리지 않는 상황이었다. 그러나 달숙은 윤서를 잡고 필사적으로 설득했다.

"알아. 한 조사관이 배 조사관 껄끄러워하는 거. 사실 미친놈이지 저게. 저만 잘났고 예의도 없고 위아래도 모르고. 그런데 말이야. 내 직감인데, 쟤가 저러는 이유가 있는 것 같아. 뭔가가 있어. 상식적이진 않지만 저 사람에게는 무척 중요한, 저 사람의 본질을 건드리는 어떤 이유가."

"무슨 이유가 있으면, 용납될 수 있는 일인가요?"

"하아…… 한 조사관."

찬바람이 쌩쌩 부는 윤서의 말투에 달숙은 한발 물러서 바닥에 쌓인 사건기록 위에 털썩 앉았다.

"나는 말이야, 한 조사관. 사람이 망가지면 어떤 모습이 되는지 안다? 내가 좀 깨발랄하고 사람이 가벼워 보여서 그렇지, 사실 이날 이때껏 별의별 꼴을 다 보고 살았다고. 저기, 사람이 망가지는 이유가 몇 가지 있다? 돈 때문에 망가지고, 정치하다 망가지고, 바람나서 망가지고, 종교에 빠져서 망가지고, 도박에 미쳐 망가지면 사람이 어떤 꼬라지가 되는지 겪어봤어 나는. 사람이 망가져서 눈이 돌아가면 어떻게 되는지 안다고. 그런데……."

평소처럼 풀 메이크업을 한 달숙의 큰 눈에 슬픔이 어렸다.

"이건 믿어주라. 내가 이런 쪽의 촉은 좋아. 배홍태 쟤가 지금 정신이 나간 건 맞는데, 망가진 건 아니야."

"이 조사관님!"

"공식적으로 알리면 어떻게 될까? 그래서 경찰에게 맡기면? 이하선의 시신은 못 찾을 것 같아. 나도 그런 느낌이 들어. 최철수가 그렇게 계획해 놨다고. 얼마나 영악한 놈이야 그놈이. 그렇다면 한 조사관, 그냥 좀 둬보면 어떨까? 배 조사관이 저 문제에 저렇게 열심인데, 그냥 두면 찾아낼 수도 있을 것 같지 않아? 따져보면 쟤가 저런다고 피해받을 사람도 없잖아? 누구에게 피해 끼치면서까지 알아보고 다니는 건 아닐 거라고."

"이 조사관님, 우린 공무원이에요."

윤서는 울컥 올라오는 감정을 삼키며 말했다. 간혹 티격태격하긴 하지만 가장 긴밀하게 협력하며 사건을 처리해온 동료들이 오늘 왜 이러는 건지 알 수 없어 서러웠다.

"그래. 에프엠대로 지킬 거 지키는 한 조사관에겐 무리겠지. 그래도 내 얼굴을 봐서라도 당장 감사실 뛰어가지는 말고. 하루 이틀만 더 시간을 가지고 내 말 생각해주라. 응? 나도 왜 배홍태 따위를 위해 자기에게 이런 애걸을 하는지 모르겠는데. 아휴. 부탁하자."

달숙은 마지막으로 힘주어 말하고 일어나 깔고 앉아 있던 사건기록을 정리했다.

윤서는 울상이 되어 그 모습을 보았다.

9.

문찬욱 목사는 이단 연구를 하기 전에는 본인이 교계의 이단아였다고 했다. 이유는 간단했다. 어릴 적 소아마비를 앓아 한쪽 다리가 불편한 장애인이기 때문이었다.

문 목사가 신학대학에 들어가면서부터 차별은 시작되었다. 장애인은 목회자가 될 수 없다는 정서가 문 목사가 몸담은 교단에 노골적으로 깔려 있었다. 목사가 되려면 신학대학 재학 중 사역 실습을 해야 했고 졸업 후에는 전도사로 몇 년간 경험을 쌓아야 했는데 장애인인 문 목사를 받아주겠다는 교회가 없었다. 갖은 우여곡절 끝에 남보다 늦은 나이에 목사 안수를 받았지만 봉직할 교회를 찾기 어려웠다. 목사는 신체 건강하게 설교하는 모습만으로도 교인에게 믿음을 주어야 한다는 통념은 뿌리가 깊었다. 교회는 장애인을 목회자가 아니라 선교의 대상으로만 보려고 했다.

"저는 교단에서 항상 불편한 존재였는데, 제가 이단 잡는 일을 한다니까 그때는 아주 좋아해주셨지요. 여기 소장 자리도 당장 내어주시고요."

다소 길어진 자기소개 끝에 문찬욱 목사가 말했다. 설교로 단련된 목소리였다. 울림이 크고 저음이었다. 숱이 많은 하얀 머리를 깔끔하게 뒤로 넘긴 모습은 관록 있어 보였다.

"노고가 많으십니다. 충청 지역 사이비 교주들의 눈엣가시라고 들었습니다. 사이비종교 뒤를 아주 집요하게 쫓으신다고요."

지훈은 빙그레 웃으며 장단을 맞춰주었다.

지훈은 충청 이단 문제 연구소에 오기 전 종교 잡지에 실린 문찬욱 목사의 인터뷰를 읽었다. 문 목사가 장애인 목회자에 대한 교회 내부의 편견과 싸워가며 사역을 펼치는 목사에서 사이비종교 사냥꾼으로 방향을 튼 이유가 나와 있었다.

문 목사의 부모님도 독실한 기독교인이었다. 문 목사의 어머니는 주말이면 동네 큰 교회에 꾸준히 출석하면서도 간혹 문 목사를 데리고 장애인을 낫게 해준다는 소문이 있는 교회를 따로 찾아갔다. 그런 교회는 어떤 데는 간판도 없이 외딴곳에 있었고, 어떤 데는 가정집이었다. 문 목사는 퇴마 목사와 몇 명의 신도와 어머니에게 둘러싸여 광신적인 분위기 아래 안수기도를 받았다. 어둡게 커튼을 쳐놓고 주문을 외우는 사람들 사이에서 맞고, 또 맞았다. 어머니는 목사에게 거액을 건넸고, 한동안 아들이 나아질 거라고 믿었고, 실망했고, 또 다른 수상한 교회의 꼬임에 넘어갔다. 비명소리가 새어 나오는 안수기도실 앞에서 차례를 기다리던 끔찍한 기억은 두고두고 문 목사의 트라우마로 남았다.

문 목사는 개척 교회에서 장애인 사역을 하며 자신과 같이 사이비종교에게 피해를 입은 장애인들을 끊임없이 만났다. 문 목사는 장애인에 대한 기존 교회의 태도도 문제가 있는 건 사실이지만, 역시 절대적으로 나쁜 건 사이비종교라는 생각을 굳혔고, 사이비종교 잡는 목사가 되었다.

"깃든농장에 대해서도 전문가시라고 들었습니다."

지훈이 본론을 꺼내 들었다.

"아, 네. 깃든농장. 남순남이. 충청 지역 이단 중에 역사가 오래된 곳이지요. 오래 뒤를 캐다 보니 정이 들었는지 이젠 그냥 친구 같습니다. 연배도 저랑 얼추 비슷합니다. 허허. 잠시만요."

문 목사는 자리에서 일어나 절룩거리며 벽에 붙은 책장으로 다가가 두툼한 앨범을 뽑아 들었다. 처음 만난 지훈의 눈에만 위태로워 보이는 것일 뿐, 문 목사는 태연한 표정으로 몸을 뒤뚱거리며 무거운 앨범을 들고 다시 왔다.

"그동안 모아둔 자료인데, 보시지요."

문찬욱 목사는 앨범 가장자리에 붙은 띠지를 살펴보더니 특정 페이지를 펼쳐 내밀었다.

설교하는 남순남 교주의 사진이 나왔다. '예수 그리스도의 열세 번째 제자이자 이 땅에 예수로 다시 태어난 구세주 남순남 목사'라는 설명이 붙어 있었다. 남순남은 목 주위에 금색 장식을 두른 흰 사제복을 입었고 머리에는 금색 왕관을 썼다.

"요즘 이단은 홈페이지도 만들고 유튜브에 영상도 띄우지요. 에스엔에스를 적극적으로 활용해서 젊은 사람들을 끌어들이거든요. 이거 자기들 홈페이지에도 올려놓은 사진인데, 혹시 들어가 보셨는지요?"

"네. 생각보다 잘 꾸며놨던데요."

깃든농장 홈페이지에는 교리를 설명하는 각종 게시글과 함께 예배 장면이나 행사 장면을 담은 동영상이 연도별로 착실히 정리되어 있었다. 동영상 속에서 남순남 교주는 항상 풍성하게 펌을 한 머리에 금관을 쓰고 등장했다. 그 모습이 퍽이나 기묘했다. 60대 여자가 손녀의 장난감을 빼앗아 공주 놀이를 하는 것 같았다. 신도들은 남순남 교주가 한마디 할 때마다 '아멘'을 외치며 찬양했다. 교주를 향해 손을 뻗고 구원을 갈구하기도 했다. 황홀경에 빠져 울고 비틀거리고 바닥을 뒹굴었다.

지훈은 앨범을 넘겼다. 남순남 교주가 예수의 성체를 받고 있는 사진이 나왔다. 깃든농장의 기원과 관련된 사진이다 보니 매우 중요하게 여겨져 어디든 등장하는 것 같았다.

다음 장에는 '1994년 창설 당시의 깃든농장'이라는 제목 아래 굴삭기가 벌판의 길을 닦고 있는 사진, 벽돌을 쌓고 등짐을 나르며 집을 짓고 있는 사진, 삽과 쟁기를 들고 농지를 일구고 있는 사진 등이 배열되어 있었다.

"깃든농장은 신도들 손으로 다 만들어졌지요. 집도 다 신도들이 지었습니다. 그 안에 굴삭기 기사도 있었고 집을 지을 줄 아는 공사장 인부 출신이 많이 있었다고 하지요. 농사지을 땅 개간도 신도들이 다 했지요."

자급자족 공동체라는 의미에서 보면 훌륭했다. 지훈은 고개를 끄덕이며 계속 앨범을 넘겼다. 깃든농장이 건립되는 과정이 보였다. 교리를 나타내는 각종 홍보물들, 신도들의 간증이 실린 자료, 깃든농장이 소유한 공장과 각 생산품을 소개하는 자료, 농장 내부에 있는 '깃든교회'와 용천 시내에 있는 '제2깃든교회'를 소개하는 자료가 이어졌다.

치유기도 장면을 담은 사진도 등장했다. 사진 속에서 남순남 교주는 무릎을 꿇고 앉은 젊은 남자의 머리에 한 손을 올리고 있었다. 다른 손에는 이파리가 달린 나무 회초리를 들었는데 금방이라도 앞에 앉은 남자를 내리칠 듯했다. 흰옷을 입은 열댓 명의 신도들이 남순남 교주와 젊은 남자 주위를 둘러싸고 섰다. 신도들은 두 손을 모으고 머리를 숙인 자세였고, 허리춤에 나무 회초리를 하나씩 꽂고 있었다.

"이 사람들이 다 회초리 들고 가운데에 있는 남자를 때리는 겁니까?"

지훈은 눈살을 찌푸렸다.

"그렇지요. 귀신 나가라고 축신 기도를 저런 식으로 하는 거지요. 농장 안에 예수님의 보혈이 깃들었다고 주장하는 나무가 있는데, 그 나뭇가지를 꺾어서 안수하면 병을 불러온 악귀가 나간다고 합니다. 깃든농장이 한창 잘나갔던 90년대에는 말이지요. 주말이면 정신병 환자들, 장애인들이 치유기도 해달라고 돈을 싸 들고 와서 깃든농장 앞에 줄을 섰다지요. 엄청 많은 돈을 헌납하면 아예 환자를 농장으로 들어와 살게 하면서 수시로 저 짓을 했다고 하지요."

문찬욱 목사는 혀를 끌끌 찼다.

"이런다고 낫는 사람이 있었을 리가 없는데, 도대체 사람들은 뭘 믿는 걸까요?"

"아픈 사람들, 아픈 사람 가족들 절박한 마음 이용하는 거지요. 너무 절박한데 의학적으로는 나을 방법이 없다고 하면 말이지요. 뭔가 과학적으로는 설명되지 않는 영적인 치료 방법이 있다고 믿고 싶어지는 게 사람 마음이고, 그 틈을 이단이 파고드는 거지요. 그래서 이단은 사회악이고 척결해야 하는 대상인 겁니다. 그래도 다행인 것은 깃든농장에서 예전만큼은 치유기도가 성행하지 않는다는 것이지요."

"아, 그런가요? 요즘은 안 합니까?"

"안 하는 건 아니고요. 여전히 하긴 하는데 예전보단 기세가 줄어든 거지요. 깃든농장 자체가 2000년대 들어서 예전과는 달라졌지요. 사이비 색채가 살짝 약해졌다고 할까요."

지훈은 깃든농장 이탈자에 의한 소송이 최근 10년간은 뚝 끊겼고, 깃든농장이 최근 감염병으로 문제가 돼서 그렇지 나름 평화롭게 운영되는 곳이라고 한 김다빈 변호사의 말을 떠올렸다. 김 변호사는 깃든농장을 제법 성실한 신흥종교라고도 평가했다.

"달라진 계기가 있었습니까?"

"깃든농장이 90년대 말에 큰 위기가 있었지요. 남순남을 불신하는 내부 세력이 생겨났고, 많은 신도들이 깃든농장을 도망쳐 나왔지요. 피해자들이 남순남 상대로 소송도 많이 들어갔고요. 저도 그때 상담을 많이 진행했지요. 깃든농장이 아주 깨져버릴 수도 있는 위기였는데, 그걸 넘기고 나서 남순남이 앞으로는 세를 불리기보다는 현상유지 쪽으로 가야겠구나 하고 생각한 거 같습니다. 내홍을 겪고 각성한 거지요. 네, 그거 한번 보시지요."

문찬욱 목사는 지훈이 방금 넘긴 앨범 페이지에 끼워져 있는 신문 기사를 가리켰다. 남순남 교주의 인터뷰 기사였다. '장학사업, 보육원 후원 펼치며 예수님 사랑 실천하는 남순남 사회사업가'라는 제목을 달고 있었다. 하늘색 양장을 입은 50대의 남순남이 인자한 미소를 짓고 있는 사진이 큼지막하게 실렸다. 요즘 인터넷에 돌아다니며 누리꾼들에게 조롱의 대상이 되고 있는 기사였다.

"그 기사가 2012년에 나왔지요. 썩 크게 보도됐어요. 그것도 중앙지에 말이지요. 거기 보면 깃든농장 교주라느니 목사라느니 하는, 그 여자 정체가 드러나는 말은 한마디도 없습니다. 멀쩡해 보이지요. 아무것도 모르고 기사만 보면 그리스도교에 봉사하여 자선사업 하는 독지가 같지요."

"네. 저도 이 기사 봤습니다. 정말 오대양 박순자와 똑 닮은꼴이네요."

1987년 오대양 집단자살 사건을 일으킨 오대양 교주 박순자도 생전에는 성공한 여성 기업인이자 자선사업가로 알려져 있었다. 박순자는 1984년 대전에 민속공예품 회사인 오대양 주식회사를 설립했다. 오대양은 공예품 경진대회에서 우승해 대통령상을 받았고 88올림픽 공식 기념품 제조 회사로 선정되며 이름을 알렸다. 박순자는 사업을 확장해 나가는 한편 보육원과 양로원을 사들여 신식으로 개조하고 자선사업가로 활동했다. 대통령 표창과 도지사 표창 등을 받았고 신문에 인터뷰 기사가 실리며 평판 좋은 지역 유지의 입지를 얻었다. 오대양이 박순자만을 유일한 '어머니'로 추앙하게 하며 노동력과 재산을 갈취하고 폭력적인 집단생활을 강요하는 종교 단체라는 건 박순자가 둘러쓴 포장에 가려 드러나지 않았다.

1987년 8월 박순자를 포함한 서른두 명의 오대양 직원들이 오대양의 용인 공장 천장에서 겹겹이 쌓인 시신으로 발견되며 대한민국을 깜짝 놀라게 했다. 신도들을 동원해 무리하게 끌어다 쓴 사채빚 독촉이 심해지고 수사기관의 압박을 받자 파국을 예감한 사이비 교주가 내린 엽기적인 선택이었다.

인터넷에는 1986년 박순자의 신문 인터뷰 기사와 2012년 남순남의 신문 인터뷰 기사를 나란히 놓고 '사이비 교주 사이에 존재하는 평행우주'라고 비웃는 짤이 돌았다.

"허허. 하필 오대양도 충청 지역을 기반으로 하는 이단이 었군요. 맞습니다. 둘이 많이 닮았지요. 차이가 있다면 오대양은 엄청 화려하게 피워 올랐다가 3년 만에 실체가 드러나며 파멸했으나, 깃든농장은 30년 가까이 유지되고 있다는 것이지요. 깃든농장 정도 규모의 신흥 종교가 그렇게 오래 세를 유지하기는 쉽지 않지요."

"현상유지 쪽으로 방향을 틀어서 가능한 걸까요?"

"그렇지요. 무리하지 않기 때문이지요. 무리해서 사업이나 신도 수를 확장하려는 노력을 자제하고 사업체적인 면모를 보이고 있는 것입니다. 남순남을 재림예수로 추앙하고 기행에 가까운 종교 행사를 하는 것도 자기들끼리만 하지요. 물론 깃든농장도 농장 밖에 제2교회를 만들어서 포교활동도 하고, 정신병원에 예배봉사자를 보내서 새 신도를 영입하기 위해 노력하기는 하지요. 하지만 농장 안의 신도들은 대부분 오래된 사람들입니다. 이제 그 안에서의 생활이 인생이 되어버려서 그냥 그렇게 정착하고 만 사람들이지요. 나이 든 농부들, 노동자들이 대부분이지요."

"아, 목사님. 천안에 청록병원 말입니다. 그것도 깃든농장 거라는 소문이 자자한데, 여기에 대해서는 알고 계신 거 없습니까?"

지훈은 정신병원 예배봉사 얘기가 나온 김에 청록병원과 깃든농장과의 관계에 대해 물었다.

"깃든농장이 예전부터 정신병원이나 대형병원을 기웃거리면서 신도를 끌어왔지요. 예배봉사를 한다는 명목으로 접근해서 말이지요. 청록병원이 깃든농장 예배봉사자에 의해 감염병 퍼진 그 병원이지요? 그거 말입니다, 깃든농장이 완전히 소유하고 있지는 않더라도 재정적으로는 어느 정도 장악하고 있는 게 맞을 겁니다. 수익도 나누고 환자도 끌어가고 말이지요. 음……."

문 목사는 백발의 머리를 한 번 갸웃하고는 말을 이었다.

"생각해보니 몇 년 전에 깃든농장 피해자를 상담하다 이런 말을 들었지요. 기적의 날 행사할 때…… 아, 기적의 날이란 남순남이 예수의 성체를 받았다는 그날이지요. 8월 26일인가 그렇습니다. 깃든농장은 종교적으로 딱 두 날만을 기념하고 행사를 크게 하지요. 바로 기적의 날과 남순남의 생일입니다. 크리스마스와 부활절은 섬기지 않습니다."

남순남이 다시 태어난 예수이므로 원래 예수의 생일인 크리스마스는 챙길 것 없이 남순남의 생일을 기념하면 되는 것이고, 마찬가지로 예수가 세 번째로 부활한 기적의 날이 새로운 부활절이 되었으므로 기존의 부활절은 기념할 필요가 없다는 논리였다.

"신박하네요."

"그렇지요. 그 두 기념식 행사는 모든 신도가 족히 한 달은 준비한다고 하지요. 그런데 행사 전날 간부들이 약을 나눠준다는 말을 들었습니다. 기념식 직전에 먹으라고 돌린다고 하지요. 나쁜 기운을 쫓고 정신을 맑게 하는 약이라고 한다지요."

"약을 돌린다고요?"

지훈은 깃든농장 홈페이지에서 보았던 기념행사 동영상을 다시금 떠올렸다. 울고 쓰러지고 바닥을 구르며 구원을 외치는 광신적인 신도들의 모습.

그리고 청록병원의 항정신병 약 과다처방 의혹.

"그 약을 먹으면 메스껍고 흥분되고 헛것이 보이기도 하고 이상해진다고 하지요. 치유기도 의식을 치를 때도 나눠준다고 그러고, 깃든농장 안에서 수시로 약이 도는 것 같습니다. 정신병원에서 빼돌리는 약이 아닐까, 지금 막 그런 생각이 들었습니다."

"하아…… 그렇군요. 중요한 말씀 해주셨습니다."

종교적인 고양감과 도취감을 부르고 환각을 일으키기 위해 인간의 뇌에 민감하게 작용하는 항정신병 약을 사용하고 있구나. 치유기도를 위해 맡겨진 정신질환자의 증상을 관리하기 위해서도 사용될지 모른다. 지훈은 청록병원 직권조사 시에 과다처방 문제를 자신이 정확하게 지적했다는 생각에 짜릿했다.

앨범의 마지막 페이지에도 신문 기사가 끼워져 있었다. 2008년도 기사였다. '산나물박물관 부지 지자체 반환 두고 진통', '깃든농장 충북도청 격돌'이라는 제목이 보였다. 기사에는 '종교탄압 인도 집행 결사반대', '도민 재산 갈취하는 충청북도는 각성하라' 따위의 피켓을 들고 충북도청 앞마당에 몰려든 수십 명의 사람들이 공무원과 몸싸움을 벌이는 사진이 실려 있었다. 김다빈 변호사가 언급했던 깃든농장과 지자체 간 분쟁 건이었다.

"하하. 그 산나물박물관 부지 말이지요. 깃든농장에선 원래 사용도 하지 않고 방치하고 있던 땅이었지요."

문찬욱 목사는 지훈이 보고 있는 페이지를 힐끔 넘겨다보고 설명을 이었다.

"그런데 그게 지자체 땅이라는 게 밝혀지니까 갑자기 그 땅에 보혈이 깃든 나무가 있다고 주장하기 시작했지요. 아까 그 치유기도 할 때 회초리로 사용했던 그 나무 말입니다. 말도 안 되는 소리지요. 보혈이 깃든 나무는 마을 중앙에 버젓이 있거든요. 안 쓰는 땅이라도 아무튼 자기네 거 뺏기기 싫으니까 갑자기 종교상징물 핑계를 댄 건데, 그래도 결국은……. 왜 그러시나요? 뭐 잘못됐나요?"

지훈의 흠칫 놀라는 표정을 보고 문 목사가 물었다.

"이 사람이요."

지훈은 깃든농장 시위자 편에 있는 한 사람을 손가락으로 짚었다. 제일 앞줄에 나서서 공무원과 밀접하게 대치하고 선 중년 남자를 가리키는 거였다. 남자는 양복 차림이었고 한쪽 팔을 높이 치켜들며 거세게 항의하는 모양새였다. 구호를 외치느라 벌어진 입. 한쪽 뺨이 눈에 띄게 푹 주저앉아 있었다.

"이 사람 누군지 혹시 아십니까?"

문찬욱 목사는 앨범을 끌어가서 눈앞에 가까이 가져다 대고 보았다.

"에…… 아마 간부 중 한 명일 겁니다. 간부들이 표면에 나서는 경우가 별로 없어서 제가 잘 모르기는 하는데, 깃든농장 피해자들이 가지고 있던 사진에서 몇 번 본 적이 있지요. 이름까지는 모르지요. 깃든농장 안에서는 간부는 직책으로 부르고 신도들끼리는 남순남이 내려준 세례명으로 불러서 말이지요. 몇 년을 같이 살아도 그 사람의 진짜 이름이 뭔지 모른다고 하지요."

지훈은 한쪽 뺨이 푹 꺼진 그 남자를 이미 청록병원에서 만난 적이 있었다. 그의 진짜 이름도 알았다.

10.

"상대방 계좌주와 연락이 닿지 않고 있다는 건, 계좌는 아직 유지되고 있다는 말씀입니까? 그러니까 해지한 건 아닌 거죠?"

홍태는 자신이 제기한 착오송금반환청구 건을 담당하는 은행 직원에게 전화하여 물었다. 돈을 돌려받지 못할 수도 있다는 초조함에 가득 찬 목소리를 적당히 연기했다.

—네, 고객님. 상대방 계좌는 아직 살아 있습니다. 문자를 수차례 보내고 전화도 걸고 있는데 계좌주가 응답을 하지 않고 계시고요, 5영업일 동안 계속 연락을 시도해보고 결과를 알려드리겠습니다.

은행 직원이 친절하지만 사무적인 목소리로 대답했다.

"100만 원이 넘는 돈인데, 계속 연락이 안 되고 연락이 돼도 돌려주지 않겠다고 하면 저는 어떡합니까? 그 돈이 어떤 돈인데, 저 당장 생활비로 쓸 돈도 없는 형편입니다. 아, 진짜 어떡하지⋯⋯."

홍태는 간절함을 짜내서 읍소했다.

─혹시 그렇게 되더라도 고객님. 예금보험공사의 착오송금반환지원서비스라는 제도가 있어서 이용하시면요. 시일이 많이 걸려서 그렇지 받으실 수는 있으십니다.

은행 직원의 말투에 약간의 측은함이 어렸다.

"저 아는 사람도 이런 실수를 한 적이 있는데 돈을 못 받았다고 들어서 제가 지금 이러는 겁니다. 저 아는 사람은요, 상대방이 바로 돈 다 인출하고 계좌 해지하고 잠적하는 바람에 한 푼도 못 받았대요. 아이고, 어떡하지⋯⋯. 그래도 계좌 해지한 건 아니라니까 다행인데, 저 혹시요. 제가 보낸 돈 혹시 계좌주가 그새 인출한 건 아닙니까? 그러면 큰일인데. 그럼 안 주겠다는 건데. 어쩌죠?"

홍태는 잔뜩 몸단 사람처럼 조급하게 말을 쏟아냈다. 유도 질문에 은행 직원이 넘어가지 않을 수 없게끔.

─아니요, 고객님. 계좌주가 돈을 인출하지는 않았습니다. 그건 안심하시고요⋯⋯.

아직 계좌를 해지하지도 않았고, 돈을 인출하지도 않았다.

원하는 정보를 얻은 홍태는 이어지는 은행 직원의 설명을 대충 흘려듣고 전화를 끊었다.

홍태는 최철수가 세 번째 편지에 남긴 계좌로 어제 100만 3천 원을 송금했다. 10만 3백 원을 보낼까도 잠깐 생각했지만 너무 소액이면 천세종이 반응을 보이지 않을 수도 있었다.

1,003,000원.

천세종이란 이름의 앞 두 글자를 연상시키는 금액이었다. 천세종이 이 신호를 알아채지 못할 수도 있었지만 시도는 해볼 만했다. 나는 네가 누군지 알고 있다는 신호. 의미를 알게 되면 천세종은 어떤 생각을 할까? 정체가 들켰다는 생각에 긴장할까? 그래봤자 어쩔 셈이냐고 무시할까? 어쨌든 돈은 찾을 것이다. 지령대로 500만 원이 아니라 100만 3천 원을 보낸 게 아쉽겠지만 돈 밝히는 절도범이 포기할 만큼 적은 돈은 아니니까.

돈을 보내고 홍태는 바로 은행에 착오송금신고를 했다. 실수로 원래 돈을 보내려던 계좌와 다른 계좌에 돈을 보냈다는 신고였다. 은행 측이 천세종에게 연락해서 착오송금액을 반환하도록 처리하는 과정을 통해 천세종을 추적할 수 있으리라고 기대했다.

그러나 상황이 홍태의 예상과는 다르게 돌아가고 있었다. 지난번 300만 원을 보냈을 때는 천세종은 받자마자 돈을 인출하고 계좌를 해지했다. 정확히 9분 만에 돈을 인출했다는 걸 홍태는 보이스피싱 신고를 통해 확인했다.

뭐지? 천세종의 신변에 무슨 일이라도 생긴 걸까?

홍태는 은행 직원과 통화를 했던 계단참에서 사무실 자기 자리로 돌아왔다. 일하고 있던 윤서와 잠깐 눈이 마주쳤다. 윤서가 홍태의 눈길을 피했다.

그날 이후 벌써 이틀이 지났지만 윤서는 아무런 행동을 하지 않았다. 달숙이 감사실에 알리지 말고 며칠만 참아달라고 부탁했다고는 하지만 홍태는 윤서가 무슨 생각인 건지 궁금했다. 나를 어떻게 처리할 생각일까. 사무실에는 숨 막힐 듯 무거운 공기가 흘렀다.

"아무리 시국이 시국이지만 말이야. 응? 한 조사관, 확진 자 동선 공개 계속 이런 식이면 문제 있겠어. 안 그래?"

긴장된 분위기를 깨기 위해 달숙은 일부러 쾌활하게 말 을 걸었다.

"정책국에서 개인정보 침해 문제 검토 중이라고 들었어요."

윤서가 일에서 눈을 떼지 않은 채 대꾸했다.

"글쎄 지난 주말에는 우리 동네 재래시장 전체가 문 닫은 거 있지? 확진자가 생선가게 들러 동태 한 마리 사 갔다고 서른 개 넘는 점포가 주말 내내 문을 닫아버렸어. 만나는 사 람마다 다들 확진자가 어디 어디 들렀는데 동선이 겹쳤느니 안 겹쳤느니 따지고 있고. 확진되면 나이랑 성별 공개되고 며칠간 동선이 낱낱이 까발려지니까 아는 사람끼리는 대충 누가 걸렸다는 거 나오잖아."

달숙은 혀를 끌끌 찼다.

"그러게요. 확진자 동선에 걸린 가게는 자동으로 문 닫아 야 한대요. 며칠 문 닫는 게 문제가 아니라 확진자 다녀갔다 고 소문나면 한동안 손님 발길이 뚝 끊긴다고 하더만요."

달숙의 맞은편에 앉은 조사관이 말을 받았다.

"확진자가 빌런 되는 거지. 그 원망이 확진자에게 쏠릴 테니 병 걸리면 미안해하느라 바빠서 아플 틈이나 있겠어? 요즘 인터넷에선 확진자 동선 나온 거 공유하면서 조롱하 는 경우도 많다던데. 20대 여대생이 마사지숍을 갔다고 된 장녀라고 하질 않나, 미사리 카페 간 사람은 십중팔구 불륜이라고 하질 않나. 5일 동안 떡볶이집 일곱 번 갔다고 떡볶이에 미친 마니아 납셨다고 비웃질 않나."

각자 알고 있는 동선 공개의 부작용을 얘기하며 조사관들의 수다가 이어졌다. 사무실 분위기가 잠시 활기를 띠었다. 이런 팬데믹 상황이 인류 앞에 닥칠 거라고 예상했던 사람은 아무도 없었다. 구체적으로 어떤 대응을 해야 하는지 확진자 동선 공개는 어떤 식으로 해야 인권침해를 최소화할 수 있는지 미리 충분히 검토한 사람도 없었다. 전대미문의 감염병에 대한 공포 앞에서 과도한 방역 조치라는 건 없었으며 이렇게까지는 하지 않아도 된다고 감히 자신 있게 주장할 수 있는 사람도 없었다. 그러나 부작용이 드러나고 있으니 이것도 시행착오려니 하고 곧 보완책을 마련하지 않겠느냐는 결론으로 대화는 나아갔다.

홍태는 쓰다 만 보고서의 파일을 열었다. 마지막 문장 다음에 깜빡이는 커서를 바라보며 천세종이 왜 100만 3천 원을 당장 뽑아가지 않는 건지에 대해 생각했다. 화면보호기가 켜지고 구석에서 직선과 곡선이 뻗어 나와 모니터 화면을 갈랐다. 홍태의 생각이 꼬리에 꼬리를 물었다.

홍태는 천세희에게 연락해야겠다고 결심했다. 다시 계단참으로 가기 위해 일어섰다. 나올 때 노려보는 윤서의 시선을 느꼈다. 한윤서 조사관은 나를 어쩔 셈일까. 걱정으로 마음이 무거워졌다.

일단 지금은 천세종을 쫓자. 홍태는 통화 버튼을 누르며 입을 앙다물었다. 천세종을 찾아 알고 있는 걸 다 말하라고 족치자. 모두 털어놓기 전까지는 결코 편히 살게 놔두지 않겠다.

천세희가 전화를 받았다.

"죄송합니다. 또 전화했습니다. 여쭤볼 것이 있습니다."

몇 초간 침묵이 흘렀다.

─……말씀하세요.

"천세종에게 혹시 무슨 일 있습니까?"

─왜 그러시죠?

살짝 놀란 말투였다.

"돈을 보냈는데 찾아가지 않아서요. 돈을 찾아갈 수 없는 상황에 있지 않고서야 이러지 않을 것 같아서 그렇습니다."

숨을 흡, 들이쉬는 소리가 들렸다.

─4일 전……이네요. C 바이러스 확진 판정을 받았대요. 제가 보건소에서 일하니까 이것저것 물어보려고 전화했더라고요. 지금은 격리 병동에 들어가 있어요.

아, 이거였구나.

지금 상황에 딱 들어맞는 이유였다. 왜 진작 추측하지 못했을까.

─지금 살고 있는 고시원 주인이 너 때문에 고시원 사람들 다 검사받게 해야 하고 고시원도 문 닫게 생겼으니 손해배상 하라고 난리를 쳤나 봐요. 이런 경우가 있냐고 흥분해서 전화했어요. 자기도 피시방에서 확진자랑 동선 겹쳐서 재수 없게 걸린 거라면서요.

홍태는 가슴이 뛰었다.

이제 천세종을 잡을 수 있게 된 것이다.

내내 흐리더니 밤부터 천둥이 치고 비가 쏟아졌다. 윤서는 샤워를 하고 나와 거실에 앉아 네 캔째의 맥주를 땄다. 차가운 맥주를 목구멍에 흘려 넣고 배달 앱으로 시킨 닭강정을 한 입 집어 먹었다. 집에 들어오자마자 습관적으로 켜둔 TV는 눈앞에서 저 혼자 떠들었다. 윤서의 집에서 거의 매일 밤 벌어지는 풍경이었다. 윤서는 두둑하게 찐 뱃살을 한번 만져보고 한숨을 쉰 다음 다시 맥주 캔을 기울였다.

퇴근하고 저녁에 뭐 하냐고? 인권위 조사관 언제 그만둘 수 있을지 생각하며 맥주 마셔.

윤서가 친구에게 늘 하는 얘기였다.

TV는 혼자 사는 연예인의 일상관찰 예능에서 이혼한 연예인의 육아 예능으로 넘어갔다. 윤서는 TV 화면을 물끄러미 보다가 스마트폰을 손에 들고 유튜브 앱을 열었다. 취기가 알딸딸하게 느껴졌다. 윤서는 어제도 본 영상을 다시 틀었다.

6년 전 공중파 시사 프로그램에서 방영된 영상의 편집본이었다. 연쇄살인범 최철수가 체포된 지 2년이 흐른 시점에서 피해자 유족의 근황과 심경을 짚어보는 내용이었다. 화면에는 작은 체구의 중년 부부가 소파에 나란히 앉아 카메라 조명을 받고 있었다.

-저희는, 제 딸을 죽인 최철수를 용서하겠습니다.

남편이 말했다. 아내도 옆에서 고개를 끄덕였다.

'최철수를 용서하신다고요?'라는 자막이 떴다. 부부는 네, 라고 답하고 독실한 가톨릭 신자로서 최철수의 사형이 집행되지 않도록 청원하고 최철수의 병든 영혼을 위해 기도할 거라고 했다. 부부는 그 대신 '하느님의 선물' 하선이가 있는 곳을 알려달라고 최철수에게 호소했다.

이 장면이 나가고 하선의 부모는 다른 피해자 유족에게 어디서 마음대로 용서를 운운하느냐며 머리채를 잡히기도 했다.

— 우리 하선이에요.

하선의 어머니가 소중하게 손에 쥐고 있던 사진을 내밀었다. 제작진이 사진을 받아 크게 비췄다. 어깨까지 오는 머리를 단정하게 빗고 이를 살짝 보이며 웃고 있는 16세 소녀의 모습이 화면 가득 나왔다. 그 나잇대의 소녀답게 통통하게 오른 젖살이며 신경 써서 내린 앞머리 등이 너무나 평범해서 가슴이 아픈 사진이었다. 사진은 끔찍한 범죄의 피해자로 알려진 이 소녀가 원래부터 시체는 아니었다는 것. 한때는 살아 있는 사람이었다는 것. 부모와 주변 사람들의 사랑을 받는 소중하고 특별한 존재였다는 걸 보여주는 듯했다.

— 우리 하선이요. 어릴 때부터 얼마나 마음씨가 고운 아이였는지 몰라요.

하선의 어머니가 말했다.

— 하선이가 다섯 살인가 여섯 살 때요. 제가 하선이랑 길을 가다가 같은 성당에 다니는 동네 할머님을 마주친 적이

있어요. 할머님이랑 반갑게 몇 마디 주고받고 있는데, 애가 제 손을 꼭 잡고 가만히 있는 거예요. 그러다 갑자기 평평 울면서 할머님과 제 사이에 끼어드는 거 있죠. 그 작은 손으로 할머님을 밀치고 제 치맛자락을 잡아끌면서 '엄마, 내가 구해줄게!' 하고, 얼굴이 터질 듯이 빨개져서는 빽빽 우는 거예요.

하선의 어머니는 슬픈 얼굴에 미소를 머금었다.

─알고 보니 그 무렵 하선이가 또래 친구에게 할머니 귀신 얘기를 들은 거예요. 어린 마음에 처음 들은 귀신 얘기가 너무 충격적이라 무서워하면서 믿어버린 거죠. 세상에, 동네 할머님을 귀신인 줄 알았던 거예요. 그런데 말이에요. 진짜 그렇게 믿었으면 어린애가 얼마나 무서워요. 그 와중에도 엄마를 구해주겠다고 나서는 마음씨가 얼마나 기특한가요. 안 그런가요? 제 자식이라 그런가요?

하선의 어머니는 자식 자랑을 하다 부끄러워진 사람처럼 볼을 붉혔다.

하선의 아버지가 아내의 말을 이었다.

─우리 애가 자주 그랬습니다. 제가 다른 일 때문에 좀 화가 나서 그 얘길 하느라 아내에게 언성을 높인 적이 있었는데요. 우리 애가 뒤에서 제 목을 잡고 끌어당기면서 '엄마! 내가 구해줄게!' 이랬죠. 제가 그땐 천하의 나쁜 놈이자 물리쳐야 할 적이 됐지만 기분이 나쁘지 않았습니다.

─다 커서도 그게 하선이와 저 사이에 유행어가 됐어요. 제가 양파를 까다 울어도, 비가 와서 기분이 좀 울적해 보여

도, 이이랑 말다툼을 한 날에도, 제 삶에 중대한 시험이 든 날에도 아무튼 걸핏하면 엄마를 구해준다고 했어요. 그렇게 마음이 따뜻한 아이였는데…….

영상을 보고 있는 윤서는 눈물이 핑 돌았다. 마음이 아파 다시는 보지 않으려고 했었다. 술김에 약해진 감정이 미어 졌다.

영상은 계속되었다. 하선의 어머니가 두 손에 얼굴을 묻었다.

－너는 나를 그렇게나 많이 구해준다고 하였는데, 정작 나는, 엄마는 너를 구해주지 못했구나…… 하선아!

영상 속에서 부부는 울었고 윤서도 눈물을 줄줄 흘렸다. 부부는 울면서 우리는 하선의 시신을 꼭 찾아야만 한다고 외쳤다. 이렇게 사랑스러운 아이가 우리 곁에 살다 갔다는 사실을 잊지 않기 위해서라도 하선의 마지막 모습을 확인하고 고이 수습해주는 것이 부모 된 도리라고 울부짖었다. 이제 용서는 문제가 아니다. 차라리 부탁하고 싶다. 하선의 시신이 있는 곳을 말해달라.

윤서는 스마트폰을 내려놓고 남은 맥주를 꿀꺽꿀꺽 마셨다. TV에서는 연예인 출연자가 자신의 안온해 보이는 삶에 자리한 고충을 적당한 기획 아래 풀어놓았고 다른 출연진들이 그것에 반응하고 있었다. TV 속 세상이 설정한 안전선을 넘어선 감정에 윤서는 방황했다. 하선 부모가 가진 확신이 무서웠다.

어릴 적 자란 도시 중심가에 박혀 있던 조형물이 혼란스러운 감정 사이에 솟아올랐다. 너는 먼지같이 하찮은 사람이야, 사람 모양의 조형물이 말하는 것 같았다.

하선의 부모는 피해자 유족이고 당사자라 그렇다 치고, 홍태는 무엇인가. 이미 죽은 게 뻔한 사람의 시신이나마 수습해서 존엄을 지켜줘야 한다는 확신은 어디서 나오는 걸까. 존재의 하찮음에 대한 의심을 그들은 어떻게 떨쳐낼 수 있는 걸까.

윤서는 배홍태라는 인간을 절대 좋아할 수 없었다. 홍태는 사사건건 윤서의 방식에 반대하고 딴지를 걸었고 여성을 무시하는 마초였다. 사건 조사를 위해 출장을 간 곳에서 윤서에게 성희롱 발언을 해서 겨우 넘어간 적도 있었다. 윤서가 아는 사람 중 가장 같이 일하고 싶지 않은 사람이었다.

그러나 그 확신만은 부러웠다. 부럽다 못해 질투가 났다. 자신의 믿음이 왜 옳은지 의심할 필요조차 느끼지 않는 절대적인 직관. 그 힘은 어디서 나오는 걸까. 내겐 왜 그 힘이 없을까.

네 번째 맥주 캔이 윤서의 손에서 툭 떨어졌다. 주량의 마지막이었다. 윤서는 눈물 자국이 남은 얼굴로 다시 스마트폰을 들어 깃든농장 홈페이지를 열었다. 모바일 앱까지 깔끔하게 갖춰진 홈페이지가 나왔다.

윤서는 '기쁘다 기적 오셨네'라는 메뉴에 들어갔다. 기적의 날 기념식 행사 장면을 찍은 동영상이 1회부터 25회까지 올라와 있었다. 윤서는 아무거나 골라 기념식 동영상을 재생했다.

영상 속에서 흰 사제복을 입고 머리에 금관을 쓴 남순남 교주가 건장한 청년들의 호위를 받으며 교회로 입장했다. 한쪽에서 신도들이 북을 치고 음악이 깔리고 성가대가 남순남을 찬양하는 가사를 입힌 노래를 불렀다. 남순남이 꽃과 종이 장식물로 화려하게 꾸민 단상 위에 섰다. 남순남이 말씀을 외쳤다. 신도들이 남순남을 향해 손을 뻗으며 울었다. 누군가는 무릎을 꿇고 정신없이 기도문을 외웠고 누군가는 졸도했다. 카메라는 그런 신도들의 모습을 하나하나 비췄다. 깃든농장 내부에 있다는 깃든교회 안에 300여 명의 신도들이 모두 모인 듯했다. 대부분 장년층 이상으로 보였고 머리가 허연 노인도 많아서 드문드문 섞여 있는 젊은 사람은 쉽게 눈에 띄었다.

말씀이 끝나고 신도들의 연극 공연이 펼쳐졌다. 남순남이 기적의 날 예수의 성체를 받는 과정을 그린 연극이었다. 특별하게 꾸며진 관람석에 앉은 남순남은 자애롭게 미소 지었고 연극을 보는 신도들은 배우의 손짓 하나하나마다 환호했다. 장면의 의미를 설명하는 자막이 동영상 하단을 채웠다.

보고 있을수록 기분이 나빠지는 사이비종교의 행사 장면이었다.

하선의 시신이 저 이상한 사람들이 살고 있는 곳에 묻혀 있다고?

윤서는 거실 바닥에 벌렁 드러누웠다. 왜 하필 깃든농장이지? 깃든농장은 입구에 큰 철문을 세워두고 외부인의 출입을 금하고 있었다. 그냥 불쑥 들어가 사람을 파묻을 수는 없는 곳이다.

최철수와 깃든농장은 무슨 관계인 걸까? 왜 하필 거기에
하선을 묻었다는 것일까.

나는 왜 이따위 것을 생각하고 있는 걸까.

윤서는 술 냄새 섞인 한숨을 내쉬며 빗줄기가 내리꽂히
는 베란다 창문으로 다가갔다. 바람이 부는지 비가 사선으
로 내렸다. 창문에 원피스 잠옷을 입고 머리를 풀어헤친 윤
서 자신의 모습이 비쳤다. 유리창에 맺히는 빗방울이 윤서
의 실루엣을 뭉갰다.

79억 5,395만 2,577개의 모래알 중 32억 1,924만 387번
째 모래알. 한윤서라는 하찮고 연약한 우주. 그 작은 우주의
경계를 나타내는 선조차 빗방울에 어른거리며 무너졌다. 윤
서는 자신의 초라함에 고개를 돌려버리고 싶었다.

저건 내가 아니야.

청록병원 현장조사에서 들었던 절규가 되살아났다. 밤
톨같이 박박 깎은 머리, 비대한 몸에 자아가 파묻힌 젊은
여성 환자. 윤서는 신설희 환자의 절망을 이해할 수 있을
것 같았다.

홍태는 고시원으로 통하는 좁은 계단을 올랐다. 신촌 골
목에 있는 남성 전용 고시원이었다. 건물 3층까지 올라와
고시원 간판이 붙은 문을 열고 들어갔다. 입구에 관리실이
라고 적힌 부스가 나왔다.

좁은 복도를 사이에 두고 양옆에 방문이 다닥다닥 붙어

있었다. 잠금장치는 문손잡이에 달린 홈에 열쇠를 넣어 돌리는 방식이었다. 바닥에 깔린 나뭇결 모양의 장판은 때가 탔고 습기에 들떴다. 학생보다는 가난한 노동자들의 값싼 숙소로 주로 활용될 법한 낡은 고시원이었다.

관리실 부스에 달린 작은 창이 드르륵 열렸다.

"방 보러 오셨나요?"

검은 마스크를 쓴 청년이 고개를 들이밀었다. 청년은 텁수룩한 머리에 피로에 찌든 눈빛이었다.

"네. 제가 출장 때문에 갑자기 서울에 올라오게 돼서요. 한 달 쓸 방 구하고 있습니다. 딘기 임대되죠? 여기는 방값이 얼마나 됩니까?"

홍태는 방을 구하러 여러 군데를 다니고 있는 사람인 척 기웃거리며 말했다.

"창문 있는 방은 30만 원, 없으면 25만 원인데요. 한 달만 쓰신다고요?"

청년은 아크릴 막대기에 30, 40개의 열쇠가 주렁주렁 달린 꾸러미를 들고 관리실에서 나왔다. 좁은 곳에서 나와 허리를 편 청년의 키는 꽤 컸다. 이 고시원에 살면서 관리인으로 아르바이트를 하는 것 같았다.

"음…… 둘 다 볼 수 있습니까?"

청년은 앞장서 복도를 걸어 미로 같은 길을 한 번 꺾어 들어갔다. 그리고는 가까이 붙어 있는 두 방을 번갈아 보여 줬다. 방은 한 평 남짓했고 붙박이 침대와 책상, 의자, 선반, 소형 냉장고가 비치되어 있었다. 창문이 있는 방은 창문이 있는 관 같았고 창문이 없는 방은 그냥 관 같았다.

홍태는 인터넷에 올려진 마포구 확진자 동선 공개에서 천세종으로 보이는 확진자를 금방 찾아냈다. 안 그래도 마포구에서 피시방을 통한 감염이 문제가 되어 뉴스로 보도된 적 있었다. 확진자 중 문제의 피시방 감염자가 누구인지 확인 가능했다. 마포 71번 확진자가 천세종과 성별과 나이가 일치했을 뿐만 아니라 동선 중 묵고 있는 고시원의 이름이 나왔다. 너무 쉬웠다. C 바이러스 확산 상황이 고마울 지경이었다.

조퇴를 하고 일단 고시원으로 향했다. 문이 닫혀 있을 거라고 생각했는데 의외로 운영 중이었다. 마포 71번 확진자의 동선에 있던 근처 해장국집을 찾아가 보았다. 해장국집은 문을 닫았고 C 바이러스 방역 사정으로 휴업한다는 안내문이 붙어 있었다. 옆에 있는 김밥집으로 들어갔다. 이른 저녁으로 김밥을 먹으며 수다스러운 사장에게 소문을 주워들었다. 김밥집 사장은 확진자가 들른 식당은 손님이 끊어져 휴업에 들어간 데가 많은데 확진자가 살았던 고시원은 3일만 문을 닫고 다시 연다는 게 이상하지 않냐고 투덜거렸다.

"그런데요. 식당에서 밥 먹다가 우연히 들었는데 여기서 얼마 전에 확진자 나왔습니까?"

창문 없는 방으로 계약을 할 것처럼 굴다가 홍태는 문득 마음에 걸린다는 듯한 표정을 지었다.

"아, 그렇긴 한데. 방역 조치 다 끝났고요. 사람들 다 음성

으로 나왔고, 역학조사관이 문제없다고 했거든요. 걱정하실
건 없는데…….”

관리인 청년이 소심하게 말을 우물거렸다. 홍태는 고시
원이 운영에 타격을 받고 있고 그 피해가 이 청년의 일자리
와도 연관되어 있다는 인상을 받았다.

“확진자는 몇 호실 살았습니까?”

“아, 방금 보신 방과는 멀리 떨어져 있어요.”

“그래요? 참. 제가 뭐 그렇게 예민한 사람은 아니라 계약
을 하긴 하는데, 혹시 몰라서 참고삼아…… 몇 호실이에요?”

홍태는 방을 빌리기로 결심했다는 뉘앙스를 풍기며 청년
을 안심시켰다.

“확진된 사람은 131호실이에요. 소독 다 끝나서 안전하
고요. 그래도 손님 말마따나 혹시 모르니까 그 근처 방도 싹
비워놨고요. 일부러 좀 떨어진 데로 보여드렸어요.”

홍태는 임대 계약서를 쓰고 돈을 치렀다. 관리인 청년은
관리실에 놓인 유선전화의 수화기를 들고 임대계약서에 적
힌 홍태의 휴대전화 번호를 눌렀다. 홍태의 손에 든 휴대전
화가 부르르 떨렸다.

“관리실 번호니까 저장해두세요.”

청년이 말했다. 고시원 입주자가 적어낸 휴대전화 번호
가 본인 것이 맞는지 확인하는 절차 같았다. 뜨내기들이 거
짓으로 연락처를 적어놓고는 임대료를 내지 않고 도망치는
경우를 대비하는 듯했다.

홍태는 관리인 청년에게 고시원 내부 시설과 생활규정에

대해 간단한 안내를 받고 방 열쇠를 받았다. 관 같은 방에 들어가 주변 소리에 귀를 기울였다. 패널 하나로 옆방과 구분된 공간에서는 밖에 누군가 드나들 때마다 소음이 여실히 전달됐다. 홍태는 공동 주방과 화장실에 드나드는 발길이 뜸해질 시간을 기다렸다.

한적해진 때를 노려 홍태는 방에서 나왔다. 복도는 비어 있었다. 패널이 만든 미로의 골목을 몇 개 지나 홍태는 131호 앞에 섰다.

천세종은 교도소를 나올 때 주머니 사정이 좋지 않았던 모양이다. 매우 낡고 싼 고시원을 구했다. 오래된 주택의 방문에나 있을 법한 이런 잠금장치는 없는 거나 마찬가지였다. 어차피 훔쳐갈 것도 없는 가난한 남자들이 모인 곳이기에 누구도 신경 쓰지 않는 것이다. 홍태는 주변을 빠르게 둘러본 뒤 131호의 문고리를 잡고 문틈에 신용카드를 쓱 밀어 넣었다. 문은 저항 없이 열렸다.

방 불을 켰다. 천세종의 은신처가 드러났다. 어지를 곳도 없는 공간이지만 최대한 어질러져 있었다. 구겨진 셔츠와 양말 짝이 침대에 내던져져 있었고 빈 소주병과 과자봉지가 바닥을 굴렀다. 정부 방역팀은 소독액만 뿌리고 갈 뿐 청소까지는 해주지 않는 모양이었다.

책상 위엔 성인잡지와 지하철 신문, 경마 신문과 낙첨된 마권이 널려 있었다. 홍태는 벽에 달린 선반을 살폈다. 검게 곯은 바나나와 과자, 소시지 같은 편의점 음식뿐이었다. 1인용 냉장고에도 술과 먹다 남은 음식만 있었다. 침대 밑

수납 서랍을 열었다. 얼마 안 되는 옷가지와 수건이 쑤셔 넣어져 있었다. 홍태는 옷을 하나하나 들어 펼쳐보았지만 숨겨진 물건 같은 건 없었다.

5분도 안 되는 시간에 수색이 끝났다. 홍태는 지저분한 바닥에 앉아 생각했다. 천세종은 격리 병동에 들어가기 전 필요한 물건 몇 가지 챙길 여유는 있었을 것이다. 어차피 얼마 되지 않는 소지품 중 중요한 것을 챙겨서 들어갔겠지. 최철수가 남긴 메시지. 앞으로 나에게 보낼 편지들. 결국 여기엔 없는 걸까. 아픈 머리를 쓸어올리다가 홍태는 책상에 놓인 신문 밑에서 뭔가 번쩍이는 걸 보았다.

홍태는 다가가 신문을 들어 올렸다. 몽블랑 수성펜이 나왔다. 꽤 고가의 제품으로 보였다. 수성펜의 금속 부품이 형광등 불빛을 반사해서 다시금 번쩍 빛났다.

도둑과 고급 펜이라. 어울리지 않는 물건이었지만 꽤 익숙하게 써온 듯 사용감이 느껴졌다. 그제야 신문의 공백에 수성펜으로 쓴 낙서가 눈에 보였다. 홍태는 선 채로 신문을 넘기며 낙서가 있는 지면을 찾았다.

경마 신문에 가득한 낙서는 말과 기수의 이름과 승률을 나름대로 계산한 흔적 같았다. 신문에 실린 시구를 베낀 낙서도 있었다. 예전에 교제했던 여자나 친구, 감방 동료의 이름을 써놓고 인물평을 휘갈긴 것도 보였다.

대장. 대장은 빛. 죽음을 계획 짓는 사람. 계획된 죽음은 희
망이라고 하셨다. 사나이 천세종. 대장이 남긴 과업을 책임

지고 완수한다!

홍태는 신문을 든 손가락에 불끈 힘을 주었다. 신문 가장
자리가 구겨졌다.

쓰레기에 물든 잔챙이 새끼.

하지만 결연한 목표가 생활고를 책임져주진 않은 듯했
다. 무엇을 하면 돈을 벌 수 있을지 궁리하는 내용의 낙서가
나왔다. 홍태에게 300만 원을 갈취하는 데 성공했지만 방
꼴을 보아하니 경마 몇 판에 다 날렸을 듯했다. 절도 범죄
수법을 그림으로 그려놓고 허점을 비교 분석하는가 하면,
가진 놈들이 다 가지는 세상이라느니 유전무죄라느니 하며
세상을 싸잡아 욕하는 글도 있었다.

그리고 비로소 하선이란 이름이 등장했다.

1 - 인사. 하선의 시체를 찾아라. 쌍둥이 언니와 목소리.

2 - 정보를 더 원해? 300 딜.

3 - 300 입금되면. 22년 전 보혈이 깃든 곳에 묻힌 어떤 혼
령의 곁에. 500 딜.

4 - 500 입금되면. 마리오 아저씨에게 물어봐. 700? 800?
1000?

5 -

홍태는 신문이 구겨지든 말든 남은 페이지를 거칠게 넘
기며 뒤에 이어지는 낙서를 찾았다. 더는 나오지 않았다. 홍

태는 홧김에 침대 매트리스를 확 들어 젖혔다. 누구의 것인지 모를 양말 한 짝과 먼지 덩어리만 나왔다.

낙서는 홍태에게 보낼 편지의 키워드와 요구할 금액을 정리한 것이었다. 첫 번째 편지에는 하선의 시체를 찾으라는 지령과 함께 하선의 '쌍둥이 언니와 목소리'를 어떻게 했는지 물어보라는 메시지가 있었다. 이 메시지를 바탕으로 홍태는 하선 부모를 추궁해서 하선이 실종 당시 자기 몸 밖에 또 다른 자신인 '쌍둥이 언니'가 있다는 망상과 '목소리'라고 표현되는 환청에 시달리는 상태였다는 사실을 들을 수 있었다. 하선 부모가 하선의 정신병을 구마 의식으로 고치려고 했다는 것도 알아냈다. 두 번째 편지는 더 많은 정보를 원하면 300만 원을 보내라는 전갈이었다. 홍태는 그렇게 했고, 얼마 전 도착한 세 번째 편지는 하선의 시신이 '22년 전 보혈이 깃든 곳에 묻힌 어떤 혼령의 곁에 있다'는 정보를 줬다. 이번에는 더 많은 정보에 500만 원을 요구했다.

그렇다면 4라는 번호에 붙은 내용이 다음 네 번째 편지가 제공할 정보와 요구 금액일 것이다. 정보는 '마리오 아저씨에게 물어봐.' 요구 금액은 700만 원에서 1000만 원까지 가늠해본 것 같았다. 그런데 편지마다 얼마를 요구할지도 최철수가 정해주지 않았을까?

천세종이 욕심을 부리기 시작했다.

연쇄살인범에게 감화되어 그가 남긴 과업을 완수하는 것에 목표를 두다가 그 과정에서 떨어지는 떡고물이 요긴해진 것이다.

이제 더 이상 도둑놈에게 돈을 줄 일은 없을 것이다. 그리고 다섯 번째 편지의 내용은 천세종의 입으로 직접 듣고 말겠다고 홍태는 마음속으로 칼을 갈았다.

11.

지훈은 조사국 회의실 상석에 앉아 출장 다녀온 내용을 보고했다. 두 팔을 휘저어가며 열성적으로 말하다 보니 분위기 파악이 늦었다. 느껴지는 기운이 영 싸늘했다. 한윤서 조사관과 배홍태 조사관은 멀찍이 떨어져 앉아 고개를 서로 반대 방향으로 돌리고 있었고, 이달숙 조사관은 가운데에서 곤혹스러운 듯 모두의 눈치를 봤다.

지훈이 청주와 대전으로 출장을 가느라 자리를 비운 사이 또 한판 싸운 모양이었다. 공무원 조직에서 한 팀으로 일하면서 이렇게 자주 싸우는 팀도 없을 것이다. 목소리 높이고 비아냥거리고 마음 상하게 한 뒤 누구 하나 적극적으로 사과하는 일 없어도 꾸역꾸역 굴러가고 함께 일해 결론을 낸다. 정기인사 때는 떨어지려나 싶어도 같은 부서로 같이 이동해서 또 한 팀이 되고 만다.

지훈이 속으로 혀를 끌끌 차며 김다빈 변호사에게 전해 들은 얘기를 마저 늘어놓던 참이었다.

"깃든농장 부지에 시신이 묻혀 있다고요?"

홍태가 갑자기 흥미를 보였다.

"그런 소문이 있다는 거죠. 90년대에 이탈한 신도들이 교주 상대로 고소 많이 할 때 돌았던 소문이랍니다. 근데 사이비종교 하면 늘 따라다니는 루머라서……."

홍태의 부리부리한 시선을 맞받으며 지훈이 답했다.

"아니지. 아니지. 꼭 루머로 보고 가볍게 넘길 건 아니지 싶네."

달숙이 손가락에 끼운 볼펜 끄트머리로 탁자를 톡톡 치며 말을 이었다.

"배신자나 장애물 처단해서 파묻어버리는 사이비들 많지 않아? 아가동산도 그랬고 오대양도 그랬고 일본 옴진리교도 그랬다잖아. 근거 없이 도는 소문 아닐지도 몰라. 깃든농장도 이번에 걸리면 아주 싹 뒤엎어봐야 해."

달숙이 눈을 번뜩였다.

"뭐, 예전의 깃든농장이라면 그런 분위기였을 수도 있겠습니다만. 2000년대 이후 깃든농장의 기조가 많이 달라졌다고 합니다."

열혈 조사관 두 명의 관심을 받는 데 성공한 지훈은 충청이단 문제 연구소장 문찬욱 목사에게 들은 이야기를 늘어놓았다. 깃든농장의 설립 과정, 치유기도의 실체, 90년대 말 내홍을 겪고 나서의 변화, 2012년에 보도된 남순남 교주의 인터뷰 기사. 오대양 교주 박순자와의 유사성과 차이점.

이야기는 클라이맥스를 향했다.

"제가 뭐라고 했습니까. 네? 청록병원 약 처방 문제 있다고 했습니까, 안 했습니까. 청록병원에서 항정신병 약 빼돌려서 종교행사 하는 데 쓰고, 자기들이 맡아놓고 있는 정신질환자 감당 안 될 때 쓰고 하는 거라고요. 청록병원 조규석 원무과장이 깃든농장 간부라는 걸 제가 알아냈는데 뭘 말이 더 필요합니까?"

지훈은 거만한 표정으로 사람들을 둘러보았다.

윤서는 여전히 열의 없는 표정이었고 딴생각에 빠져 있는 듯 보였다. 지훈은 김이 빠졌지만 청록병원 직권조사 사건의 대표 조사관인 윤서를 바라보며 끝까지 밀고 나갔다.

"한 조사관님. 이렇게 엄청난 내용을 제가 알아왔는데, 깃든농장 조사 더 진행해보는 거 좋지 않겠습니까?"

"부 사무관님."

"네. 어떻게 생각하십니까?"

"수고하셨어요."

윤서는 회의를 끝내려는 듯 업무수첩과 회의자료를 착착 포갰다.

"아, 네. 그러니까 제 말은 직권조사 범위를 좀 더……."

"부 사무관님이 알아내신 건 확실히 유용하고 중요한 내용이에요."

윤서의 말투는 냉랭했다.

"그러나 우리가 이미 청록병원 직권조사를 종결하기로 잠정결정한 상태에서, 조사범위를 확장해서 조사를 더 진행할 것이냐 하는 것은 조사국에서 논의해서 결정할 사항 같아요. 우리끼리 결론 나면 말씀드릴 테니 좀 기다려주시겠어요?"

"아…… 그렇군요."

지훈은 불쾌한 표정을 지으며 덧붙였다.

"저는 정책국 직원인데, 조사국 일에 괜히 오버했나 보군요. 청주에 대전까지 혼자 쑤시고 다니면서 말입니다."

지훈은 기분이 상해서 회의실을 나갔다.

달숙이 윤서의 옷소매를 잡고 흔들었다.

"잘했어! 한윤서! 중요 사건에 매일 끼워주니까 자기 분수를 모르고 설치는 거지. 흥, 거참 꼬시다!"

숙적이 무안을 당하는 모습을 본 달숙은 만족스럽게 웃으며 자리를 떴다.

회의실에는 윤서와 홍태만 남았다.

하나 둘 셋 구령을 부르며 흐르는 것 같은 시간이 지나고, 홍태가 먼저 자리에서 일어섰다.

"······6시네요."

윤서가 작은 목소리로 말했다.

"네?"

홍태는 놀라 대꾸했다. 윤서는 손에 쥔 휴대전화를 바라보며 앉아 있었다.

"국가공무원의 공식 퇴근 시간이요."

"······그렇죠."

윤서는 큰 용기를 낸 듯 고개를 들었다.

"맥주 한잔할래요?"

한윤서와 배홍태가 단둘이 술을 마시는 게 목격되면 이건 인권위 직원들의 카카오톡 속보에 오를 만한 뉴스거리였기에 둘은 인권위 직원들이 결코 가지 않는 옆 동네 초라한 치킨집을 찾았다. 탄산이 빠지고 물을 너무 많이 탄 생맥주를 윤서는 연거푸 들이켰다.

윤서는 무슨 말을 해야 할지 몰라, 홍태는 무슨 말을 들을지 몰라 애가 탔다. 결국 홍태도 생맥주를 연이어 두 잔 비우고 기름이 흐르는 닭 다리를 한 입 베어 물었다.

윤서가 홍태의 것까지 맥주 두 잔을 더 주문했다.

"지난번엔…… 으흐흠……."

홍태는 말을 꺼내자 기침이 터져 나와 입을 가렸다.

"켁켁. 지난번엔 죄송했습니다. 제가 돌았나 봅니다. 한조사관님 스킵하고 국장님께 보고한 것도…… 저, 말 심하게 한 것도……."

윤서는 무심히 케첩과 마요네즈가 뿌려져 나온 양배추샐러드를 젓가락으로 비볐다.

"한 조사관님이 감사실에 넘긴다고 해도 저는 할 말은 없지만……."

"깃든농장에 가는 목적은 방역 과정에서 깃든농장 주민들이 받은 차별이나 혐오에 대한 걸 조사하는 거예요."

"……네?"

성격에 맞지 않게 변명하는 말을 찾느라 곤혹스러워하던 홍태는 눈을 끔뻑거렸다.

"다른 부서 소관 사건이지만, 깃든농장에서 제기한 진정 사건들 우리가 다 이관받아 처리합니다."

말을 끝내고 윤서는 새로 나온 맥주를 들이켰다. 홍태는 무슨 뜻인지 알아듣기 어려워 고개를 갸웃하다가 조심스럽게 물었다.

"깃든농장 조사…… 우리 가는 겁니까?"

"우리의 목적은 깃든농장 사람들이 인권침해를 당한 게 있는지 조사하는 거예요. 잊지 마세요."

"……한 조사관님?"

"나머지는 요령껏 하세요. 저는 모르는 일입니다."

오랜 침묵이 흘렀다. 둘 다 번갈아 무슨 말을 하려다 말고 애꿎은 맥주만 비워댔다. 치킨은 차게 식어 색이 변하고 눅눅해졌다.

"담배 좀 피우고 오겠습니다."

홍태가 재킷 주머니에서 담배를 꺼내며 말했다.

"대신 언젠가 말해주세요."

윤서는 취기에 말이 약간 꼬였다.

"무엇을?"

홍태는 발을 멈추고 물었다.

"왜 이렇게까지 하는 거예요?"

윤서는 홍태의 눈을 피했다. 불안이 가득한 얼굴이었고, 홍태가 처음 보는 모습이었다. 홍태의 눈에 윤서는 늘 신중함이 지나쳐 우유부단해 보이는 사람이었다. 그러나 그럴 때 나타나는 불안감과는 궤를 달리하는 깊은 감정이 윤서의 얼굴에 어른거렸다.

담배 연기가 어두워진 밤하늘에 솔솔 퍼졌다. 홍태는 얼떨떨했다가 안도감을 느꼈다가 불쾌했다가 하며 기분이 엎치락뒤치락했다. 왜 내가 한윤서 따위의 권한에 호소해야 하지? 홍태는 치킨집 앞에서 담배를 두 대째 피워물었다. 별 안간 서글픔이 찾아와 혼란스러운 감정을 모두 덮었다. 홍 태는 지나가는 사람을 우두커니 바라보며 시간을 보내다가 안으로 들어갔다.

윤서는 벽에 머리를 기대고 졸고 있었다. 뺨에 홍조를 띠 고 기름 묻은 입술을 약간 벌린 채 잠이 들었다. 홍태는 그 앞에 앉았다. 급히 마신 술에 취한 윤서는 쉽사리 깨지 않았 다. 홍태는 남은 맥주를 꿀꺽 들이켰다. 잠이 든 상대의 무 방비함에 마음이 이상해졌다.

홍태는 자기도 모르게 중얼거렸다.

"……저, 촌놈입니다, 한 조사관님. 한 조사관님은 아마 이름을 들어도 모를 부둣가 어촌마을에서 자랐습니다."

윤서의 벌린 입술이 홍태에게 마지막으로 던진 질문의 물음표에서 멈춰 있는 것만 같았다.

"아빠는 어부였고요. 옆집도…… 그 옆집도…… 온 마을 전체가 배를 탔습니다. 아빠가 배를 타면 아들도 대를 이어 서 배를 타는 그런 마을입니다. 거기 출신으로는 제가 서울 가서 가장 출세했다고 마을 어르신들이 그런다더라고요."

벽에 기댄 윤서의 머리가 조금 더 기울어졌다.

"열두 살 때 아빠가 돌아가셨습니다. 예보도 없이 몰아친 풍랑에 배가 뒤집혔거든요. 동네 아저씨 두 분도 그때 같이 돌아가셨죠……."

아빠를 생각하니 습관처럼 거친 파도 소리가 홍태의 귓 가에 일렁였다.

"그날 아버지가 죽은 애 중에 어부가 안 된 사람은 저뿐입니다. 왜인지 아세요?"

홍태는 아득한 눈으로 점점 탁자를 향해 고꾸라지는 윤서의 머리를 바라보았다.

"걔들은 자기 아버지 시신을 찾았거든……."

바다 어딘가에 떠돌고 있는 아빠의 유해를 상상하고 홍태는 그만 입을 닫았다.

마음의 뿌리가 끊어져 떠날 수밖에 없었던 고향 마을. 골목 어귀 어디에서나 짠 바다 내음이 풍기고 바위를 때리는 파도 소리가 들려오던 곳. 어부 가족을 먹여 살리는 바다. 인간에게 제 가진 걸 기꺼이 내어주는 바다. 풍족하고 너그러운 바다. 어부를 삼키고 숨겨버리는 바다. 홍태의 마음에 애증이 파도의 포말처럼 끓어올랐다.

12.

"저게 그거네요! 깃든농장 비석!"

승합차 조수석에 앉은 지훈이 손가락으로 전방을 가리키며 외쳤다. 뉴스 화면에서 자주 보았던 바위가 앞에 있었다. '협업마을 깃든농장'이라고 새겨진 글귀가 다른 조사관들의 눈에도 들어왔다.

"아유. 말도 마. 부지 안에서 조사하는 거 허락받느라고 내가 얼마나 구슬렸는지 알아? 나는 이제 자존심 같은 거 없어. 나라에 바쳤어."

달숙이 고개를 절레절레 흔들며 말했다. 윤서는 깃든농장 현장조사와 관련해서는 한 발짝 물러나 달숙에게 많은 것을 맡겼다. 진정인에게 공감을 잘하고 말주변 좋은 달숙이 깃든농장과 접촉하는 게 더 효율적일 거라는 계산도 있었다.

"안에 들어오지 말고 만나고 싶은 주민들 내보낼 테니 밖에서 조사하라는 거야. 얼마나 빡빡하게 굴었게?"

그래도 달숙은 해냈다. 갖은 이유가 다 동원됐다. 방역 과정에서의 문제를 살펴보려면 주민들 사는 현장을 눈으로 볼 필요가 있거니와 하루 만에 조사를 끝내고 가려면 참고인을 바로바로 불러 만날 수 있게 조사관들이 현장에 들어가야 한다고 좋은 말로 설득했다. 수차례 통화가 오간 끝에 깃든농장 측은 결국 부지 안에 들어올 수 있게 허락했다. 다만 조사는 자기들이 정한 장소에서만 해야 하고 마을을 마음대로 돌아다녀서는 안 되며 사진이나 동영상을 찍어서도 안 된다는 조건이 붙었다.

"그나마 C 바이러스 사태 때문에 방역 인력이 마을에 들어간 전례가 있어서 가능했을 거예요. 폐쇄적인 신흥 종교가 공무원을 쉽게 들어오게 할 리 없죠."

뒷자리에 앉은 윤서가 중얼거렸다.

"그것도 그렇지만, 깃든농장 지금 수세에 몰려 있잖아요. 방역 방해로 정부가 고발하거나 손해배상 소송 걸지도 모른다고 하니까. 방역에 의한 인권침해 피해자로 이미지 세탁하려고 하는 거 아니겠습니까?"

지훈이 말했다. 깃든농장은 감염 초기에 유증상자가 있었는데도 신고를 지체했고, 방역 인력의 투입을 저지하며 역학조사에도 잘 응하지 않았다. 청록병원 집단감염이 깃든농장 예배봉사자 때문이라는 게 6일 만에야 밝혀진 데에는 이런 이유가 있었다. 정부는 종교집단의 방역 방해에 무관용으로 대응하겠다며 대표적으로 깃든농장을 을러댔다.

얼마 가지 않아 역시 뉴스 화면에서 자주 보았던 대형 철문이 나타났다. 정장 차림에 검은 마스크를 쓴 남자 두 명이 뒷짐을 지고 문 앞에 서 있었다.

"안녕하세요? 인권증진위원회에서 왔는데요."

달숙이 조수석 창을 내리고 조사관증을 들이밀었다. 얼굴빛이 검은 중년 남자가 조사관증을 받아 살펴보고는 차에 탄 조사관들을 하나하나 훑어보았다. 뒷짐을 지고 한 발짝 뒤에 선 거구의 남자는 좀 더 젊었는데, 지독한 곱슬머리가 헬멧처럼 둥글게 솟아나 있었다.

"앞에 하얀 차 따라오슈."

중년 남자가 충청도 사투리로 말했다. 곱슬머리 남자가 철문을 열었다. 문 안에 흰색 승용차가 대기하고 있었다. 두 남자가 승용차에 올라탄 뒤 출발했다.

길 안내를 하는 승용차를 따라 구불구불한 시골길을 가며 홍태는 주변의 풍경을 최대한 눈에 담았다. 겉보기에는 평범한 시골 마을이었다. 한 남자가 핸드 트랙터로 못자리를 고르고 있었고 노년의 일꾼들이 갈퀴로 마무리 작업을 하고 있었다. 비탈에 들어찬 과수나무와 비닐하우스에서도 노동이 한창이었다.

"저게 비누 공장인가 보네요."

지훈이 오른쪽 너머의 파스텔색 건물을 가리켰다. 두부 공장과 간장 공장으로 보이는 건물도 한곳에 모여 있었다. 작업하는 시간인지 주변은 조용했다.

비슷하게 지어진 시골 주택들이 보였다. 90년대 신도들이 굴삭기로 땅을 고르고 자재를 운반하며 직접 지은 주택일 터였다. 집들은 오래됐고 개성이 보이지 않았다. 들에 나와 일하거나 볼일이 있는 듯 오가는 사람들 모두 마스크를 쓰고 있어서 표정을 살필 수 없었다. 고대해온 비밀의 공간에 들어왔으나 별다른 게 없는 것 같아 홍태는 초조해졌다. 그냥 우스꽝스러운 종교를 어쩌다 믿게 된 사람들이 모여 사는 시골 공동체일 뿐인 건 아닐까.

승용차는 5분쯤 달렸다. 가까이에 교회의 첨탑이 보였다. 깃든교회였다. 차는 교회 옆에 있는 3층 건물에 멈췄다.

"신도회관이유. 오늘 조사는 여기서 하슈. 여기 밖으로 나가면 안 돼유. 사진 찍어도 안 된다는 거 들었쥬?"

중년 남자는 퉁명스러운 쉰 목소리로 말하며 앞장섰다. 중년 남자는 아마도 깃든농장의 간부일 테고 곱슬머리 남자보다는 높은 지위에 있을 것이다. 오늘 조사가 순조롭게 되려면 어쨌든 저 사람을 잘 이용해야 한다는 생각에 홍태는 곁눈으로 중년 남자를 열심히 살폈다.

신도회관의 복도 벽은 단체 사진으로 가득했다. 깃든농장 홈페이지에서 보았던 기념행사 사진을 표구하여 벽에 가득 걸어놓았다. 기적의 날과 교주의 생일을 맞아 축복의 말씀을 듣는 신도들의 황홀한 표정을 담은 사진들. 낡은 정도만 다를 뿐 이 사진이 저 사진 같고 저 사진이 이 사진 같았다.

조사관들은 안내에 따라 1층의 큰 회의실로 들어갔다. 회의실 정면 벽에는 세로로 긴 그림 두 개가 화려한 액자에 담겨 걸려 있었다. 왼쪽은 기적의 날 남순남 교주가 예수의 성체를 받는 사진을 그려놓은 것이었고, 오른쪽은 금관을 쓰고 흰 드레스를 입은 남순남 교주의 얼굴을 그린 그림이었다. 성화같은 질감으로 그린 두 그림은 실물과는 많이 달라 보였다. 그림 액자 사이에는 큰 십자가가 걸려 있었다.

"우리 인사부터 해야 하지 않을까요? 저부터 인사드릴게요. 이달숙 조사관입니다."

달숙이 명함을 꺼내 중년 남자에게 내밀었다.

이어서 조사관들이 차례로 명함을 들이밀며 이름을 말했다. 중년 남자는 네 개의 명함을 한 손에 들고 눈살을 찌푸렸다. 이윽고 어쩔 수 없다는 듯 자기소개를 했다.

"명함은 지금 없는데 지는 김상길이라고 해유. 여기서는 다들 라파 집사라고 부르니께 그리 부르는 게 편할 거유. 일단 앉으슈. 우리 목사님께서 잠깐 시간이 되시면 들르셔서 말씀도 내려주시고 당부도 해주실 테니까유."

라파 집사는 창문으로 눈을 돌렸다.

"오늘은 기운이 좀 좋으셔야 할 텐데…… 아시다시피 우리에게 든 시험을 고뇌하시느라 요새 통 잠도 못 주무시고 하셔서……."

라파 집사는 안타까운 듯 말끝을 흐렸다.

재림예수가 우리같이 하찮은 인간을 만나준다니. 윤서는 조금 흥미가 솟았다. 혹시 알아? 실제로 보면 보통 사람과는 다른 범접하기 힘든 아우라, 평범한 인간들을 압도하는 카리스마가 느껴질지도 모르잖아. 백여 명의 사람이 신으로 믿는 존재라면 그럴만한 이유가 있겠지. 나의 고질병인 아토피 피부염도 고쳐줄 수 있을까? 그렇다면 거추장스러운 자의식 따윈 버리고 나도 이 사람들과 같이 남순남 목사에게 매달려 완전한 건강과 영생을 갈구하게 될까.

"조사하는 방은 두 개가 필요하다고 말씀드렸는데, 혹시 준비가 되셨을까요?"

기다리는 동안 달숙이 확인차 물었다.

"2층에 방 두 개 준비했슈. 진정 넣은 신도들도 대기시켜 놨구유."

아마도 교주와 간부들이 부추겨서 제기한 진정일 것이라고 윤서는 확신했다. 진정서상으로는 무슨 인권침해와 차별을 당했다는 것인지 구체적이지 않았고 조사대상이 되지 않을 법한 내용이 많았다. 하지만 편견으로 예단하는 걸 수도 있었다. 윤서는 오늘 조사는 열성적인 다른 조사관들에게 맡기고 자기는 한 발짝 뒤로 물러나 있자고 다시금 마음을 먹었다.

홍태가 무슨 일을 벌이든 그것도 자신과는 상관없는 일이니까.

"목사님 오십니다!"

별안간 들린 큰 목소리에 윤서는 깜짝 놀랐다.

까만 정장을 입은 젊은 청년 두 명이 회의실 문을 벌컥 열고 들어와 목사님이 오신다고 다시 외쳤다. 청년들은 물러설 사람도 없는데 물러서라는 손짓을 하며 요란을 떨었다. 조사관들은 선거를 앞두고 전통시장을 방문한 대선후보를 맞이하는 상인처럼 하나둘 자리에서 일어났다. 라파 집사도 긴장한 듯 손을 앞으로 모으고 허리를 세웠다.

남순남이 나타났다.

통통한 단신의 몸에 빨간 정장을 입은 남순남이 들어왔다. 재림예수도 감염병을 피할 재주는 없는지 흰색 KF94 마스크를 썼다. 라파 집사가 허리를 90도로 꺾어 인사했고 뒤쪽에 선 남자들이 따라 했다.

남순남은 뻣뻣하게 선 조사관들을 내리깔 듯 보았다. 가까이서 보니 살집 많은 얼굴에 가는 선같이 그어진 눈이 딱 돼지 상(像)이었다. 짙은 화장에 목에 걸친 화려한 목걸이도 성스러운 이미지와는 거리가 멀었다. 어느 마을에나 한 명쯤 있을 법한 사치스럽고 교만한 졸부 여편네 같았다.

"그래. 인권위에서 나오셨다고?"

"네! 목사님!"

라파 집사가 대신 답했다.

"네. 저는 이달숙 조사관이고요, 이쪽은 한윤서 조사관님. 이쪽은 배홍태 조사관님. 여기 계신 분은 부지훈 사무관님입니다."

가만히 있으면 소개할 기회도 주지 않을 것 같아 달숙이 서둘러 말을 이었다.

"사전에 논의가 좀 길어지긴 했습니다만 어쨌든 부지 안까지 들어오게 허락해주시고, 협조 감사드립니다, 목사님."

"아주 거대 종교와 권력의 핍박이 말도 못 해. 시련을 겪다 겪다 못 참고 신도들이 인권위에다 고발에 나선 거야. 아서라, 예수님은 십자가에 못 박히는 고난도 참으셨다고 내가 타일렀지만. 우리 신도들이 말이야. 목사님 그런 말씀 마세요, 요즘 시대는 예수님 살던 시대와는 다릅니다, 참고 견디는 것만이 다 좋은 건 아닙니다, 하도 그래서 내가 허락은 했는데……."

남순남 목사는 기세 좋게 반말을 깔았다. 대단히 선심을 써서 인권위에 진정을 해줬다는 투였다. 집단감염이 퍼지기 시작했을 때 바로 신고를 하지 않고 정부의 역학조사를 방해한 혐의로 정부가 깃든농장을 고발하고 배상금을 물리겠다는 말이 나오고 있는 참에 되지도 않는 허세였다.

"목사님! 잘하신 거예유! 믿음을 위해서라도 고난은 알려야 해유! 신도들이 밖에서 맞고 다니는 지경인디 더 참을 수는 없어유!"

라파 집사가 다시 허리를 숙이며 충직한 신하인 양 굴었다.

"어허, 경거망동하지 말고!"

남순남이 갑자기 라파 집사를 향해 소리를 버럭 질렀다. 남순남은 서슬이 퍼런 눈으로 라파 집사를 죽일 듯이 노려보았다. 맥락 없는 분노였지만 분위기는 삽시간에 얼어붙었다. 라파 집사와 주변의 정장 남자들이 고개를 숙이고 손을 벌벌 떨었다.

"말을 아끼라고 내가 몇 번을 말하니! 응? 우리가 무슨 사이비종교야? 사람들이 말하는 그런 데냐고 여기? 여기가 그런 데야? 어디서 라파 네가 내 말을 끊고 인권위에서 나오신 분들 앞에서 설교를 하니? 건방진 것!"

남순남의 남자들은 감히 대꾸할 엄두도 못 내고 몸을 움츠렸다. 특히 곱슬머리 남자는 당장이라도 무릎을 꿇고 빌기라도 할 듯이 다리를 후들거렸다.

'지랄, 쇼하고 있네.'

홍태는 코웃음이 나오려는 걸 참았다.

"저기, 목사님."

하지만 한 마디 덧붙이고 싶은 건 참을 수가 없었다. 본격적인 조사를 하기 전에 남순남의 심기를 건드리는 건 좋지 않겠다 싶었지만 말이 그냥 튀어나왔다.

"C 바이러스는 치유기도로 못 낫습니까?"

깃든농장 측은 물론 조사관들도 깜짝 놀랐다. 당혹감이 모두의 얼굴에 퍼졌다.

남순남 목사는 눈살을 찌푸리며 이건 무슨 물건이야, 하는 눈으로 홍태를 아래위로 뜯어보았다.

"쯧쯧. 하나님의 복잡한 이치를 범인(凡人)이 어찌 알까, 어찌 알아! 믿음이 없는 자가 설명을 한다고 알아듣겠어? 하나님이 우리를 왜 시험하시는지? 이 시험을 통과하면 무엇이 기다리고 있는지 알아?"

남순남 목사는 가련하다는 눈빛을 던지며 등을 돌렸다.

홍태는 남순남 목사의 뒤통수를 뚫어지게 보았다.

하선의 시신이 깃든농장에 있다는 것을 암시하는 최철수의 메시지를 처음 받았을 때 홍태는 그 뜬금없는 연관성에 당혹감을 느꼈다. 그러나 깃든농장의 실체를 들춰보다가 이내 알아챘다.

하선이 가출하던 무렵 조현병으로 추정되는 정신병 증상을 보였다는 점.

영생과 질병 치유를 미끼로 신도와 돈을 끌어들이는 깃든농장의 상술.

이것이 연결고리다. 아직은 알 수 없는 최철수의 악의가 둘을 이어놓았다.

"내가 잘하는 짓인지 모르겠다. 신도들 말 잘 들어주고 사실 그대로만 밖에 전하라고 해라. 이상한 질문에 말려서 쓸데없는 말 하게 하지 말고. 알아들어? 라파야?"

청년들의 호위 아래 남순남 목사는 자리를 떴다.

이어지는 라파 집사의 시선이 곱지 않았다.

"자자, 시간 아껴요, 우리. 저랑 배홍태 조사관님이랑 한 조, 한윤서 조사관님과 부지훈 사무관님이 한 조로 조사할 거니까 장소 좀 안내해주시겠어요?"

달숙이 일부러 쾌활하게 말하며 가방을 챙겨 들었다.

조사관들은 라파 집사를 따라 계단을 통해 2층으로 올라갔다. 계단은 통유리창에 면해 있어 바깥 풍경이 훤히 보였다. 백 년은 묵었을 법한 굵직한 은행나무가 시야에 걸렸다.

나무 둘레에는 몇 겹의 울타리가 쳐져 있었고 색색의 종이로 꼰 끈이 울타리 살마다 감겨 있었다. 꾸민 모양새가 흡사 성황당 나무 같았다.

넓고 깊은 종교적 세계관을 바닥부터 새롭게 창조하기는 어렵다. 대부분의 신흥 종교는 기성 종교의 세계관을 기초로 해서 일부의 교리를 입맛에 따라 섞고 왜곡하고 과장해서 새로운 것인 양 내보인다. 깃든농장의 신앙은 개신교의 교리와 무속신앙의 예식을 적절히 섞어 만든 듯했다. 성경에 나온 인물 이름으로 신도들에게 세례명을 내리는 걸 보면 천주교와 구약성경의 말씀도 조금 섞였다.

"저게 '보혈이 깃든 나무'인가요?"

윤서가 나무를 가리키며 물었다.

앞서 걷던 라파 집사가 슬쩍 눈을 흘겼다.

"우리에 대해서 사전에 뭐 들으신 게 있나 보쥬? 네. 맞아유. 예수님이 십자가에 매달리실 때 흘린 보혈이 깃든 신성한 나무지유. 이곳이 선택받은 곳이라는 증거지유."

헝클어진 머리에 남루한 복장을 걸친 남자가 한쪽에 목발을 짚고 보혈이 깃든 나무 근처를 느리게 지나갔다. 추레한 남자의 표정에는 어떤 의지나 활력도 느껴지지 않았다. 길게 자라 뻗친 머리는 오랜 시간 누워 있는 시설 생활자의 느낌을 풍겼다. 남자는 몇 걸음 걷다 멈추고 한참을 그 자리에 섰다. 남자에게 조금 긴 운동복 바지 끄트머리가 땅에 끌려 흙빛으로 물들었다. 깃든농장에 맡겨진 장애인인 걸까. 저런 사람이 여기 얼마나 있는 걸까. 혹시 청록병원에서 온 사람일까. 윤서는 마음이 복잡해졌다.

"산나물박물관은 어디 있습니까?"

홍태가 불쑥 물었다. 라파 집사가 눈살을 찌푸렸다.

"그건 왜유?"

"산나물박물관 부지에도 보혈이 깃든 나무가 있다고 들어서요. 그래서 당시에 깃든농장 측에서 부지 인도를 반대하셨지 않습니까?"

라파 집사는 질문에는 답하지 않고 2층 복도를 뚜벅뚜벅 걸어 문 하나를 열어젖혔다. 라파 집사를 좇던 곱슬머리 남자가 좀 더 안쪽으로 들어가 다른 방문을 열었다.

홍태는 달숙과 함께 라파 집사가 안내한 방에 들어갔다. 라파 집사를 스쳐 지나가는 순간 홍태는 또 물었다.

"그러니까 보혈이 깃든 나무는 두 개 있는 겁니까? 여기랑 산나물박물관이랑? 그냥 궁금해서요."

홍태는 마스크 밖으로 드러난 눈을 찡긋했다.

"허, 참. 궁금한 게 많으신 분이시네유?"

라파 집사가 혀를 쯧, 하고 찼다.

"거기도 있지유. 그런데도 나라에서 뺏어가더라구유. 그게 나라유 도둑놈이유? 이건 인권침해 아닌가유? 종교탄압 재산권 침해 아니냐구유? 말이 나왔으니 말인데, 이거 인권위에 진정 넣으면 받아줍니까? 허 참, 진짜 이 썩을 놈의 나라! 공무원들이 죄다 썩어가지구 말유!"

"공무원들이 썩어서 그런 게 아니라, 재판에서 졌잖아요. 박물관도 한참 전에 지어서 잘 운영하고 있더만요. 다 지난

일 가지고 그러시네."

홍태는 라파 집사의 도발을 가볍게 무시했다.

한편 윤서와 지훈은 곱슬머리 남자가 문을 연 방으로 들어갔다.

대여섯 명이 앉을 수 있는 회의 탁자가 놓인 방이었다. 탁자 구석에 두 사람이 몸을 웅크리고 앉아 뭔가를 먹고 있었다. 윤서가 들어서자 둘은 놀라 얼굴을 들었다. 20대 중후반으로 보이는 여자와 남자였다. 여자는 짧게 커트한 머리에 목이 늘어난 더러운 셔츠를 입었다. 햇볕에 검게 탄 얼굴은 광대뼈의 윤곽이 드러날 만큼 매우 말랐다. 그 옆에서 옥수수를 입에 문 남자는 바짝 깎은 머리에 뺨에는 하얀 각질이 일어 있었다. 미간이 넓고 눈은 위로 찢겨 올라갔으며 목이 굵고 짧았다.

"야! 너희들 왜 여기 있어! 여기 왜 들어왔어!"

곱슬머리 남자가 둘을 보고 짜증 섞인 목소리로 소리쳤다. 라파 집사나 남순남 목사 앞에서 쪽도 못 쓰고 기죽어 있던 모습과는 딴판이었다. 깜짝 놀라 일어서는 여자의 입에서 씹다 만 옥수수 알갱이가 튀어나왔다. 아래위로 덧니가 여럿 돋아난 불규칙한 치열이 보였다. 남자는 먹다 만 옥수수를 가슴팍에 안았다.

"아 씨! 어디서 기어들어왔어, 이것들이?"

두 남녀가 곱슬머리 남자를 피해 후다닥 방을 뛰쳐나갔다. 곱슬머리 남자는 그들이 사라진 자리를 불쾌한 눈으로 쏘아보았다.

"장애인들이 많이 사는군요, 여기?"

윤서가 탁자에 가방을 쿵 하고 놓으며 말했다.

"네?"

무심코 혐오를 표출한 곱슬머리 남자는 당황한 모습을 보였다.

"의료기관의 전문적인 케어를 받아야 할 사람들이 그런 거 없이 방치되고 있는 건 아닌가 염려가 되네요. 아니길 바랍니다. 진정 내셨던 분들 한 명씩 들어오라고 해주시죠."

윤서의 차가운 말투에 곱슬머리 남자는 잠시 우물쭈물 서 있다가 나갔다. 윤서는 성장 과정에서 적당한 때 교정하지 않고 방치한 여자의 치열과 다운증후군임이 확실한 남자의 얼굴이 마음에 걸렸다. 윤서와 지훈은 눈을 마주치며 동시에 한숨을 쉬었다.

13.

"지는 5호 베드로유."

귀 위에 듬성듬성 남은 머리가 하얗게 센 남자 노인이 말했다. 노인은 방금까지 논밭에서 일하다 온 듯 농군 차림이었고 손톱은 흙물이 들어 까맸다.

"난 8호 마리아. 이름도 말해야 해요?"

베드로와 나란히 앉은 여자 노인이 머릿수건을 매만지며 말했다.

달숙은 진술을 받아적으려던 손을 멈추고 고개를 갸웃

했다.

"5호 베드로? 8호 마리아? 그게…… 뭐예요?"

깃든농장 주민들은 모두 남순남 목사가 지어준 세례명을 사용한다는 건 알고 있었지만 세례명 앞의 숫자는 무엇인지 느낌이 묘했다.

"뭐긴 뭐유. 5호에 사니께 5호 베드로쥬."

베드로가 당연한 것을 왜 묻느냐는 투로 말을 뱉었다. 8호 마리아가 설명했다. 우리는 목사님이 내려준 이름으로만 서로를 부르는데, 예전에는 천여 명이 농장에서 살 때도 있다 보니 같은 이름이 더러 있어서, 마을 구역을 나눠 번호를 이름 앞에 붙이곤 했다는 것이었다.

"그러니까 '나사렛 예수' 같은 건가 봅니다, 이 조사관님. 출신 지역을 이름 앞에 붙여서 부르는 거."

홍태는 조소를 숨기며 두 노인의 진짜 이름을 묻고 신분을 확인했다. 무슨 인권침해를 당해 진정을 한 것이냐고 질문하자 베드로는 다짜고짜 소리쳤다.

"그 사람들이 말여! 여기 용천 깃든농장에서 왔다고 하면유. 우리를 아주 멸시했어유."

"누가요?"

"누구긴 누구여. 보건소 공무원이고 의사고 뭐고 다 그러쥬. 용천에서 왔다고 하면 표정부터 달라져유. 말도 쌀쌀맞게 하고, 이리 가라 저리 가라 사람 취급을 안 혀유. 숫제 개돼지 취급이여. 아니, 병 퍼트린 건 기독교 큰 교회 놈들이잖유? 그츄? 근디 되려 그것들이 우리 농장 격리된 동안에유,

하루도 안 빼놓구 이 앞에 와서 썩은 계란을 던지구 갔슈. 그걸 경찰이고 뭐고 아무도 안 막았슈."

"왜 다들 우리를 죄인 취급하는 거예요? 우리가 남에게 무슨 피해를 줬다고 그러는 거예요? 병 걸려서 고생한 건 우리라고요!"

마리아가 분통을 터트렸다. 비슷비슷한 진술이 베드로와 마리아 입에서 번갈아 터져 나왔다.

달숙은 머리가 아팠다. 달숙은 겉으로는 그저 순박한 농사꾼처럼 보이는 두 노인에게 육하원칙이란 것에 대해 성의껏 설명했다.

"아니, 몇 월 며칠 어떤 아무개가 그랬는지 시방 어뜨케 알아유? 그걸 어떻게 대유? 이 난리 터지고 우리 대하는 사람마다 내내 그랬는디. 내내 그랬슈. 내내. 지금도 계속 그래유. 우리는 계속 그 뭐냐…… 응, 핍박! 핍박을 당하고 있슈!"

베드로는 도통 알아들을 생각을 하지 않고 목소리만 높였다.

"선생님, 그렇게 뭉뚱그려서 말하면 우리가 조사를 못 해요. 피해 사실을 구체적으로 특정해주셔야 해요. 언제 누구에게 어떤 인권침해를 당했는지. 그게 무슨 인권을 침해한 거라고 생각하는지요."

"신문사도 방송 뉴스도 다 거짓말로 우리를 핍박하고 있슈! 그것도 인권침해쥬!"

"인권침해죠. 암만. 그게 인권침해가 아니면 세상에 뭐가 인권침해래요? 바이러스를 우리가 퍼트린 것처럼 거짓부렁

하고. 사이비종교라고 매도하고! 나 원 참, 기가 막혀서! 자, 보세요. 조사관님이 보기에도 내가 사이비종교 믿는 사람처럼 보여요?"

베드로가 한마디 하면 바로 마리아가 뒤를 이었다.

"그러니까 누가, 언제, 무슨 인권침해를 했는데요?"

마리아의 질문에 그렇다는 대답도 아니라는 대답도 할 수 없어 난감해진 달숙이 끈질기게 물었다.

"전부 다죠. 보건소. 응? 경찰. 기독교 목사들. 응? 의사. 간호사. 동네 사람. 기자. 방송사. 다! 우리는 매일 24시간 인권을 유린당하고 있다고요!"

두 노인은 도돌이표처럼 같은 말을 되풀이하며 빨리 조사를 해달라고 떼를 부렸다.

달숙의 인내심에 슬슬 한계가 찾아왔다.

"허허. 어르신."

홍태가 달숙에게 진정하라는 듯한 손짓을 하며 바통을 이어받았다.

"저에게 천천히 자세하게 얘기해보시죠. 어르신이 겪은 거 모두 다요."

무슨 말을 얼마나 늘어놓든 다 들어주겠다는 태도로 홍태는 미소 지었다.

2호 요한과 4호 바울은 장날 휴지나 양말 같은 생필품을 사러 나갔다가 이웃 주민에게 폭행당한 이야기를 울분에 차서 늘어놓았다. 결국 그날의 소동은 서로의 멱살을 잡고 지구대까지 가서야 끝난 모양이었다.

"조직적 폭력이 우리를 향하고 있슈!"

40대로 보이는 요한은 독립군처럼 장엄한 표정이었다. 요한은 비누 공장에서 일하는 듯했다. 입고 있는 파란 작업복 점퍼에서 비누에 입히는 인공 향이 풍겼다.

"깃든농장에서 내려온 놈이라고 누가 손가락질을 하는 거유. 그러더니 몇 놈이 동시에 시비 걸고 둘러싸서는 욕하고. 응? 일방적으로 두들겨 맞았는데 쌍방이라니 말이 돼유?"

바울이 남방셔츠의 소매 단추를 풀더니 윤서와 지훈의 앞에 팔뚝을 내보였다. 갈색으로 그을린 팔뚝에 둥그런 멍 자국이 노랗게 변해가고 있는 게 보였다. 유난을 떠는 것에 비해 그리 큰 상처 같지는 않았다.

"그런데 어쩌죠, 선생님들."

지훈이 잡고 있던 펜을 내려놓고 말을 이었다.

"폭행한 사람들은 사인(私人)이라……. 그러니까 개인 간의 사건은 인권위의 인권침해 조사대상이 아니고요, 말씀을 들어보니 폭행 사건은 쌍방으로 쳐서 지구대에서 훈계 조치로 끝난 것 같습니다만."

"억울하쥬. 그러니께 억울하쥬!"

요한과 바울은 앞다투어 억울함의 호소를 이어갔다. 이들은 깃든농장을 어떻게든 방역 당국의 피해자로 만들라는 임무를 부여받은 것이다. 목표는 절실하나 근거는 부실했다. 깃든농장 안에는 무슨 주장을 해야 인권침해가 성립되는지 실리적인 검토를 할 수 있는 사람이 없는 것 같았다.

"저, 선생님께서는 깃든농장 들어온 지 얼마나 되셨죠?"

무심히 상황을 지켜보고 있던 윤서가 입을 뗐다.

"저 말유? 지는 거진 20년 됐슈."

요한이 답했다.

"지는 요한 형님보다는 덜 됐슈. 그니께 한 13년? 아니, 14년 되려나……."

바울이 말하며 제 손가락을 꼽아보았다.

지훈이 무슨 말을 하려고 그러는지 궁금하다는 표정으로 윤서를 보았다.

"농장 바깥엔 자주 나가시나요?"

윤서의 물음에 요한이 기가 막힌다는 듯 껄껄 웃었다.

"허허. 그럼유. 우리가 갇혀 있는 줄 아슈? 나가고 싶으면 언제든 나가쥬."

"그러면 천안에 있는 청록병원에 가보신 적은 있으신가요?"

요한과 바울의 눈썹이 동시에 쑥 올라갔다.

"거긴 예배봉사하러 간부님들이나 가는 데쥬."

바울이 뜨악한 표정으로 답했다.

"한 조사관님, 그건 왜?"

지훈이 윤서에게 몸을 기울이고 속삭였다. 지훈은 윤서가 민감한 질문을 너무 일찍 꺼내든 건 아닌가 우려됐다.

"청록병원에서 퇴원하고 이쪽으로 오는 사람이 있다고 들었거든요. 아까 우리 들어오니까 이 자리에 어떤 젊은 여자분과 남자분이 앉아 있던데요. 여자분은 커트 머리에 까맣고 엄청 마르고…… 남자분은 다운증후군…… 바짝 깎은 머리에 눈 사이가 멀고 키가 작고요. 그 사람들도 청록병원에서 왔나 싶어서요. 또 밖에는 한쪽에 목발 짚고 지나다니는 남자분도 있던데. 그런 분 여기 많죠?"

윤서는 대수롭지 않은 말투로 물었다.

"아…… 갸들. 다운증후군이는 4호 빅토르고, 머리 짧은 여자애는 거시기…… 덧니 말하는 거 같은디?"

요한이 팔꿈치로 바울의 팔뚝을 툭 쳤다.

"그런 거 같네요. 갸가 9호 에스더쥬, 아마."

"이. 맞다. 맞어. 갸들이 잘 붙어 다니쥬. 예전에는 장애인들이 어린애들도 많이 들락거렸는디 인제 아니유. 여기 사는 젊은 애들은 갸 둘밖에 없고 나머지는 다 나이가 있쥬. 빅토르랑 에스더는 여기 한 3, 4년째 사는 애들인 거 같은디. 아닌가? 야. 갸들이 천안에서 왔나?"

요한의 물음에 바울이 머리를 갸웃했다.

"그보단 더 있었을 걸유? 잘 모르겠네유. 어디서 왔는지는 모르쥬. 뭐 대화가 되는 애들이어야 말이쥬."

"대화가 안 통합니까?"

지훈이 끼어들었다.

"여기서 목사님에게 치유기도 받아도 병세가 나아지지 않나 봅니다?"

"아이구. 아니유. 처음보단 많이 나아진규. 그래도 목사님 은혜받아서 그 정도 사는규."

요한이 손을 크게 내저으며 말했다. 바울도 농장에 들어왔다 나가는 장애인 중에 완전히 멀쩡해져서 나가는 사람도 있다고 황급히 변명했다. 그리고 다들 처음 들어올 때보다는 상태가 나아진다는 말도 덧붙였다. 이어지는 둘의 대화를 들으니 농장의 장애인을 돌보는 일은 소수의 여성 신도에게 맡겨진 것 같았다. 보통 신도들은 농장을 돌아다니는 장애인들에게 별 관심이 없는 듯했다.

대화가 길어질수록 요한과 바울은 처음에 가졌던 경계심을 풀고 말이 많아졌다. 바탕은 순박한 사람들인 것이다.

지훈은 방 안을 둘러보며 지나가는 소리처럼 물었다.

"이 건물은 신도회관이라고 들었는데 뭐 하는 뎁니까? 올라오는데 벽에 행사 사진들이 많더라고요?"

"이. 기적의 날하고 우리 목사님 탄신일. 우리가 다른 건 몰라도 그 두 날은 잘 모셔유. 우리 목사님은 예수님이 다시 태어난 분이시니까는. 예수님이 세 번째 세상에 나실 때는 여인의 몸으로 난다는 점지가 성경에 있었거든유. 보혈이 깃든 나무 근처에서 성령을 받아 남순남이라는 여인이 이 땅에 세 번째 예수님으로 다시 태어나신규."

"아유. 요한 형님. 외지분이 그렇게 말한다고 재깍 믿겠슈? 비웃음이나 듣지."

바울이 아서라는 듯 말했다.

"믿거나 안 믿거나 나는 사실을 말하는 것인게."

요한이 어깨를 으쓱하며 뻐겼다. 자기만의 배타적인 믿음을 가진 사람의 자부심이 느껴졌다. 지훈은 관심이 있는 척하며 종교행사 준비 과정에 대해 이것저것 물었다. 순박한 남자들은 쉽게 낚였다. 요한과 바울은 신도들이 얼마나 공을 들여 기적의 날과 남순남 목사의 생일 행사를 준비하는지 설명했다.

"……지두 지난번엔 방언 터졌잖아유."

바울은 헤실헤실 웃었다.

"뭐 처음 있는 일인가 어디? 그날은 다들 그러지."

요한이 별일 아니라는 듯 손을 내저었다. 작년 기적의 날 행사의 일화를 늘어놓는 중이었다.

"우리 목사님이 이 땅에 인간의 형상으로 살아 있는 신이긴 하시지만유…… 지는 진짜 봤다니까유. 우리 하나님의 모습을! 하늘에서 하나님이 지를 향해 빛을 쫙 비춰주시면서…… 이 세상에선 듣도 보도 못한 목소리로 지를 막 부르는규. 내 아들 바울아, 내 옆으로 오너라 하고. 그 목소리가유. 얼마나 기가 막히게 아름다운지 몰라유. 목소리가 막, 막 손으로 만져지는 거 같았슈!"

바울의 눈이 구원을 느낀 그 순간을 회상하며 황홀함에 젖었다.

"지두 하나님을 만났구만유. 그날 지 눈으로 봤슈. 우리 하나님을 지 두 눈으로 봤다니께유."

요한이 질세라 외쳤다.

"그렇군요."

지훈은 고개를 끄덕이며 이어서 질문을 던졌다.

"하나님을 만나기 위해 그날엔 신도들 각자 준비하는 게 많겠습니다? 어떤 것들을 준비합니까?"

"뭐, 몸가짐을 바르게 하고 속을 비워두는 거쥬. 새로 빤

옷 입고, 낮엔 금식하구유."

"전날 다들 싹 목욕하고, 새벽기도도 하쥬."

"보혈이 깃든 나무에 가서 신성한 기운도 받구유."

요한과 바울이 번갈아 말했다.

"정신 맑게 해주는 약도 드시죠?"

"이, 그건 행사 시작하기 전에 다들 같이 먹쥬. 너무 일찍 먹으면 효험이 없으니께유."

말하는 재미에 취한 요한이 의심 없이 걸려들었다.

"치유기도 하기 전에 먹는 약하고 같은 겁니까?"

"글쎄…… 잘은 몰라유. 같은 것도 같고 다른 것도 같고. 우린 그냥 간부님들이 나눠주는 대로 먹으니께유."

그래. 항정신병 약을 나눠주는 대로 먹으니까 환각을 느끼는 거지. 헛것이 보이고 환청이 들리고 소리가 촉각으로 느껴지는 감각의 전이 현상도 나타나고.

지훈이 커다란 머리를 까딱거리며 속으로 혀를 쯧쯧 찼다.

"한 종교를 믿는 신도끼리 모여서 공동생활을 하다 보면 요. 외지인들 눈에는 아무래도 수상쩍게 보이고, 이래저래 뒷말이 생겨나는 거 아니겠습니까. 남 말은 하기 쉽잖아요."

홍태가 위로를 건넸다. 베드로와 마리아, 두 노인이 두서없이 늘어놓은 얘기에 지친 달숙은 조용히 고개만 끄덕였다. 그간 진정인에게 공감하는 건 달숙의 담당이었는데, 오늘은 역할이 뒤바뀌었다.

달숙은 홍태의 의도를 가늠했다. 깃든농장과 최철수와

의 관계를 파볼 생각이구나. 이 문제에 대해 따로 얘기를 나눠보진 않았지만 윤서가 갑자기 깃든농장 현장조사를 하기로 결정한 의도가 무엇인지는 짐작 가능했다. 윤서가 홍태가 저지른 짓을 눈감아주고 깃든농장에 들어갈 수 있게 판을 깔아주기까지 하다니 오래 살고 볼 일이었다. 달숙은 가만히 질문이 어느 방향으로 흘러가는지를 지켜봤다.

"나는 다 필요 없고요, 우리 목사님에 대한 오해만 풀렸으면 좋겠어요. 조사관님, 그것만 좀 해주세요. 우리 목사님이 얼마나 훌륭한 분이신데! 바깥에서 이런 말을 들을 분이 아니에요!"

마리아가 눈물을 글썽였다.

"그러게요. 흉흉한 소문에 많이 시달리셨죠? 예전에는 그 뭐냐. 여기서 사람이 죽어서 몰래 묻었다는 소문도 있었다던데……."

"아이고. 그런 소리 아무것도 모르면서 하지 좀 말라고 하세요!"

마리아가 발끈했다.

"그 애는 치유기도 한 번 받고는 약삭빠른 귀신의 홀림에 이끌려서요. 제 발로 여길 뛰쳐나간 거예요. 한 번 더 기도 받으면 쫓아낼 수 있었던 것을…… 귀신이 그걸 피해서 자기가 들어 있는 사람의 마음을 현혹해서요. 새벽에 쥐도 새도 모르게 나가게 했다니까요?"

"그러게 말이지. 그게 벌써 언제 적 일인가 말여? 응? 97년이냐 98년이냐? 갸 애미 애비도 애가 지 혼자 뛰쳐나갔다고 하는 걸 왜 말이 그딴 식으로 퍼지냔 말여? 응? 누가 죽어서 묻기를 어디다가 묻어?"

베드로도 흥분하며 거들었다.

"엇. 두 분 모두 그때 여기 계셨습니까?"

홍태는 놀라서 물었다. 깃든농장 안에서 죽어 몰래 묻혔다는 소문의 시초가 된 사람을 이들이 알고 있을 줄은 몰랐다.

"우리 둘 다 있기는 있었쥬. 그렇지? 마리아 자매님도 그전에 들어왔지?"

마리아가 고개를 끄덕였다.

"네. 제가 96년에 농장에 들어왔으니까요. 그런데 우리 구역에서 있었던 일이 아니라 직접 본 건 아니고……."

문제가 되는 사건이 1997년 또는 1998년에 일어났다면 깃든농장에 내홍이 생기고 신도들의 대규모 이탈이 일어나기 직전이나 그 무렵이다. 이어지는 두 노인의 대화를 들으니 깃든농장이 아직 천여 명 이상의 신도를 확보하고 있었을 때 일어난 사건인 것 같았다. 당시 치유기도는 구역별로 진행되었고 많은 신도들이 함께 살다 보니 다른 구역에서 일어난 사건을 자세히는 알 수 없는 상황이었던 것 같았다.

"그 사람 이름이 뭐였습니까?"

마리아는 기억이 나지 않는 듯 눈살을 찌푸리며 고개를 가로저었다.

"이, 그건 내가 알어. 걔 이름도 베드로였지 아마. 19호 베드로……. 하, 그땐 19호가 다 뭐유. 내 기억에 38호까지 있었던 시절도 있었슈. 한 구역에 서른 명 정도 모여 있는데 말유. 아무튼 19호 베드로가 그 당시에 스물댓 살 되었을 텐디 지랄병이 단단히 들어서 들어왔슈."

베드로가 말했다. 지랄병이란 뇌전증을 말하는 것이겠거니 했다. 간질병.

"그 부모는 지금도 여기 있습니까?"

홍태는 다급하게 물었다. 순간 베드로가 멈칫했다.

"그런디…… 그 얘긴 왜 그렇게 묻는데유? 그게 오늘 조사 나온 거랑 뭔 상관이 있슈?"

늘어진 눈꺼풀 아래 자리 잡은 베드로의 눈에 의심이 차올랐다. 노인의 얼굴이 경계심으로 굳었다. 곁에 있던 마리아의 눈빛도 달라졌다. 홍태는 긴장했다. 대응할 말이 금방 떠오르지 않았다.

"그게 편견이라고 하는 거죠, 어르신."

달숙이 적절할 때 나섰다. 모두의 고개가 달숙에게 돌아갔다.

달숙은 눈두덩을 긁으며 자못 골치 아픈 일이라는 듯 인상을 썼다.

"어르신들 지금 소수 종교를 믿는다는 이유로 차별받았다고 주장하시는 거 아니에요? 보건소 의사고 뭐고 공무원이고 뭐고 기독교 큰 교회고 뭐고 다 어르신들 핍박하고 차별했다면서요?"

"그려. 지금 그 소리를 하는디 왜 상관도 없는 옛날 일을 꺼내서 물어보는가 말여."

베드로는 홍태를 향해 눈을 흘겼다.

"어르신, 그들이 어르신들을 차별하고 핍박하는 마음이 한순간에 생겼겠습니까? 아니거든요. 저 사람들 이상한 사람들이야, 저 사람들 사이에 이렇고 저렇고 한 일이 있었대. 그거 알아? 저 안에서 사람도 죽여서 묻었대, 하고 수군거리며 오랜 시간에 걸쳐서 생겨나는 거예요. 그게 C 바이러스 사태 같은 걸 만나 이런 식으로 터지는 거죠."

"그건 그렇쥬. 우리가 당하는 핍박이 오래되긴 했쥬."

달숙의 너스레에 베드로는 의심이 조금 수그러진 듯 표정을 풀었다.

"그러니까, 우리도 그 역사를 알아야 어르신들을 더 잘 이해할 거 아닙니까. 듣기엔 쓸데없는 질문 같아도요, 쓸데없는 건 하나도 없어요. 어르신, 이렇게 보여도 우리 인권위 조사관들이라고요. 사람 한두 번 만나고 조사 한두 번 했겠어요?"

"그려, 그렇겠쥬……."

"아까 그 19호 베드로라는 사람, 거진 20년도 더 지난 일일 텐데 어르신하고 세례명이 같아서 용케 기억하시나 봐요. 나이 지긋하신데도 어르신 참 총기가 좋으세요."

칭찬 듣고 싫어할 사람은 없다. 베드로의 표정이 환해졌다.

"그 사람이 97년인가 98년인가에 치유기도를 받다가 못 견디고 여길 나갔다고 하는데 왜 죽어서 깃든농장 안에 묻혔다는 소문이 돌았는가? 일부로 깃든농장을 음해하려는 세력이 있는 건가? 그렇다면 지금도 그런가? 우리는 이런 게 궁금한 거예요. 그러니까 그 사람 부모가 아직도 여기에 있다면 그때 일을 온 김에 좀 물어보고 싶은 거죠. 그렇죠? 배 조사관님?"

"아, 예예. 그런 겁니다."

홍태는 달숙의 달변에 즉각 호응했다.

"글쎄. 그 부모는 그러고서 거의 바로 여길 나갔던 거 같은데요, 아마?"

마리아가 대답했다.

마리아는 잠시 사이를 두고서는 돌연 한숨을 쉬었다.

"그때는 많이들 나갔어요. 우리 주민 거의 반이 줄었죠."

"가브리엘이라는 놈이 끌구 나갔슈! 아주 순 유다 같은 배신자 새끼유! 그놈 악마라니까유! 한때 그놈을 가브리 집사라고 불렀던 내 입을 찢고 싶은 심정이유!"

베드로가 탁자를 치며 화를 냈다.

"목사님이 가르침과 은혜와 사랑으로, 응? 양을 치는 목자가 되라고 집사 자리 주고 키워놨더니 거만해져서는 배신을 했슈. 목사님과 우리들을 이간질하고…… 지 따르는 간신 같은 새끼들 끌고 나가서 목사님 고소하고 소송 걸고 아주…… 한때 쑥대밭을 만들었쥬. 농장 안에 시신 파묻었다는 소문도 그놈이 낸 걸 거유! 틀림 없슈!"

"뿐이에요? 저기 산나물박물관 자리. 도청 땅이라고 꼰지른 것도 그 배신자일 거란 말예요. 그게 아니면 우리가 내둥 써온 땅을 갑자기 도에서 왜 내놓으라고 하겠어요? 아휴. 천벌 받을 놈. 지옥불에 떨어질 놈 같으니라고."

자신이 따르는 종교의 전성기를 잃어버린 늙은 신도의

분노와 상실감은 큰 듯했다. 이들은 모든 악재의 화근을 가브리엘이라는 배신자에게 뒤집어씌우는 버릇이 생긴 건지도 모른다고 홍태는 생각했다. 깃든농장에 남은 신도들은 배신자에 대한 분노로 단합하여 폐허를 수습하고 명맥을 이어왔을 것이다.

두 노인이 흥분한 틈을 타 홍태는 기습적으로 물었다.

"혹시 이런 아이가 여기 살았던 적 있습니까?"

홍태는 인터넷에서 찾은 사진을 내밀었다. 최철수의 초등학교 졸업사진이었다.

최철수는 얼굴 공개가 허락되지 않았고, 포털 사이트에서는 인터넷에 돌아다니는 최철수의 과거 사진을 열심히 지웠다. 그러나 드넓은 인터넷의 바다에서 모든 흔적을 완벽하게 지우는 건 불가능하다. 홍태는 단 10여 분의 노력 끝에 최철수의 초등학교 졸업사진과 전문대학 졸업사진을 찾아냈다.

베드로는 사진을 받아 들고 노안이 온 눈을 찌푸리며 멀찍이 떨어뜨려 보았다.

"이게 누군디? 내 기억엔 없는 앤디…… 마리아 자매는 어뗘?"

마리아는 사진을 넘겨받아 자세히 뜯어보다가 이내 고개를 내저었다.

"나도 잘 모르겠네요. 누구예요, 애가?"

"어릴 적 이곳에 엄마와 같이 살았다고 얘기하는 사람입니다. 1996년에서 1998년까지 살았다고 합니다. 열두 살에서 열네 살까지. 깃든농장이 어떤 곳인지 저희에게 이런저런…… 그러니까 제삼자의 입장에서 긍정적인 진술을 해주고 있는데…… 소문처럼 그렇게 이상한 곳이 아니고 건전한 종교집단이라고 말이죠."

긍정적인 진술이라는 부분에서 베드로와 마리아가 솔깃한 표정을 지었다.

"그런데 저희로서는 이 사람이 진짜 어릴 때 깃든농장에 살았는지 알 수가 없어서요. 진술에 신빙성이 있는 건지 조금 고민이 됩니다."

"지 입으로 여기 살았다고 하는데 맞지 않겠슈? 그 무렵에는 요만한 애들도 지 엄마 지 아빠랑 들어와서 많이 살았슈. 가족 단위로유."

"예. 아마 맞겠죠. 맞을 거라고는 생각하는데요, 그런데 그게 증명이 되어야 유의미한 진술로 저희가 윗분들에게 보고를 드릴 수 있거든요."

"여기 거쳐간 애들이 워낙 많아서요……. 본 것도 같고 아닌 것도 같고……."

마리아가 안타까운 얼굴로 사진을 다시 한번 살펴보았다. 깃든농장에 대한 긍정적인 진술을 뒷받침할 수 없어 조바심이 난 듯했다.

"그럼 알 만한 다른 사람이 있을까요? 여기 오래 계신 분들 중에 여길 거쳐간 사람들 기억 잘 하시는 분이?"

베드로와 마리아가 서로 얼굴을 마주 보았다.

"글쎄. 1호 안토니오 형제님이라면 혹시 아실지도 모르겠는디……."

베드로가 먼저 입을 뗐다. 마리아가 손뼉을 짝 쳤다.

"저도 딱 1호 안토니오 형제님을 떠올렸어요. 안토니오 형제님이라면 아실 거예요!"

안토니오는 깃든농장 설립 초창기 멤버이고 80세 가까이 된 노인이라고 했다. 나이가 많지만 옛날 일을 기가 막히게 잘 기억한다고 베드로와 마리아는 앞다투어 말했다.

홍태는 속으로 음흉하게 웃으며 문을 열고 나가 복도에 대기하고 있는 라파 집사를 불렀다.

"여기 이분, 깃든농장 간부님 같은데. 누군지 아십니까?"

지훈은 인터넷에서 찾아 미리 출력해온 지방신문 기사를 내밀었다. 2008년도에 '산나물박물관 부지 지자체 반환 두고 진통'이라는 제목하에 쓰인 기사였다. 홍태가 가리킨 남자는 기사에 실린 사진 속에서 충북도청 공무원들을 대치하며 팔을 치켜들고 거세게 항의하고 있었다. 구호를 외치느라 크게 벌린 입. 푹 주저앉은 한쪽 뺨.

"이게 누구여…… 미카 집사잖유?"

바울이 동의를 구하는 눈으로 요한을 쳐다보았다.

"잉. 그러네. 미카 집사님이구만유. 도에서 우리 땅을 수탈해가려고 할 때 싸우러 간 날 사진이구먼."

요한이 말했다.

"미카 집사? 아까 우리들을 안내한 분은 라파 집사라고 하던데. 집사들은 여기서 무슨 일을 합니까?"

지훈이 알이 두꺼운 안경 너머로 눈을 빛내며 물었다.

"말이 집사지 사실은 하나님을 모시는 천사쥬. 대천사 알
아유?"

"미카엘. 가브리엘. 라파엘. 우리엘."

한쪽에 잠자코 있던 윤서가 읊어댔다.

"맞아유. 하나님의 아들인 예수는 세 번째로는 여인의 몸
을 타고 태어나서 인간의 형상을 한 신으로서 작용하시지
만유. 대천사 미카엘, 가브리엘, 라파엘, 우리엘은 계속하여
남성의 몸으로 육화해서 이 땅에 있슈. 그들을 우리는 미카
집사님, 가브리 집사님, 라파 집사님, 우리 집사님이라고 부
르는디. 미카 집사님은 사탄을 물리치는 천사지유. 봐봐유.
여기서두 하나님을 대리해서 사탄과 싸우고 있잖유?"

요한은 신문 기사 속 사진을 손으로 짚으며 목소리를 높
였다.

지훈은 어이가 없어 코웃음이 나올 뻔했다. 천안 청록병
원 원무과장 조규석이 대천사 중에서도 최고 지위에 있는
미카엘 천사라니. 만성 정신질환자를 인질로 삼아 국가의
건강보험료를 갈취하고 정신과 약물을 밖으로 빼돌려 종교
행사에 환각을 일으키는 용도로 사용하는 사이비종교의 앞
잡이를 대천사라고 칭한다니 듣는 귀가 썩는 기분이었다.

어쨌든 청록병원과 깃든농장이 어떻게 연루되어 있고 무
슨 짓을 벌이고 있는지 알아냈다. 조사를 마치고 돌아가면
이들의 진술과 그간 모은 증거를 바탕으로 수사 의뢰가 아
니라 검찰에 고발을 하도록 해야겠다고 지훈은 결심했다.
자신 있었다. 근거는 충분했다.

"저는 이만 마쳐도 될 것 같은데요. 한 조사관님은 어떠십니까?"

지훈은 옆에 앉은 윤서에게 고개를 돌리고 물었다.

윤서는 마음에 걸리는 문제라도 있는 듯 어두운 표정으로 가타부타 말을 하지 않았다. 큰 고민을 떠안고 있는 얼굴이었다.

"한 조사관님?"

"혹시……."

윤서가 입을 뗐다.

"90년대 말에 이곳에 철수라는 이름의 아이가 살고 있었나요?"

윤서는 목소리를 약간 떨었다.

지훈은 영문을 알 수 없어 뜨악한 표정으로 윤서를 보았다.

"철수?"

요한이 얼굴을 찌푸렸다.

"그렇게 말하면 모르쥬. 세례명이 뭔디유? 몇 호 누구유?"

"그건 모르고요. 본명이 철수예요. 당시 열세 살 정도 되는 아이였고요."

성까지 말하면 이들이 연쇄살인범 최철수를 말하는 거냐고 금방 알아챌 것 같아 윤서는 이름만 입에 올렸다. 깃든농장 주민들도 바깥세상의 소식에 아예 귀를 막고 사는 건 아니었고, 최철수 사건에 대해 알고 있을 가능성이 컸다. 교과서나 아동용 도서에 자주 등장하는 남자아이 이름의 클리셰. 철수.

홍태의 문제에 관여하지 않기로 굳게 마음먹었건만 내가 왜 이럴까. 윤서는 뱉고 나서 후회했고 후회하면서 물었다.

"에이. 몰라유. 우리는 애건 어른이건 목사님이 내려준 세례명으로만 부르니께유. 내 이름도 까먹을 지경인데 남의 이름을, 그것도 20년도 더 전에 여기 살았던 애 이름을 어찌 안데유."

"한 조사관님, 철수라는 사람이 누굽니까?"

지훈이 윤서를 향해 몸을 숙이고 속삭이듯 물었다.

윤서는 지훈의 물음에는 답하지 않았다.

"그렇다면 말예요, 혹시……."

윤서는 중간에 침을 한 번 꿀꺽 삼키고 말을 이었다.

"2012년쯤…… 이곳에 20대 젊은 남자가 찾아온 적 있나요? 여기 오른쪽 뺨에 긴 흉터가 있는 남자가요."

"아유. 그런 걸 어떻게 다 기억해유."

바울이 어이가 없다는 듯 웃었다.

반면 요한은 이맛살을 찡그리며 고개를 갸웃했다. 윤서는 요한의 반응을 놓치지 않고 눈길을 주며 기다렸다.

"거시기 그게 2012년인지 언제인지는 모르겠는디……."

"네. 찾아온 적이 있었죠. 얼굴에 흉터 있는 남자가."

윤서는 요한이 확신을 갖도록 부추겼다.

"아마 기적의 날 행사할 때였던 거 같구만유. 한창 바쁜데 목사님 찾아온 청년이 있었어유. 목사님이 외지 사람은 단박에 안 만나주시는디 그 청년은 바로 만나주시드만유. 아마 맞는 거 같은디…… 그 청년이 딱 거기에 흉터가 있었슈. 갸가 철수라는 사람이유? 그러니께 우리 옛날 식구였어서 목사님이 만나주셨구먼."

지훈은 놀라 얼굴색이 변했다.

"한 조사관님, 혹시……."

윤서는 눈짓으로 지훈에게 말하지 말라고 신호했다. 직권조사팀 중에 홍태가 죽은 최철수의 편지를 받은 사연과 하선의 시신이 깃든농장에 묻혀 있을지도 모른다는 사실을 모르는 사람은 지훈뿐이라는 게 뒤늦게 걸렸다. 하지만 설명은 나중에 해야 했다.

"그 청년은 혼자 왔나요?"

"응?"

요한은 옷 속으로 손을 넣어 등을 긁으며 골똘히 생각했다.

"모르쥬. 지두 그 청년이 농장으로 들어오는 건 못 봤구유. 행사 준비하느라 바쁜디 왠 처음 보는 청년이 교회 한쪽에서 목사님을 붙잡고 말하고 있잖유. 저놈이 누구냐고 딴 사람들한테 물어봐서 여차저차한 거라구 알게 된규. 딱 그거뿐이유."

14.

"여기가 만나고 싶다고 하면 다 만날 수 있는 곳인 줄 아슈?"

라파 집사는 바지 주머니에 한 손을 꽂고 짝다리를 짚었다. 홍태에 대해 영 인상이 좋지 않은 듯 까칠하게 나가기로 작정한 것 같았다.

368

"못 만날 건 뭡니까? 조사하다 필요한 사람이 있으면 바로 불러 만나려고 이렇게 현장조사 나온 건데요."

홍태는 팔짱을 끼고 돌출된 눈을 크게 뜨며 응수했다.

"1호 안토니오 형제님이 무슨 관련이 있다고 불러달라는 규? 진정 넣은 거랑 아무 상관도 없는 양반을? 그나저나 저 사람들은 조사 끝났으면 이제 내보내유."

라파 집사는 방 안쪽을 향해 턱짓을 했다. 보아하니 베드로와 마리아가 나오면 인권위 조사관에게 조사받은 내용이 뭔지 꼬치꼬치 캐낼 속셈인 것 같았다. 홍태는 머리를 잘 써야겠다고 생각했다.

"저분들 조사는 아직 안 끝났고! 안토니오 님이나 불러주세요."

"아, 그니께 그 양반에게 뭘 물어보려고 불러오라 마라 해샀는 거유? 내가 뭐 인권위 종도 아니고 시방……."

마지막 단어는 욕설처럼 들렸다. 안토니오를 만나려고 하는 이유를 듣고 납득하기 전에는 협조하지 않을 것 같았다. 홍태는 치솟는 화를 누르며 몸통이 들썩일 정도로 큰 한숨을 쉬었다.

"안토니오 님이 여기 거쳐간 신도들 기억을 잘하신다면서요?"

홍태는 베드로와 마리아에게 써먹은 이야기를 다시 풀어놓았다. 대충 알아먹고 제발 불러주기나 해. 홍태는 상상 속에서 라파 집사의 의심 가득한 눈두덩이에 주먹을 꽂았다. 빌어먹을 사이비 앞잡이 같으니라고. 덕이라고는 한 푼어치도 보이지 않는 까만 얼굴을 공손한 말이 나올 때까지 패주고 싶었다.

"그런 거라면 나에게 물어보면 될 거 아뉴. 나두 농장 설립 때부터 있었슈. 이래 봬도 집사라구유 내가. 잠깐이라도 농장 거쳐간 사람이 누군지는 내가 더 잘 알쥬. 나한테 말해유. 그 사람 이름이 뭐유?"

라파 집사는 험악한 표정으로 간격을 좁혀 다가왔다. 호락호락하지 않았다. 홍태는 진짜로 주먹을 내지르고 싶은 걸 참느라 손이 떨릴 지경이었다.

"에이, 집사님은 안 되죠."

달숙이 열린 문틈으로 고개를 들이밀고 나타났다.

"뭐가 안 된다는규?"

라파 집사는 갑자기 끼어든 달숙을 보며 눈살을 찌푸렸다.

"기분 나쁘게 듣진 마시고요. 집사님은 여기 간부시고 핵심 관계자시니까요. 깃든농장에 대해 긍정적 진술을 한 제삼자가 정말 깃든농장 신도였던 것이 맞는지 누가 뒷받침해주는 게 더 신빙성이 있겠어요? 간부직에 있는 깃든농장 핵심 관계자가? 아니면 이해관계가 적어 더 진솔한 진술을 기대할 수 있는 평범한 신도?"

"제 말은 못 믿는다는 얘기유?"

"저희가 믿고 못 믿고의 문제는 아니라서요. 어떤 사건의 인권침해 여부에 대해서는 저희가 판단을 하는 게 아니거든요. 저희 같은 조사관들이 인권위원님들에게 조사 결과를 보고하면 인권위원님들이 판단을 하시는 구조라서 말이죠.

인권위원님들이 보시기에 누구 말이 더 객관적으로 보이겠어요?"

라파 집사의 표정은 여전히 좋지 않았지만 달숙이 하는 말의 의미를 조금은 생각해보는 듯했다.

"그리고 통상 이렇게 현장조사 나오면 진정서 낸 사람만 만나보는 건 아니거든요. C 바이러스 사태가 터지고 정말 깃든농장에 대한 혐오나 차별이 심해졌는지, 분위기가 예전과는 확연히 달라진 게 맞는지, 전수조사하듯이 마을 주민을 몇몇 만나서 물어봐야 해요. 그래서 제가 현장에 직접 들어와서 조사를 해야 한다고 오기 전에 그렇게 전화로 사정한 거라니까요. 집사님, 남순남 목사님도 아까 협조해주시기로 하셨는데. 에이, 이러실 거예요?"

달숙이 남순남 목사를 입에 올리자 라파 집사가 눈썹을 움찔했다.

라파 집사는 몇 걸음 뒤에 대기하고 있던 곱슬머리 남자를 손가락을 까딱거리며 불렀다. 라파 집사는 곱슬머리 남자에게 과수원에서 일하고 있는 1호 안토니오 형제를 불러오라고 지시했고 곱슬머리 남자는 재빨리 움직였다.

"안토니오 형제 오기 전에 저 사람들 조사 빨리 끝내고 내보내슈."

라파 집사가 홍태와 달숙을 보며 단호한 말투로 말했다. 이것만은 절대 양보할 수 없다는 심보가 느껴졌다. 홍태도 이것이 협상의 마지노선이라는 직감이 들었다.

남은 시간 베드로와 마리아에게는 농장 생활에 대해서

중요하지 않은 질문을 몇 가지 했다. 10여 분 정도 지났을까, 문이 열리고 라파 집사가 검은 얼굴을 들이밀었다.

"안토니오 형제 오셨슈. 두 분은 나오슈."

인질 구출하듯 두 노인을 내보내며 라파 집사는 홍태를 심하게 노려보았다. 두고 보자는 눈빛이었다. 이어서 흰 머리를 뒤로 곱게 빗어넘긴 듬직한 체형의 노인이 들어왔다. 커다란 금테 안경을 썼고 체크무늬 남방에 양팔엔 파란색 토시를 꼈다. 나이에 비해 체력도 총기도 좋은 노인인 듯했다.

"인권위에서 나오신 분들이신가? 나는 1호에 살고 있는 안토니오요. 아니, 이 늙은이에게 무슨 볼일이 있어서 부르셨는가?"

낮고 느린 말투에서 비로소 나이가 느껴졌다. 홍태와 달숙은 명함을 내보이며 빠르게 소개를 마쳤다. 시간을 지체하지 않는 게 좋았다.

"어르신께서 기억력이 아주 좋으시다고 들었습니다. 그래서 좀 오시라고 했습니다. 혹시 이 아이를 알아보시겠습니까?"

홍태는 최철수의 초등학교 졸업사진을 내밀었다.

안토니오는 금테 안경을 만지작거리며 사진을 들고 빤히 보았다.

"96년에서 98년까지 어머니와 둘이 깃든농장에서 살았다고 합니다. 열두 살에서 열네 살까지요."

"얘는…… 요셉 같은데. 19호 살던 요셉이."

"알아보시겠습니까?"

홍태는 반가운 마음에 눈을 빛내며 물었다.

안토니오는 홍태를 한번 쳐다보더니 다시 사진으로 시선을 옮겼다.

"오래전 일이라 장담은 못 하겠는데, 아마 맞는 것 같소만. 19호에서 그래, 엄마랑 같이 살았지."

드디어 짐작뿐이었던 최철수와 깃든농장 간의 연결고리가 드러났다. 홍태는 속으로 쾌재를 불렀다.

"어떤 아이였습니까? 이 요셉이란 아이는?"

안토니오가 사진 너머로 눈을 치켜떴다.

"그런데…… 이 아이에 대해서는 왜 물으시는가? 거, 최근에 우리 농장이 병을 앓고 핍박을 받는 문제를 조사하러 오신 분들 아니신가?"

"아, 네. 그게……."

"좀 전에 여기에 있던 5호 베드로 형제님과 8호 마리아 자매님과는 그 문제에 대해서 얘기를 나눴을 텐데, 다음으로 나를 불러서 이 아이에 대해 캐묻는 이유는 무엇이오? 이 아이는…… 예전에…… 아주 오래전에 농장 밖으로 나간 아이인데?"

홍태는 입을 닫고 숨을 한 번 골랐다. 베드로나 마리아, 라파 집사를 얼렁뚱땅 속여넘긴 것보다는 더 그럴듯한 이유를 대야 했다. 상대는 사이비종교에 빠져 평생을 이 안에서 살며 재산과 노동력을 헌납해온 노인이지만 마냥 어리숙해 보이지만은 않았다.

거짓을 진실처럼 보이려면 진실을 조금 섞으면 된다.

"이 사람이요. 먼저 우리에게 연락을 해왔습니다. 청록병원, 깃든농장에 C 바이러스가 터지고 한참 깃든농장이 욕을 많이 먹고 있을 때였습니다. 이 사람은 자신이 어릴 적 깃든농장에서 엄마랑 산 적이 있다고 하면서 지금 TV나 뉴스에서 묘사하는 것처럼 깃든농장이 그렇게 이상하고 나쁜 종교가 아니라고 했습니다. 물론 사이비종교도 아니고요."

"허…… 의리가 있는 친구구먼. 요셉이."

노인은 믿어보는 눈치였다.

"그래서 이 사람이 진짜로 깃든농장에 살았던 것이 맞는지 확인할 필요가 있습니다. 사회적으로 큰 이슈가 되는 사건을 다루다 보면 거짓 제보도 종종 들어오니까요, 어르신."

"그 애는 19호 살던 요셉이 맞아. 맞는 것 같네."

안토니오는 처음보다 훨씬 확신을 실어 말했다. 노인은 어릴 적 이곳에서 요셉이라고 불리던 소년이 연쇄살인범 최철수라는 사실은 모르는 듯했다. 아마 요셉의 본명이 최철수라는 것도 모를 것이다. 안토니오는 사진 속 어린 최철수에게 따뜻한 시선을 보냈다.

"어렸지만 신앙심도 깊고 강단도 있는 아이였다오. 목사님을 아주 잘 따랐어. 믿음 공부할 때는 어른들보다 더 열심이었다고. 천사의 씨앗이 아니냐고 일찌감치 기대하는 치도 있었소만."

"그랬습니까……."

권력에는 바짝 엎드려 순종하며 아주 순응적인 행동을 보인 모양이군. 타고나길 영적인 것에 대한 관심이 많았다고 하니 어쩌면 사이비종교의 공동생활이 체질에 잘 맞았을 수도. 홍태는 안토니오가 묘사하는 어린 최철수의 모습을 상상하며 속으로 비아냥거렸다.

이제 조금 더 진실 같은 거짓, 거짓 같은 진실이 나설 차례였다.

"실은 이 요셉이라는 사람이 교도소에 있습니다."

안토니오는 놀란 듯 얼굴을 들었다.

옆에 앉은 달숙도 놀랐지만 표현은 하지 않았다. 지금껏 적당한 때 나서서 장단을 맞춰줬으니 이제 생각이 있는 사람이라면 알아서 하겠지, 하고 염려되는 마음으로 홍태의 옆얼굴만 보았다. 어디까지 가려는 걸까, 이 미친놈은.

"아니, 젊은 사람이 어쩌다가?"

"자세한 말씀을 드리기는 그렇지만, 큰 죄를 지어서 아마도 평생 세상 밖으로는 나오지 못할 겁니다."

이 표현을 비유라고 봐준다면, 거짓말은 아니었다.

"아휴. 그런 사연이…… 신실한 아이였는데. 계속 여기 있었으면 목사님 총애받고 큰 인물이 될 수도 있었을 것을……."

안토니오는 홍태의 말을 완전히 믿고 목소리에 감정을 섞어 한탄했다. 기회는 이때였다.

"실은 이 사람이 저에게 부탁한 게 있습니다, 어르신."

"응? 부탁? 무엇이오?"

"이 사람으로서는 어릴 적 깃든농장에서 살았던 기억이 인생 중 가장 소중한 추억으로 남아 있나 봅니다. 괜찮다면 자기와 같은 구역, 아까 19호라고 하셨죠? 19호에서 살았던 사람 중 아직 남아 있는 사람이 있는지, 밖에 있다면 혹시 연락 가능한 사람이 있는지 알아봐 주기를…… 조심스럽게 부탁했습니다. 물론 일을 떠나 개인적인 부탁입니다. 그래도 제가 마음에 걸려서요. 알아볼 수 있는 데까지 알아봐 주고 싶습니다. 어르신이 도와주신다면요."

홍태는 은은한 말투로 설득하며 문 쪽을 흘깃 보았다. 베드로와 마리아가 돌아가지 못하고 복도에 서서 라파 집사의 질문에 답하고 있는 것 같았다. 라파 집사의 추궁하는 듯한 목소리가 간간이 들렸다. 마음이 조급해졌다.

"그래. 보자. 당시 19호 형제자매들이 끈끈하게 잘 뭉치기는 했지. 서른 명 가까이 되는 형제자매가 정말 한 가족 같았어. 내가 다 기억을 할 수는 없는 노릇이지만, 요셉이 바오로라는 또래 아이랑은 아주 단짝으로 지낸 건 기억이 나네. 바오로도 제 엄마하고 둘이 농장에 들어온 아이였을 게야. 둘이 처지도 비슷하고 생긴 것도 비슷했어. 이웃 구역에 사는 사람들은 둘을 잘 구분 못 할 정도였으니까. 기특했어. 둘이 목사님에게 따로 수업도 받고, 어린데도 19호에서 치유기도가 있으면 한 사람 몫으로 참석하기도 했다고. 기도받는 사람과 가족도 아닌데 치유기도에 어린애가 참석하는 건 거의 없는 일이었소. 그만큼 목사님 총애가 대단했던 거지."

안토니오는 어린 시절을 보낸 깃든농장을 세상에서 가장 행복했던 때로 생각하며 그리워하는, 지금은 영어(囹圄)의 몸이 된 그때 그 소년의 소원을 들어주기로 한 것 같았다. 노인은 눈빛을 아득하게 흐리며 기억을 떠올리려고 노력했다.

"같은 19호에 사는 굴삭기 총각이나 미장이 총각이 일하는 데도 졸졸 따라다니며 제법 잘 돕고 그랬지. 그때만 해도 기술자들이 농장 건축하는 일을 많이 맡아 할 때였거든. 그거 아시오? 이 신도회관 건물도 저 앞에 교회도 다 우리 신도들이 지은 거라오. 기술자 총각들을 아저씨라고 부르며 삼촌 조카처럼 의좋게 잘 지냈다오. 계속 그렇게 자랐으면 요셉도 바오로도 어쩌면 집사가 될 수도 있었을 텐데. 험한 시절을 만나서 뿔뿔이 흩어지고…… 아무도 남아 있질 않네…… 요셉도, 바오로도, 건축 기술자 총각들도……."

"험한 시절이라고 함은 90년대 말에 이탈자가 많이 생겼던 때를 말씀하시는 겁니까?"

홍태가 물었다.

안토니오의 눈빛이 착 가라앉았다. 90년대 말의 내홍과 대규모 신도 이탈은 남아 있는 농장 사람들 모두에게 상처인 것 같았다.

"분위기가 뒤숭숭하니까 어린애들도…… 둘이 거의 한날에 도망을 쳤다오. 말하자면 가출을 했지. 충격이었소. 어린애들이 제 엄마도 남겨두고 도망가버린 거야. 간사한 놈들 중 누가 충동질을 했는지 아니면 꾀어냈는지…… 하도 허망했던지라 기억이 나는구먼. 그런데 지금은 감옥에 있다고? 요셉이?"

홍태는 범죄심리학자인 송인수 교수와 나누었던 대화를 떠올렸다. 최철수는 중학교에도 입학하지 못하고 충청도 어느 시골에서 사는 걸 친부가 뒤늦게 알고 데려왔다고 했다.

친부가 갑자기 찾아와 데려간 걸 영문을 모르는 신도들은 아이가 가출한 것으로 생각하고 있는 걸까.

당시 단짝이었다는 요셉과 바오로가 비슷하게 생겼다는 말이 홍태는 마음에 걸렸다. 이웃 구역 사람들은 둘을 종종 헷갈렸다고도 하니까. 혹시 최철수는 요셉이 아니라 바오로 인 건 아닐까. 확인이 필요했다.

"요셉과 바오로 둘 중에 입가에 흉터가 있는 아이가 있지 않았습니까?"

안토니오는 말뜻을 잘 알아듣지 못한 것 같은 표정을 지었다.

"흉터?"

"여기 이쪽에 흉터가 있는 아이가 있었을 텐데요. 여기 들어온 후에 다쳐서 생긴 걸 수도 있고요."

홍태는 오른쪽 입술 위 팔자주름 부분을 손가락으로 그었다.

"아니오. 뭐 잘못 알고 있는 거 아니시오? 요셉도 바오로 도 그런 흉터는 없었어요. 마지막까지도 둘 중 누구도 다쳐 서 그런 흉터가 생긴 걸 본 적이 없소."

안토니오는 백발의 머리를 가로저으며 말했다.

송인수 교수의 추측이 틀린 걸까. 홍태는 혼란스러웠다. 송인수 교수는 마지막 면담에서 최철수에게 엄마와 살 때 어땠느냐는 질문을 던졌고 최철수는 말을 빙빙 돌리며 무의 식적으로 자기의 흉터를 긁었다고 했다. 송인수 교수는 이 것을 친모와 흉터의 원인이 된 부상이 관련 있기 때문이라고 해석했다. 초등학교 졸업앨범에서는 보이지 않고 중학교 졸업앨범 사진에서부터 확인되는 최철수의 흉터. 그렇다면 엄마와 함께 깃든농장에 살았던 시절 다쳤다는 얘긴데.

밖에서는 라파 집사의 목소리가 신경질적으로 높아졌다. 아니, 그래서 시방 병신같이 대답을 했단 말이유? 씨발 아무리 무식한 노인네들이라지만 생각이 있는 거유 없는 거유? 베드로와 마리아가 변명하는 듯한 말을 했다. 옆방 문이 열렸다. 윤서와 지훈이 조사를 마치고 나오는 것 같았다.

"19호에 마리오라는 사람이 있었습니까? 이 요셉이라는 사람이 특히 마리오 아저씨를 찾아달라고 했습니다. 각별하게 지낸 것 같았습니다."

마리오 아저씨에게 물어봐.

지저분하기 짝이 없는 천세종의 고시원 방에 침입하여 엿봤던, 최철수가 보내는 네 번째 편지의 핵심 메시지였다.

"마리오?"

"네. 19호에 마리오라는 사람이 있었습니까?"

바깥이 점점 소란스러워졌다. 라파 집사가 윤서와 지훈을 잡고 조사내용에 대해 항의를 하는 것 같았다. 둘이 조금만 시간을 끌어주기를 홍태는 바랐다. 마리오 아저씨를 찾아야 한다.

"마리오는 지금까지 여럿 있었지만…… 그때 19호에도 있었나? 그것까지 제가 어떻게 기억을 하겠소."

"당시 19호에는 어떤 사람들이 있었습니까? 기억나시는 이름이라도 최대한 말씀해주실 수 없겠습니까?"

홍태는 바깥의 소란이 걸리는지 몸을 돌리려는 안토니오의 시선을 붙들고 물었다.

노인은 금테 안경을 밀어 올리며 생각에 골몰했다.

"허…… 이런. 그때 말이오…… 요셉의 엄마가 마리아였나 수산나였나…… 그랬던 것 같고…… 바오로의 엄마는 세레나였던 것 같소. 그리고…… 굴삭기 총각은 도미니코, 미장이 총각은 안드레아가 맞지 싶은데. 아니, 마테오였나? 음…… 그리고 치유기도를 받으러 들어온 총각이 있었는데 베드로였고…… 간질병이 심해서 하루에도 두세 번 거품을 물고 쓰러졌지. 그리고……."

안토니오의 놀라운 기억력도 거기까지가 한계인 듯했다. 안토니오는 더 이상 생각나지 않는다며 괴로운 표정을 지었다.

"꼭 19호가 아니더라도, 그 무렵의 마리오라는 신도에 대해서 뭐 생각나시는 게 없으신지요? 요셉과 가까이 지냈을 텐데요."

"배 조사관, 20년도 더 된 과거에 살았던 마리오를 어떻게 기억하시겠어? 무슨 세상 유명한 슈퍼 마리오도 아니고. 우리 딸이 사달라고 보채는."

홍태가 노인을 너무 무리하게 추궁하는 것 같아 달숙이 한마디 했다.

"그럼 지금 살고 있는 바오로 중에 여기 오래 계신 사람이라도……."

"뭐 하는 거야 지금! 당장 나오슈!"

문이 벌컥 열렸다.

라파 집사가 벌게진 얼굴로 열린 문짝을 발로 찼다.

"당신들 뭘 캐고 있는 거유! 당장 못 나가!"

"지금 이거 무슨 행동입니까! 조사 방해예요, 이거?"

문밖에서 지훈이 소리쳤다. 당당히 가슴을 내밀고 따졌으나 안타깝게도 작은 몸에서는 별 위엄이 느껴지지 않았다.

"조사 방해 좋아하시네. 어디 처넣어봐 그럼! 여기서 사람을 죽여 파묻었느니 어쩌니 어디서 그런 소리를 해! 씨팔 무슨 작당질이야 지금?"

라파 집사는 씩씩거리다 답답했는지 제 마스크를 확 잡아 뜯었다. 광대가 불룩 튀어나오고 하관이 쪽 빨린 쥐 같은 얼굴이 드러났다.

"안토니오! 당신도 썩 나와유! 천지 분간 못 하고 늙은이가 뚫린 입이라고 뭘 지껄이고 있는규? 쌍. 내가 이걸 가만히 둘 줄 아는규? 우리 목사님이 니들을 가만둘 줄 알아? 아주 까불고들 있어!"

라파 집사는 눈이 뒤집혀 위협적으로 나왔다. 곱슬머리 남자도 우람한 몸집을 문 안으로 들이밀었다.

안토니오가 깜짝 놀라 허둥지둥 자리를 떴다. 홍태는 자리에서 일어나 커다란 눈에 힘을 주고 라파 집사를 노려보았다. 달숙이 홍태의 팔을 잡았다.

"가자. 안 그래도 조사 끝났어요. 그렇게 흥분하실 것 없습니다, 집사님. 다 필요해서 물어본 것이니. 가자, 배 조사관."

복도로 나가니 덩치 좋은 남자들이 둘 더 대기하고 있었다. 덩치들이 조사관 네 명을 건물에서 내몰듯이 둘러싸고 걸었다.

기념행사 사진이 줄지어 걸린 복도 벽을 지나 조사관들은 연행되듯 계단을 내려왔다. 1층 로비와 연결되는 마지막 계단 통로에서 홍태가 별안간 몸을 뒤로 틀었다. 찰나에 홍태는 조금 전 무심코 듣고 지나간 말의 연결점을 찾은 것이다.

"19호에 살던 베드로였죠?"

"뭐?"

등 뒤에 바짝 붙어 따라오던 라파 집사가 상체를 움찔하고 뒤로 물렸다.

"90년대 말에 당신들이 죽여 파묻은 사람. 어디에 묻었습니까? 19호 베드로?"

라파 집사의 표정이 잠시 정지했다. 당황스러움을 감추지 못하는 눈빛을 홍태는 똑똑이 보았다.

"뭐야, 이 새끼가?"

덩치 둘이 앞으로 나섰다. 한 명이 홍태의 어깨를 잡는가 싶더니 다른 한 명이 몸으로 홍태를 밀며 은근슬쩍 홍태의 발등을 찼다. 헉, 소리와 함께 홍태는 균형을 잃고 쓰러져 계단을 굴렀다.

"배 조사관!"

달숙이 소리쳤다. 조사관 세 명이 우르르 내려가 로비에 나가떨어진 홍태의 몸을 잡고 수선을 떨었다.

"다 물러서! 당신들! 공무 수행 중인 공무원을 위협하고 폭행해? 이게 얼마나 큰 죄인 줄 알아? 나 변호사야!"

지훈이 팔팔 뛰며 악을 썼다.

달숙은 휴대전화 카메라를 켜고 홍태와 주변에 선 사람들을 찍기 시작했다. 윤서는 울상이 된 얼굴로 홍태의 한쪽 팔을 잡고 일으켜 세우려 애썼다.

홍태는 머리 한쪽을 손으로 감싸고 우어어, 하는 소리를 냈다.

"괜찮아요? 다친 데 없어요?"

윤서가 물었다.

홍태는 바닥에 주저앉은 자세로 상체를 일으켜 세우다가 어느 지점에서 동작을 멈췄다.

"다쳤어? 배 조사관? 다쳤냐고? 이거 사진 찍어놔야 해. 손 좀 떼봐!"

달숙이 휴대전화를 들이밀며 재촉했다.

"아이고. 조사관님. 조심하셔야지유. 계단에서 발을 삐끗하시면 워쩐대유. 다행히 낮은 곳에서 넘어졌으니 망정이지 하마터면 큰일 날 뻔했잖유."

라파 집사가 유유자적 계단을 내려오며 금세 미끈미끈해진 얼굴로 말했다.

윤서는 두려웠다. 인권위 조사관이 조사 현장에서 폭행을 당하다니 묵과할 수 없는 일이었지만 제발 이쯤에서 없던 일이 되길 바랐다. 우리가 진정사건 조사를 내세워 월권을 하고 있었던 건 맞고 윤서도 동참하고 말았다. 이 상태로 알려지면 일이 너무 커져 버린다. 윤서는 감당할 자신이 없었다.

소동을 듣고 모였는지 모이라는 지령이 있었는지는 몰라도 정면에 난 신도회관 정문으로 사람들이 하나둘 모였다. 갈퀴나 괭이 같은 농기구를 든 노인들이 하나로 뭉쳐 있는 조사관들을 경계하는 눈으로 보았다. 나라를 침략한 적병을 척살하러 온 농민 의병 같았다. 머릿수건을 쓴 여자들, 푸른색 작업복을 입은 공장 인부들도 보였다. 아까 전 회의실에서 옥수수를 먹고 있던 깡마른 젊은 여자도 나타났다. 에스더라고 했던가. 여자는 땟국이 흐르는 얼굴로 입을 헤벌리며 손가락을 빨았다. 덧니가 이리저리 돋아난 고르지 못한 치열이 이 와중에 또 눈에 띄었다. 여자는 무슨 일이라도 벌어지기를 기대하는 눈빛으로 조사관들을 구경했다.

여기는 사이비종교 집단의 소굴이다. 여러 사람의 경계심 섞인 시선을 받으며 윤서는 덜컥 겁이 났다. 집단폭행을 당할지도 모른다는 위기감이 들었다. 이들은 교주와 그 일당이 지시하면 무슨 일이든 하는 사람들인 것이다. 여기서 빨리 벗어나야 한다. 인권위 조사 방해죄에 관련된 법률 조항을 읊어대며 빽빽거리던 지훈도 다수의 사람이 발산하는 적대적인 기운에 기가 눌렸는지 입을 닫았다. 윤서는 홍태가 제발 얌전히 차로 이동해주기를 바라며 홍태의 팔을 끌어당겼다.

홍태는 여전히 시선을 한곳에 박은 채 움직이지 않았다.

"배 조사관님, 빨리 가자고요. 네?"

초조해진 윤서는 도대체 무엇에 마음이 뺏겼나 싶어 홍태의 시선이 향하는 곳을 보았다.

홍태의 눈길은 벽에 걸린 기념사진에 꽂혀 있었다.

'1997년 4월 21일, 신도회관 건립 기념식'이라는 제목이 붙은 사진 속에는 신도회관 정문 앞에 남순남 목사를 중심으로 건장한 남자들이 늘어서 포즈를 취하고 있었다. 신도회관 건설의 주역이 된 일꾼들인 것 같았다. 사진 속 남자들은 각종 건설 장비와 도구를 들고 알통을 자랑하거나 가슴을 쭉 내밀어 보이며 활짝 웃었다. 벽돌 지게를 메거나 흙손, 곡괭이, 삽, 페인트 붓을 든 남자들 한쪽에 귤색 굴삭기가 자리했다. 건설의 주역 중에서도 주역이었을 굴삭기의 위용을 존중하는 자리 배치였다. 작고 퉁퉁한 체격의 청년이 굴삭기 운전석에 한쪽 발을 걸친 채 운전석 밖으로 몸을 빼고 서서 엄지를 치켜세우고 있었다. 굴삭기 청년은 검은색 빵모자를 쓰고 청색 멜빵바지를 입었다. 큼지막한 주먹코 아래 풍성하게 기른 수염이 눈에 띄었다. 개성 있으나 어쩐지 익숙한 용모였다.

닌텐도 게임에 등장하는 슈퍼 마리오 같았다.

15.

국세청이 깃든농장 소유 비누 공장 등에 대해 강도 높은 세무조사를 하겠다고 발표한 데 이어, 충청북도는 깃든농장 교주 남순남을 감염병예방법 위반 혐의로 고발했다. 충청남도가 C 바이러스 대유행을 일으킨 대형교회 목사를 고발한 것에 이은 조치였다. 정부는 대유행에 대응하는 데 쓴 천문학적인 비용을 열거하며 문제의 종교 단체에 대한 빠른 수사를 촉구했다.

남순남은 즉각 반응을 보였다.

깃든농장 남순남 교주는 인권위의 진정사건 조사가 지독히 편파적이고 불법적이었다고 비난하며 신도들이 인권위에 낸 진정을 모두 취하했다. 그리고 정부의 부당한 종교 탄압과 거짓 선동, 인권위 조사관이 행한 인권침해를 규탄하기 위해 3일 뒤 남순남 교주가 직접 기자회견을 하겠다고 밝혔다. 기자회견은 용천 시내에 있는 제2깃든교회 강당에서 이루어질 예정이었다.

"사이비 교주가 일간지와 방송사 기자들 모아놓고 기자회견을 하는 세상이 기어코 오네. 오고 말았네. 어이구. 이런 꼴을 보기 전에 진작 자연사했어야 하는데. 말세다 말세!"

달숙은 자리에서 뉴스 스크랩을 넘기며 혀를 쯧쯧 찼다.

"인권위 조사관의 인권침해? 자기들이 한 짓은 생각 안 하고 이런 식으로 먼저 치고 나온다 이거지? 이거 어떡할 거야, 배 조사관! 어, 배홍태 어디 갔어? 진단서 떼러 갔나?"

달숙은 홍태의 빈 자리를 넘겨다보며 소리쳤다. 바로 어제, 인권증진위원회 조사관씩이나 되어 전장에서 얻어맞고 쫓겨나듯 물러나고 말았다. 분통이 터지지만 아직 해결되지 않은 민감한 문제를 품고 있다 보니 당분간 바짝 엎드려 있어야 하는 상황이었다. 달숙은 답답한 마음에 목소리를 높여 떠들었다.

윤서도 심란하여 일에서 손을 놓고 인트라넷 메신저를

통해 지훈과 교신 중이었다.

'최철수는 기적의 날 행사를 하던 날 깃든농장으로 남순남을 찾아왔어요. 이때 이하선의 시신을 가져와 깃든농장 어딘가에 묻은 것 아닐까요?'

'음. 가능성 있죠. 배 조사관이 받은 편지대로라면 19호 베드로가 묻힌 곳 근처에 묻은 게 되겠네요.'

직권조사팀 중 혼자만 저간의 사정을 모르고 있던 지훈에게는 어제 서울로 올라오는 차 안에서 모두 설명했다. 나만 따돌리고 바보 만든 거냐며 지훈은 화를 펄펄 냈다. 앙숙인 달숙마저도 지훈의 화를 풀어주기 위해 최선을 다한 끝에 지훈은 서울 도착 전에야 겨우 마음을 풀었다. 그리고 곧바로 사건 해결에 열의를 보였다. 인권위 조사관과 죽은 연쇄살인범의 대결. 연쇄살인범과 사이비종교와의 은밀한 관계성이라니. 지훈에게는 가슴 떨리는 소재였다.

'최철수는 19호 베드로가 묻힌 곳을 이미 알고 있었던 거죠. 어린 나이였지만 최철수는 치유기도에도 참석했다고 하니까요.'

'맞아요, 한 조사관님. 치유기도를 받다 죽은 19호 베드로를 어른들이 묻는 걸 목격한 거죠.'

어젯밤 조사관들은 각자 조사한 내용을 공유했다. 윤서와 지훈은 홍태와 달숙으로부터 19호 베드로와 당시 요셉이라고 불린 어린 최철수의 관계를 전해 들었다. 혹시 최철수가 요셉이 아니라 바오로인 것은 아닐까 하는 의문과 최철수의 흉터가 언제 어떻게 생긴 건지에 대한 의문은 여전히 해결되지 않은 채 남아 있다.

'그런데 왜 하필 이하선일까요? 최철수는 왜 이하선만 다른 피해자들과 달리 깃든농장에 묻은 건지?'

지훈이 물었다.

'글쎄요. 어제 배 조사관이 말한 그 이유 말고는…… 모르겠어요…….'

최철수가 왜 이하선의 시신만 수고스럽게 깃든농장까지 싣고 가서 묻은 것인지, 그 이유가 가장 큰 미스터리였다.

홍태는 이하선의 부모를 만난 이야기를 했다. 이하선이 실종될 무렵 심한 조현병 증상을 보였으나 하선의 부모는 그것을 숨겼다고 말하며 홍태는 한 가지 가설을 꺼내 들었다.

"최철수는 이하선을 납치한 후에 이하선이 조현병 환자라는 걸 알게 됐습니다. 깃든농장은 태생부터 정신병을 고쳐준다고 현혹해서 환자를 농장으로 끌고 들어와 치유기도라는 걸 하는 종교입니다. 최철수는 어린 시절 깃든농장에서 정신병 환자들을 많이 봤을 겁니다. 정신병 환자는 깃든농장에 가야 한다, 뭐 그런 무의식적인 믿음이 생기지 않았을까요?"

홍태의 가설은 그럴듯했지만 확신이 들진 않았다. 최철수가 살아나서 말해주지 않는 한 영영 이유를 알지 못할 수도 있으리라.

'최철수가 깃든농장에 간 건, 역시 2012년이겠죠? 한 조사관님?'

'그럴 거예요. 이하선이 실종된 날이 2012년 8월 17일,

최철수가 깃든농장에 간 건 기적의 날인 2012년 8월 26일인 거죠.'

'하…… 도대체 어디에 묻었을까요?'

깃든농장의 부지는 설립 당시 3만 평에서 시작한 것이 늘고 늘어 현재 11만 평 가까이 된다. 풀숲에서 바늘 찾기요, 서울에서 김 서방 찾기다.

'그게 어디든, 19호 베드로가 묻힌 곳 옆일 거예요.'

'최철수는 마리오 아저씨에게 물어보라는 메시지를 남겼습니다.'

'마리오 아저씨는 굴삭기 기사죠. 슈퍼 마리오를 닮은.'

'네. 마리오 아저씨가 베드로를 묻은 겁니다. 굴삭기로요.'

지훈은 고개를 열심히 끄덕거리는 얼굴 모양 이모티콘을 보내고 덧붙였다.

'마리오 아저씨를 찾아야겠군요.'

지훈은 컴퓨터 키보드에서 손을 떼고 일어섰다. 방법이 떠올랐다.

지훈은 비상계단 층계참으로 나와 휴대전화 주소록을 뒤졌다. 조사국 조사관들은 이 일에서 나를 따돌리고 무시하려 했지만, 장래 국제 인권 전문가이자 민완 변호사를 꿈꾸는 부지훈의 실력을 어디 한번 보여줘야겠군. 뻐기는 미소를 입꼬리에 걸고 지훈은 통화를 시작했다.

─깃든농장의 굴삭기 기사를 찾아달라고요?

울림이 큰 저음의 목소리가 부드럽게 물었다. 충청 지역 사이비 교주 사냥꾼, 문찬욱 목사. 이번 의뢰의 적임자였다.

"네. 아마 깃든농장 설립 초기부터 있던 사람일 겁니다. 최소 98년까지는 있었습니다. 당시 30대 후반이나 40대 초반이었던 것으로 보입니다. 그럼 지금은 얼추 60대일 것 같군요. 작은 키에 통통하고요, 독특한 점은 수염을 덥수룩하게 길렀습니다. 멜빵 바지에 빵모자 차림을 즐겨 했을 수 있습니다. 그런 복장 때문에 농장의 아이들이 좋아하며 잘 따랐을 거고요. 아이들은 저들끼리 '마리오 아저씨'라고 불렀을 겁니다. 아이들 좋아하는 게임에 나오는 슈퍼 마리오라는 캐릭터와 비슷하거든요. 세례명은 도미니코였던 것 같은데 확실치는 않습니다."

문찬욱 목사는 부 사무관님 덕분에 추리소설의 탐정이 된 기분이라며 껄껄 웃더니 말했다.

─굴삭기 기사라면 아이들에게 인기가 있고도 남지요. 제가 말씀드렸지요? 깃든농장은 다 신도들이 만든 거라고요. 건설 기술자나 인부 출신의 신도들이 다 지은 것인데, 그중에서도 굴삭기는 최고지요. 그 당시 굴삭기 한 대만 있으면 못 할 게 없으니까요. 토지도 닦고 땅도 파고 무거운 자재도 번쩍번쩍 옮기고 말이지요. 외부 인력의 도움 없이 건축을 할 수 있었던 게 다 굴삭기 덕분이라고 해도 과언이 아니지요. 아이들 눈에는 퍽이나 멋있게 보였겠지요. 그래서 마리오 아저씨라는 별명도 붙여줬나 보지요? 깃든농장에서는 남순남이가 붙여준 세례명 말고 본명이나 다른 이름을 부르는 건 엄금하고 있는데 말이지요. 허허허.

"그러니 찾을 수 있지 않겠습니까, 목사님? 목사님이 상

담하셨던 깃든농장 피해자들에게 수소문해보면요. 연락이
닿는 사람은 없을지라도요. 그 사람을 찾을 수 있는 실마리
가 되는 정보라도 들을 수 있을 것 같은데요."

지훈은 기대감을 숨기지 않았다.

─네. 한번 알아보지요. 아마 제가 가지고 있는 자료에도
그 사람이 찍힌 사진이 하나쯤 있을 것 같으니까 찾아보고
그걸 가지고 이리저리 물어보면 되겠지요. 그럼 알아보고
연락드리지요.

지훈은 감사 인사를 하며 기분 좋게 통화를 마쳤다.

지훈이 메신저에서 자리를 비운 동안 윤서는 깃든농장
홈페이지를 화면에 띄워놓고 생각에 잠겼다. 이게 저주인지
경구인지 알 수 없는 성경 구절과 남순남 교주의 말씀. 대한
민국 용천에 사는 60대 할머니를 재림예수이자 신으로 추
앙하며 온갖 기괴한 숭배 의식을 행하는 사진. 약을 먹은 듯
한 게 아니라 진짜로 약을 먹어서 환각을 느끼며 전율하는
신도들을 비추는 기념행사 사진과 동영상.

오로지 남순남 교주가 얼마나 훌륭한가를 보여주기 위해
마련된 자료실 메뉴에는 2012년 중앙 일간지에 실린 남순
남의 인터뷰 기사도 있었다. '장학사업, 보육원 후원 펼치며
예수님 사랑 실천하는 남순남 사회사업가'라는 제목의 기
사. 오대양 교주 박순자와 깃든농장 남순남 교주가 평행우
주에 있다는 걸 보여주는 증거라며 누리꾼에게 조롱의 대상
이 되고 있는 기사였다. 이들은 여전히 이 기사가 자랑스러
운 모양이었다.

윤서는 하늘색 양장을 입은 남순남이 인자한 사회사업가인 척 미소 짓고 있는 인터뷰 사진을 보며 한숨을 내쉬다가 문득 기사의 날짜에 주목했다.

2012년 8월 22일.

이하선이 실종된 날짜가 2012년 8월 17일. 최철수가 깃든농장에 간 날짜는 2012년 8월 26일. 기사의 날짜는 그사이에 끼어 있었다. 인터뷰 기사는 전국적으로 구독률이 가장 높은 신문 한 면의 절반을 차지했다. 당시 많이 알려졌을 것이다.

이게 의미하는 게 뭘까?

윤서는 눈을 감고 지금과 다른 시간 다른 사람의 마음에 대해 상상해보았다.

2012년 경기도 양평에 최철수라는 연쇄살인범이 있다. 그는 가출한 여학생을 꾀어 집으로 유인한 뒤 죽인다. 그는 방금 열 번째 살인을 했다. 열 번째 피해자인 이하선이란 이름의 가출 여고생은 집에 데려와 놓고 보니 정신이 온전치 않았다. 환청을 듣고 환시를 본다. 망상에 빠져 이상한 소리를 한다. 최철수는 어린 시절 이런 사람을 주위에서 자주 보았다는 걸 새삼 떠올린다. 이하선을 보며 최철수가 느낀 감정은 무엇일까. 측은함? 실망감? 슬픔? 야릇한 향수? 아니면 분노? 알 길이 없다. 윤서는 이 대목에서 상상에 방해를 받고 머리를 내저었다.

아니야, 아직 더 할 수 있어. 손가락으로 관자놀이를 꾹 누르며 윤서는 다시 집중했다. 2012년 최철수의 마음에서 짐작 가능한 부분으로 들어가 본다.

이하선이란 여학생은 최철수의 마음을 어지럽힌다. 최철수는 잊고 지냈던 깃든농장이라는 장소와 그곳에서 보낸 시간을 생각한다.

그러던 중 최철수는 신문에 실린 남순남 교주의 인터뷰 기사를 본다. 남순남 교주를 거짓으로 포장한 기사는 결정적으로 최철수의 무언가를 일깨운다. 그게 무엇이든, 최철수는 어린 시절과 관련된 강렬한 감정에 사로잡힌다. 최철수의 마음에 어린 최철수가 살아 돌아다닌다. 이혼하고 종교에 미친 엄마, 단짝 소년 바오로, 안토니오 할아버지, 마리오 아저씨, 모두가 신으로 추앙하는 남순남 교주, 마을을 돌아다니는 미친 사람들, 미친 사람을 사이에 두고 나뭇가지로 마구 내리치면 낫는다고 하는 치유기도, 남순남 목사의 총애를 받아 어린 나이에도 치유기도에 참석하는 최철수. 치유기도를 받는 19호 베드로, 몰매를 맞아 죽은 19호 베드로를 파묻기 위해 움직이는 굴삭기.

이 모든 기억이 최철수가 깃든농장으로 가도록 이끈다. 최철수는 이하선의 시신을 싣고 14년 만에 깃든농장으로 간다. 마침 깃든농장에 큰 행사가 열리는 기적의 날에 맞춰.

왜?

어떤 감정, 어떤 문제와 해후하기 위해서? 남순남 교주의 인터뷰 기사는 최철수의 무엇을 일깨웠을까? 19호 베드로의 죽음은 최철수에게 무엇을 남겼을까?

윤서는 자신의 상상에 알맹이가 빠진 걸 알았다. 너무 많은 빈 구멍이 있었다.

윤서가 생각에 빠져 무심코 틀어놓은 깃든농장 홈페이지의 동영상에서 모두가 일제히 아멘을 외쳤다. 윤서는 모니터를 보았다. 어떤 해의 기적의 날 행사 동영상이었다. 흰 사제복을 입고 금관을 쓴 남순남 교주가 거룩한 날을 맞아 말씀을 전하고 있었다.

최철수는 2012년 기적의 날에 깃든농장을 찾아가 남순남 교주를 만났다. 그날 교회에서 행사 준비로 바쁜 남순남 교주를 붙들고 대화를 나누는 모습을 신도에게 들켜 기억에 남았다. 그렇다면?

윤서는 2012년 기적의 날 행사 동영상을 찾았다.

최철수가 혹시 본행사까지 참여했다면 여기 어딘가에 최철수의 모습이 남아 있지 않을까? 야릇하고 불편해서 대충 분위기만 보고 넘어간 동영상을 윤서는 프레임 단위로 뜯어보기 시작했다. 카메라가 남순남 교주를 비추다가 신도들의 반응으로 넘어갈 때 윤서는 모니터에 얼굴을 붙일 듯 가까이 대고 화면에 들어온 신도의 얼굴을 하나하나 확인했다.

모든 살인은 증거를 남긴다는 말도 있듯이 내가 저지른 죄의 흔적은 내 생활에 남는다. 그렇다면 살아서 생활하는 것 자체가 자백은 아닐까 생각하며 윤서는 눈이 아프도록 남순남과 최철수가 남긴 자백을 찾기 시작했다.

"배 조사관. 자기! 여기서 뭐 해! 지금 떼거리로 사이비에게 고소당하게 생겼구먼 한가하게 편지나 읽고 있을 때야?"

조사실에 혼자 웅크리고 앉아 있는 홍태를 창 너머로 보고 달숙이 잔소리를 입에 달며 들어왔다. 거칠게 뜯은 편지 봉투가 탁자 저편에 던져져 있고, 홍태는 손에 든 편지를 멍하니 바라보고 있었다.

"어…… 이거, 혹시? 그거야?"

일순 긴장한 달숙이 홍태가 든 편지를 낚아챘다.

　　이봐, 배홍태 조사관.

　　돈 장난을 쳤던데?

　　웃겨? 지금? 이 상황이?

　　까불 줄도 아는지 몰랐어.

　　우편배달부를 시켜 손을 한번 보라고 해야겠는데?

　　그건 딱 기다리고 있어. 그냥 넘어가는 일은 없어.

　　지금쯤 보혈이 깃든 곳 정도는 찾았겠지.

　　억울한 혼령은 찾았을까?

　　그건 좀 어려운 문제일 거야.

　　배홍태 당신은 흥미롭긴 하지만

　　깜짝 놀랄 만큼 비범한 사람은 못 되지.

　　그래서 말인데 마지막 힌트를 주겠어.

　　마리오 아저씨에게 물어봐.

　　22년 전 그곳에 살았던 마리오 아저씨를 찾아.

다음 편지는 천만 원이야. 계좌번호는 뒷면에.

지난번 빚은 나중에 따로 받겠어.

난 못 받은 건 잊지 않아. 명심해.

지옥으로부터,

최철수

달숙은 죽은 최철수가 보내온 네 번째 편지를 읽고 또 읽었다.

홍태는 어젯밤 다른 조사관들에게 지금까지 겪은 일을 모두 말했다. 최철수에게 받은 세 개의 편지도 보여줬고, 천세종이라는 최철수의 추종자가 편지를 보내고 있다는 것도 말했으며, 소설 속 사설탐정처럼 천세종을 추적했던 과정도 다 털어놓았다. C 바이러스에 걸려 격리 중인 천세종의 빈 고시원 방에 침입하여 네 번째 편지에 마리오 아저씨에게 물어보라는 메시지가 담길 것을 미리 알게 된 얘기도 했다. 천세종을 자극하려고 요구액인 500만 원이 아닌 천세종의 이름을 비유하는 100만 3천 원을 보낸 것도 말했다.

"천세종이란 놈, 퇴원했나 보네. 격리 풀리고 나오자마자 입금된 거 확인하고 편지 보낸 거구먼. 그나저나 지금 이거 받고 코가 빠져 있는 거야?"

"이미 알고 있는 거 외에 별다른 정보가 없잖아요."

홍태는 화난 목소리로 말했다.

달숙은 엄지와 검지로 편지 아래쪽을 잡고 눈앞에 세워

들고는 한 번 더 읽었다.

"자기는 이상한 거 못 느꼈어?"

"뭘요?"

"지금까지 보낸 편지와 느낌이 달라."

"돈 못 받았다고 달라고 한 거요? 그건 천세종이 덧붙였겠죠."

홍태가 불퉁거렸다.

"이 편지는 거의 천세종이 쓴 거야. 핵심적인 메시지만 빼고."

달숙은 단언했다.

"생각해봐. 천세종은 C 바이러스 걸리고 겨우 격리에서 풀려나서 확인해보니 통장에 100만 3천 원밖에 안 들어와 있는 거야. 자기 이름을 조롱하는 걸 알아챘는지 어땠는지는 몰라도 화가 잔뜩 났겠지. 돈 욕심 많은 잡범이니까. 그래서 이전까지는 최철수가 남겨준 문장대로 편지를 보냈는데, 이번엔 아니야. 자기 욕심대로 편집했어."

"네. 첫 문단은 천세종이 쓴 거겠죠. 협박도 시시하게 하는 놈이네요."

홍태는 코웃음을 쳤다.

"그래. 문장의 격이 달라. 최철수는 그동안 나름 정제되고 함축적인 표현을 썼어. '웃겨? 지금? 이 상황이?', '딱 기다리고 있어' 이따위 문장은 최철수의 것이 아니지."

홍태는 탁자에 놓인 편지를 굽어보았다.

"지난번 빚은 나중에 받겠다느니, 하는 것도 그 새끼가 쓴 거네요. 최철수가 남긴 문장에서 덧붙인 겁니다."

"아니…… 덧붙이기만 한 것 같지는 않아."

달숙은 미간을 찡그렸다.

"무슨 뜻입니까?"

"이 편지에서 아마 최철수가 쓴 부분은 마리오 아저씨를 찾으라는 메시지가 있는 두 번째에서 네 번째 문단일 거야. 그런데 봐봐. 최철수는 마리오 아저씨를 찾으라는 게 '마지막 힌트'라고 했어."

"그런데요?"

"모르겠어? 이 편지가 최철수가 보내는 마지막 편지인 거지. 하지만 천세종은 여기서 끝내고 싶지 않았어. 못 받은 돈도 받아야 하고 다음번 편지의 대가로 또 한 번 목돈을 요구하고 싶었던 거야. 원래 최철수의 편지에는 뭔가 마무리하는 말이 있었을 거야. 천세종은 그걸 지우고 다음 편지가 있을 것을 암시했지. 최철수의 편지에 자기가 하고 싶은 말을 덧붙인 정도가 아니라 일부 내용을 지웠어. 아이구. 박봉의 공무원에게 이번엔 천만 원이나 요구하다니. 간도 커지고 욕심도 커지고 아주 난리가 났네."

다시 편지를 집어 든 홍태의 눈빛이 변했다.

홍태는 손을 떨며 흥분했다.

"'지옥에서부터'라는 마지막 표현도 천세종이 쓴 거군요. 최철수는 세 번째 편지부터는 '지옥에서부터'라는 표현을 쓰지 않았습니다. 지옥에 있다는 변죽은 그만 울리겠다고 했죠. 최철수는 뭔가 다른 표현을 썼는데 천세종이 바꿨군요."

"그래. 아마도. 내 생각에 최철수는 마지막 인사를 하지 않았을까 싶네."

달숙이 동의했다.

"천세종 이 새끼를 찾을 겁니다."

홍태는 주먹을 불끈 쥐고 자리에서 일어섰다.

"찾아서 뭐하게?"

달숙은 또 무슨 사고를 치려나 걱정스러운 눈으로 홍태를 올려다보았다.

"족쳐서 알아내야죠. 편지의 진짜 내용을."

16.

지난번 만난 키 크고 파리한 안색의 청년이 계속 고시원 관리인으로 일하고 있는 듯했다. 저녁 시간 모두 일찍 퇴근하고 아무도 없는 사무실에서 홍태가 고시원으로 전화하자 청년은 바로 받았다.

"안녕하십니까. 마포구 보건소 역학조사관인데요."

홍태는 꾸미지 않은 자신의 목소리로 말했다. 청년이 일주일 전 밤에 들러 고시원 한 달 임대료를 지불한 뒤 단 하루도 살지 않고 사라진 사람의 목소리를 기억할 것 같지는 않았다.

— 아…… 네.

"저, 거기 살다가 확진된 천세종 환자가 퇴원 후 연락이 되지 않아서 확인차 전화드렸습니다. 천세종 씨 혹시 아직 고시원에 계십니까?"

─아뇨. 퇴원하고 오셔서 바로 퇴실하셨는데요.

예상대로였다. 고시원 주인이 천세종이 확진됐을 당시
고시원 운영에 손해를 끼쳤다고 배상하라 마라 했다니 정이
떨어져서라도 퇴원 후 계속 같은 고시원에 살 것 같지는 않
았다. 이삿짐이라고 해봤자 가방 하나에 다 들어갈 정도로
가벼울 것이고 서울 땅에 고시원은 많다.

"아, 이를 어쩌나……."

홍태는 곤란한 듯 말끝을 흐리며 몇 초 시간을 두었다.

"혹시 어디로 갔는지는 모르시고요?"

─네. 그런 말씀은 없으셨는데…….

청년도 덩달아 곤란해했다. 심약한 성격 같았다. 홍태는
원하는 것을 얻을 수 있을 것 같은 느낌이 들었다.

"퇴원하시면서 바뀐 연락처를 남겼는데 연락이 되지 않
습니다. 담당자가 연락처를 수정하면서 이전 연락처를 그만
지워버렸네요. 천세종 씨 고시원에 사실 때 연락처를 좀 알
려주실 수 있겠습니까?"

─아…….

"죄송합니다만 저희가 참 곤란한 상황이라서요. 저희 직
원이 예전 연락처를 지우면 안 되는 거였는데…… 시국이
시국이니만큼 잘못하면 큰 문제가 될지도 모르겠습니다. 천
세종 씨와 어떡하든 빨리 연락이 돼야 해서요. 부탁 좀 드리
겠습니다."

홍태는 애원하는 말투로 말했다. 그리고 마음 약한 관리

인 청년에게서 천세종의 휴대전화 번호를 알아내는 데 성공했다. 개인정보 보호보다 방역이 더 중요한 시대 분위기의 덕도 본 셈이었다.

이 고시원은 임대계약을 할 때마다 계약서에 적힌 휴대전화 번호가 임차인의 것이 맞는지 확인을 한다. 천세종의 방을 뒤지기 위해 지난번 홍태가 한 달 임대계약을 할 때도 관리인 청년은 홍태가 보는 앞에서 홍태에게 전화를 걸어 보였다. 제 누나에게도 발신자표시제한으로 전화하는 천세종이었지만, 홍태는 관리인 청년이 불러준 번호가 천세종의 휴대전화 번호가 맞을 거라고 확신했다.

홍태는 손목시계를 보았다. 저녁 7시 40분을 막 지나고 있었다. 아직 택배기사가 활동할 시간이었다. 홍태는 주변에 아무도 없는 것을 확인하고 업무전화의 수화기를 들어 천세종에게 전화를 걸었다.

─여보세요.

앳된 남자 목소리가 흘러나왔다. 모르고 걸었으면 고등학생이라고 해도 믿을 것 같았다.

"여보세요. 안녕하십니까. 천세종 님 되십니까?"

─그런데요. 누구세요?

너 이놈 곧 만나자. 홍태는 속으로 벼르면서 목소리는 정중하게 깔았다.

"저는 마포구 질병정책과 김경수 주무관입니다."

홍태는 생각나는 아무 이름이나 댔다. 마포구청에 질병정책과라는 부서가 실제 있는지는 중요하지 않았다. 상대에게도 중요하지 않을 것이다.

"실례지만 얼마 전에 C 바이러스에 확진되어 격리되셨다
가 퇴원하셨지 않습니까? 저희 마포구에서 확진자 일상 회
복을 돕기 위해 생필품 키트와 지역 문화상품권 50만 원 상
당을 택배로 보내드리고 있는데요. 택배기사에게 방금 연락
을 받았는데, 선생님 주소가 맞지 않는다고 해서요."

― 얼마요? 상품권 50만 원?

천세종이 역시나 관심을 보이며 미끼를 물었다.

홍태는 천세종이 이전에 묵었던 신촌 고시원 주소를 불
렀다.

― 아, 그거 예전 주소예요. 최근에 근처 다른 고시원으로
옮겼어요. 아직 마포구 사는 거 맞아요. 마포구에 살아야만
주는 거죠, 그거?

천세종은 지금 사는 고시원 이름과 주소를 대며 상품권
은 어떤 데 쓸 수 있는 거인지 생필품 키트에는 무엇이 들어
있는지를 물었다. 홍태는 택배 기사에게 가능한 한 오늘 안
으로 배달을 마치라고 하겠다고 말했다. 천세종은 지금 고
시원에 있으니 문 앞에서 연락하면 바로 받으러 나갈 수 있
다고 답하며 통화를 마무리했다.

이렇게 잔 욕심 많고 단순한 놈을 수하로 삼았단 말이냐,
최철수?

홍태는 코웃음을 치며 자동차 열쇠를 집어 들었다. 그길
로 홍태는 주차장에 세워둔 자신의 체로키에 올라타 천세
종이 살고 있다는 고시원을 향해 출발했다.

하긴 암에 걸려 병든 닭같이 죽어가는 마당에 사람을 고르고 자시고 할 수가 없었겠지. 가장 가까이 있는 놈을 꾀는 수밖에. 이를 부득부득 갈며 홍태는 생각했다. 어쨌거나 너는 형편없는 졸개를 둔 값을 치르게 될 거야.

약 40분 후 홍태는 차에서 내려 천세종의 새 주소인 고시원을 바라보고 섰다. 이전에 살던 곳과 다를 것 없이 허름한 남성 전용 고시원이었다. 도로에서 먼 골목 어귀에 자리 잡은 고시원 주변엔 근린공원이 있었고 오래된 주택이 모여 있었다. 동네 장사로 먹고사는 식당과 술집이 이번 주부터 시행된 밤 9시 이후 집합 금지 지침에 따라 모두 문을 닫아 골목은 어두웠다. 고시원 앞 좁은 귀퉁이에 겨우 간판을 달고 영업 중인 24시간 편의점만이 지나치게 밝은 불빛을 내뿜고 있었다. 인적은 드물었다.

홍태는 천세종에게 문자 메시지를 보냈다.

택배기사입니다. 고시원 앞 편의점에 물건 맡기고 갑니다.

문자를 발송하고 2분 후 천세종으로부터 전화가 왔지만 무시했다. 고작 편의점까지 나오는 게 귀찮아서 문 앞까지 갖다 달라고 요구하는 전화일 터였다. 전화는 두 번 연속 오고 끊겼다. 홍태는 전봇대 뒤 으슥한 곳에서 담배를 한 대 꺼내 물며 옆눈으로 고시원 입구를 살폈다.

고시원 출입문이 열리고 운동복 바지에 붉은 티셔츠를 입은 남자가 나타났다. 머리가 베개에 눌려 붕 뜬 남자는 곧장 편의점을 향해 발을 옮겼다. 홍태는 자신이 피워올리는 담배 연기 사이로 남자의 뒷모습을 관찰했다. 은행 현금지급기 CCTV에서 야구모자와 마스크로 얼굴을 가린 모습밖에 본 적 없지만, 놈이 맞다는 확신이 들었다. 작은 키에 호리호리한 체격, 오른쪽 발의 원회전 보행까지.

드디어 만나는구나, 우편배달부.

천세종이 편의점에 들어가 허탕을 치고 나올 때까지 홍태는 담배를 두 모금 더 깊숙이 빨고 팔다리에 힘을 모았다. 이제부터는 글이 아니라 주먹이, 법이 아닌 힘의 질서가 지배하는 게임을 해야 했다. 천세종이 기분 나쁜 듯 주변을 둘러보며 편의점을 나왔다. 홍태는 천세종을 정면으로 마주보고 걸어갔다. 둘 사이는 빠르게 좁혀졌다.

천세종이 통화 버튼을 누르고 휴대전화를 귀에 가져다 댔다. 거의 동시에 가까이 다가간 홍태의 품에서 휴대전화 진동음이 울렸다. 천세종이 홍태를 향해 눈을 치켜떴을 때였다.

"이봐. 천세종."

홍태가 천세종과 어깨를 부딪치며 나직하게 말했다.

둘의 눈이 마주쳤다. 마스크 위로 보이는 천세종의 가늘게 째진 눈에서 두려움과 위기감이 스쳐 지났다.

홍태는 몸을 돌려 뛰쳐나가려 하는 천세종의 셔츠 목덜미를 낚아채고 왼발로 천세종의 복부를 갈겼다.

헉, 하는 소리와 함께 몸을 꺾는 천세종의 멱살을 잔뜩 그러잡고 홍태는 천세종의 귀에 대고 속삭였다.

"나 배홍태야. 알잖아? 얘기 좀 하자고."

홍태는 천세종을 끌고 자신의 체로키를 향해 갔다. 일단 놈을 차에 쑤셔 넣고 대화를 나눌 참이었다. 편의점 아르바이트가 무슨 일인가 궁금해하며 편의점 안에서 이쪽을 기웃거리는 게 보였다. 보는 눈이 더 생기기 전에 서둘러야 했다.

"당신 뭐 하는 거요! 왜 사람을 때려요!"

홍태의 등 뒤에서 어떤 남자가 소리쳤다. 홍태는 반사적으로 고개를 돌렸다. 아내로 보이는 여자와 함께 선 중년 남자가 겁먹은 눈으로 이쪽을 보고 있었다. 지나가던 의로운 시민이었다.

그때였다. 홍태는 정강이에 불이 붙은 듯한 통증을 느끼며 일순 숨이 멎었다. 잠깐 방심한 틈에 천세종에게 정강이를 걷어차인 거였다. 고통에 못 이겨 홍태는 멱살을 잡은 손에 힘을 풀었다. 천세종은 홍태의 가슴을 밀쳤고 홍태는 뒷걸음을 치다 나동그라졌다.

"저 씨⋯⋯ 개새끼가!"

홍태는 정강이를 부여잡고 깨금발로 일어난 뒤 도망치는 천세종을 쫓았다. 천세종은 좁은 주택가 골목에서 이리저리 방향을 틀며 뛰었다. 홍태는 입고 있는 재킷을 펄럭이며 죽을 힘을 다해 쫓았다. 숨이 턱까지 차오른 홍태는 욕설을 뱉으며 마스크를 벗어던졌다. 둘 사이의 간격이 좁혀졌다. 천세종이 또 한 번 샛길로 빠지려고 몸을 돌리는 순간 홍태는 몸을 날려 천세종을 덮쳤다.

두 남자가 함께 엉켜 바닥을 굴렀다. 둘 다 숨이 차서 비칠거리며 갯벌에서 머드팩을 하듯 바닥에 몸을 비볐다. 홍태가 조금 더 빨리 몸을 일으켰고 주먹을 들어 바닥에 누운 천세종의 얼굴을 쳤다. 꾸엑거리는 소리와 함께 천세종의 턱이 돌아갔다.

"헉헉, 일루 와 새끼야! 헉헉……."

승기를 잡은 홍태가 천세종의 몸을 타고 앉아 멱살을 잡았다. 홍태는 녀석이 쓴 검은 마스크를 잡아 벗겼다. 목소리처럼 앳되고 갸름한 얼굴이 드러났다. 기른 건지 깎지 않은 건지 턱에 조금 난 염소수염이 참 못나다고 느낀 순간 홍태의 눈앞에 불꽃이 번쩍했다. 코뼈가 우지끈 부러지는 소리를 들은 것도 같았다. 상대의 기습적인 박치기에 얼굴을 맞은 홍태는 또 옆으로 나가떨어졌다.

오래 아파할 겨를은 없었다. 다시 어두운 신촌 골목, 밤의 추격전이 시작되었다. 완력은 약하지만 벌레처럼 불쾌하게 질긴 놈. 천세종은 골목을 몇 번 지나쳐 근린공원 쪽으로 몸을 돌렸다. 밤마실을 나온 듯한 아주머니가 천세종과 부딪쳐 어이구구, 소리와 함께 바닥에 주저앉았다. 아주머니가 손에서 놓친 비닐봉지에서 참외가 쏟아져나왔다.

"아이구, 나 죽네……. 저런 망할 놈이 있나!"

아주머니가 공원 안으로 내빼는 천세종의 뒷모습을 보며 악을 썼다. 그리고 바닥을 구르는 참외를 보며 한탄했다.

"아이구구, 어쩐디야. 성주 참왼디……."

참외는 아주 노랗고 컸다. 홍태는 뛰어가며 몸을 숙여 참외 하나를 집어 들었다. 참외를 들고 천세종의 뒤통수를 보며 다시 죽을 듯이 뛰었다. 오늘 저놈을 놓치면 끝이다. 절박함으로 속력을 내며 인적 없는 공원을 내달렸다. 홍태도 다부진 체격은 아니었지만 거친 부두에서 태어나 자라며 제 몸 하나 지킬 수 있는 싸움 실력은 본능적으로 익혔다. 열흘 굶은 맹수가 먹잇감을 쫓듯 달렸다. 나무가 제법 빽빽이 들어찬 근린공원은 두 남자가 땅을 박차는 소리와 숨소리로 가득 찼다.

사이가 어지간히 좁혀졌을 때 홍태는 허리를 틀어 돌리며 손에 든 참외를 던졌다. 어릴 적 바닷가 절벽에 서서 어머니 반찬거리 구해다 줄 투망을 내던지던 힘으로. 혹은 밀물 때 발가벗고 바다에 들어가 투명한 물에 어른거리는 문어를 향해 작살을 내리꽂던 힘으로.

마실 나온 아주머니가 자랑스러워 한, 갓난아기 머리만큼이나 큰 성주 참외는 천세종의 머리에 명중하여 노란 폭탄처럼 부서졌다.

천세종은 무릎을 꺾고 고꾸라졌다.

홍태는 어릴 적 부둣가에서 벌어지는 건달들 패싸움을 구경하고 자랐다. 항구의 건달은 연장 따위 쓰지 않고 정직하게 몸으로 싸웠다. 건달에겐 쌈박질이 생존이었고 그게 무엇이든 생존을 위해 익힌 기술은 위대한 법이었다. 악에 받쳐 팔다리를 마구 내질러봐야 제힘만 빠진다. 팔꿈치와 무릎 힘으로 버둥거리는 일격에 맞아봤자 아프지도 않다. 하체에 힘을 주고 주먹과 발끝에 체중을 실어 급소에 꽂아 넣어야 비로소 상대를 쓰러뜨릴 수 있다는 것을 홍태는 건달들의 실전을 보고 체득했다.

홍태는 발끝에 체중을 모아 반쯤 일어선 천세종의 명치에 구두코를 찔러 넣었다.

"허…… 허헉."

일말의 비명과 함께 천세종은 철퍼덕 무릎을 꿇고 앉아 몸을 굽혔다. 한 방 제대로 먹혔다. 급소를 맞은 천세종은 숨을 쉬지 못했다.

홍태는 대자로 몸을 뻗고 누워 숨을 골랐다. 폐가 타버리는 것 같았다. 박치기에 맞은 콧등도 발끝에 차인 정강이도 다시금 환장하게 아파왔다. 홍태는 누워서 공원의 공기를 모두 빨아들일 듯 숨을 헐떡였다. 땀이 비 오듯 쏟아졌다.

"야! 천세종!"

숨을 고르고 제정신을 차릴 지경이 되었을 때 홍태는 아직까지도 몸을 굽히고 괴로워하고 있는 천세종의 머리채를 잡아 들어 올렸다. 천세종은 겨우 숨이 뚫린 듯 가슴을 들썩이며 밀린 숨을 가쁘게 몰아쉬고 있었다. 참외 과즙이 끈적하게 흘러내린 얼굴을 고통스럽게 찡그린 천세종을 향해 홍태는 말했다.

"새끼. 존나 하찮네."

"허허허허…… 헉. 당신…… 허헉. 켁켁. 공무원이 사람 때려도…… 허허헉…… 되냐?"

천세종이 가쁜 숨과 기침 사이로 신음처럼 말을 흘렸다.

"뭐라고?"

"허허허헉. 켁켁! 너…… 배홍태…… 허헉, 너…… 옷 벗고 싶냐?"

"씨발. 벗겨라. 새끼야!"

홍태는 손바닥으로 천세종의 뺨을 후려쳤다.

턱이 돌아간 천세종이 울 듯이 얼굴을 더 찡그렸다.

"벗겨봐! 무서워 뒤지겠네! 벗겨, 그래! 고소해! 하라고! 이 버러지만도 못한 새끼야! 씨발. 그렇게 말하면 내가 쫄 줄 알았냐?"

홍태는 연이어 세 번 천세종의 뺨을 갈겼다. 끈적한 참외 과즙과 과즙에 섞여 천세종의 얼굴에 붙어 있던 참외 씨가 홍태의 손에 옮겨붙었다.

"그만! 그만 때려! 그마안……."

천세종이 사정했다. 이제 겨우 숨을 고른 천세종은 콧물을 들이켜며 잘못했다고 살려달라고 울먹였다.

"말해."

"뭐……를요."

홍태의 완승이었다. 천세종은 시키지도 않은 존대를 했다.

"이하선 어디 있어?"

"저는 몰라요."

홍태가 입술로 스읍, 소리를 내며 손바닥을 들었다.

"진짜 몰라요. 선생님. 진짜예요. 대장이 그건 저에게도 안 가르쳐줬어요!"

천세종이 다급히 말했다.

홍태는 무릎에 양 팔꿈치를 대고 쪼그려 앉은 자세로 천세종의 얼굴을 한참 들여다보았다. 홍태에게 맞은 뺨이 급격하게 부어오르고 있었다. 아이처럼 겁에 질린 얼굴은 이

제 아무런 저항의 의지를 보이지 않았다.

"원래 편지 내용이 뭐야."

"네?"

"네가 고친 거 말고! 최철수가 원래 쓴 네 번째 편지 내용 뭐냐고! 네가 지운 내용이 뭐야!"

더 때릴 생각은 없었지만 홍태는 주먹을 들어 보였다.

"말할게요!"

천세종이 부어오른 뺨을 씰룩이며 외쳤다.

"마리오 아저씨를 찾으라는 말 다음에…… 이렇게 돼 있어요! '22년 전 묻힌 혼령이 배홍태 당신을 하선에게 데려다 줄 거야. 그나저나 왜 하필 그곳인지 궁금하겠지?'"

천세종은 편지의 내용을 모두 외우고 있었다. 우편배달부 역할에 꽤나 빠져 있었던 듯했다. 더 맞지 않으려고 필사적인 마음으로 천세종은 자신이 지운 편지의 내용을 줄줄 읊었다.

"그리고…… '이 모든 스토리는 그 옛날 그곳에 사는 세 번째 예수가 나를 얼마나 실망시켰는지 알면 이해될 거야. 혹시 만나게 되면 전해줘. 지옥에는 당신의 자리가 없다고', 그다음에 '자, 그럼 우리의 대화는 여기서 끝을 낼까 봐. 게임의 결말이 어떻게 될지 나도 무척 궁금하군. 게임이 끝나지 않는 한 나는 배홍태 조사관 당신의 세계에서 계속 살아 있는 것이 될 텐데 말이야', 이렇게 하고 마지막에 '죽음 이후의 재회를 기대하며, 최철수' 이러고 끝나요."

홍태는 눈썹을 꿈틀거리며 메시지를 들었다.

"이게 다예요! 진짜예요! 그리고…… 대장이 저에게 직접 말해준 건 딱 하나밖에 없어요. 제가 왜 하선이 시신만 사이 비종교 땅에 묻으신 거냐고 물어보니까…… '그 할머니가 어떻게 할지 궁금해서'라고 말했어요. 진짜 그거 하나뿐이에요!"

천세종은 이 외엔 더 아는 것이 없고 편지의 의미도 알지 못한다며 소리쳤다. 돈을 갈취해서 미안하다고도 했고 절대로 고소하지 않을 것이며 더 이상 편지도 보내지 않고 아무것도 안 할 테니 그냥 보내달라고 사정하기도 했다. 더 아는 게 없다는 건 사실 같았다. 홍태도 더 추궁할 힘이 없었다.

홍태는 코 밑이 간지러워 손등으로 코를 훔쳤다. 새빨간 피가 손등에 흥건히 묻었다. 모르는 사이 코에서 계속 피가 흐르고 있었던 것 같았다.

홍태는 손등에 묻은 피를 털며 일어났다.

"지금까지 받아먹은 돈, 뗏값이다. 먹고 떨어져!"

홍태는 천세종을 뒤에 남겨두고 공원을 터덜터덜 걸어나왔다. 기분이 급격히 가라앉았다. 정강이와 콧등이 깨져가며 격투를 벌였지만 알아낸 건 신통치 않았고 그나마 힌트를 던져주던 메시지가 완전히 끝났다는 것이 허탈했다.

남순남이 자신을 얼마나 실망시켰는지 알면 다 이해할 거라고?

내가 그걸 어떻게 알아. 이 살인자 새끼야.

홍태는 행인들이 자신에게 쏟는 시선도 의식하지 못하고 피투성이인 채로 체로키에 올라 운전대를 잡았다. 시동을

걸자마자 차 스피커를 통해 차와 블루투스로 연결된 휴대
전화 벨 소리가 울렸다. 발신자는 부지훈이었다.

─배홍태 조사관님, 부지훈입니다. 제가 방금 뭘 알아냈
는지 아십니까?

지훈의 쾌활한 목소리가 스피커에서 흘러나왔다. 홍태는
지훈의 잘난 척에 맞장구를 쳐줄 기분이 아니었으나 꾹 참
고 물었다.

"뭡니까?"

─알면 놀라실걸요? 하하하하! 뭐게요?

지훈이 삐겼다.

홍태는 핸들을 꽉 쥐며 불덩이같이 솟구친 짜증을 참고
버텼다. 다행히 지훈이 바로 말을 이었다.

─마리오 아저씨를 찾았습니다.

17.

"세례명은 도미니코가 맞았습니다. 안토니오 노인의 기
억력이 정말 놀랍지 않습니까? 본명은 박삼길. 박삼길의 사
촌 고모가 당시 박삼길과 함께 깃든농장에 들어갔다고 합
니다. 사촌 고모는 2000년 초에 이탈했는데, 그분이 문찬욱
목사가 상담했던 깃든농장 피해자와 연락이 닿고 있었던
겁니다. 아이고, 얼굴이 왜 그러십니까? 배 조사관님? 누구
랑 싸웠어요?"

체로키 조수석에 올라타자마자 앞만 보고 말하던 지훈이

뒤늦게 홍태의 얼굴을 보고 깜짝 놀랐다.

홍태는 KF94 마스크의 코 지지대를 한껏 펼쳐 썼지만 눈 사이 콧등에까지 퍼진 멍은 가려지지 않았다. 오른쪽 눈도 핏발이 서고 눈꺼풀이 부어올랐다.

"나중에 말씀드릴게요. 주소 불러주십시오."

홍태는 내비게이션을 켜고 지훈이 알아낸 박삼길의 주소를 입력했다. 서울시 도봉구에 있는 주택이었다. 목적지까지 54분 걸린다고 떴다.

"많이 다치신 거 같은데요? 병원은 갔다 오셨어요? 요즘 PCR 검사 결과 없으면 병원도 쉽게 못 갈 텐데 괜찮으세요? 어휴."

"네에."

홍태는 쓸데없이 다정한 지훈에게 짜증이 났다. 정보를 물어왔다고 오늘의 만남에 당당히 동행을 요구한 것도 걸리적거렸다. 생각해보니 이렇게 두 남자끼리 조사 출장을 가는 건 처음이었다.

체로키는 한낮 정체된 서울의 도로에 합류했다. 지훈이 하려던 얘기를 이었다.

"박삼길은 청각장애가 있어 젊었을 때부터 보청기를 사용했답니다. 듣기에 지능도 좀 떨어졌던 것 같습니다. 그래서 공사 현장에서는 답답하다고 욕도 많이 들었고 어수룩해서 일한 돈도 떼이기 일쑤였습니다. 마침 새로 창설한 깃든농장은 굴삭기 기사가 필요했고 그런 박삼길을…… 이를테면 발탁한 거죠."

문찬욱 목사는 박삼길이 깃든농장에서 꽤 만족스럽게 지낸 것 같다고 말했다. 길을 닦고 건물을 지을 때마다 중요한 존재로 취급받았다. 농장의 어린아이도 친근하게 굴며 따랐다. 깃든농장이라는 작은 세계에서는 인기 있는 사람이 되었던 것이다.

"그런데 왜 나갔습니까?"

홍태가 물었다.

"2000년도 들어서 깃든농장 분위기가 어수선해졌잖아요. 자기 사촌 고모도 이탈했고…… 문찬욱 목사는 무엇보다 굴삭기 기사 대접이 예전과는 달라져서 나간 거 아니겠냐고 하던데요. 세력도 줄었고 지을 건물은 다 지었고. 창설 초기에 비하면 아무래도 설 자리가 없었겠죠."

"지능이 좀 떨어진다고 하셨죠?"

"네. 경계선 장애이거나 낮은 수준의 지적 장애가 있는 게 아닐까 싶던데요. 환갑이 넘은 지금도 딱히 벌어둔 돈도 없이 일용직으로 일하며 혼자 산다고 하더라고요. 누구랑 같이 살았던 적이 아예 없진 않은데 정식으로 가정을 꾸리는 덴 번번이 실패했나 봅니다. 어제 저도 약속 잡느라 통화 잠깐 했는데 약간 느껴지더군요."

"그 시절을 기억할까요?"

홍태의 질문에 지훈은 잠시 생각에 잠겼다.

"……기억하고 있지 않을까요? 그래도 사람의 생사에 관한 일인데?"

둘은 얼굴도 진짜 이름도 모르는 19호 베드로의 죽음을 생각했다. 20년도 더 전에 벌어졌던 일이다. 용천 한 시골 마을에서 맞아 죽은 정신장애인. 사람도 묻혔고 사건도 묻혔다. 괴담 같은 소문으로 남아 오히려 현실이 아닌 것으로 취급됐던 죽음.

"전 그렇게 생각합니다, 배 조사관님. 지금까지 이 일이 알려지지 않았던 건요."

지훈은 운전하는 홍태의 옆얼굴을 보며 말을 이었다.

"그동안 아무도 박삼길 씨에게 물어보는 사람이 없어서 였겠죠."

"……그럴까요?"

"우리가 가서 물어봅시다."

지훈은 희망적인 목소리로 말했다. 홍태는 뻐기는 거 좋아하고 말 많은 오늘의 동행자에 대해 불편했던 마음이 조금은 누그러졌다.

"참, 어제 한 조사관님 연락 받으셨어요? 동영상에서 최철수 찾은 거?"

지훈은 문득 생각났다는 듯 물었다.

"아, 네. 들었습니다."

윤서는 어제 한밤중에 전화를 걸어 2012년 기적의 날 행사 동영상에서 최철수를 찾았다고 말했다. 윤서는 최철수를 실제로 만난 적은 없었으나 인터넷에 떠도는 최철수의 사진과 그의 시그니처 같은 입가의 흉터를 알고 있었다. 동영상을 프레임 단위로 돌려본 결과 입가에 흉터 있는 남자가 신도들 틈에 섞여 상대를 깔보는 듯한 눈빛으로 단상에 있는

남순남 목사를 바라보는 장면을 찾아내고 말았다. 홍태는
윤서가 그 장면을 찾으려고 노력했다는 것에 놀랐다.

또한 윤서는 남순남의 인터뷰 기사가 2012년 기적의 날
을 며칠 앞두고 나갔다는 말을 했다. 윤서는 최철수가 남순
남의 기사를 보고 자극되어 깃든농장을 찾아간 거라고 추
측하며 홍태의 생각은 어떤지 물었다.

"그럴듯한데, 남순남의 인터뷰 기사가 최철수의 무엇을
자극한 걸까요?"

여기에 대해서는 아직 답을 구하지 못했다.

최철수는 남순남이 자신을 크게 실망시켰다고 했다. 자
기가 얼마나 실망했는지 알면 이 모든 스토리가 다 풀릴 거
라고 마지막 메시지를 남겼다. 기사를 보고 남순남에게 느
꼈던 실망감이 새삼 떠올랐던 것일까? 그래서 하선의 시신
을 가지고 가서 19호 베드로 옆에 묻는다? 남순남이 19호
베드로를 죽여 처리한 방법이 실망스러웠을까? 그래서 이
후에라도 하선의 시신을 찾으려는 사람이 19호 베드로의
시신도 발견할 수 있도록 화근을 남겨둔 거라고 한다면 말
이 되는가. 그 사람이 바로 나인가.

차는 목적지 근처에 와서 오르막길 골목으로 향했다. 둘
은 꼬불꼬불한 골목에서 정확한 주소를 찾느라 약간 애를
먹었다.

"저기네요."

지훈이 지은 지 족히 30년은 되었을 법한 허름한 빌라를
가리켰다. 박삼길의 주소지는 허름한 빌라의 반지하 방이

었다. 바닥에서부터 1미터 정도까지 밖으로 난 창문은 굳게 닫혀 있었다.

마리오 아저씨는 늙었다. 숱 많던 까만 곱슬머리는 반 이상 셌고, 야윈 몸에 배만 둥글게 툭 튀어나왔다.

집 안에 있던 박삼길은 마스크를 쓰지 않은 채 조사관들을 맞았다. 깃든농장 시절 트레이드마크였던 수염은 더 이상 기르고 있지 않았다. 습한 반지하 방엔 찌든 담배 냄새가 가득했다.

"여기 앉아요."

박삼길은 거실 한쪽에 마련한 상으로 자리를 권했다. 밥상으로 쓰는 것 같은 나무 소반에 전기 포트와 모양이 각기 다른 커피잔이 올려져 있었다. 나름 손님맞이를 준비한 것 같았다.

홍태와 지훈은 사양할 것 없이 앉아 준비해온 주스 선물 세트를 내밀었다. 박삼길은 포트에 물을 끓여 인스턴트커피를 탔다.

"어제 전화 받고 놀라셨지요?"

지훈이 먼저 운을 뗐다.

"아, 네네. 너무…… 옛날 일이라서……요."

박삼길은 쑥스러운 듯 웃으며 귀에 낀 보청기를 매만졌다.

"저희보다 한참 윗분이신데 말 편하게 하십시오."

홍태가 말했다. 평소에는 잘 안 하는 말이었다.

"아니요. 아니, 네. 그래도……."

박삼길은 커피잔 손잡이를 만지작거리며 당황해했다.

존중해주는 것에 약한 사람이다. 홍태는 박삼길의 결핍을 꿰뚫어 보았다. 중요한 사람으로 취급해주고 잘 대해준다고 사이비종교 집단에 들어가 7년 정도 무급노동을 한 사람인 것이다.

"아직 건설 일을 하신다면서요. 오늘은 혹시 우리 때문에?"

홍태의 말에 박삼길은 머리와 양손을 동시에 내저었다.

"아니요. 아니. 요즘은 일이 없어서 계속 집에 있어요. 아니…… 집에 있어. 바이러스 때문에 중단된 공사가 많아서…… 포크레인 기사가 요즘 많아. 젊은 사람도 많아. 그래서 내가 안 가도 돼요. 으음…… 안 가도 돼."

"네. 하하하. 그렇다면 저희가 덜 죄송합니다."

셋은 건배하듯 커피잔을 들어 보이고 한 모금씩 마셨다.

"19호 도미니코. 이게 깃든농장에서 선생님 이름이셨죠?"

지훈이 본론을 꺼내 들었다.

"맞아요. 아니, 음…… 맞아. 목사님이 지어줬어. 너는 도미니코라고."

"19호 도미니코라고요."

지훈이 반복했다.

"맞아. 19호에 살아서 19호 도미니코. 2호에도 도미니코가 있었고 26호에도 있었으니까. 나는 19호 도미니코라고 불렸지."

말하는 박삼길의 표정이 편안해 보였다. 이 노인에게 깃든농장은 행복했던 기억이 더 많은 곳이구나. 홍태는 마음이 씁쓸했다.

지훈의 질문이 계속됐다.

"19호에는 어떤 사람들이 살았죠?"

"응? 19호에?"

박삼길은 보청기를 돌려 꽂으며 얼굴을 찡그렸다.

"한…… 스무 명 넘게 살았지……."

기다려도 이어지는 말이 없었다. 박삼길은 구체적이지 않은 질문에 답하는 걸 어려워하는 것 같았다.

홍태는 최철수의 초등학교 졸업사진을 내밀었다.

"이 아이, 기억나십니까?"

박삼길은 사진을 받아 들었다.

"어어. 요셉이잖아."

"19호에 같이 살았던 요셉 맞습니까?"

"응. 요셉."

박삼길은 빙긋 웃었다.

"혹시 바오로는 아니고요?"

"바오로?"

"요셉과 바오로가 아주 닮았다고 들어서요. 둘이 꼭 붙어 다녀서 사람들이 헷갈려 했다고 들었습니다."

박삼길은 사진을 자세히 들여다보았다.

"아니. 아니야. 요셉이야. 바오로는 이렇게 안 생겼어."

최철수가 요셉이 아니라 바오로가 아닐까 하는 홍태의 의문은 소년들과 가장 가까웠던 사람의 진술로 해결되었다. 홍태는 바지 주머니에 손을 넣었다.

"요셉과 바오로가 선생님을 많이 좋아하고 따랐다고 들었습니다. 선생님을 마리오 아저씨라고 불렀다면서요?"

홍태는 주머니에서 슈퍼 마리오 피규어를 꺼내 나무 소반에 슬며시 올려놓았다. 박삼길이 눈을 반짝였다.

"아이들 좋아하는 이 슈퍼 마리오를 닮았다고요. 옛날 사진을 봤는데 그땐 수염도 기르셨고 모자도 쓰시고 이런 멜빵바지도 입으셨더라고요. 애들 눈에는 진짜 슈퍼 마리오 같았겠습니다."

박삼길이 피규어에 손을 뻗으며 만져도 되냐는 허락을 구하듯 홍태를 보았다.

홍태는 눈짓으로 얼마든지, 라는 신호를 보냈다.

"이게 슈퍼 마리오야?"

박삼길은 신기해하며 웃었다. 아말감으로 대충 때운 이빨이 드러났다.

"맞아. 마리오 아저씨라고 불렀어. 우리끼리 있을 때만. 그러니까…… 바오로가 먼저 나보고 수염 길러보라고 했거든? 아저씨 수염 기르면 슈퍼 마리오 같을 거라고. 그래서 길렀더니 애들이 좋아했어. 좋아해서 안 깎고 계속 길렀어."

박삼길은 피규어를 이리저리 돌려보았다.

"바오로가 더 귀여웠어."

박삼길은 말하며 손가락 끝으로 슈퍼 마리오 피규어의 콧수염을 쓰다듬었다.

"바오로가 귀엽고 착했어."

"남순남 목사님이 요셉과 바오로를 어린데도 아주 인정

해주셨다면서요? 따로 성경 공부도 시켜주시고요."

지훈이 주스 선물세트의 포장을 까고 주스 한 병을 따서 박삼길의 손에 쥐어주었다. 박삼길은 시원하게 들이켰다.

"어. 둘 다 되게 똑똑했어. 목사님은 요셉도 좋아하고 바오로도 좋아했어. 걔들은 커서 천사가 될 거라고 했어."

"그래서 어린애들인데도 치유기도 하는 데 들어가게 했죠? 어른만 할 수 있는 건데도 말이죠."

"맞아. 나는 못 했는데. 나는 안 똑똑해서 못 했는데. 나는 구경도 안 하고 그냥 방에 있었어. 귀신하고 싸우는 건 무서우니까. 그런데…… 음…… 너무 오래전 얘기야……."

박삼길의 표정이 조금 시무룩해졌다.

몸은 어른이지만 정신은 10대 초반 어디 즈음에 멈춰 있는 이 사람에게 치유기도는 공포영화 같은 게 아니었을까, 하고 홍태는 생각했다. 너무 무서워서 다른 사람이 기도를 바라보는 동안 혼자 방에 들어가 문을 닫고 다른 생각을 해야 하는 시간.

"박삼길 씨는……."

말할 때마다 콧등이 삐걱거리는 것 같은 통증을 참으며 홍태가 물었다. 이야기의 맥을 끊는 질문이었으나 문득 궁금해졌다.

"남순남 목사님이 하시는 말씀을 믿으셨습니까?"

"응? 무슨……?"

"목사님이 세 번째로 부활한 예수라는 말. 목사님이 신이라는 말. 모든 병을 낫게 해준다는 말. 깃든농장이 예수의 보혈이 깃든 선택받은 땅이라는 말. 남순남 목사를 믿으면 영원히 살 수 있다는 말. 그런 것들이…… 다 진짜라고 생각하셨습니까?"

박삼길은 턱을 긁고, 보청기를 다시 고쳐 끼우며 시간을 보냈다.

"……그때는 뭐, 맞는 줄 알았지. 맞겠거니 했지."

손이 심심한 사람처럼 박삼길은 슈퍼 마리오 피규어의 팔다리를 잡고 까딱거렸다.

"근데 나는 무슨 말인지 다는 못 알아들었어. 어떤 건 모르겠더라고. 그냥 목사님이 뭐라고 말씀하시면 네네, 맞다고 하고. 난 포크레인만 했어. 할 일이 되게 많았어. 깜깜해져서 앞이 안 보일 때까지 일했다니까. 막 일하고 있는데도 누가 포크레인 어디 있냐고 빨리 오라고 부르면 가야 했으니까. 되게 바빴어."

박삼길은 웅얼거렸다. 그에겐 깃든농장이 어떤 교리를 말하든 상관없었던 것이다.

"19호 베드로도 치유기도를 받았죠?"

지훈이 19호 베드로를 언급하자 박삼길은 순간 긴장하며 입술을 움찔거렸다.

"요셉도 바오로도 19호 베드로의 치유기도에 참여했고요."

홍태가 이어서 말을 받았다.

"나는 안 했어."

"네. 도미니코 씨는 안 했고요."

박삼길은 고개를 숙였다. 혼란스러운 기억이 몰려오는

지 군은 얼굴로 눈동자를 마구 움직이는 도미니코. 홍태가 의도적으로 되살린 도미니코라는 호칭과 함께 박삼길은 이 순간 깃든농장에 사는 19호 도미니코가 되었다.

"19호 베드로는 치유기도를 받고 어떻게 됐나요? 도미니코 씨?"

홍태가 추궁했다.

"……바오로는 울었어."

박삼길이 떨리는 목소리로 내뱉었다.

"네?"

"울면 안 되는데, 바오로는 울었어. 바오로는 너무 착해서 울었어."

박삼길이야말로 울 듯한 얼굴이 되었다. 왕년의 멋진 굴삭기 기사는 몸을 떨었다. 시키는 대로 구덩이를 파고, 바위를 밀고, 철근 더미를 옮기는 일만 하면 칭찬을 받고 행복할 수 있었던 도미니코는 갑자기 떠오른 과거의 어둠과 싸우느라 힘겨워했다.

"잠깐요. 진정하세요. 박삼길 씨. 제가 한 가지 설명할 게 있습니다. 휴우……."

지훈은 말하며 자기가 먼저 숨을 골랐다.

"저, 공소시효라는 게 있습니다. 사람이 어떤 죄를 저질러도 말이죠. 안 잡히고 몇 년이 지나버리면 나중에는 잡혀도 벌을 주지 않는 겁니다. 아무리 무거운 죄를 지어도요. 이를테면, 사람을 죽여도 말입니다."

"사람을……."

"예를 들자면 그렇다는 겁니다. 살인죄의 공소시효는 예전에 15년이었습니다."

지훈은 살인죄 공소시효가 25년으로 늘었다가 지금은 완전히 폐지된 복잡한 이야기는 할 필요가 없다고 생각했다. 지금은 1996년에서 1998년 사이에 벌어진 살인에 대해 얘기하고 있는 거니까.

"사람을 죽여서 어딘가에 몰래 묻어도, 15년 동안만 들키지 않으면요. 나중에 시체가 발견되고 누가 죽였구나, 라는 걸 알아도 감옥에 못 보낸다는 말입니다. 이해가 가십니까?"

"⋯⋯들은 적은⋯⋯ 있는 것 같은데⋯⋯."

지훈이 최대한 쉽게 풀어 설명한 내용을 박삼길은 알아들은 것 같았다.

"15년 지나면 된다고?"

천진한 굴삭기 기사는 손가락을 꼽아가며 나름의 계산을 했다.

"벌써 20년도 더 지났습니다. 도미니코 씨."

홍태가 계산을 끝내주었다.

"19호 베드로가 죽은 지 20년이 넘었습니다. 그러니까 베드로를 묻은 곳이 어딘지 알려주셔도 됩니다. 베드로의 시신을 찾아도 감옥에 가는 사람은 없습니다."

지훈과 홍태는 목이 타서 자기들이 갖고 온 주스를 한 병씩 들이켰다. 그리고 기다렸다. 노인 혼자 사는 반지하의 퀴퀴한 냄새가 오히려 현실을 일깨웠다. 우리가 하고 있는 얘기는 이미 다 지난 일이라는 것. 여기는 안전한 다른 시간

다른 공간이라는 것.

한참 후에 박삼길은 입을 뗐다.

"……바오로는 울었어."

아까 전과 똑같은 말이었다.

"치유기도를 할 때 말씀입니까?"

지훈이 물었다.

"도미니코 씨는 치유기도에 들어가지 않았다면서요?"

이번에는 홍태가 말했고, 박삼길은 고개를 끄덕였다.

"그런데 바오로가 운 걸 어떻게 아십니까?"

박삼길이 눈물 젖은 눈을 들어 지훈과 홍태를 보았다.

지훈은 문찬욱 목사 사무실에서 보았던 치유기도 사진을 떠올렸다. 흰옷을 입은 열댓 명의 신도들이 남순남 교주를 중심으로 무릎을 꿇고 앉은 환자를 둘러싸고 서서 나무회초리로 환자를 후려치는 장면을 상상했다. 환자의 저항이 커질수록 귀신이 발광한다며 매질의 강도는 더 높아졌을 것이다. 남순남이 이제 됐다고 할 때까지, 귀신이 나갔다고 선언할 때까지 집단폭행은 멈추지 않았을 것이다. 때론 얼음물을 끼얹기도 했고 광에 가두고 굶기기도 했다는 말을 들었다. 정 급하면 청록병원에서 빼돌린 약을 쓰기도 했으리라. 무슨 약을 얼마큼 써야 하는지도 모르면서.

"도미니코 씨, 치유기도를 받다가 19호 베드로가 죽었죠?"

홍태가 못을 박았다. 박삼길은 울며 고개를 끄덕거렸다.

"도미니코 씨는 어떻게 알았습니까? 베드로가 죽은걸?"

"요셉이…… 부르러 왔어. 나를…… 목사님께서 찾으신

다고…….."

홍태는 세월과 죄책감과 망각의 힘에 짓눌린 기억을 힘겹게 꺼내 이어붙이는 박삼길의 이야기를 인내심을 가지고 들었다. 그리고 그날 벌어진 일을 머릿속으로 그려보았다.

요셉은 도미니코가 혼자 자는 다락방으로 도미니코를 찾아왔다. 도미니코는 요셉을 따라 목사님이 계신 곳으로 갔다. 목사님이 기거하는 집 별채 안마당이었다. 마당에 걸어놓은 전구 하나만 켜두어 어두웠다. 남순남 목사와 집사 두 명, 베드로의 아빠와 엄마가 작은 소리로 서로 의논하며 서 있었다. 바닥에는 거적에 덮인 사람 한 명이 누워 있었다. 거적 밖으로 피 묻은 손 하나가 삐져나온 것이 보였다.

"내 아들, 도미니코야. 이리 오너라."

남순남 목사가 도미니코를 불렀다. 목사가 도미니코를 이런 식으로 불러주는 건 처음이었다. 도미니코는 너무 기뻐 귀까지 빨개졌다.

"베드로가 귀신과의 싸움에서 이기지 못했다. 하나님이 베드로를 데려가셨어."

도미니코는 거적에 덮인 사람을 봤다. 저게 오늘 아침까지 살아 있었던 베드로라고? 베드로의 부모는 옷깃으로 눈물을 찍으며 말없이 남순남 목사의 처분을 기다리고 있었다.

"괜찮다, 도미니코야. 베드로를 괴롭히던 못된 귀신은 떠났느니라. 그러나 사탄이 우리 가여운 베드로의 영혼도 데려가고 말았다. 아멘."

"아멘."

"아멘."

베드로의 부모와 주위에 있던 집사 두 명이 손을 모으고 아멘을 외쳤다. 도미니코도 아멘을 해야 하나 고민하다 어정쩡하게 섰다.

"하지만 베드로를 이대로 두면 사탄이 다시 베드로의 몸에 들려 할 것이다. 그럼 하나님 곁으로 간 베드로가 편치 않게 돼. 다시 사탄이 든 몸으로 끌려올지도 몰라. 베드로를 차지했던 사탄은 그만큼 힘이 센 사탄이었느니라. 그러면 되겠니?"

"안 돼요, 목사님. 베드로는 하나님 곁에서 행복하게 살아야 해요! 거기서는 아프지 않을 거예요!"

도미니코는 울컥하며 말했다.

"그렇지. 그래야지."

남순남 목사는 다가와 도미니코의 손을 잡았다. 도미니코는 너무 놀라고 황송해서 손을 잡아뺄 뻔했다.

"사탄이 다시 베드로의 몸에 들지 않으려면 땅속 깊이 묻어줘야 한단다. 땅속 깊이 묻고 위에 바위를 얹어서 못된 귀신이 들어가지 못하게 해야 해. 다시 귀신 들지만 않으면 우리 베드로는 여기 아빠 엄마 밑에서 새롭게 태어날 수 있단다. 이번엔 건강한 몸으로."

베드로의 부모가 아멘을 외쳤다.

"제가 땅을 팔게요, 목사님. 저 포크레인으로 땅 깊게 팔 수 있어요. 파서 묻고 바위도 얹을게요."

도미니코는 결연한 표정으로 베드로의 시신을 어깨에 메고 나와 굴삭기 버킷에 실었다. 깊은 새벽이었다. 눈이 어둠에 익을 때까지 시간이 걸렸다. 도미니코는 조종석에 올라 시동을 걸었다.

"마리오 아저씨."

도미니코는 깜짝 놀라 소리 난 곳으로 고개를 돌렸다.

요셉이 굴삭기 조종석의 비좁은 공간에 파고들었다.

"저도 갈래요."

"안 돼. 나…… 나 혼자…… 하라고 했는데……."

도미니코는 갑자기 나타난 요셉의 모습에 놀라 말을 더듬었다.

"목사님이 아저씨 혼자 힘들 거라고 저보고 도우라고 하셨어요. 제가요, 적당한 곳을 알아요. 가르쳐줄게요."

도미니코는 안도했다. 아까 베드로의 시신을 들었을 때 사실 무서워 죽을 뻔했다. 요셉이 같이 가준다니 천군만마를 얻은 기분이었다. 요셉은 어리지만 자신보다 똑똑하니까. 목사님도 허락했다고 하니까.

도미니코는 그날 요셉과 함께 부지런히 움직여 날이 새기 전에 임무를 마무리했다.

"휴우……."

박삼길은 홍태가 권한 담배를 피우며 한숨과 연기를 함께 내뿜었다.

"무서우셨겠네요."

지훈이 위로했다.

"무서웠어. 무서워서 흙 덮은 자리에 바위를 올려놓고, 기도했어."

박삼길은 담배를 빨며 눈물을 찔끔거렸다.

"요셉이랑 같이요?"

홍태는 요셉과 도미니코가 밤샘 작업 후 땀에 젖은 얼굴로 기도를 올리는 장면을 상상했다.

"글쎄…… 같이 했나……."

담배를 피우지 않는 지훈이 조용히 일어나 반지하의 창문을 열었다. 사람들의 다리가 눈앞에 스쳐 지났고 거리의 소음이 들어왔다.

"내가 '베드로는 천국에 갔겠지?' 하고 요셉에게 물었어. '목사님 말씀대로 안 아픈 몸으로 다시 태어나겠지?' 하고."

도미니코의 고백은 계속됐다.

"목사님이 그렇다고 했잖아요."

요셉은 흙 묻은 얼굴로 대꾸했다.

"그래. 그렇지? 맞지? 요셉, 너도 믿지? 그렇지?"

도미니코는 절박한 마음에 요셉에게 매달렸다. 목사님 말씀을 요셉도 믿는다고 하면 그건 진짜인 거야. 목사님은 훌륭하고 요셉은 똑똑하니까. 얼른 요셉의 대답을 듣지 못하면 도미니코 자신이 죽을 것만 같았다.

"믿는다는 게 뭐예요?"

요셉은 태연한 얼굴로 당황스러운 말을 했다.

"어?"

"그게 중요해요?"

도미니코는 놀라서 앉은 채 요셉의 양어깨를 잡고 말했다.

"믿는다는 게 뭐냐니? 요셉, 너 맨날 목사님 말씀 하나님 말씀 믿는다고 하잖아. 구원기도 드리면서 울고 그러잖아. 저번에도 방언을 해서 칭찬받았잖아. 그런데 믿음이 뭔지 몰라?"

"그건 그렇게 해야 하니까요."

비록 땅속에 묻혔지만 시신을 앞에 두고 요셉은 어울리지 않게 웃었다.

"여기서는 뭐든지 목사님 말이 다 맞다고 해야 하잖아요. 목사님이 사람들을 그렇게 만들잖아요. 뭘 고민해요? 아저씨도 목사님이 뭐라고 말하든 맞다고 하면 되는 거예요."

도미니코는 요셉이 하는 말의 의미를 이해할 수 없었다. 이상했다. 항상 믿는다고 기도하는 요셉이, 목사님이 예뻐하고 사랑하는 요셉이 믿음이 뭐가 중요하냐고 하다니. 그럼 베드로는 천국에 갔다는 걸까, 못 갔다는 걸까.

"아 씨. 바오로가 울지만 않았어도 끝까지 보는 건데!"

요셉이 돌연 분하다는 듯 땅을 발로 찼다.

"……바오로가 울었어?"

"병신 같은 놈이요. 베드로 삼촌이 막 입에서 피를 토하니까 무서워하면서 울었어요. 목사님이 그만하라고 하지도 않았는데!"

요셉은 성질이 나는지 주먹을 치켜들었다.

"그래서 멈췄잖아요. 목사님이 보더니 애들부터 먼저 집

에 들어가라고 했어요. 우씨. 병신 같은 놈이 그래도 울음을
안 그쳐서 내가 막 패줬어요! 바오로 데려다주고 다시 오니
까 이미 다 끝나버렸잖아요!"

요셉은 진심으로 화를 냈다.

날이 밝고 새가 울었다. 주변이 환해졌지만 도미니코는
점점 무서웠고 오한이 들었다.

"치……친구가 울면 달래줘야지……."

요셉과 바오로는 친구였다. 깃든농장에서 가장 친한 단
짝이었다. 둘은 나이도 같고 키도 같고 생긴 것도 엇비슷했
다. 미장원 아가씨 출신인 18호 베로니카가 항상 같은 날 두
아이의 머리를 잘라줬고, 둘은 밤톨 같은 머리로 어깨동무
를 하고 어디든 같이 다녔다. 잘 모르는 주민은 둘을 쌍둥이
로 알았고, 어설프게 아는 주민은 둘을 자꾸 혼동했다. 요셉
은 기도문을 잘 외웠고 바오로는 성경 말씀을 잘 외웠다. 도
미니코가 포크레인의 조종석에 오를 때면 요셉과 바오로는
어디에서 보고 있었는지 나타나 조종석 발판에 매달렸다.

도미니코 아저씨는 이제부터 마리오 아저씨야.

처음 별명을 붙여준 건 도미니코에게 수염을 기르라고
권하고 안토니오 형님에게 떼를 쓰다시피 해서 빵모자를 얻
어와 선물해준 바오로였다. 도미니코는 굴삭기 버킷에 요셉
과 바오로를 싣고 큰 목소리로 노래를 부르며 깃든농장 터
를 달리기도 했다. 아직도 깃든농장에서 지냈을 때를 돌아
보면 도미니코는 주로 그런 기억들만 떠올랐다.

"도미니코 씨. 아니, 박삼길 씨."

중간부터는 답답함에 서서 이야기를 듣던 홍태가 박삼길을 마주 보고 앉았다.

"어어……."

"요셉이 커서 어떤 사람이 됐는지 아십니까?"

박삼길은 고개를 저었다.

"아니…… 그리고…… 그다음 날 보고…… 그 다음다음 날부터는 요셉을 본 적이 없어. 농장을 나갔거든."

연쇄살인범 최철수의 정체를 모른다니 다행이군.

홍태는 그나마 다행이란 생각을 했다가 순간 머릿속에 뭔가 번뜩하는 것을 느꼈다.

"이번엔 이걸 좀 봐주시겠습니까?"

홍태는 가방 속에서 또 다른 사진을 꺼내 박삼길 앞에 내밀었다.

"요셉의 대학 졸업앨범 사진입니다."

"아, 그래?"

박삼길은 신기한 듯 사진을 뜯어보았다.

"그래…… 요셉이 맞아. 맞는 거 같아. 어릴 적 얼굴이 있어."

"여기 입 위에 이 상처."

홍태는 사진 속 애벌레 모양의 흉터를 가리켰다.

"이거 언제 생긴 건지 아십니까? 아마 농장에 있을 때 다친 걸 텐데요."

"이건……."

박삼길은 이마를 찡그리며 조금 생각하더니 말을 이었다.

"아, 맞다. 요셉이 농장을 떠나기 전날 여길 다쳤어. 그래서 이렇게 됐나 봐."

"농장을 떠나기 전날이라면?"

폭력과 살인, 아동학대가 난무하는 박삼길의 고백을 괴롭게 듣고 있던 지훈이 끼어들었다.

"아까 베드로를 묻고 그다음 날 보고 그 다음다음 날부터는 요셉을 본 적 없다고 하셨지 않습니까? 그럼 베드로를 묻은 다음 날 요셉이 다쳤다는 말씀이신가요?"

박삼길은 머릿속으로 뭔가 한참 따져보더니 고개를 끄덕였다.

홍태가 못 참고 새로운 담배를 피워물었다.

"다음 날 밤에 요셉을 또 만났어. 얼굴에 피를 흘리고 있었어. 피가 너무 많이 났어."

베드로를 묻은 다음 날 밤, 최철수는 오른쪽 입 윗부분을 크게 다쳤고 그것은 평생 큰 흉터로 남았다. 박삼길은 그날의 이야기를 시작했다.

도미니코는 하루 종일 가슴이 두근거렸다. 오늘 아침 기도시간에는 베드로의 아빠와 엄마가 베드로가 치유기도를 받다가 귀신의 이끌림에 못 이겨 농장 밖으로 도망쳤다고 말했다. 다시 돌아오길 바라지만 귀신이 우리 아이를 이곳으로 인도할 것 같지 않다며 눈물지었다. 도미니코는 놀랐지만 잠자코 있었다. 사람들이 모두 안타까워하며 아멘을 외쳐서 도미니코도 아멘이라고 외쳤다.

밤이 되어 도미니코는 밖으로 나왔다. 가만히 누워 있을 수가 없었다. 도미니코는 제 손을 펼쳐보았다. 정말 이 손으로 어제 베드로를 묻은 것이 맞을까? 혹시 꿈을 꾼 건 아닐까?

도미니코는 목사에게 묻고 싶었다. 베드로가 진짜 천국에 간 것이 맞는지. 무작정 찾아가 목사를 만날 수 없다는 걸 알면서도 목사의 집으로 발을 옮겼다. 거의 다 도착했을 무렵 뒤에서 따라오는 발소리가 들렸다.

"마리오 아저씨."

도미니코는 뒤돌아보았다.

"요셉!"

요셉이 어둠 속에서 얼굴이며 옷이며 온통 피를 뒤집어쓴 채 서 있었다. 도미니코는 헐레벌떡 다가가 요셉의 몸을 이리저리 만져보았다.

"누가 그랬어? 어디 다쳤어? 괜찮아? 아파?"

요셉이 검지를 세워 입술에 대고 쉿, 하는 소리를 냈다. 그러는 요셉의 뺨에서 진한 붉은색의 피가 솟아 나와 뚝뚝 흘렀다. 요셉은 별로 아파하는 것 같지 않았다. 도미니코는 시키는 대로 입을 닫았다.

"목사님 만나러 가는 중이었는데요."

요셉은 아파하기는커녕 밝은 목소리로 말했다.

"아, 어차피 마리오 아저씨도 필요해요. 아저씨! 저 따라오세요!"

요셉은 도미니코의 손을 잡아끌었다. 요셉의 손에서 피가 미끄덩하게 만져졌다. 왜 그러냐고 물어도 요셉은 계속 조용히 하라고만 하고 뛰다시피 걸었다.

요셉은 들길을 지나 산 둔덕으로 갔다.

"바오로가 어제부터 벌벌 떨며 울기만 하더니요……."

요셉은 밭은 숨을 내쉬며 말을 이었다.

"헉헉…… 오늘은 글쎄 도망가겠다고 하는 거예요."

"바오로가?"

도미니코는 갑자기 바오로가 몹시 걱정되었다. 바오로는 오늘 기도시간에도 밥 먹는 시간에도 모습을 보이지 않았다. 도망가다니. 깃든농장에 바오로가 없으면 무척 허전하고 슬플 것 같았다.

"도망가면 안 되지."

"그렇죠? 그런데요. 너무 무섭대요. 너무 무서워서 여기서 못 살겠대요. 나가려고 짐까지 쌌어요. 나가서 경찰에게 베드로 삼촌이 죽었다고 말할 거래요."

"그러면 안 되는데……."

"그렇죠? 안 되죠?"

"그래서 말렸니? 도망 안 가겠대? 그냥 여기에 있을 거라고 하지?"

바오로의 엄마도 여기 사는데. 바오로가 없어지면 바오로의 엄마가 얼마나 슬플까, 생각하니 도미니코는 마음이 아프고 초조해졌다.

"아니요. 조금 말리다가 말았어요. 그냥……."

요셉은 피투성이 얼굴로 도미니코를 한 번 돌아보더니 옆으로 비켜섰다.

"죽였어요."

맨바닥에 시뻘건 형체가 있었다. 도미니코는 처음에 그것이 무엇인지 알아보지 못했다. 알아본 후에도 믿을 수가 없었다. 바오로가 얼굴과 목이 빨갛게 찢긴 채 두 눈을 부릅뜨고 피 웅덩이에 누워 있었다.

"아……."

도미니코는 비명조차 지르지 못하고 바닥에 스르르 주저앉았다.

"내가 죽였어요. 못 나가게. 경찰에 신고 못 하게요."

요셉이 씩 웃었다. 잇몸과 이 사이가 피에 젖어 번들거렸다. 요셉은 아직도 피가 솟구치는 뺨을 소매로 닦았다.

쓰러진 바오로 옆에 낫 한 자루가 놓여 있었다. 자루에 피 묻은 작은 손자국이 묻어 있었다. 부러진 날 끝의 날카로운 단면이 보였다.

"새끼가 한 번 피해 가지고요. 아우 씨. 그게 돌멩이에 맞았지 뭐예요?"

"아아…… 바…… 바오로……."

"아저씨, 그래서요. 날이 부러져 가지고 저한테 튀었어요. 그래서 다친 거예요."

바오로의 모습은 가까이서 보기에 너무 참혹했다.

"마리오 아저씨!"

요셉은 바오로의 시신에 감히 손을 대지 못하고 터지는 울음을 참고 있는 도미니코를 불렀다.

"저 잘했죠?"

도미니코는 농로에 쌓아둔 가마니로 바오로의 시신을 싸서 어깨에 멨다. 요셉이 앞장섰다. 요셉은 당돌하게도 목사의 집 앞에서 목사를 불렀다. 뭔가 느낌이 안 좋았는지 남순남 목사가 잠옷 위에 숄을 두르고 마당으로 나왔다. 도미니코는 어제 베드로의 시신이 부려져 있었던 별채 안마당에 바오로를 조심스럽게 내려놓았다.

요셉은 목사에게 도미니코에게 했던 말을 되풀이했다. 도미니코에게 말할 때보다 기분이 더 좋아 보였다. 요셉은 바오로의 시신에 다가가 자랑스러운 듯 가마니를 들췄다.

"목사님, 저 잘했죠?"

도미니코는 깃든농장에 있으면서 이전에도 그렇고 그 이후에도 남순남 목사의 그런 표정을 본 적이 없었다. 목사의 표정은 매우 좋지 않았다. 화장기 없는 얼굴에 눈을 크게 뜨고 입을 벌린 남순남 목사는 멍청해 보이기도 했고 무서워 떠는 것처럼 보이기도 했다.

깃든농장에서 남순남 목사는 늘 호통치거나 꾸짖거나 이렇게 저렇게 해야 한다고 명령을 내리는 사람이었다. 남순남 목사가 주저하거나 두려워하는 모습을 본 사람은 한 사람도 없었다. 목사는 이끄는 대로 행동하는 이에게는 자애로운 미소를 지으며 은혜를 내렸다. 계획한 대로 일이 풀려간다 싶을 때는 아낌없이 웃으며 신도들을 축복했다. 남순남 목사는 우리 같은 평범한 사람이 아니라 신이기 때문에 앞으로 일어날 일을 모르는 것이 없고, 따라서 놀라거나 무서워하는 일도 없었다.

그렇다 보니 도미니코는 지금 남순남 목사의 반응을 이해할 수 없었다. 남 목사는 끔찍하게 찢어진 바오로의 시신을 두려운 눈으로 보았고, 그 시선은 곧 요셉에게 옮겨졌다.

"요셉 네가…… 바오로를…… 죽였다고? 낫으로?"

"네. 나가서 경찰에 신고하면 안 되니까요."

요셉도 뭔가 잘못됐다고 느낀 것 같았다. 웃음기가 사라진 얼굴에 의심하는 기색이 어렸다.

남순남 목사가 허리를 굽히며 입을 막았다. 목사의 입에서 노란 토사물이 흘러나왔다. 목사는 뛰어서 집 안으로 들어갔다.

남순남 목사는 창문을 열고 옆집에서 자고 있을 미카 집사를 불렀다.

"미카! 미카야! 얼른 오지 못해!"

남순남 목사의 날카로운 외침을 들으며 요셉은 주먹을 불끈 쥐었다. 바라던 칭찬을 듣지 못해 화가 난 것 같았다. 도미니코는 요셉을 달랠 수가 없었다. 피범벅 된 얼굴로 남순남 목사가 사라진 문을 노려보는 요셉의 얼굴이 너무나 무서워서 말을 붙이지 못했다.

미카 집사가 뛰어왔다. 한쪽 뺨이 움푹 들어가 있어 평소에도 인상이 무서운 미카 집사는 마당에 선 도미니코와 요셉을 차가운 눈으로 노려보고는 집 안으로 들어갔다. 잠시 후 미카 집사가 나와 상황을 정리했다. 도미니코에게는 또 땅을 파서 시체를 묻으라는 지시가 떨어졌다.

"베드로 삼촌 옆에 묻어요, 마리오 아저씨."

요셉이 말했다. 이번에는 요셉은 같이 할 수 없었다. 미카 집사가 요셉에게 그 자리에 꼼짝 말고 있으라고 했기 때문이었다.

"쟤 엄마 오라고 해. 얼른!"

집 안에서 흘러나오는 남순남 목사의 떨리는 목소리를 마지막으로 듣고 도미니코는 바오로의 시신을 들고 목사의 집을 나왔다.

다음 날부터 요셉의 모습은 보이지 않았다. 요셉과 바오로의 엄마는 모두가 있는 자리에서 요셉과 바오로가 목사를 음해하는 가브리 전(前) 집사의 꾐에 빠져 농장을 나갔다고 말했다. 그 무렵 많은 사람들이 농장을 나갔다.

아무도 도미니코에게 요셉과 바오로가 어떻게 된 거냐고 묻지 않았다.

늙은 굴삭기 기사가 사는 반지하 집에 긴 침묵이 찾아들었다.

지훈은 벽에 등을 붙이고 앉아 방금 들은 것이 실제 벌어진 사건이라는 걸 실감하려고 애썼다.

이 정도로 지독한 이야기일 줄이야. 홍태는 깨어 있는 채로 가위에 눌리는 기분이었다.

"남순남이 요셉의 엄마에게 시켜 요셉의 아빠에게 연락하도록 한 거였어."

홍태는 중얼거렸다.

"이 괴물을 빨리 데려가라고……."

이 모든 스토리는 그 옛날 그곳에 사는 세 번째 예수가 나를
얼마나 실망시켰는지 알면 이해될 거야. 혹시 만나게 되면
전해줘. 지옥에는 당신의 자리가 없다고.

천세종이 지껄였던 최철수의 마지막 메시지가 떠올랐다.
이런 거였군. 홍태는 헛웃음이 나왔다.

"저기……."

박삼길이 불안한 눈으로 눈치를 보며 말했다.

"베드로와 바오로는 천국에 갔을까?"

"아니요."

지훈이 단호하게 답했다.

"아직 그 자리에 있을 겁니다."

지훈은 가방에서 수첩과 펜을 꺼냈다.

"그러니까 깃든농장 터 어디에 묻었는지 그려주십시오."

박삼길은 일그러진 얼굴로 수첩을 받아 들었다. 이제라
도 파내서 제대로 묻어줘야 그들이 천국에 갈 수 있고, 아까
말했듯이 이 일로 감옥에 가는 사람은 없을 테니 이 사건을
밝히는 데 박삼길 씨가 앞으로 앞장서줘야 한다고 지훈은
좋은 말로 당부했다.

박삼길은 수첩에 깃든농장 부지의 약도를 그리고 어느
구석진 곳에 엑스자를 그려 넣었다.

지훈과 홍태는 머리를 맞대고 박삼길이 그린 지도를 같
이 봤다.

"그런 거였군."

홍태가 끄응, 하는 소리를 냈다.

"네."

지훈이 의미심장한 표정으로 말을 받았다.

"이제 알겠군요. 깃든농장이 산나물박물관 부지 인도를 왜 그렇게 결사반대했는지."

18.

용천 제2깃든교회는 오전부터 분주했다.

전국에서 모여든 기자들이 기자회견이 열릴 교회 강당 앞자리를 차지하려고 신경전을 벌였다. 방송차가 속속 도착했고 리포터가 마이크를 잡고 시험 방송을 했다. 신문 기자들은 노트북을 들고 복도까지 진을 쳤다.

오후 3시에 있을 사이비종교의 대정부 입장 발표를 대비하여 전국 언론이 들썩였다. 시간이 가까워지자 몰려드는 기자들 때문에 강당에서는 거리두기를 유지하기가 어려워졌다. 깃든농장 측은 결국 교회 앞마당에서 기자회견을 진행하기로 결정했다. 방송 장비가 급히 마당으로 옮겨졌다.

남순남 목사는 오후 3시 4분쯤 나타났다. 화려한 옷차림을 즐기는 평소의 취향과 달리 단조로운 회색 양장을 입었고 흰색 마스크를 썼다. 남 목사의 등장과 함께 이곳저곳에서 카메라 플래시가 요란하게 터졌다. 방송차는 생방송을 송출했다.

"안녕하십니까. 바쁘신 일정에도 불구하고 공정 보도를

위해 이 자리에 모여주신 기자분들 감사드립니다."

남순남 목사는 여기서 말을 끊고 단상에서 한 발짝 물러나 기자들을 향해 인사했다.

"저는 감염병 시국에 방역의 엄중함을 내세워, 소수 종교에 대한 무자비한 탄압을 자행하는 작금의 사태를 맞아, 종교의 자유와 개인의 인권이 보장되는 자유민주주의 국가의 한 국민으로서, 국민들 앞에 이 문제를 성토하지 않을 수 없어, 종교인의 양심을 걸고 신도들의 뜻을 모아, 오늘 이 자리에 선 깃든교회 목사 남순남입니다⋯⋯."

남순남 목사가 미리 준비한 장황한 기자회견문을 읽기 시작했다. 기자들이 단상에서 2미터 앞에 친 바리케이드에 붙어서서 노트북을 두드렸다.

"깃든농장은 방역 지침을 무시한 개신교 교회의 대규모 집회로 말미암은, 감염병 대유행의 피해자일 뿐이라는 것을 분명히 밝힙니다. 충만한 신앙생활을 위해 공동농장에서 자급자족하며 살고 있는 신도 중 일흔두 명이 감염되었고, 한 달 동안 마을 자체가 격리되어 300여 명의 신도들이, 오도 가도 못하며 감염병의 공포에 시달리는 수난을 겪으면서도, 정부의 방역 정책에 최대한 협조하였는바⋯⋯."

깃든농장 교주는 깃든농장 소유 공장에 대한 세무조사와 감염병예방법 위반 혐의에 따른 경찰 조사가 얼마나 부당한 탄압인지를 만연체의 문장으로 늘어놓으며 잠깐씩 울컥하기도 했다. 기자회견문에 울컥하는 지점이 표시되어 있는 건 아닌가 싶은 부자연스러운 연기였다.

성토의 대상은 정부를 넘어 인권위로 나아갔다.

"……그리하여 신도들이 겪고 있는 무참한 상황에 대하여, 인권의 최후의 보루라고 하는 인권증진위원회에 진정을 하여 도움을 청하였으나, 4일 전 깃든농장으로 현장조사를 나온 인권위 조사관 네 명은, 소수 종교를 탄압하여 방역 실패의 제물로 삼고자 하는 정부의 강압적인 태도와 하나도 다를 것 없이, 오히려 진정을 한 신도들의 인권을 침해하는 발언을 일삼았으며……."

"그게 바로 접니다!"

어딘가에서 급작스럽게 메가폰 소리가 터져 나왔다.

남순남 목사가 당황한 듯 발언을 멈췄다. 기자들이 웅성 거렸다.

"인권을 침해한 인권위 조사관, 배홍태입니다!"

기자 무리 한쪽이 스르르 갈라졌다. 그 사이로 주황색 메가폰을 들고 옆구리에 패널을 낀 홍태가 걸어 나왔다.

남순남 목사를 향하던 카메라가 방향을 돌려 홍태에게 플래시를 터뜨렸다. 한쪽 눈꺼풀과 콧등에 퍼런 멍이 든 홍태가 생방송 중인 TV 화면에 비쳤다.

"저기, 기자님들!"

남순남 목사 뒤에서 호위하던 라파 집사가 재빨리 단상의 마이크를 잡아채고 외쳤다.

"남순남 목사님! 연쇄살인범 최철수가 깃든농장에서 성장했다는데 사실입니까?"

홍태가 옆구리에 끼고 있던 패널을 한 손으로 번쩍 치켜

들고 메가폰에 대고 외쳤다.

"최철수는 체포되기 전 2012년에 깃든농장의 행사에도 참석했던데, 이거 보이십니까?"

패널에는 2012년 기적의 날 행사 때 신도들 틈에 섞여 있는 최철수의 모습이 붉은 동그라미로 표시되어 있었다. 윤서가 동영상에서 찾아낸 장면을 캡처하여 크게 확대한 것이었다.

"최철수?"

"연쇄살인범 최철수?"

"깃든농장과 관련이 있다고?"

기자들이 수군거렸다.

"기자님들! 장내 소요를 정리해주시기 바랍니다. 이런 무질서가 어디 있습니까!"

라파 집사가 소리쳤다. 라파 집사의 뒤에서 남순남 목사는 깃든농장 측 행사 요원과 뒤섞여 어쩔 줄 몰라 하고 있었다.

그러나 연쇄살인범이라는 자극적인 소재에 낚인 기자들은 카메라를 들이대며 홍태의 발언을 계속 허락했다.

"당시 최철수의 살인 행각을 남순남 목사님께서는 알고 계셨습니까! 대답해주십시오!"

홍태는 메가폰에 입을 대고 목이 터지도록 외쳤다.

남순남 목사가 깃든농장 측 행사요원에게 떠밀려 기자회견 장소를 떠나려고 했다.

아직 안 끝났어.

홍태는 둥글게 말아서 뒷주머니에 쑤셔 넣어둔 종이뭉치

를 꺼내 가장 가까이 있는 방송 카메라 앞에 들이밀었다.

"잠시만요! 남순남 목사님! 또 있습니다! 1998년 깃든농
장에서 베드로라는 청년과 바오로라는 열네 살 아이의 시신
을 파묻었다고! 당시 목사님 지시에 따라 시신을 파묻은 굴
삭기 기사가 오늘 검찰에 진정서를 제출했는데, 알고 계십
니까!"

중앙에 커다랗게 '깃든농장 살인 및 사체유기 사건 진정
서'라고 적힌 종이가 방송에 노출되었다.

마스크 밖으로 보이는 얼굴이 파랗게 질린 남순남이 교
회 안으로 빨려 들어가고 있었다. 바리케이드를 무시하고
다가가 사진을 찍어대는 기자들을 떠밀며 라파 집사도 교
회로 사라졌다.

홍태는 계속 소리쳤다.

"현재 산나물박물관 터에 시신을 묻었다는데 사실입니
까! 대답해주세요!"

홍태는 지금 이 순간이 인생의 마지막 날인 것처럼 악을
썼다. 기자회견은 아수라장이 되었다. 생방송 진행자들은
말을 더듬으며 상황을 수습하려 애썼다. 홍태는 몇 번이고
외침을 되풀이하며 기자회견장을 야단법석 시장통으로 만
들었다.

예상과 전혀 다른 내용의 긴급속보가 각 신문사와 방송
사에 속속 송출되었다.

19.

속보에 놀란 검찰은 신속하게 충청북도의 협조를 구했다. 진정서 접수 단 하루 만에 산나물박물관 부지의 시신 발굴 작업이 시작되었다. 검찰은 공소시효는 비록 지났더라도 살인사건의 진실 규명과 피해자 시신 수습은 여전히 국가의 의무라고 발표했다. 또한 검찰은 남순남 목사에 대해서는 세무조사 결과 드러난 배임 혐의로 구속영장을 청구하고, 최철수와 깃든농장 간의 관련성 문제는 추후 사건성 여부를 검토하겠다고 밝혔다. 하여간에 짧은 시간 동안 검찰은 여러 가지를 결정하느라 엄청나게 바빴다.

이 모든 논란의 중심에는 인권증진위원회 조사관 배홍태가 있었다.

"저 엊그제 코뼈 부러졌는데 아직 병원도 못 가봤습니다. 이거, 코 덜렁거리는 거 안 보이십니까? 그리고 점심시간인데 죄인도 밥 먹을 권리 정도는 있지 않습니까?"

점심 먹고 오겠다고 배짱을 부리고 홍태는 겨우 감사관실에서 벗어났다. 달숙이 자리에 앉는 홍태를 째려보며 옆으로 왔다.

"꼭 그렇게 난동을 부렸어야 해?"

"어? 이 조사관님이 가르쳐주신 거 아닙니까?"

홍태가 능청을 떨었다.

"내가 언제!"

달숙이 이를 갈았다. 달숙은 그저 수사를 빨리 진행시키

는 가장 좋은 방법은 사회적 공분을 불러일으키는 거라고
조언했을 뿐이었다. N번방 사건이 벌어진 초기에 검찰은 사
이버 성 착취에 관한 처벌규정이 충분치 않아 가벼운 형량을
구형할 수밖에 없다고 했지만, 사회적 공분이 들불처럼 일어
나자 범죄집단조직죄를 적극적으로 적용해서 주범을 징역
42년에 처하게 하는 데 성공했다. 생후 16개월 된 입양아를
상습적으로 학대해서 숨지게 한 양모에 대해서도, 시사 프로
그램을 통해 사건이 알려지고 공분이 일자 살인죄를 적용하
는 것으로 공소장을 변경하지 않았느냐며 지나가는 말로 몇
가지 예를 든 것이었다. 메가폰을 들고 남순남 목사의 기자
회견장에 쳐들어가서 고래고래 떠들라고 하지는 않았다.

"아무튼 곧 감사변태도 징계 끝나고 복귀할 텐데 어떡할
거야?"

"감사변태가 절 잘근잘근 씹어 젓갈을 담그겠죠. 제가 무
사하길 바라겠습니까? 사실 공무원 처음부터 적성에도 안
맞았고요. 고향 내려가서 배나 타죠, 뭐."

홍태가 나 몰라라 의자에 등을 기대며 말했다.

"진심이야?"

달숙이 눈을 흘겼다.

"배 조사관님."

자신을 부르는 소리에 홍태는 고개를 돌렸다. 윤서가 다
가오고 있었다.

"저랑 점심 같이 하시죠."

"네?"

"점심 먹자고요."

윤서는 옷걸이에 걸어둔 재킷을 꺼내 걸쳐 입고 먼저 밖으로 나갔다.

홍태는 뚱한 표정으로 눈을 끔뻑거렸다.

"어서 나가봐. 할 말 있는가 보네."

달숙은 어서 따라가라고 턱짓을 하며 홍태를 떠밀었다.

커피숍에서 아메리카노 한 잔을 앞에 두고 앉아 홍태는 볼멘소리를 했다.

"한 조사관님, 밥 먹으러 가자고 해놓고 차 마시러 오면 어떡합니까?"

윤서는 우울한 표정으로 커피잔을 집어 들었다.

"입맛이 없어요."

"그건 한 조사관님 사정이고요."

"어제 부 사무관님에게 들었어요. 굴삭기 기사 찾아갔던 얘기."

홍태는 턱에 거칠게 돋아난 수염을 매만지며 그러셨냐고 대꾸했다.

"얼굴은 왜 그렇게 다쳤어요?"

윤서가 물었다.

"이거요? 천세종 찾아가서 주먹질 좀 했습니다. 아씨. 붓기가 되게 안 빠지네, 이거. 돌대가리랑 부딪혔더니."

"천세종? 천세종이라면…… 최철수 편지 전해준 그 출소자 말하는 거 맞죠?"

윤서의 눈에 호기심이 어렸다.

"그렇습니다만."

"그 얘기 좀 해주세요."

"왜요?"

홍태는 평소 윤서와 대화할 때의 습관대로 까칠하게 답했다가 이내 상황이 변했다는 걸 깨달았다. 여기까지 오는 동안 윤서의 도움을 많이 받았다. 홍태는 머쓱해진 표정으로 윤서를 보았다. 함께 일하면 불편하고, 홍태에게 늘 묘한 시의심을 불러일으키는 존재였지만 홍태는 윤서의 혜안을 믿었다. 인권위 최고 베테랑 조사관으로 인정받는 이유가 없지 않다는 것을 마지못해 인정하고 있었다. 홍태는 윤서의 의견이 궁금해졌다.

홍태는 천세종을 찾아간 날 있었던 일을 털어놓았다. 마포구 공무원과 택배기사를 사칭하여 천세종을 찾아낸 것, 한밤의 추격과 격투, 천세종의 입으로 들은 최철수의 진짜 메시지.

윤서는 홍태의 이야기를 집중해서 듣고 되뇌었다.

"이 모든 스토리는 그 옛날 그곳에 사는 세 번째 예수가 나를 얼마나 실망시켰는지 알면 이해될 것이다……"

"아, 최철수는 남순남에게 대단히 실망했었습니다."

홍태는 입꼬리에 비웃음을 걸고 말을 이었다.

"깃든농장의 안위를 위해 베드로의 죽음을 밖에 알리려고 하는 바오로를 죽였는데도요. 칭찬받기는커녕 괴물 취급을 받고 깃든농장에서 퇴출당했죠. 바로 다음 날 아버지에게 보내졌습니다."

"최철수는 남순남을 진심으로 숭배했군요."

"그럼요. 어린 사이코패스 최철수의 롤모델이었겠죠. 상식과 윤리 따위에 구애받지 않는 카리스마를 가진 권력자. 많은 사람들을 지배하고 원하는 대로 움직이는 존재를 처음 만난 거죠. 남순남에게 매료되었고 자신도 그런 권력자가 되고 싶었을 겁니다."

"숭배의 대상에게 걸었던 기대가 무참히 좌절되었겠어요. 어린 시절의 경험은 더욱 강렬하기 마련이죠. 최철수의 기분은 어땠을까요?"

윤서의 눈빛은 진지했다. 윤서는 홍태에게 연쇄살인범 최철수의 심연을 들여다보자고 제안하고 있었다.

"분노했겠죠."

홍태는 제안에 응했다.

"분노를 넘어 크나큰 배신감을 느꼈을 거예요. 어린 최철수의 세계에서는 최고로 전능한 악인이었던 남순남이 사실은 그렇지 않다는 걸 알게 됐고……. 어쩌면 그날 이후 자기 자신을 더 잘 알게 되었을 수도 있죠."

"자기야말로 진짜 악인이라는 걸 말입니까?"

그건 맞지, 하고 홍태는 생각했다. 열네 살에 낫을 휘둘러 친구를 찢어 죽일 수 있는 사람이 세상에 또 있을까.

"남순남은 폭력과 학대를 상습적으로 일삼고 비열한 거짓말로 사람들을 속이지만 살인은 하지 않아요. 사람을 죽인다는 건 악인의 단계 중에서도 어떤 강력한 장벽을 뛰어

넘는…… 그런 단계에 있는 행위 같아요. 무언가를 뛰어넘은 사람만이 할 수 있는 거죠. 남순남은 그런 인물은 못 돼요. 남순남은 그냥 종교를 도구로 삼는 사기꾼일 뿐이에요. 19호 베드로가 죽은 것도 남순남에게는 예상하지 못한 사고였을 거예요."

"별것도 아니면서 나를 속인 하찮은 할머니. 멸시하는 마음이 들었겠군요."

윤서는 고개를 끄덕였다. 잠시 간격을 두고 윤서가 또 질문을 던졌다.

"그럼 2012년의 최철수를 생각해보죠. 최철수는 자라서 연쇄살인을 저지르는 진짜 악마가 되었어요. 남순남 따위와는 비교도 할 수 없는 진짜 악마. 최철수는 무려 열 번째 희생자를 납치해왔죠. 그런데 이하선이라는 이 여고생은 망상과 환청에 시달리는 조현병 환자였어요. 어땠을까요?"

"깃든농장이 떠올랐겠죠. 깃든농장에서 자주 봤던 정신병 환자들."

"네. 수면 밑에 가라앉아 있던 깃든농장에서의 기억이 되살아났을 거예요. 거기 묻혀 있을 베드로와 바오로의 시신도 떠올랐겠죠. 그런데 마침 남순남을 덕망 깊은 사회사업가로 소개한 인터뷰 기사가 일간지에 나와요. 최철수가 그걸 봤다고 쳐요. 어떤 기분이 들었을까요?"

홍태는 최철수의 마음이 되어보려고 했다.

무섭게 집중하는 윤서와 홍태 사이에는 팽팽하게 긴장된 공기가 흘렀다.

"어린 시절 느낀 실망, 분노, 배신감, 멸시의 감정을 다시 느끼지 않았겠습니까? 그 뒤에는…… 이 하찮고 시시한 할머니가 아직까지도 이렇게 세상을 속이고 있구나. 나야말로 정말 신처럼 전능한 악마가 되었는데, 하고 코웃음이 났겠죠."

"네. 까발리고 싶었을 거예요. 깃든농장의 진짜 정체를. 남순남의 진짜 모습을. 자신을 실망시킨 데 대한 일종의 응징을 하고 싶었겠죠."

"그래서……."

홍태는 고개를 들어 윤서의 눈을 똑바로 보았다.

"하선의 시신을 가지고 깃든농장에 갔다?"

윤서는 다소 불편한 듯 얼굴을 찡그렸다.

"그 부분은…… 조금 있다 다시 얘기하죠, 배 조사관님. 이번엔 남순남에 대해 생각해보죠."

"남순남이요?"

"그날 이후 남순남은 어떻게 살았는지요. 자기에게 잘 보이겠다고 열네 살짜리 아이가 낫으로 친구를 베어 죽이는 엄청난 일을 겪고, 남순남은 그 괴물을 쫓아내 버려요. 그무렵 내홍으로 많은 신도들이 이탈하고, 소송이 이어지고, 세력이 줄죠. 남순남은 현상 유지 쪽으로 방향을 틀었고, 치유기도라는 것도 예전만큼 요란하게 하지 않았죠."

"몸을 사리게 된 거죠. 베드로와 바오로의 죽음이 엄청 충격적이긴 했었나 봅니다. 자기가 너무 멀리 갔었다는 걸 느낀 걸까요?"

홍태는 식은 커피를 한 모금 마셨다.

"그런데 2000년대 말 베드로와 바오로를 묻어놓은 부지가 지자체 땅이라며 인도하라는 소송이 걸려요. 남순남으로서는 정말 곤란했겠죠."

"그렇죠. 그때쯤이면 깃든농장에 굴삭기 기사가 없었을 겁니다. 굴삭기로 구덩이를 파서 시신을 묻고 바위까지 올려놨으니 사람 손으로는 발굴하기 어려운 상황이었겠죠. 애당초 시신을 묻은 정확한 위치는 몰랐을 수도 있고요. 시신을 묻는 작업은 박삼길과 어린 최철수가 했으니까요."

"더구나 제가 자료를 찾아보니 충청북도는 당시 인도 소송을 하면서 깃든농장 측이 그 땅에 공사를 못 하게 가처분을 걸었어요. 공공연히 시신을 파내는 작업을 할 수가 없었을 거예요. 결국 인도하지 않고 버티다가 나중에는 그 땅에 제2의 보혈이 깃든 나무가 있다고 억지를 썼죠. 산나물박물관을 짓더라도 종교 상징물인 나무나 바위는 건드리지 않기로 합의를 하고 인도를 했어요. 나름 꾀를 쓴 거죠."

"어떻게 보면 보존을 아주 잘 하고 있었던 거라고 볼 수도 있습니다. 어쨌거나 이제 다 끝났습니다. 파내고 있으니 곧 결론 나겠죠."

홍태는 후련한 표정으로 말하며 목덜미를 주물렀다. 정말 미친놈처럼 쉽지 않은 길을 달려왔다는 생각이 들었다. 찌는 폭염 속에 마지막 오르막길을 참고 달려 비로소 트랙으로 들어온 마라토너가 된 기분이었다.

윤서가 홍태의 눈치를 슬쩍 봤다.

"배 조사관님은…… 최철수가 베드로와 바오로 시신 옆

에 하선이의 시신을 묻었다고 생각하세요?"

"그렇지 않겠습니까?"

홍태는 테이블에 올려둔 휴대전화를 들어 보였다.

"지금 한창 발굴 작업 중이니, 곧 시신을 발견했다는 연락이 올 겁니다. 어른 시신 둘에 아이 시신 하나. 부지훈 사무관님이 검찰 쪽 아는 사람 통해서 결과 듣고 바로 연락해 주시기로 했거든요."

"하지만 최철수가 하선이를 납치하고 깃든농장에 내려간 건 2012년이에요. 이미 그 땅이 충청북도로 넘어가고 산나물박물관이 지어진 후죠. 산나물박물관은 정확히 2008년에 지어졌어요."

"무슨 뜻이죠?"

"지자체 땅이 되어 거기 공공시설을 지었단 말이에요. 경비 인력도 있을 테고 보안 서비스도 설치되어 있을 거예요. 거기에 최철수가 침투해서 하선이를 파묻을 수 있었을까요?"

홍태는 신경이 곤두섰다. 끝을 향해 가고 있다고 생각했는데, 멈춰 서서 다시 뒤집어보는 윤서에게 짜증이 났다.

"최철수잖아요. 무슨 수를 냈겠죠."

윤서는 슬픈 눈으로 홍태를 보았다.

"아까요. 최철수가 천세종에게 뭐라고 했다고 했죠? 천세종이 최철수에게 왜 하선이의 시신만 깃든농장에 묻은 거냐고 질문했을 때요."

홍태는 며칠 전 한밤의 격투 끝에 천세종에게서 쥐어 짜낸 말을 기억하려 애썼다. 콧등이 욱신거렸다.

"'그 할머니가 어떻게 할지 궁금해서'라고 했다고 했죠."

그것이 자기가 이하선과 관련하여 최철수에게 들은 유일한 말이라고 천세종은 고백했다.

"남순남이 어떻게 할지 궁금해했다는 게 무슨 뜻일까요?"

"하선이를 그 옆에 묻어둠으로써…… 베드로와 바오로 사건을 자기는 언제라도 들통나게 할 수 있다고 심리적으로 압박하는 수단으로 쓴 겁니다. 최철수는 자기가 언젠가 잡힐 거라는 걸 알았습니다. 잡히고 나서 하선이의 시신을 묻어둔 장소를 자백하면 베드로와 바오로 살인도 드러나게 할 수 있지 않습니까. 자기 무기인 거죠."

"그런 거라면 남순남은 딱히 할 수 있는 게 없어요. 최철수가 어떤 방법을 써서 산나물박물관 부지에 하선이를 묻었다고 쳐요. 남순남으로서는 공공시설 내에 파묻은 시신을 빼낼 수도 없는 것이고요. 최철수가 남순남이 이 일을 어떻게 처리할지 궁금해하면서 지켜볼 만한 상황이 아니죠. 그리고 무엇보다 최철수는 죽을 때까지 하선이의 시신을 묻어둔 장소를 불지 않았어요."

"그랬죠. 하지만 결국 저를 이용해서 과거의 사건까지 밝히게 하지 않았습니까."

홍태는 발끈했다.

"교도소에 있을 때도 이 일로 남순남을 협박해서 원하는 걸 얻었을지도 모르죠. 그럴 때 남순남이 협박에 어떻게 응하는지 지켜보겠다는 의미였을 겁니다."

"배 조사관님."

흥분하는 홍태의 입을 막으려는 듯 윤서가 홍태를 불렀다.

"배 조사관님은 왜 하선이가 살아 있을 가능성에 대해서는 생각을 회피하는 건가요?"

"……예?"

"실망할까 봐, 마음속에서 그 가능성을 아예 차단하고 있는 것처럼 느껴져요. 기대하지 않으려고 안간힘을 쓰는 것 같다고요."

홍태는 말문이 막혀 대꾸를 하지 못했다.

"저도 하선이가 지금 살아 있는지 아닌지는 모르겠어요. 하지만 제 생각은 말이죠. 최철수는 하선이를 죽이지 않았어요. 최철수는 살아 있는 하선이를 데리고 깃든농장에 갔을 거예요."

"……왜죠?"

홍태가 겨우 물었다.

"남순남에게 하선이를 맡기고, 남순남이 이래저래 화근이 되는 하선이를 어떻게 처리하는지 지켜보고 싶어서요. 그게 바로 남순남이 어떻게 할지 궁금하다는 말과 이어지는 거라고 생각해요."

"하! 그런 거라면 간단하죠. 하선이를 그냥 농장 밖으로 내보내면 되잖아요. 어차피 최철수도 얼마 못 가 체포됐습니다. 거리낄 게 뭡니까?"

"그럴 수 없었을 거예요."

윤서의 말투에는 은근한 자신감이 깔려 있었다. 이미 몇 번을 곱씹어 생각해서 결론을 내린 듯했다.

"베드로와 바오로가 죽은 것이 1998년이고, 최철수가 하선이를 데리고 깃든농장에 내려간 것이 2012년이에요. 당시 살인죄의 공소시효는 15년이었죠. 아직 1년이 남아 있었어요. 최철수는 살인죄를 들추지 않는 조건으로 하선이를 맡으라고 남순남을 협박할 수 있었겠죠."

"그럼 1년 후에는요?"

"1년이 지나 공소시효가 완성되었어도 남순남은 하선이를 쉽게 밖에 내보낼 수 없었을 거예요. 우선 감옥에 있는 최철수가 그 사실을 알고 언제든지 살인죄를 폭로할 위험이 있죠. 처벌은 받지 않더라도 과거의 신도 살인사건이 밝혀지는 건 어쨌거나 농장의 존립을 위협하는 치명적인 일이될 거예요. 남순남은 이미 파국의 위기를 한 번 겪었어요. 위험을 감수하고 싶지 않았을 거예요. 그리고 하선이를 밖으로 내보내게 되면 아무리 중증정신질환자라도 하선이의 정체가 밝혀질 위험은 틀림없이 있어요. 그러면 어떻게 될까요? 깃든농장이 최철수와 살인을 공모한 게 아니냐는 의심을 받게 될 테고 이제 연쇄살인과도 얽히게 돼요."

"최철수가…… 왜 그럽니까? 최철수는 살인이라는 행위에서 쾌락을 느끼는 쾌락 살인범이었습니다. 자기가 납치한 피해자를 살려두고 남순남에게 맡겼을 거라고요? 그렇게해서 최철수가 얻는 게 뭡니까?"

"남순남을 골탕 먹이는 거죠. 최철수 입장에서 남순남은 사람을 죽이지도 못하는 하찮은 악당이에요. 이하선을 죽이지도 못하고 그렇다고 내보내지도 못하고 중증정신질환자인 이하선을 낮게 하지도 못하고 계속 찜찜해하며 끼고 있겠죠. 그런 한심한 꼴을 보고 싶었던 거예요. 그게 당장 이하선을 죽이는 것보다 더 재밌는 일이라고 생각했겠죠."

윤서는 잠시 간격을 두고 덧붙였다.

"그리고 나중에 잡히더라도 필요한 일이 생기면 이용할 수 있는 한 장의 카드라고 생각했을 수도요. 세상에 남겨두고 온, 자기만 아는 한 장의 조커 같은 거죠."

"하! 그 카드를…… 저에게 썼다는 겁니까?"

홍태는 분해서 이를 꽉 물었다.

깃든농장에 갔을 때 이하선이 살아 있었을 거라고? 홍태는 이 위험한 가정을 받아들이기 버거웠다. 그 후 10년 가까운 세월이 흘렀다. 그 사이에 이하선이 죽었다고 한다면 그 사실은 또 어떻게 받아들여야 하는가.

"실종될 무렵, 이하선의 증상이 어땠다고 했죠?"

혼란스러워하는 홍태에게 윤서가 또 새로운 질문을 던졌다.

홍태는 말없이 휴대전화를 내밀었다. 화면에는 최철수에게서 온 첫 번째 편지가 띄워져 있었다.

"하선의 쌍둥이 언니와 목소리들을 어떻게 했는지 물어봐……."

"이하선은 자기가 하나가 아니라고 생각했다고 합니다. 자기 행세를 하며 살고 있는 쌍둥이 언니가 밖에 있다고 주장했어요. 물론 이하선에게 쌍둥이 언니는 없습니다. 목소리는 환청입니다. 자기를 꾸짖고 벌을 주고 행동을 규제하는 목소리에 시달린 겁니다."

"조현병 초기 발병이었나 보네요. 처음 발병한 나이나 증상을 보면 심한 것 같은데요. 조기 개입이 중요했을 텐데……."

"독실한 천주교 신자인 부모는 하선이가 정신병 증상을 보인다는 걸 감췄죠. 구마 의식을 하면서 낫게 해보려 했습니다. 어리석었죠."

"쌍둥이 언니라는, 내가 통제할 수 없는 내가 나의 밖에 있어서, 나로 살고 있다……."

윤서는 안타까워 한숨을 쉬었다.

"정신병원 진정인에게 자주 듣는 말 아닙니까?"

홍태가 말했다.

정신병 환자들은 내가 나의 단독적인 주인이라는 것, 나는 내 몸이라고 하는 물리적 범위에 한정된 고유한 존재라는 것, 정신은 현혹될 수는 있으나 빼앗기거나 나눌 수는 없다는 것을 믿지 못했다. 보통 사람들은 살면서 한 번도 의심하지 않는 것을 의심했고 두려워했다. 나와 닮은 누군가가 나로 행세해서 무엇무엇을 하였으나 그건 내가 한 게 아니에요. 외계인이 내 뇌에 칩을 심어놓고 나를 조종하고 있어요. TV 아나운서가 내 생각을 조종하면서 내 생각을 방송에서 말해요. 내 몸에 길 가던 사람이 들어올 때가 있어요. 그럼 나는 그 사람이 나갈 때까지 숨도 참고 추위에 떨면서 기다려야 해요. 그럴 때 내 몸에 들어온 사람이 나를 움직이며 이상한 말과 행동을 하는데 그건 내가 아니에요.

최근 비 오던 어느 날 밤, 윤서는 혼자 맥주를 마시다가 베란다 창으로 밤거리를 내려다봤다. 베란다 창에 비치는 윤서의 실루엣이 빗방울에 어른거리며 무너졌다. 윤서는 고개를 돌려버리고 싶었더랬다. 하찮고 초라한 한윤서. 내 의지는 아니었지만 태어남으로써 존재에 숫자 하나를 더해 폐를 끼치는 한윤서. 저건 내가 아니라고 소리치고 싶었다.

그래, 차라리 내 밖에 내가 여럿 있어서 나를 고를 수 있다면 좋겠다. 근사하고 잘난 한윤서도 있겠지. 근사하고 잘난 한윤서가 하찮고 초라한 한윤서를 죽여서 묻어버리면 어떨까.

탁자에 올려둔 휴대전화가 진동했다.

홍태가 휴대전화를 받았고 짧은 통화를 했다. 결과를 예상하고 있는 윤서는 괜히 죄스러워 고개를 떨궜다.

"발굴 작업이 방금 끝났답니다."

"시신이 나왔나요?"

홍태의 표정은 어두웠다.

"어른 하나. 아이 하나. 두 구 나왔습니다. 반경을 더 파봤지만 더 이상의 시신은 없었다고 합니다."

윤서는 종교가 없었지만 이제야 세상에 알려진 두 살인 피해자를 위해 잠시 묵념했다.

"남순남과 그 일당들은 무슨 혐의로든 구속될 거예요. 살인사건의 진실 규명도 이루어질 거고요."

"글쎄요……."

"검찰은 공소시효가 끝난 미제사건을 안겨준 깃든농장을 절대 용서하지 않을걸요? 깃든농장 장부를 샅샅이 뒤지고 관련자들을 마구 소환해서 기소할 수 있는 모든 혐의점을 잡아낼 거예요. 남순남은 앞으로 긴 시간 감옥에서 살게 될 거예요. 무슨무슨 집사니 하는 공범들도요. 깃든농장은 이제 끝났어요. 배 조사관님의 활약 덕분이에요. 이런 것도 결과가 좋으면 다 좋은 거라고 해두죠. 돌고 돌아 정의가 일부라도 실현됐으니까요."

홍태는 지금 윤서가 혹시 자신을 칭찬한 건가 싶어 의아했다. 홍태의 기억에 지금까지 선배인 윤서에게 칭찬을 받았던 적은 한 번도 없었다.

"하지만 배 조사관님은……."

윤서는 스마트폰의 스크롤을 내리면서 말을 이었다.

"하선이를 찾아야겠죠? 하고자 하는 건 그거잖아요."

"……찾을 수 있겠습니까?"

죽어 있는 모습이든, 살아 있는 모습이든. 이하선을 찾을 수 있을까. 홍태는 입이 바짝 말랐다. 모든 것이 다 막막한 처음으로 돌아간 기분이었다.

윤서의 스마트폰에는 실종 당시 이하선의 사진이 띄워져 있었다. 교복을 입고 어깨까지 오는 머리를 단정하게 빗은 채 이를 살짝 보이며 웃고 있는 16세 소녀. 통통하게 오른 젖살과 신경 써서 내린 앞머리.

"하선이 부모님에게 연락이 된다고 하셨죠?"

"네, 그런데요?"

"그럼 하나만 여쭤봐 주실래요?"

"어떤 것을……."

윤서는 이하선의 사진을 더없이 진지한 표정으로 바라보았다.

"이 사진에서는 앞니만 살짝 보이니까 알 수가 없어서요. 하선이에게 덧니가 많이 있었냐고, 혹시 치열 교정을 해야 할 정도로 치아 상태가 좋지 않았냐고, 한번 물어봐 주세요."

20.

홍태의 사륜구동 체로키가 경부고속도로를 달렸다.

개구리같이 튀어나온 눈에 독기가 어린 홍태가 운전했다. 조수석에는 윤서가 끌려 나온 사람처럼 힘없이 걱정스러운 표정을 짓고 있었다.

"내 코는 이제 이대로 붙어서 더덕같이 울퉁불퉁해질 겁니다."

홍태가 이죽거렸다. 밤을 새우더라도 감찰 조사를 받아야 할 상황인데, 코를 치료하겠다고 병가를 내서 오늘 이렇게 다른 볼일을 보고 있다는 걸 들키면 징계 혐의는 더 늘어날 것이다. 깃든농장이 끝났다고 하지만, 아무래도 배홍태역시 인권위에서 끝난 것 같았다.

"어디서 만나기로 했나요?"

홍태의 코가 더덕같이 되건 말건 윤서는 그걸 걱정할 계제가 아니었다.

"목적지 근처에서요. 오실 겁니다."

"잘하는 짓인지 모르겠어요."

윤서가 괴로운 한숨을 토했다.

"절차 밟을 거 다 밟고, DNA 검사할 거 다 하고……. 그거 기다리기엔 지금 제 코가 석 자입니다. 아니, 부어서 석 자도 넘습니다."

차는 상습 정체 구간인 양재 인터체인지를 지나 속력을 내기 시작했다.

"정말 어떤 모습이 되어 있더라도…… 살아 있기를 바라신 건…… 맞겠죠?"

윤서가 웅얼거렸다.

"그럼요. 하선이 부모님이 정신병 치료에 무지해서 잘못된 행동을 했던 건 맞지만. 진심으로 하선이를 찾길 원하고 있습니다. 하선이 부모님은 외동딸 하선이를 무척 사랑하고 아직 하선이를 보내지 못했습니다. 그건 진심입니다. 우리 그걸 의심하지는 맙시다."

홍태는 자기 자신에게 다짐을 놓듯이 말했다.

"궁금해요."

윤서는 머리가 아픈 듯 이마를 짚었다.

"죽음보다 삶이 낫다는 확신은 다들 어디에서 오는 거죠?"

홍태는 윤서를 슬쩍 쳐다보았다.

"한 조사관님, 요즘 철학 공부하십니까?"

"많이 변한 모습일 거예요."

홍태는 흐음, 하고 헛기침을 했다.

"각오하고 있으실 겁니다."

"알아볼 수는 있을까요?"

홍태는 대답을 망설였다.

그래, 알아볼 수 있을까? 가족의 품에 있던 열여섯 살 여고생의 모습은 전혀 남아 있지 않을 텐데. 너무나 변해버린 모습에 이 여자는 내 딸이 아니라고 다짜고짜 부정하게 되진 않을까. 좋은 쪽으로 변한 것은 결코 아닐 거라는 점이 문제였다.

"……알아보실 겁니다. 이하선이 맞다면요. 부모만 알고 있는 신체 특성이나…… 뭐 그런 게 있지 않겠습니까."

둘은 한동안 말없이 바깥 풍경만 바라보았다. 평일이라 도로 사정이 좋았다. 둘은 시간 맞춰 목적지에 도착했다.

"저기 오셨나 봅니다."

홍태는 차에서 나와 구겨진 옷을 툭툭 털었다. 윤서도 내렸다.

단정한 정장을 입은 하선의 부모가 서로의 팔을 붙잡고 홍태와 윤서가 있는 쪽으로 걸어왔다. 밤새 울어서 부은 얼굴이었다. 오늘 실망스러운 결과를 감당해야 하는 상황이 되면 어쩌나, 윤서는 벌써부터 마음이 아팠다.

"배 조사관님, 저희는 무슨 일이든 각오하고 있습니다."

하선의 부가 거칠게 갈라진 입술로 말했다.

"불러주셔서 감사합니다."

하선의 모가 허리를 굽혔다.

"다시 한번 말씀드리지만 아닐 수도 있습니다. 맞더라도 부모님이 알아보지 못하실 수도 있습니다."

홍태가 말했고 하선의 부모는 고개를 끄덕였다.

"걱정 마세요. 저희는 하선이 부모인걸요. 제 자식을 몰라보는 부모는 없어요. 괜찮아요. 알아볼 수 있어요."

"그렇습니다. 그리고…… 이보다 더한 상황도 저희는 얼마든지 상상했습니다. 놀라지 않겠습니다. 무엇이든 받아들일 수 있습니다."

"네. 그럼, 가시죠."

홍태가 앞장섰다. 방문 허가는 윤서가 인권위 조사를 핑계로 미리 받아놓았다. 감사변태가 복귀하면 윤서도 감사실에 두어 번 붙들려 가서 고초를 치르게 될 것이다.

인권위 조사관과 연쇄살인범에게 아이를 잃은 부모는 숙연하게 길을 걸었다. 감염병 대유행이 시작되고 나서 TV 뉴스 화면에 자주 나왔던 거리였다. 홍태와 윤서는 두 번째로 이곳을 찾았다.

넷은 목적지의 입구에 섰다.

"여깁니다."

홍태와 윤서, 하선의 아버지와 어머니는 눈앞의 건물을 올려다보았다.

7층짜리 상가건물이었다. 분식집, 미용실, 안경집, 부동산중개소, 제과점, 피시방 등이 보였다. '상가 임대 문의'라는 플랜카드가 붙은 점포도 몇 개 있었다. 5층 벽면에 면한 창문에 '청록병원 입원 병동'이라고 큼지막하게 쓰여 있었다. 넷은 병원 접수처인 6층으로 올라갔다.

접수대 간호사가 넷을 맞아 상담실로 안내했다. 조금 기다리고 있으니 고중섭 간호부장이 문을 열고 얼굴을 들이밀었다. 뭘 더 트집 잡으러 왔는지 걱정이 되는 눈치였다.

"단순히 확인할 게 있어서 왔어요. 여기 이 두 분은 공문에도 적었지만 우리 자문위원이신데 조사 현장 참관하러 오셨고요."

윤서는 하선의 부모를 거짓으로 소개했다. 방문 통보 공문에 자문위원 두 명이 동행한다고 쓴 것은 사실이었다. 윤서는 앞으로 감사변태에게 받을 심문의 고통이 적지 않겠다는 생각을 한 번 더 했다. 다행히 고중섭 간호부장은 하선의 부모에겐 별 관심이 없어 보였다.

"신설희 환자만 만나시면 되는 겁니까?"

간호부장이 물었다. 왠지 지난번보다 기가 죽은 느낌이었다. 깃든농장에 몰아치는 광풍에 눈치가 보이겠지. 인권충이라는 말까지 들었던 윤서는 조금 고소했다.

"네. 더 필요한 게 있으면 말씀드릴게요."

오늘 조규석 원무과장은 자리에 없는 모양이었다. 깃든농장 사건에 대해 검찰 조사를 받고 있거나 상황을 수습하기 위해 바삐 뛰어다니고 있는 중이겠지.

"이제…… 으흠. 지금은 머리 그렇게 바짝 안 깎습니다, 조사관님. 아직까지는 좀 짧습니다만."

고중섭 간호부장이 웅얼거렸다.

"참. 어제 전화로 여쭤보긴 했는데요……."

윤서는 간호부장에게 한 발짝 다가가며 말을 이었다.

"신설희 환자는 가족 보호자가 없고, 용천에 사는 김상길

씨가 후견인이자 보호자인 거 맞습니까?"

"아, 네네."

간호부장은 떨떠름한 표정으로 사라졌다.

김상길은 라파 집사의 본명이었다. 처음 자신을 소개할 때 흘린 본명을 윤서는 용케 기억했다. 남순남의 최측근으로 보이는 라파 집사가 청록병원에 입원 중인 무연고 환자의 후견인이라니. 윤서는 다시금 자신의 추리에 자신감을 가졌다.

홍태는 바지 주머니에 손을 꽂고 벽에 기대섰다. 하선의 모는 묵주를 잡고 앉아 기도문을 외며 몸을 파르르 떨었다.

—우리 하선이요? 우리 애는 덧니 안 났어요. 충치만 조금 있었지 치아 교정은 생각해본 적도 없는걸요. 치아는 아주 깨끗해요.

홍태의 질문에 하선의 모는 휴대전화 저편에서 자신 있게 답했다.

"하선이는 덧니가 없다고 합니다. 교정은 필요 없는 치아래요."

전화를 끊고 홍태는 윤서에게 전했다.

윤서는 의미심장한 표정을 지었다.

"역시……."

"역시라고요? 깃든농장에 살던 그 덧니가 삐쭉빼쭉 난 아가씨를 염두에 두고 한 질문인 줄 알았는데요?"

홍태는 깃든농장의 신도회관 계단에서 굴러떨어졌을 때 모여든 사람들 틈에서 덧니가 왕창 난 입으로 손가락을 빨며 구경하는 아가씨를 보았다. 생각해보니 지금 하선의 나이와 비슷한 나이일 터였다. 사람들 말로는 지금 깃든농장에 사는 젊은 장애인 아가씨는 9호 에스더라는 그 아가씨뿐이라고 했다.

"맞아요. 어쨌거나 하선이 살아 있다는 걸 전제하고, 그 가능성도 생각했죠. 그런데 아닌 게 확인되었으니 가능성은 하나뿐이에요. 청록병원에 있겠죠."

문이 열리고 거구의 여자가 들어왔다.

무엇을 봐도 놀라지 않으려고 마음을 굳게 먹었겠지만, 하선의 부모는 놀라 눈을 크게 떴다. 신설희라는 이름의 이 환자를 처음 본 홍태도 조금 놀랐다.

"여기 앉으세요, 신설희 선생님."

윤서는 철제 의자를 빼서 가리켰다.

지난번 까까머리에 비하면 머리를 숏커트 정도로는 길렀다. 인권위 조사관이 다시 온다고 해서 그런지 신경 써서 다듬어준 흔적도 느껴졌다. 하지만 여전히 과도하게 뚱뚱하고, 눈동자에는 초점이 없었다. 대형 마스크를 쓰고 있어서 눈과 이마만 보였다.

윤서는 신설희 환자의 등을 살짝 밀어 의자에 앉혔다.

"이, 이…… 아이가…… 우리……."

하선의 부가 입을 뗐으나 말을 마무리하지 못했다.

하선의 모는 믿을 수 없다는 표정이었다. 이하선은 8년 전 실종 당시 44킬로그램이었다. 나름의 귀여운 인상과 표정이 있는 소녀였다. 눈앞에 앉은 여자는 그냥 거대한 살덩

어리였다.

"저기, 신설희 선생님. 마스크 좀 벗어주실 수 있을까요?"

이하선이 신설희 가까이 몸을 숙이고 부탁했다.

신설희는 마네킹처럼 아무 반응을 보이지 않았다.

"저, 그럼. 신설희 선생님."

윤서가 먼저 마스크를 벗었고 홍태에게 신호했다.

홍태가 마스크를 벗었고, 하선의 부모도 따라 벗었다.

"이 방에서는 서로 마스크를 벗고 대화했으면 좋겠어요. 제가 신설희 선생님 마스크를 벗겨드려도 괜찮을까요?"

윤서는 긴장하며 몇 초 기다렸다.

신설희가 윤서의 말을 이해한 건지 어떤지 전혀 알 수 없었다. 지난번 팔뚝을 잡아채였던 사건을 떠올리지 않으려 애쓰며 윤서는 조심스럽게 신설희의 얼굴에 손을 가져다 댔다. 하선 부모의 반응에 윤서는 확신을 잃고 움츠러들었다.

"청록병원에 있다고요? 누굽니까? 확실합니까?"

어저께 홍태는 다급히 물었다.

"확인해봐야겠지만, 걸리는 사람이 있어요."

윤서는 청록병원 현장조사 시 신설희 환자를 만났던 일화를 말했다.

"하선이가 깃든농장에 없다면 청록병원에 있을 가능성이 커요. 하선이는 중증조현병 환자이고, 치료가 필요한 사람이죠. 깃든농장에서 계속 품고 있기엔 부담스러운 사람인거예요. 청록병원은 사실상 깃든농장의 사무장 병원이고 환자를 서로 주고받는 관계예요. 하선이를 청록병원 폐쇄 병동에 환자로 입원시키는 게 남순남으로서는 가장 편리한 방법이죠. 다만 본명으로는 입원시킬 수 없으니까 다른 행려병자의 이름으로 입원시켜놨을 거예요. 신설희 환자가 연고가 없거나 보호자가 깃든농장 측 사람이라면 내 추측이 맞다고 봐도 될 것 같아요."

"닮았습니까?"

홍태가 물었다.

"모르겠어요."

윤서는 슬픈 표정으로 고개를 저으며 말을 이었다.

"살이 엄청나게 쪘거든요. 초고도비만이라 살찌기 전엔 어떻게 생겼을지 상상이 안 될 정도예요. 하지만 첫째, 하선이와 유사한 증상이 있어요. 쌍둥이 언니…… 그거 말이에요. 저랑 면담할 때 제가 꺼낸 텀블러에 자기 얼굴이 비치니까 저건 자기가 아니라고 과민반응을 보였거든요. 그리고……."

"그리고요?"

"신설희 환자는 코호트 격리 당시 혼자 청록병원 보호실에서 생활했어요. 감염병이 터지기 직전에 보호실에 보냈는데, 그곳에 혼자 있는 게 안전할 것 같아 계속 보호실에 두었대요."

"허, 법적으로는 문제가 될지도 모르겠으나 환자에게 해가 되는 조치는 아닌 것 같습니다만."

"중요한 건 애초에 보호실에 가게 된 이유예요. 동료 환자가 복도에서 신설희 씨를 마주치고는 왜 그렇게 뚱뚱해졌냐고 놀리며 얼굴 좀 보자고 마스크를 잡아 뜯었대요. 동료 환자는 이전에 신설희와 같은 병원에서 생활한 적이 있는 사이라고 들었어요. 아무튼 그러니까 신설희 씨가 흥분하며 동료 환자를 때려서 보호실에 가게 된 거라고 했거든요."

홍태는 윤서가 왜 이 부분이 중요하다고 하는 건지를 열심히 생각했다.

"신설희 씨가 진짜 신설희 씨와 바뀌었다는 겁니까?"

홍태는 답을 말했다.

"짐작이지만 맞아요. 신설희라는 이름은 동명이인이 있기 힘든 이름이에요. 동료 환자는 자기가 아는 신설희와는 너무 다른 신설희의 모습에 놀랐겠죠. 일단 살이 너무 쪘고요. 정신병 약 부작용으로 살이 급격하게 찌는 경우는 많으니까 그건 그렇다 쳐도, 동료 환자는 얼굴이 궁금했던 거예요. 그래서 마스크를 잡아 뜯지 않았을까요?"

윤서는 성공적으로 신설희의 마스크를 벗겼다.

포동하게 오른 하얀 살덩어리에 파묻힌 눈, 코, 입과 영혼이라곤 없는 것 같은 무표정한 얼굴이 드러났다.

하선의 부모는 더욱 절망적인 표정을 지었다.

"우리 하선이, 맞니?"

하선의 모가 큰 용기를 낸 듯 물었다.

신설희가 텅 빈 눈으로 하선의 모를 보았다.

"하…… 하선이니?"

하선의 부도 입을 뗐다. 그는 앉은 채 바지를 꽉 쥐고 휘몰아치는 감정에 쓸려가지 않으려고 버티고 있었다.

윤서도 괴로웠다.

열여섯 살 이하선의 모습과 이 스물네 살 초고도비만 정신병 환자는 닮지 않았다. 부모님의 사랑을 받던 소중한 딸과 사랑하고 공감하고 감정을 나누는 방법을 병에게 빼앗긴 추한 외모의 여자는 같은 사람이라고 할 수 없었다.

내가 실수한 거야. 뭔가 착각한 거야. 윤서는 자책했다.

"우리 하선이는요…… 조사관님?"

하선의 모가 고개를 이리저리 돌리며 윤서를 찾았다.

"네. 말씀하세요."

"이쪽 팔뚝에 U자 모양의 흉터가 있어요. 어릴 적 기르던 고양이에게 세게 물려서. 그것만…… 그것만 확인해보면 안 될까요? 네? 조사관님?"

하선의 모는 숨을 헐떡이며 말했다.

여자의 팔뚝에 흉터가 있기를 바라는 것일까 없기를 바라는 것일까. 윤서는 차마 짐작할 수가 없었다.

신설희는 통이 큰 환자복을 입고 있었다.

윤서가 신설희 옆에 의자를 끌어당겨 앉았다.

"선생님, 팔뚝 좀 볼 수 있을까요?"

시범을 보이는 것처럼 윤서는 재킷을 벗고 제 셔츠의 소매 단추를 풀어 걷어 올렸다.

"여기까지만 올리면 돼요."

신설희의 입가에는 말라붙은 침이 허옇게 일어나 있었다.

"제가 걷어드려도 괜찮을까요?"

윤서는 신설희의 환자복 소매를 잡았다. 천천히 위로 걷어 올리는데 진땀이 났다. 머리카락 속에 땀이 차서 간지러웠다. 신설희는 좋지도 나쁘지도 않은 표정으로 윤서의 행동을 바라보았다. 윤서는 겨우 어깨까지 소매를 걷어 올리는 데 성공했다.

하선의 부모가 자리에서 일어나 신설희에게 다가가 목을 빼고 들여다봤다. 홍태도 뒤에서 기웃거렸다.

"아…… 아……."

하선의 모는 비틀거리며 뒷걸음치더니 자리에 앉았다.

"아…… 하느님!"

하선의 부도 쓰러질 듯 뒷걸음쳤다.

소매를 걷고 드러난 신설희의 팔뚝은 커다란 켈로이드 흉터로 뒤덮여 있었다. 큰 상처를 입은 적이 있는지 피부를 녹였다가 쥐어짠 것 같은 끔찍한 흉터였다. 고양이에게 물려 생긴 흉터든 뭐든 다치기 전 그 아래 무슨 흉터가 있었는지는 알 수 없는 상태였다.

"아…… 아……."

하선의 모는 양손에 얼굴을 묻고 결국 울었다.

소리를 내지 않으려고 애쓰며 꺽꺽 목울음을 울었다.

하선의 부는 정신이 나간 얼굴로 아내 옆에 털썩 앉았다. 윤서는 둘을 달랠 말을 찾을 수 없었다.

어떤 모습이라도 살아 있는 모습으로 만나길 바랐던 건 정녕 진심이었을까.

괜찮다고 생각했던 것이 사실은 안 괜찮은 일이었던 걸까.

내가 틀렸던 걸까.

하선 모는 울음을 쉬이 그치지 않았다.

너무 경솔했었다는 걸 뼈저리게 느끼며 윤서는 자리를 정리하기 위해 일어섰다. 홍태가 조급하게 굴더라도 DNA 검사를 하고 만나게 했어야 했다.

"구해줄게."

그때, 갑자기 들린 여자 목소리에 모두 동작을 멈췄다.

하선의 모가 울음을 그쳤다. 모두 고개를 돌려 신설희라는 이름의 환자를 보았다.

"내가 구해줄게, 엄마."

여자의 눈에 약간의 생기가 돌았다. 비록 미약하지만 생명력이라고 말할 수 있는 기운이었다. 여자의 목소리가 이렇게 고운지 윤서는 상상도 하지 못했다.

"하…… 하선아!"

하선의 모는 눈물범벅이 되고 화장이 번진 얼굴을 들었다. 하선의 부가 아내의 손을 꽉 잡았다. 방금까지 절망에 빠져 있던 부부는 기적을 체험한 듯 경이로운 눈빛으로 눈앞의 여자를 보았다.

"울지 마! 내가 구해줄게, 엄마!"

"하…… 하선이니?"

하선의 모는 방금 자신을 구해주겠다고 말한 신설희에게 다가가 그 앞에 무릎을 꿇었다.

"하선아? 하선이니?"

"여보!"

하선의 부도 다가가 무릎을 꿇고 팔을 벌려 두 여자를 감쌌다. 신설희는 지금까지는 한 번도 보이지 않았던 샐쭉한

표정을 지었다. 하선의 모가 세차게 고개를 저으며 울부짖
었다.

"아니야! 아니야! 하선아! 이제…… 이제 엄마가 너를 구
해줄게! 하선아! 엄마가 구할게! 잘못했어! 엄마가 잘못했
어! 하선아! 이제 엄마가 너를 구해줄 거야! 엄마가……."

윤서의 등줄기에 전율이 흘렀다.

홍태는 다리가 풀려 바닥에 주저앉았다.

귓가에 파도소리가 들렸다.

상상 속에서 아버지가 홍태의 이름을 부르며 헤엄쳐 다
가오고 있었다. 아버지는 홍태의 기억에 남아 있는 온전한
모습 그대로 잠영을 했다. 오랫동안 바다에 머물렀을 아버
지는 편안하고 행복해 보였다. 아버지는 홍태를 향해 미소
를 지어 보이고 그물질로 단련된 두툼한 팔로 헤엄치며 멀
어져갔다.

홍태는 아버지를 부르지 않았다. 떠나가는 아버지를 향
해 평소처럼 손을 뻗지도 않았다. 아버지가 가고 싶은 곳으
로 가도록 내버려두어도 좋을 것 같았다. 통곡 속에 얼싸안
은 세 가족의 모습을 보며 홍태는 살며시 미소 지었다.

작가의 말

《달리는 조사관》(2015)의 후속작을 쓰는 것을 망설인 이유는 최소 세 가지가 있었습니다.

첫째, 애초에 시리즈로 계획하고 쓴 이야기가 아니라는 점입니다. 저는 시리즈에 대한 욕심이 적고, 한 권으로 그 작품이 펼친 세계가 마무리되는 스탠드 얼론을 좋아합니다.

둘째, 전작을 넘어서는 후속작을 쓰기는 어렵다고 생각하기 때문입니다. 갈수록 조금이라도 더 좋은 추리소설을 쓰는 것이 저의 목표인데, 불리한 작업은 하고 싶지 않았습니다.

셋째, 《달리는 조사관》을 원작으로 한 드라마가 2019년 OCN에서 방영된 것이 뜻하지 않게 가장 큰 방해물로 작용했습니다. 원작자이자 관련 직업인으로서 드라마 제작 과정부터 이런저런 의견을 냈고, 설레는 마음으로 저의 첫 영상화 작품을 시청했습니다. 드라마는 재미나 시청률 측면에서 보자면 실망스러운 결과를 낳았고, 한동안 풀이 죽었던 것도 사실입니다. 하지만 그런 감정보다 더 큰 문제는 원작과 드라마의 캐릭터, 스토리, 분위기가 머릿속에서 마구 엉켜버린 것이었습니다. 시각적으로 구체화된 영상물의 세계에 한 번 빠졌다가 나오니 원래 제가 쓴 게 무엇이었는지 상당히 헷갈렸습니다.

이런 악재에도 불구하고 후속작을 써야겠다고 결심한 것은 《달리는 조사관》의 네 번째 에피소드 〈푸른 십자가를 따라간 남자〉의 마무리 때문이었습니다.

저는 약간씩 열린 결말로 소설을 끝내는, 추리 소설가로서는 그다지 좋지 않은 습관이 있습니다. 결말에 여운을 남기기 위한 고유한 작법이라고 변명하는 이 습관 때문에 가장 많은 질문과 질책을 받은 작품이 〈푸른 십자가를 따라간 남자〉였습니다.

"그래서 이하선은 어떻게 된 건가요?"

저는 항상 이렇게 답했습니다.

"저도 몰라요."

답을 들은 분의 눈에 비친 당혹감과 은은한 비난 때문이었을까요. 저는 서서히 반성하게 됐고, 이 이야기를 끝내야만 한다는 의무감을 느꼈습니다.

이번에는 닫힌 결말로 써서 후환을 남기지 말자.

범죄 피해자 이하선을 구하자.

죽은 연쇄살인범도 살려내서 남은 이야기를 이어가자.

무엇보다 배홍태 조사관의 집념을 불러와야 했습니다. 그 집념은 치밀한 사고(思考)가 아닌, 본능과 직관으로부터 나오는 힘입니다. 범죄 피해자의 잊힌 시신을 누군가는 끝까지 찾아내려 분투하는 모습을 보여주고 싶었습니다. 모든 인간이 정말 존엄한 존재인지 회의하고 의심하는 사람도 필요하지만,

그런 의심 따윈 집어치우고 맹목적으로 달려가 당장 뭔가를 지켜내고 구해내는 사람도 필요하니까요. 한 인간의 존엄을 위해 누군가 한없이 무모해질 수 있다면, 이 세상에도 제법 희망이 있다는 느낌이 들 것 같았습니다.

중간중간 수십 번 포기하고 싶은 마음을 이겨내며, 이게 슬럼프일까 싶은 나태함에 가끔 손을 들었다가 내리며 3년에 걸쳐 조금씩 쓴 것이 예상보다 너무 긴 이야기가 되어버렸습니다. 이 이야기가 '가뭄을 해갈하는 비'라는 제 필명의 뜻처럼, 독자들이 기다렸던 반가운 이야기가 된다면 좋겠습니다.

〈프롬 제네바〉는 문학 잡지 《에픽》 2호에 실린 동명의 단편을, 〈버릴 수 없는 여자〉는 《단 하나의 이름도 잊히지 않게》(2021, 에오스)에 실린 〈버릴 수 없는〉을 개작한 것임을 밝힙니다. 전체 이야기의 흐름에 맞게 내용을 보탰으니 이미 읽으신 분도 즐겁게 재독하실 수 있으리라 감히 말해봅니다.

이번에도 여러 사람들의 도움을 받았습니다. 직장 동료를 넘은 절친이자 제 고정 검열관인 임귀숙, 김현정은 초고를 읽고 세밀한 부분까지 조언을 해줬습니다. 영어 능력자 박유경은 초고를 검토해줬을 뿐 아니라, 유엔 기업과 인권 포럼 참석을 위한 제네바 출장에 동행하여 영어 실력이 턱없이 부족한 저를 끌고 회의장을 누벼줬습니다. 〈프롬 제네바〉는 그렇게 탄생했습니다. 〈끝까지 구하는 승냥이〉의 청록병원 현장조사 부분은 정신장애인 인권침해 전문 조사관인 권도연, 김진희 조사관님으로부터 들은 생생한 실전 경험을 바탕으로 썼습니다. 그리고 혹시 몰라 말해두는데, 감사변태 변신재 사무관은 백 퍼센트 순수하게 창작된 인물입니다.

늘 힘이 되어주시는 추리작가 선후배님들, 특히 짧은 기간 내에 부탁을 드렸는데도 기꺼이 작품 해설을 맡아주신 박광규 평론가님과 추리작가이자 인생 선배로서 늘 앞서가며 '등을 보여주는 선배' 최혁곤 작가님께 감사를 드립니다. 저의 다소 무리한 요구도 너그럽게 받아주시며 열심히 작업해주신 이원석 편집자님을 비롯한 시공사 문학팀에도 감사의 말씀 올립니다.

그리고《달리는 조사관》의 후속편을 기다려주신 독자님들. 감사합니다.

2022년 8월
송 시 우

작품 해설

박광규

첫 장편소설《라일락 붉게 피던 집》(시공사, 2014) 이후 발표된 송시우의 두 번째 책인《달리는 조사관》(시공사, 2015)은 당시까지의 한국 추리소설에서는 보기 드문 점을 갖춘 연작단편집이었다. 가장 먼저 눈에 띄는 것은 주인공들이 '인권증진위원회 조사관'이라는 흔치 않은 직업을 가지고 있다는 점이다 (세계 유일의 작품이라고 장담할 수는 없지만, 해외 추리소설을 검색해보아도 아직 발견하지 못할 만큼 희귀한 설정임은 틀림없다). 추리소설 시리즈 작품에서는 대개 사설탐정을 비롯해 경찰 관계자, 기자, 변호사 등 범죄와 연결될 수 있는 인물을 주인공으로 삼는데, 이는 다름 아닌 시리즈의 연속성 때문이다. 일회성 작품이라면 일반 직장인을 주인공으로 내세울 수도 있겠지만, 예를 들어 '진짜 평범한 직장인'이 일상생활에서 강력범죄와 시도 때도 없이 마주치는 '시리즈물'이라면 아무리 허구라고 해도 독자가 납득하는 데 무리가 있다. 반면 인권 침해와 관련된 사건은 현실에서도 끊임없이 발생하고, 특히 형사사건에서 인권 침해 여부를 판단해야만 하는 조사관들의 탐정 역할은 충분한 설득력을 가진다.

다음으로는 각각의 이야기를 이끌어 나가는 인물이 바뀐다는 점이다. 이를테면《달리는 조사관》의 첫 수록작 〈보이지 않는 사람〉에 등장한 한윤서는 다음 수록작 〈시궁창과 꽃〉에서 아예 이름조차 언급되지 않고, 해당 작품은 이달숙과 부지훈을 중심으로 이야기가 전개된다. 이는 '앙상블 캐스트'라고 불리는 형식인데, 하나의 주인공(대개 탐정 혹은 화자)을 내세우며 전개되는 일반적인 추리소설과는 달리 여러 인물이 거의 같은 비중으로 활약하는 형식이다(미국 작가 에드 맥베인의 경찰소설 '87분서 시리즈' 등이 대표적이다). 송시우의 '조사관 시리즈'에서는 각각 개별적인 이야기가 진행되다가 마지막 작품에서 전원이 합심(?)하는 모습을 보여주고 있다.

출간 직후부터 호평을 받은 전작은 2019년 드라마로도 제작될 정도였고, 당시 작가는 언론 인터뷰를 통해 '드라마에 힘입어《달리는 조사관》의 후속작을 원하는 독자가 있는 것 같다. 조금씩 쓰기는 하는데 언제 다 쓰게 될지는 모르겠다'[1]고 밝힌 바 있다. 이후 송시우는 조사관 시리즈를 접어둔 채 단편집《아이의 뼈》(한스미디어, 2017), 살인사건을 통해 우울증이나 공황장애 등의 정신질환 문제를 다룬《검은 개가 온다》(시공사, 2018), 무시무시한 민담과 본격 트릭을 조합한《대나무가 우는 섬》(시공사, 2019) 등 장, 단편을 막론하고 다양한 성향의 작품을 발표해왔다.

---

1) 〈송시우 작가 "'달리는 조사관' 캐스팅 찰떡…본격 미스터리도 써봤죠"〉, 이데일리, 2019년 10월 24일

그리고 2022년, 네 명의 인권증진위원회 조사관들이 드디어 돌아왔다.[2]

《구하는 조사관》은 전작 이후 7년 만의 시리즈 신작이지만, 내용상으로는 전편 시점에서 약 1년쯤 지난 시기로 그들은 변함이 없다. 우유부단하게 보일 정도로 신중하고(한윤서), 남의 말을 잘 들어주지만 심술도 부리고(이달숙), 정의감은 있지만 감정에 따라 좌충우돌하고(배홍태), 세심하고 자부심이 넘친다(부지훈). 이들 개개인을 '명탐정'의 범주에 넣기는 턱없이 부족하고, 서로의 사이가 살갑기는커녕 앙숙 같은 관계도 있어서 의견 충돌이 다반사이지만, 서로가 필요한 순간이 오면 각각의 부족한 점을 채워주는 팀워크가 발휘되면서 사건을 해결해 나간다.

《달리는 조사관》과 《구하는 조사관》을 읽어보면 달라진 점을 느낄 수 있을 것이다. 전작에서는 각각의 작품이 약간의 궁금증을 남긴 채 마무리되었다. 조사관들은 각고의 노력 끝에 사건의 진상을 밝혀내지만, 그들의 임무는 누군가의 유/무죄를 밝히는 것이 아니라 인권 침해 여부의 조사이기 때문에, 사건 관계자의 운명을 독자들의 상상에 맡겼다. 그러나 《구하는 조사관》의 수록작품들은 대부분 명확한 결말을 맞이한다. 이는 작품 성향의 변화라기보다는 작품 전체를 통해 마침표를 찍는 과정이라고 할 수 있겠다. 특히 〈푸른 십자가를 따라간

---

2) 엄밀하게 따진다면, 수록작 중 〈프롬 제네바〉와 〈버릴 수 없는 여자〉 두 작품은 2021년 단편집을 통해 발표되었지만, 편의상 단행본이 출간된 2022년을 돌아온 기준으로 삼았다.

남자〉(《달리는 조사관》에 수록)에서 깊은 인상을 심어주었던 사형수 최철수는 이번 작품에서 중요한 존재로 다시 등장한다. 작가 역시 과거 인터뷰에서 "아마 《달리는 조사관》 중에서 〈푸른 십자가를 따라간 남자〉가 가장 모호한 결말로 끝났을 텐데요. 만약 시리즈를 이어간다면 다른 결말을 보여주고 싶어요"[3]라고 밝힌 바 있는데, 작가의 약속처럼 《구하는 조사관》에서는 순수 '악(惡)'인 연쇄살인범 최철수의 끔찍한 과거가 세세하게 묘사되고 있다. 마지막 수록작 〈끝까지 구하는 승냥이〉는 〈푸른 십자가를 따라간 남자〉, 〈감사변태 변신재〉와 함께 엮어 장편으로 구성해도 좋지 않을까 싶을 정도로 분량이나 내용 면에서 묵직하다. 또한 《달리는 조사관》이 전체적으로 차분한 분위기였다면 《구하는 조사관》은 약간 가벼운 느낌의 이야기가 교대로 이어지는데, 이는 너무 분위기가 어두워지지 않도록 하기 위한 숨 고르기 역할을 한다. 《구하는 조사관》은 퍼즐 미스터리, 사회파 추리소설, 유머 미스터리, 사이코 스릴러 등으로 구성된 종합장르 추리 단편집이라고 해도 과언은 아닐 것 같다(다만 이 시리즈는 가능하면 순서대로, 그리고 조금 더 시간을 들여서 《달리는 조사관》부터 순서대로 읽는 것이 작품 전체의 분위기를 즐기기에 더욱 좋을 것이다).

이러한 변화무쌍한 이야기 속에서 작가가 강조하고 싶은 것은 역시 전작부터 강조해왔던 '인권'이라는 요소일 것이다. 작가는 조현병 환자에 대한 사회의 시각, 코로나바이러스에

---

3) 〈송시우 "유영철 사건에서 모티프 얻은 작품은…"〉, 채널예스 인터뷰, 2015

의한 팬데믹 상황(작품 속에서는 C 바이러스로 표현)에서 종교집회나 정신병원의 집단 감염 등 현재 시점의 독자들이라면 다 알 만한 첨예한 이슈를 소재로 다루면서 그에 따른 인권 문제를 실감하게 한다.

한글학회가 편찬한 《우리말 큰사전》(을유문화사, 1957)에 '인권'은 "사람의 날 때부터 향유(享有)한 자유평등(自由平等)의 권리(權利)"라고 나와 있다. 60년이 훨씬 넘은 사전이지만 현재의 의미와 차이가 없다. 또한 대한민국 헌법에도 "모든 국민은 인간으로서의 존엄과 가치를 가지며, 행복을 추구할 권리를 가진다. 국가는 개인이 가지는 불가침의 기본적 인권을 확인하고 이를 보장할 의무를 진다"고 기재되어 있다. 그런데 첨단 문명사회를 살아가는 사람들 사이에서도 여전히 인권 침해 문제가 발생하는 까닭은, 아마도 인간이라는 존재가 본질적으로 대단히 이기적인 존재이기 때문이 아닐까. 그래서 충돌 당사자들이 아닌 조사관이 제삼자의 입장에서 한쪽의 손을 들어주는 역할을 할 수밖에 없다.

사실 추리소설이라는 장르에서 '인권'을 중요시하는 것은 새삼스러운 일이 아니다. 최초의 추리소설로 인정받는 에드거 앨런 포의 〈모르그 가의 살인〉에서도, 아마추어 명탐정 뒤팽이 살인 용의자로 체포된 아돌프 르봉(뒤팽이 신세진 적이 있는 인물이다)의 결백을 증명하기 위해 사건 조사에 나서는 모습을 볼 수 있다. 이처럼 탐정들은 범인을 체포해서 피해자의 권리를 회복해주거나 누명을 쓴 무고한 사람의 누명을 벗겨주곤 했는데, 이는 넓은 의미에서의 인권 회복이라고 볼 수 있을 것이다. 다만 19세기에서 21세기로 넘어가는 짧지 않은 시간 동안 사회/문화는 엄청나게 변했고 사람들의 가치관 역시 크게 바뀌면서 추리소설의 인권에 대한 시각도 변화가 있었다. 추리소설은 '범죄를 소재로 하며 제시된 수수께끼를 논리적으로 해결하는 것이 중심 플롯인 소설'로 정의할 수 있다. 그러나 이런 간단한 설명만을 본다면 잡지에서 흔히 보는 추리 퀴즈와 별로 다를 것이 없다. 선/악 관계가 단순해 구별이 쉽던 초기에는 작가들이 특별한 생각 없이 명탐정과 범인의 대결을 묘사해왔으나, 독자들은 그런 단순한 구성에 싫증을 내게 되었다. 분노나 질투, 탐욕 등의 동기는 너무나 단순했고 사람의 생명과 관계된 일, 즉 살인이 수수께끼를 만들기 위한 수단으로만 쓰였기 때문이다. 그러나 20세기 초중반, 두 차례의 세계 대전을 거치면서 서서히 변화가 시작되었다. 대량 살상이 벌어지고, 그것을 바로 옆에서 목격한 사람들은 누군가의 생명을 간단히 여길 수 없게 되었다. 또한 가치관의 혼란도 발생했다. 타국을 공격하는 것이 정당한 일이라고 주장했던 지도자들은 패전 후 전쟁 범죄자로 처벌을 받았고, 영웅처럼 여겼던 사람이 학살자가 되어버렸다. 무엇이 옳은지 그른지, 또 어떤 것이 선이고 어떤 것이 악인지 구분하기 어려워졌던 것이다. 1948년 국제연합 총회에서의 인권 선언, 1950년의 로마 조약(인권 및 기본적 자유를 보호하기 위한 조약) 등이 제2차 세계 대전 거의 직후에 확립된 것을 단순한 우연으로 보기는 어렵다.

레이먼드 챈들러가 "(대실) 해밋은 단순히 시체를 만들기 위해서가 아니라 확실한 이유로 살인하는 사람들 손에 살인을 돌려주었다"[4]고 말한 것처럼 추리소설도 서서히 변했고(물론 퀴즈 스타일의 작품도 여전히 존재한다), 이제는 독자들이 '가해자=악, 피해자=선'이라는 선입견에서도 많이 벗어났으며, 억울한 피해자를 정의감으로 구원하거나 사회 고발적 요소를 갖춘 작품은 셀 수 없이 많다.

그러나 현실에서의 인권은 쉽사리 받아들이기 힘든 개념이다. 물론 인권이라는 사전적 정의는 무척 간단하지만, 누군가가 이해당사자가 되었을 때의 반응은 사람마다 달라지기 마련이다. 누군가 인권 침해를 호소할 때, 그 호소 방법이 마음에 들지 않는다면 대부분 불편하다는 반응을 보인다. 또, '연쇄살인범의 인권'이라는 두 단어는 평범한 상식을 가진 사람에게는 무척 모순처럼 여겨질 것이다. 예를 들어 소설이나 영화의 주인공이 자신의 가족을 죽인 범인을 끈질기게 추적해 결국 직접 사형을 집행한다면 독자들은 주인공의 행동이 정당하다고 생각하며 통쾌함을 느끼겠지만, 엄연히 법이 존재하는 현실에서 그러한 일은 용납되지 않는다. 허구가 보여주는 모습과 현실에는 큰 차이가 있어서, 인권증진위원회 조사관의 조사, 또 그 조사 결과를 통해 판정을 내리는 회의에서 나온 결정이 모든 사람의 호응을 얻는 것은 사실상 불가능하다. 또한 조사관들도 보통 사람들과 똑같이 감정을 가진 인간이다. 노련한 조사관 한윤서의 심경 묘사("사람들의 말처럼 우리에게도 책임이 있는 것은 아닐까. 우리는 그냥 옳기만 했을까."((버릴 수 없는

---

4) 《심플 아트 오브 머더》(레이먼드 챈들러, 최내현 옮김, 북스피어, 2011) P30

여자》), "인권증진위원회 조사관이라는 직업에 복무하기 위해 매뉴얼을 읽 듯 인간의 존엄성을 당연하게 떠드는 것뿐이지, 나는 진심으로 그것을 믿고 있는가.'(《끝까지 구하는 승냥이》)는 인권 존중에 대한 신념에 의해 규정대로 행동하더라도 모든 사람에게 공평한 작동은 이루어질 수 없다는 깊은 고민을 독자들에게 전달하고 있다.

신인 작가를 제외한 모든 작가는 신작을 발표했을 때 항상 과거의 작품과 비교당하는 운명에 놓인다. 특히 호평을 받은 시리즈의 후속작이라면 더욱 그러할 수밖에 없다(사실 이 짧은 분량의 해설에서도 비교하는 부분이 많았다). 어떤 분은 마음에 들 것이고, 그렇지 않은 분도 당연히 있을 것이다. 다만 호불호의 관점을 떠나서 독자가 '인권'이라는 개념을 한 번이라도 되돌아보게 한다는 점은 누구도 부정하지 않을 이 작품의 가치일 것이다.

《달리는 조사관》에서 남아 있었던 최철수 사건을 《구하는 조사관》에서 마무리하는 것으로 이제 '조사관 시리즈'에 마침표가 찍힌 것처럼 보인다. 그러나 그것이 마침표인지 아니면 쉼표일지…… 섣불리 판단을 내릴 수는 없다.

여기서 작가의 과거 인터뷰를 다시 인용하고 싶다.

"시리즈는 작가가 만드는 게 아니고 독자가 만드는 거니까요. 독자분들의 반응을 보고, 이어지는 이야기를 원하신다는 확신이 들면 얼마든지 시리즈가 이어질 수 있다고 생각해요."[5]

마지막으로 객관적 입장을 떠나 독자로서 한 줄 정도만 더

---

5) 〈송시우 "유영철 사건에서 모티프 얻은 작품은…"〉 채널예스 인터뷰, 2015

덧붙이자면, 조사관들의 좌충우돌 활약을 더 보고 싶다는 것이 솔직한 심정이다. 물론 적지 않은 시간이 필요하겠지만, 그게 언제가 되더라도 송시우의 '승냥이들(조사관들의 은유적 표현)'을 다시 만나는 날을 기대한다.

박광규
추리소설 해설가로 《계간 미스터리》 편집장, 《월간 판타스틱》과 한국어판 《엘러리 퀸 미스터리 매거진》 등의 편집위원으로 활동했다. 현재 한국 추리소설 역사를 조사, 탐구 중이다. 저서로 《미스터리는 풀렸다!》, 《일본 추리소설 사전》(공저) 등이 있다.

구하는 조사관

초판 1쇄 인쇄일 2022년 8월 30일
초판 1쇄 발행일 2022년 9월 6일

지은이 송시우

발행인 윤호권
사업총괄 정유한

편집 이원석 **마케팅** 윤아림
발행처 ㈜시공사 **주소** 서울시 성동구 상원1길 22, 6-8층 (우편번호 04779)
대표전화 02-3486-6877 **팩스(주문)** 02-585-1755
홈페이지 www.sigongsa.com / www.sigongjunior.com

글 ⓒ 송시우, 2022

ISBN 979-11-6925-224-9 04810
ISBN 978-89-527-7496-5 (세트)

*시공사는 시공간을 넘는 무한한 콘텐츠 세상을 만듭니다.
*시공사는 더 나은 내일을 함께 만들 여러분의 소중한 의견을 기다립니다.
*잘못 만들어진 책은 구입하신 곳에서 바꾸어 드립니다.